KNAUR

Über den Autor:
Sebastian Fitzek, geboren 1971, ist Deutschlands erfolgreichster Autor
von Psychothrillern. Seit seinem Debüt »Die Therapie« (2006) ist er mit
allen Romanen ganz oben auf den Bestsellerlisten zu finden. Mittlerweile
werden seine Bücher in vierundzwanzig Sprachen übersetzt und sind Vor-
lage für internationale Kinoverfilmungen und Theateradaptionen. Als
erster deutscher Autor wurde Sebastian Fitzek mit dem Europäischen
Preis für Kriminalliteratur ausgezeichnet. Er lebt mit seiner Familie in
Berlin.
Sie erreichen den Autor auf www.facebook.de/sebastianfitzek.de,
www.sebastianfitzek.de oder per E-Mail unter fitzek@sebastianfitzek.de.

Sebastian Fitzek

FLUGANGST 7A

Psychothriller

Besuchen Sie uns im Internet:
www.knaur.de

Vollständige Taschenbuchausgabe Februar 2019
Knaur Taschenbuch
© 2017 Droemer Verlag
Ein Imprint der Verlagsgruppe
Droemer Knaur GmbH & Co. KG, München
Ein Projekt der AVA International GmbH Autoren- und Verlagsagentur
www.ava-international.de
Alle Rechte vorbehalten. Das Werk darf – auch teilweise – nur mit
Genehmigung des Verlags wiedergegeben werden.
Redaktion: Regine Weisbrod
Covergestaltung: ZERO Werbeagentur, München
Coverabbildung: © FinePic / shutterstock
Satz: Adobe InDesign im Verlag
Druck und Bindung: CPI books GmbH, Leck
ISBN 978-3-426-51019-3

2 4 5 3 1

Für Manuela
17 Jahre Langstrecke und kein Ende in Sicht.
Was für ein Glück!

EU empfiehlt psychologische Tests für Piloten

Drogentests und psychologische Begleitung:
Eine EU-Arbeitsgruppe fordert nach dem Absturz
der Germanwings-Maschine stärkere Kontrollen für Piloten.

DIE ZEIT
vom 17.07.2015

Prolog

Wann können wir den Täter befragen?« Dr. Martin Roth, gerade auf seinem Weg in die neurologische Intensivstation des Park-Klinikums, drehte sich zum Kommissar der Mordkommission, der sich allen Ernstes entblödet hatte, ihm diese lächerliche Frage zu stellen.

»Befragen?«

»Ja. Wann wacht er wieder auf?« Der untersetzte Polizist leerte den letzten Schluck Kaffee, den er sich aus dem Automaten gezogen hatte, unterdrückte ein Rülpsen und streckte herausfordernd das Kinn vor. »Wir haben zwei Leichen und einen Schwerverletzten, der sein Leben lang aus den Augen bluten wird. Ich muss mir den Dreckskerl so schnell wie möglich vorknöpfen.«

»Vorknöpfen, hm.«

Der Chefarzt mit dem glatten, für sein Alter viel zu jungenhaften Gesicht kratzte sich eine kahle Stelle seiner von Jahr zu Jahr immer größer werdenden Geheimratsecken. Er wusste nicht, was er für schlimmer halten sollte. Die billige Bruce-Willis-Imitation dieses Polizisten. Oder dessen schreiende Dummheit.

»Sie waren doch dabei, als der Mann eingeliefert wurde?«

»Ja, klar.«

»Und ist Ihnen dabei etwas aufgefallen?«

»Er ist halb tot, ich weiß, ich weiß.« Der Beamte zeigte auf die Milchglastür hinter Roth, die den Krankenhausflur vom Intensivtrakt trennte. »Aber ihr Medizinmänner habt dadrinnen doch sicher alles Mögliche in der Zauberkiste, um das Schwein wieder zusammenzuflicken. Und sobald er wach ist, hätte ich gerne ein paar Antworten.«

Roth holte tief Luft, zählte innerlich von drei abwärts und sagte, als er bei null angekommen war: »Nun, ich werde Ihnen ein paar Antworten geben, Herr …?«

»Hirsch. Polizeihauptkommissar Hirsch.«

»Es ist noch sehr früh für eine gesicherte Diagnose, aber wir haben den dringenden Verdacht, dass der Patient an einem Locked-in-Syndrom leidet. Umgangssprachlich ausgedrückt: Sein Gehirn steht nicht mehr in Verbindung zum Rest seines Körpers. Das bedeutet, er ist in sich selbst eingeschlossen. Er kann nicht sprechen, nichts sehen, nicht mit uns kommunizieren.«

»Und wie lange dauert dieser Zustand an?«

»Höchstens sechsunddreißig Stunden, schätze ich.«

Der Polizist rollte mit den Augen. »Dann erst kann ich ihn vernehmen?«

»Dann ist er tot.«

Hinter Roth knackte es, und die elektrische Flügeltür mit den Milchglasscheiben schwang auf.

»Herr Dr. Roth. Kommen Sie schnell. Der Patient.«

Der Chefarzt drehte sich zu seiner Assistenzärztin herum, die mit hochrotem Kopf aus der Intensivstation herausgeeilt kam.

»Was ist mit ihm?«

»Er blinzelt.«

Gott sei Dank!

»Wirklich? Das ist wunderbar!«, freute er sich und nickte dem Polizisten zum Abschied zu.

»Er *blinzelt?*« Hirsch sah den Chefarzt an, als würde sich Dr. Roth über einen Kaugummi unter seiner Schuhsohle freuen.

»*Das* nennen Sie eine gute Nachricht?«

»Die beste, die wir kriegen können«, antwortete Roth und fügte hinzu, als er bereits auf dem Weg zurück zu dem Sterbenden war: »Und vielleicht die einzige Chance, die wir haben, um die Vermissten noch lebend zu finden.«

Auch wenn er diesbezüglich kaum Hoffnungen hegte.

I.

Es gibt zwei Sorten von Fehlern. Solche, die dein Leben verschlechtern. Und solche, die es beenden.«
Nele hörte die Sätze des Geistesgestörten.
Vernuschelt, dumpf. Keuchend.
Sie konnte seine Lippen nicht sehen. Der Mann hatte sich eine Trainings-Atemmaske über das Gesicht gezogen. Eine schwarze, elastische Neoprenhaut mit einem weißen Drehventil vor der Mundöffnung. Sportlern diente es dazu, ihre Leistung zu steigern. Psychopathen den Lustgewinn.
»Auf so was hab ich jetzt echt keinen Bock«, sagte Nele laut, als ob sie damit irgendetwas würde ändern können. Und als der Maskenmann seinen Bolzenschneider spreizte, schaltete sie um.
Der heiße Herbst der Volksmusik.
Vom Regen in die Traufe. Nur Schrott in der Glotze. Allerdings war das kein Wunder. Wer setzte sich kurz vor Sonnenaufgang schon freiwillig vor den Fernseher?
Ungeduldig schnalzte sie mit der Zunge gegen die Vorderzähne und zappte weiter, bis sie bei einem Teleshopping-Kanal hängen blieb.
Ronnys Haushaltshelfer.
Neue Küchengeräte, präsentiert von einem Mann, der sich mit dem Tuschkasten zu schminken schien: zinnoberrote Haut, cyanblaue Lippen und Deckweiß-Zähne. Im Moment schrie er seine Kunden an, dass es von dem megawahnsinnstollen Wasseraufsprudler nur noch 223 Stück gäbe. So einen hätte Nele in den letzten Monaten sehr gut gebrauchen können.

11

Dann hätte sie die Pfandflaschen nicht ganz alleine nach oben wuchten müssen. Vierter Stock, Hinterhof, Hansastraße Weißensee. Achtundvierzig blank gewetzte Stufen. Sie zählte sie täglich.

Noch besser als ein Wasseraufsprudler wäre natürlich ein starker Mann gewesen. Gerade jetzt, in ihrem »Zustand« – ganze neunzehn Kilo schwerer als noch vor neun Monaten.

Aber den Verursacher hatte sie ja zum Teufel gejagt.

»*Von wem ist es?*«, hatte David sie gefragt, kaum dass sie ihm das Testergebnis mitgeteilt hatte.

Nicht gerade das, was man hören wollte, wenn man vom Frauenarzt kam und nach einem Fels in der Hormonbrandung suchte.

»*Ich hab dich nie ohne Gummi angefasst. Bin doch nicht lebensmüde. Scheiße, jetzt muss ich mich auch testen lassen.*«

Eine schallende Ohrfeige zog den Schlussstrich unter die Beziehung. Nur, dass nicht sie es war, die wütend um sich geschlagen hatte. Sondern er. Ihr Kopf war zur Seite geflogen, und Nele hatte das Gleichgewicht verloren. War mit ihrem CD-Regal zu Boden gestürzt, wo sie für ihren Freund zum leichten Ziel geworden war.

»Bist du bescheuert?«, hatte er sie gefragt und zugetreten. Wieder und wieder, in den Rücken, gegen den Kopf und natürlich auch in den Unterleib, den sie verzweifelt mit Ellbogen, Armen und Händen zu schützen versucht hatte.

Erfolgreich. David hatte sein Ziel nicht erreicht. Die Leibesfrucht war nicht beschädigt worden, der Embryo wurde nicht abgestoßen.

»Du schiebst mir kein krankes Balg unter, für das ich ein Leben lang blechen darf«, hatte er sie angebrüllt, dabei aber doch von ihr abgelassen. »Dafür werde ich schon sorgen.«

Nele tastete nach der Stelle auf dem Jochbein, wo Davids Schuhspitze knapp das Auge verfehlt hatte und die noch immer pulsierte, wenn sie an den Tag der Trennung dachte.

Es war nicht das erste Mal, dass ihr Freund jähzornig geworden war. Aber das erste Mal, dass er die Fäuste gegen sie erhoben hatte.

David war der sprichwörtliche Wolf im Schafspelz, der in der Öffentlichkeit seinen unwiderstehlichen Charme versprühte. Selbst ihre beste Freundin konnte sich nicht vorstellen, dass der humorvolle Mann mit der perfekten Schwiegersohn-Attitüde ein zweites, brutales Gesicht hatte, das er wohlweislich nur dann zeigte, wenn er sich unbeobachtet, privat und seiner Sache sicher fühlte.

Nele haderte mit sich, dass sie immer wieder an solche Typen geriet. Schon in früheren Beziehungen war es zu Handgreiflichkeiten gekommen. Vielleicht dachten die Kerle, angesichts ihrer gleichzeitig kindlichen, aber dennoch frechen Erscheinung wäre sie keine Frau, sondern ein Mädchen, das man nicht begehrte, sondern besaß. Und bestimmt trug ihre Krankheit auch einen Teil dazu bei, dass sie von vielen als Opfer betrachtet wurde.

Nun denn, David Kupfer ist Geschichte, dachte Nele mit innerer Befriedigung. *In mir wächst die Zukunft.*

Zum Glück hatte sie dem Mistkerl nie einen Schlüssel gegeben.

Nach seinem Rausschmiss hatte er sie eine Zeit lang regelrecht gestalkt. Hatte sie mit Anrufen und Briefen bombardiert, in denen er es mal mit Argumenten versuchte, sie zu einer Abtreibung zu drängen (*»Du verdienst als Sängerin doch kaum genug Geld für dich selbst!«*), mal mit Drohungen (*»Wär doch schade, wenn du auf der Rolltreppe stolperst, oder?«*).

Erst nach drei Monaten, als die legalen Abbruchfristen verstrichen waren, hatte er aufgegeben und den Kontakt endlich abgebrochen. Abgesehen von dem Weidenkörbchen, das am Ostermontag vor ihrer Haustür gestanden hatte. Geschmückt wie eine Babywiege. Mit einem rosafarbenen Kissen und einer flauschigen Schlafdecke über der toten Ratte.

Nele schauderte, als sie jetzt wieder daran dachte, und sie steckte beide Hände zwischen die Polster ihres Sofas, um sich aufzuwärmen, dabei war es alles andere als kühl in der Wohnung.

Ihre beste Freundin hatte ihr geraten, die Polizei zu rufen, aber was sollte die tun? Die war ja schon machtlos bei dem Bekloppten, der seit Wochen jedem dritten Auto in der Straße die Reifen aufschlitzte. Wegen einer toten Ratte würde die erst recht keine Wache vorm Haus postieren.

Zumindest hatte Nele doch noch die Kosten auf sich genommen und bei der Hausverwaltung den Einbau neuer Schlösser beantragt für den Fall, dass David sich damals einen Nachschlüssel hatte machen lassen.

Im Grunde war sie ihm sogar dankbar. Nicht für die Schläge und den Tierkadaver, aber für die abscheulichen Beleidigungen.

Wäre er ruhig geblieben, hätte sie vielleicht auf die Stimme der Vernunft gehört. Darauf, dass es viel zu gefährlich war, das Baby auszutragen. Andererseits war das HI-Virus dank der frühen Behandlung mit Virustatika in ihrem Blut nicht einmal mehr nachweisbar, das Ansteckungsrisiko also kaum messbar. Aber es lag nicht bei null.

Durfte sie es eingehen? Konnte sie im Alter von zweiundzwanzig Jahren mit ihrer Krankheit diese Verantwortung überhaupt stemmen? Ein Baby. Ohne finanzielle Sicherheit? Mit einer Mutter, die viel zu früh verstorben war, und einem Vater, der sich ins Ausland abgesetzt hatte?

Alles gute Gründe, sich gegen das Kind und für ihre Gesangskarriere zu entscheiden. Gegen geschwollene Füße, dicke Beine und Ballonbauch und für die Fortsetzung einer zum Scheitern verurteilten Beziehung mit einem ebenso gut aussehenden wie cholerischen Kleinkünstler, der sich seinen Lebensunterhalt mit Zaubertricks auf Kindergeburtstagen und Firmenfeiern verdiente. (David Kupfer war natürlich nicht sein richtiger Name, sondern eine armselige Anspielung auf sein großes Vorbild Copperfield.)

Sie sah auf die Uhr.

Noch fünfundzwanzig Minuten, bis das Taxi kam.

Um diese frühe Uhrzeit dauerte es nicht einmal eine halbe Stunde, und sie war im Krankenhaus. Eine Stunde zu früh. Die Aufnahme war für sieben Uhr angesetzt. Die OP drei Stunden später.

Es ist unvernünftig, dachte Nele lächelnd und streichelte ihre Kugel jetzt mit beiden Händen. *Aber es war die richtige Entscheidung.*

Das fühlte sie nicht erst, seitdem ihr Hausarzt Dr. Klopstock ihr gut zugeredet hatte, das Kind zu behalten. Selbst ohne Behandlung steckte sich nicht einmal jedes fünfte Ungeborene mit HIV an. Bei ihren guten Blutwerten und allen Vorsichtsmaßnahmen, die sie innerhalb der engmaschigen Betreuung getroffen hatten, war es wahrscheinlicher, dass während des Kaiserschnitts der Blitz im Kreißsaal einschlug.

Aber auch das ist vermutlich schon passiert.

Nele hatte noch keinen Namen für das Wunder, das in ihr heranwuchs. Wusste noch nicht einmal, ob es ein Mädchen oder ein Junge war. Ihr war es schlichtweg egal. Sie freute sich auf einen neuen Menschen in ihrem Leben, unabhängig vom Geschlecht.

Sie wechselte noch einmal das Fernsehprogramm, und plötzlich war ihr wieder heiß. Das war auch etwas, wonach sie sich sehnte, wenn sie nach der Entbindung ihren Körper wieder für sich allein hatte: dass die Hitzewallungen endlich aufhörten. Nele wollte gerade ihre Hände zwischen den Polstern wieder hervorziehen, als die Finger ihrer rechten Hand auf etwas Hartes stießen.

Nanu?

Waren das vielleicht die Ohrringe, die sie schon so lange vermisste?

Sie beugte sich zur Seite und tastete nun mit ihrer Rechten nach dem eingeklemmten Gegenstand, als sie ein kurzer, heftiger Schmerz durchfuhr.

»Autsch.«

Sie zog den Zeigefinger wieder hervor und wunderte sich über das Blut auf der Kuppe. Ihr Finger pochte, als hätte ein Insekt hineingestochen. Erschrocken steckte sie ihn in den Mund und leckte ihn ab. Dann besah sie sich die Wunde. Ein kleiner Schnitt, wie mit einem feinen Messer gezogen.

Was zum Teufel …?

Sie stand auf, um zum Schreibtisch zu watscheln, wo sie in der obersten Schublade eine Packung Pflaster aufbewahrte. Beim Aufziehen rutschte ihr ein Prospekt für Ferienwohnungen auf Rügen entgegen. David hatte mit ihr den Valentinstag dort verbringen wollen. Damals, in einer anderen Zeit.

Das Einzige, was Nele ihrem Ex heute noch zugutehielt, war, dass David sie damals beim ersten Date nicht gleich hatte sitzen lassen, so wie die meisten Männer, denen sie gestand, dass sie dreimal täglich einen Medikamentencocktail einwarf, um nicht an Aids zu erkranken. Nele hatte wirklich gedacht, er würde ihr glauben, dass sie keine Schlampe war oder drogensüchtig. Dass sie sich nicht an einer Nadel oder beim wahllosen Sex mit Fremden angesteckt hatte. Sondern an einem Schmetterling.

Er sah wunderschön aus, und sie trug ihn immer bei sich. Auf der Innenseite ihres rechten Oberarms.

Eigentlich hatte der regenbogenfarbene Falter Nele ein Leben lang an den wunderschönen Thailand-Urlaub erinnern sollen. Nun musste sie beim Duschen immer an die verdreckte, nicht desinfizierte Nadel denken, mit der das Tattoo gestochen worden war, und wie hart Gott doch manchmal jugendlichen Leichtsinn bestrafte. Anscheinend missfiel es ihm mehr, wenn beschwipste Teenager eine zwielichtige Tattoo-Bar im Kneipenviertel von Phuket aufsuchten, als wenn IS-Schergen Homosexuelle von Häuserdächern warfen.

Nele wickelte sich das Pflaster um den Finger und ging zurück zum Sofa, wo sie das Polster anhob.

Als ihr Blick auf den silbern funkelnden Gegenstand fiel, stöhnte sie auf und hätte sich beinahe die Hand vor den Mund geschlagen.

»Wie um Himmels willen kommt *das* dahin?«, flüsterte sie. Vorsichtig löste sie die Rasierklinge, die wie mit Kaugummi festgeklebt am Kissen pappte. Tatsächlich war sie zwischen den Polstern mit Doppelklebeband befestigt worden, *also absichtlich!*

Zutiefst erschrocken ließ Nele sich zurück auf das Sofa sinken. Die Rasierklinge in ihrer Hand fühlte sich an, als hätte sie sie gerade weiß glühend aus einem Kaminfeuer gezogen. Nele schüttelte sich, und dabei glitt sie ihr aus der Hand und fiel neben ihr auf das Sofakissen.

Sie sah auf die Uhr, jetzt mit wild schlagendem Herzen, und rechnete erneut die Minuten zurück, bis das Taxi käme.

Noch fünfzehn Minuten!

Mittlerweile wollte sie keine fünfzehn Sekunden mehr in ihrer Wohnung allein bleiben.

Nele starrte die Rasierklinge an, die ihre Farbe wechselte, je nachdem, welches Bild im Fernsehen gezeigt wurde.

Wie zum Geier ist sie zwischen meine Polster geraten? Akkurat befestigt, so als wollte jemand, dass sie sich die Finger daran aufschnitt?

Und was zum Teufel stand auf ihr geschrieben?

Die Klinge war mit ihrem Blut verschmiert, aber jetzt, als sie sich beim Fallen um hundertachtzig Grad gedreht hatte, war ein filigraner Schriftzug auf ihr zu lesen. Handschriftlich, wie mit einem feinen Edding gezogen.

Widerwillig nahm Nele die Rasierklinge wieder in die Hand und strich mit dem pochenden Zeigefinger über die Buchstaben.

Dein Blut tötet!

Unbewusst und mechanisch bewegte Nele die Lippen, wie ein Schulkind bei den ersten Leseübungen.

Mein Blut tötet?

Sie schrie.

Nicht weil ihr klar geworden war, dass David es irgendwie in ihre Wohnung geschafft haben musste.

Sondern weil etwas in ihr zerriss.

Sie spürte einen heftigen Stich, als hätte sie der Stachel eines Skorpions punktiert. An ihrer empfindlichsten Stelle. Ein Gefühl, als würde jemand die Fasern einer ebenso dünnen wie empfindlichen Haut mit bloßen Händen aufreißen.

Der kurze, intensive Schmerz hörte auf, und es wurde nass.

Dann kam die Angst.

Sie breitete sich aus wie der Fleck zwischen ihren Beinen. Die dunkle Tagesdecke wurde noch dunkler und … *es hört nicht auf.*

Das war ihr erster Gedanke, und sie wiederholte ihn immer und immer wieder.

Es hört nicht auf.

Die Fruchtblase ist geplatzt, und ich laufe aus.

Der zweite Gedanke war noch schlimmer, denn er war berechtigt.

Zu früh.

Das Kind kam viel zu früh!

2.

Wird es überleben? Kann es so etwas überleben?

Die Klinge war vergessen und spielte keine Rolle mehr. Nele konnte in ihrer Panik nur noch eine einzige Gedankenfrage formulieren: *Aber mein Arzt hat doch schon vor Wochen gesagt, ab jetzt wäre das Baby lebensfähig, oder nicht?*

Der errechnete Geburtstermin lag vierzehn Tage in der Zukunft.

Bei einem Kaiserschnitt war das Ansteckungsrisiko für das Baby noch einmal geringer, deswegen hatte man den Termin für die Operation zur Vorsicht nach vorne gezogen. Um genau das zu verhindern, was jetzt geschah: dass der natürliche Geburtsvorgang einsetzte.

Kann man nach einem Blasensprung überhaupt noch operieren?

Nele wusste es nicht. Sie hoffte nur inständig, dass ihr Murkel (so nannte sie das Wesen in ihr) gesund zur Welt kam.

Verdammt, wann kommt das Taxi?

Noch acht Minuten.

Und die würde sie brauchen.

Nele stand auf und hatte das Gefühl, komplett auszulaufen. *Schadet das dem Kind?* Ein grauenhaftes Bild schoss ihr durch den Kopf: von ihrem Baby, das in ihrer Bauchhöhle vergeblich nach Luft schnappt wie ein Fisch auf dem Trockenen.

Sie stakste zur Haustür und griff die Kliniktasche, die dort schon gepackt auf ihren Einsatz wartete.

Wechselwäsche, weite Hosen, Nachthemden, Strümpfe, Zahnbürste und Kosmetika. Dann natürlich den Beutel mit den antiviralen Medikamenten. Selbst Windeln hatte sie eingepackt, Größe 1, auch wenn es die ganz sicher im Krankenhaus gab.

Aber Juliana, ihre Vorsorge-Hebamme, hatte gesagt, man könne nie zu gut vorbereitet sein, auch wenn es immer anders käme, als man denkt. Und das tat es jetzt.

Mein Gott.

Angst.

Sie schloss die Tür auf.

Nele hatte noch nie eine solche Angst um jemand anderen als um sich selbst gehabt. Und sich noch nie so allein gefühlt.

Ohne den Erzeuger. Ohne die beste Freundin, die gerade auf Tournee mit einer Musical-Gruppe in Finnland war.

Im Treppenhaus hielt sie kurz inne.

Sollte sie sich umziehen? Die nasse Jogginghose fühlte sich an wie ein kalter Waschlappen zwischen ihren Beinen. Sie hätte nachschauen sollen, welche Farbe das Fruchtwasser hatte. Bei Grün dürfte sie sich gar nicht bewegen, *oder war es gelb?*

Aber wenn es die falsche Farbe war und sie sich jetzt schon bewegt hatte, sollte sie es doch lieber nicht noch schlimmer machen, indem sie jetzt zurückging, um sich etwas Trockenes anzuziehen. *Oder doch?*

Nele zog die Haustür zu. Beim Runtergehen hielt sie sich am Treppengeländer fest, froh, dass ihr so früh noch niemand entgegenkam.

Sie schämte sich, auch wenn sie nicht wusste, wofür, denn eigentlich war eine Geburt doch etwas Natürliches. Doch ihrer Erfahrung nach wollten die wenigsten unmittelbar in diesen Vorgang mit einbezogen werden. Und sie hatte keine Lust auf scheinheilige oder verlegene Hilfsangebote von Nachbarn, mit denen sie sonst kaum ein Wort wechselte.

Unten angekommen, schloss sie die Eingangstür auf und trat in die nach Laub und Erde riechende Herbstluft. Es musste gerade aufgehört haben zu regnen.

Der Asphalt der breiten Hansastraße glänzte im hellen Licht der Straßenlampen. Eine Pfütze hatte sich vor dem Bordstein gebildet, und in der wartete – Gott sei Dank – schon das Taxi. Vier Minuten vor der Zeit. Aber keine Sekunde zu früh.

Der Fahrer, der an seinen Mercedes gelehnt in einem Buch gelesen hatte, legte den dicken Band durch die geöffnete Scheibe auf den Beifahrersitz und fuhr sich durch die schulterlangen dunklen Haare. Dann eilte er ihr entgegen, als er bemerkte, dass mit ihrem schlurfenden Gang etwas nicht zu stimmen schien. Vermutlich dachte er, sie wäre verletzt oder ihre Tasche so schwer, dass sie sich leicht nach vorne gekrümmt halten musste. Vielleicht war er aber auch einfach nur höflich.

»Morgen«, begrüßte er sie knapp und nahm ihr die Tasche ab. »Zum Flughafen?«

Er berlinerte leicht, und sein Atem roch nach Kaffee. Sein Pullover mit V-Ausschnitt war ihm eine Nummer zu groß, genauso wie seine Cordhose, die ihm bei jedem Schritt über die schmalen Hüften zu rutschen drohte. Die halb offenen Birkenstock-Sandalen und seine Steve-Jobs-Brille vervollständigten das Klischee des Taxi fahrenden Soziologiestudenten.

»Nein. Ins Virchow. Wedding.«

Er lächelte wissend, als sein Blick über ihren Bauch streifte.

»Alles klar. Kein Problem.«

Er hielt ihr die Tür auf. Wenn er ihre durchnässte Hose bemerkt hatte, war er zu höflich, um es zu erwähnen. Vermutlich hatte er schon sehr viel Ekligeres auf seinen nächtlichen Touren gesehen und deshalb seine Rücksitze mit einem Plastiküberzug ausgestattet.

»Dann wollen wir mal.«

Nele stieg ins Auto mit der Sorge, etwas Wichtiges vergessen zu haben, obwohl sie die Kliniktasche umklammert hielt, in der auch ihr Handy, das Aufladekabel und das Portemonnaie steckten.

Mein Vater!

Während das Auto losfuhr, rechnete sie die Zeitverschiebung um und entschied sich für eine SMS. Nicht, dass sie Scheu hatte, ihren Vater um diese Uhrzeit in Buenos Aires anzurufen. Aber sie wollte nicht, dass er die Sorge in ihrer Stimme hörte.

Nele überlegte, ob sie ihm von dem Blasensprung schreiben sollte, aber wozu ihn unnötig beunruhigen? Und außerdem ging ihn das nichts an. Er war ihr Vater, nicht ihr Vertrauter. Dass sie ihn bei sich haben wollte, hatte keine emotionalen, sondern rein praktische Gründe.

Er hatte Mama im Stich gelassen. Jetzt sollte er es wiedergutmachen, indem er Nele mit dem Murkel unterstützte – und wenn sich seine väterlichen Hilfeleistungen nur auf Botengänge, Einkaufen und finanzielle Hilfeleistungen beschränkten. Das Kind würde sie ihm sicher nicht anvertrauen. Sie hatte ihn ja noch nicht einmal vor der Entbindung sehen wollen und ihm quasi befohlen, frühestens am Tag der Operation anzureisen.

»Es geht los!«, tippte sie in ihr Handy und schickte die Nachricht ab. Kurz und knapp. Sie wusste, die fehlende Anrede würde ihn verletzen. Und ein wenig schämte sie sich für ihre gefühlskalte Art. Aber dann musste sie an die Augen ihrer Mutter denken. Offen, leer, die Todesangst wie eingraviert, die sie vor ihrem Ende so ganz alleine durchlitten hatte musste, und dann wusste Nele, dass sie noch viel zu nett zu ihm war. Er durfte sich glücklich schätzen, dass sie auf ihren Therapeuten gehört und den Kontakt zu ihm nach Jahren wieder aufgenommen hatte.

Nele blickte nach vorne und entdeckte einen grünen Wälzer, in dem der Fahrer vorhin geblättert hatte und der jetzt zwischen Handbremse und Fahrersitz klemmte.

Pschyrembel.

Also kein Soziologie-, sondern ein Medizinstudent.

Dann wunderte sie sich.

»Hey«, sagte sie. »Sie haben vergessen, die Uhr anzustellen.«

»Wie, was? Ach ... verdammt.«

Der Student nutzte eine rote Ampel, um auf sein Taxameter zu klopfen. Anscheinend war es kaputt.

»Das ist jetzt schon das dritte Mal ...«, schimpfte er.

Von hinten näherte sich ein Motorrad.

Nele drehte sich zur Seite, als es direkt neben ihrem Fenster hielt. Der Fahrer trug einen verspiegelten Helm, weswegen sie nur sich selbst sah, als er sich zu ihr herunterbeugte. Seine Maschine blubberte wie ein brodelnder Lavasee.

Verwirrt und ängstlich sah Nele wieder nach vorne.

»Es ist grün!«, sagte sie mit kieksender Stimme.

Der Student blickte von dem Taxameter hoch und entschuldigte sich.

Neles Augen wanderten wieder zur Seite.

Der Motorradfahrer wollte nicht anfahren. Stattdessen tippte er sich wie zum Gruß an den Helm, und Nele meinte das diabolische Lächeln zu spüren, das der Kerl ganz sicher unter dem Helm aufgelegt hatte.

David, schoss es Nele durch den Sinn.

»Die Fahrt geht auf mich.«

»Wie bitte?«

Der Student zwinkerte ihr im Rückspiegel zu und legte den Gang ein. »Ihr Glückstag. Das Taxameter ist im Eimer, Sie müssen nichts zahlen, Nele.«

Das letzte Wort des Fahrers schnitt durch die Luft direkt in ihren Verstand.

»Woher ...?«

Woher kennt er meinen Vornamen?

»Wer sind Sie?«

Nele registrierte, dass sie langsam voranrollten, direkt hinter der Ampel nach rechts in eine Einfahrt.

»Wo sind wir hier?«

Sie sah einen aufgerissenen Metalldrahtzaun, im Hintergrund

ragten zwei gemauerte Industrieschornsteine wie leichenstarre Finger in den dunklen Himmel.

Das Taxi schaukelte über Bodenwellen in der Einfahrt eines längst aufgegebenen Fabrikgeländes.

Nele griff zur Tür. Rüttelte am Griff.

»Halten Sie an. Ich will aussteigen.«

Der Fahrer drehte sich um und starrte auf ihre geschwollenen Brüste.

»Keine Sorge«, beschwor er sie mit dem Lächeln, das so unpassend schüchtern und harmlos wirkte.

Die fünf Worte, die folgten, erschütterten Nele mehr als alles, was sie bislang in ihrem Leben gehört hatte: »Ich will nur Ihre Milch.«

Eine innere Faust krampfte sich mit aller Macht in die empfindlichste Stelle ihres Unterleibs.

»Haah!«, schrie sie dem Studenten entgegen, der sie im Rückspiegel ansah, während die Scheinwerfer einen verrosteten Wegweiser streiften.

Zu den Ställen, las Nele ab.

Dann erreichte die Wehe ihren ersten Höhepunkt.

3.

Es geht los!
Mats Krüger stellte seinen Aktenkoffer in den Gang und griff nach dem Handy, um sich noch einmal die SMS seiner Tochter anzuschauen, als wäre in der Drei-Wort-Nachricht eine geheime Botschaft versteckt, die er beim ersten Lesen nicht entschlüsselt hatte.

Er tupfte sich mit einem Stofftaschentuch den Schweiß von der Stirn und wunderte sich, weshalb es ab Reihe vierzehn nicht weiterging. Sie hatten schon eine halbe Stunde Verspätung. Weißes Deckenlicht flutete den Innenraum des nagelneuen, mit fliederblau gepolsterten Sitzen ausgestatteten Flugzeugs, in dem es nach Dufterfrischer und Teppichreiniger roch. Mit dem hellen Summton der Hilfsturbine im Ohr stand Mats mit dem Rücken zum Cockpit auf der rechten Gangseite der gewaltigen Maschine. Vierundzwanzig Meter hoch, höher als ein achtstöckiges Bürogebäude – oder als »fünf Giraffen«, wie eine Tageszeitung über das Fluggerät einmal schrieb.

Der Journalist mit einer Vorliebe für Tiervergleiche hatte ausgerechnet, dass das Flugzeug sich über eine Länge von zwei hintereinandergelegten Blauwalen erstreckte.

Es geht los!
Die SMS, die Mats vor vier Minuten beim Einstieg erreichte, hatte ihn gleichzeitig beflügelt und gebremst.

Er freute sich darauf, bald sein erstes Enkelkind sehen und vielleicht sogar in den Armen halten zu dürfen. Gleichzeitig hatte er Angst davor, in Neles Augen die gleiche Kälte zu lesen, mit der sie ihre knappen Nachrichten formulierte.

25

Nur ein alter Narr konnte sich der Hoffnung hingeben, sie würde ihm verzeihen. Und Mats fühlte sich zwar alt, aber er war gewiss kein Narr. Er wusste, was er zerstört hatte, damals, als er ihre Mutter im Stich ließ, und er war sich immer noch nicht sicher, weshalb Nele ihn gebeten hatte, zu der Geburt ihres ersten Kindes nach Deutschland zurückzukommen. Streckte sie ihm die Hand zu einem vorsichtigen Neuanfang hin? Oder um ihn zu ohrfeigen?

»Na endlich«, raunte sein rucksacktragender Vordermann, und tatsächlich setzte sich die Schlange wieder in Bewegung.

Na endlich?

Mats hätte es vorgezogen, noch eine Weile im Gang stehen bleiben zu dürfen, solange der 560-Tonnen-Koloss nur am Boden blieb. Vor vier Jahren war er mit einem Frachter nach Argentinien ausgewandert, um sich in Buenos Aires als Psychiater niederzulassen. Er litt unter Flugangst, hatte sogar ein Aviophobie-Seminar besucht, aber das hatte nicht viel genutzt. Sätze wie *»Akzeptieren Sie Ihre Angst und versuchen Sie nicht, dagegen anzukämpfen«* oder *»Versuchen Sie länger aus- als einzuatmen«* hatte er selbst schon oft an seinen Phobie-Patienten ausprobiert; und er wusste auch, dass es vielen half, diesen Ratschlägen zu folgen. Das änderte aber nichts daran, dass der Mensch seiner Meinung nach nicht dafür geschaffen war, in zehntausend Metern Höhe mit einer beflügelten Überdruck-Blechröhre durch die Troposphäre geschossen zu werden. Der Homo sapiens gehörte einfach nicht in diese feindliche Umgebung; bei Außentemperaturen von minus fünfundfünfzig Grad konnte der kleinste Fehler zu einer Katastrophe führen.

Wobei sich Mats um die technischen Aspekte weniger Sorgen machte als um die Hauptfehlerquelle, die nicht nur in der Luft, sondern auch zu Lande und auf dem Wasser für die meisten Todesopfer sorgte: der Mensch. Und der hatte bei kaum einer anderen Flugstrecke so viele Gelegenheiten, seine

Unvollkommenheit unter Beweis zu stellen wie bei der vor ihm liegenden.

Mats hatte sich für seinen ersten Flug seit über zwanzig Jahren nicht nur das aktuell größte Passagierflugzeug der Welt ausgesucht, sondern auch eine der längsten Nonstop-Strecken der zivilen Luftfahrt. Für die elftausendneunhundert Kilometer von Buenos Aires nach Berlin benötigte der fliegende Koloss etwas über dreizehn Stunden. Die Stunde, die die sechshundertacht Passagiere brauchten, um in dem Doppeldecker ihren Platz zu finden, nicht mitgerechnet. Viel lieber wäre Mats wieder mit dem Schiff gefahren, immerhin wusste er seit Wochen von Neles Schwangerschaft, aber um diese Jahreszeit gab es keine passenden Transatlantik-Verbindungen.

Es geht los!

Mats schob sich mit seinem Aktenkoffer an einer nach Kaffee riechenden Kombüse vorbei, die sich in Höhe der mittleren Notausgänge direkt über den Tragflächen befand, als ihn der Satz einer aufgelöst klingenden Frau wieder zum Stehen brachte.

»Sie verstehen mich nicht!«

Schlüsselwörter für einen Psychiater.

Mats sah nach links in die Küche zu einem hochgewachsenen Flugbegleiter, dessen dunkelblaue Uniform wie maßgeschneidert wirkte. Der Mann stand neben der Kaffeemaschine und unterhielt sich mit einer jungen, rothaarigen Frau, die ein Baby im Arm hielt.

Draußen herrschten trockene achtundzwanzig Grad, aber die frisch gegelten blonden Haare des Stewards sahen aus, als wäre er gerade einem stürmischen Nieselregen entkommen. Erst auf den zweiten Blick sah man, dass es ihn einige Zeit vor dem Spiegel gekostet haben musste, um seine Frisur so gekonnt unfrisiert erscheinen zu lassen.

»Es tut mir wirklich leid.«

Der Flugbegleiter brachte das Kunststück fertig, verständnisvoll zu nicken, dabei aber verstohlen auf seine klobige Armbanduhr zu schielen, während die Mutter geschickt ihr leise vor sich hin brabbelndes Baby auf der Hüfte balancierte.

»Bei der Online-Buchung wurde mir ein Familiensitz bestätigt«, sagte die Frau erschöpft. Sie kehrte Mats den Rücken zu, aber er ahnte angesichts ihrer flatternden Stimme, dass sie kurz vor dem Tränenausbruch stand.

»Ich glaub, der Alte vor mir ist eingeschlafen«, hörte Mats einen Teenager hinter sich maulen. Nun war er derjenige, der den Gang blockierte, aber sein Interesse an dem emotionalen Konflikt in der Bordküche war zu groß, also trat er einen Schritt zur Seite, um die anderen Mitreisenden vorbeizulassen.

»Doch, ich verstehe Sie sehr gut«, versuchte der Steward die Mutter zu beruhigen. Seine standfeste Körperhaltung strahlte Erfahrung und Kompetenz aus, seine Stimme Ungeduld.

»Aber ich kann da nichts machen. Wir wurden in Chile leider mit den falschen Babykörbchen beladen. Die passen nicht in die Vorrichtungen für die Trennwand vor Ihrem Sitz.«

»Und jetzt soll ich mein Kind dreizehn Stunden auf dem Schoß balancieren?«

Sie wackelte mit den Hüften, um das glucksende Baby weiter ruhig zu halten. »Suza leidet unter Koliken«, erklärte sie. »Ich habe große Angst, dass sie die ganze Nacht durchschreien wird, wenn sie nicht liegen kann.«

Ein weiteres verständnisvolles Nicken, ein weiterer Blick auf die Uhr. »Ich wünschte, es wäre anders, doch ich kann Ihnen leider nicht helfen.«

»Aber ich vielleicht«, hörte Mats sich sagen, und im gleichen Atemzug ärgerte er sich, dass er das getan hatte.

Zwei erstaunte Augenpaare blickten ihn an.

»Entschuldigung, was haben Sie da gerade gesagt?«, fragte die Mutter, die sich zu Mats umgedreht hatte.

Das Licht in der Bordküche, die, soweit Mats wusste, offiziell »Galley« genannt wurde, war hell und unfreundlich. Es betonte jede Hautunreinheit und Falte im Gesicht der jungen Frau. Ihre Augen waren so rot wie ihre Haare, und sie sah so müde aus, wie er sich fühlte. Sie hatte dezenten, zu ihren Sommersprossen passenden Lippenstift aufgetragen, und sowohl ihr Schmuck als auch ihre Kleidung deuteten darauf hin, dass sie trotz des hilfebedürftigen Würmchens auf ihrem Arm nicht nur als Mutter, sondern immer noch als Frau wahrgenommen werden wollte.

»Sie können meinen Platz haben.«

Die ersten deutschen Worte seit langer, langer Zeit stolperten ungelenk aus seinem Mund, und kaum dass er sich selbst hörte, wünschte Mats, sie wären ihm in der Kehle stecken geblieben.

»Ihren Platz?«, fragte die Mutter.

Sein geschultes Auge nahm eine minimale Kontraktion des Musculus orbicularis oculi wahr. So erschöpft die junge Frau auch war, die Muskulatur des äußeren Augenrings funktionierte unwillkürlich und signalisierte Mats ein untrügliches Anzeichen echt empfundener Freude.

»Ich könnte Ihnen Platz 7A anbieten«, bestätigte Mats.

»Das ist die Businessclass«, sagte der Flugbegleiter verblüfft. Auf dem silbernen Schild am Revers glänzte der Schriftzug »Valentino«, und Mats wusste nicht, ob das der Nach- oder Vorname des blonden Schönlings sein sollte.

Vermutlich fragte er sich gleich zwei Dinge auf einmal: Weshalb überließ ein Mann einer wildfremden Frau auf einem so langen Flug freiwillig seinen bequemen Schlafsessel? Und was hatte er beim Boarding dann hier unten in der Holzklasse zu suchen?

»Ich fürchte, auch in der Businessclass gibt es kein Körbchen für Ihr Baby«, warf er ein.

»Aber die Sitze sind so breit, dass Suza bequem neben Ihnen liegen könnte«, unterbrach ihn Mats und zeigte auf das Baby. »Laut Werbung kann man den Sessel in ein flaches Bett verwandeln.«

»Und diesen Sitz wollen Sie wirklich mit mir tauschen?«, fragte die Mutter ungläubig.

Nein, dachte Mats und fragte sich noch einmal, welcher Teufel ihn geritten hatte. Aufregung verstärkt die Angst. Es war eine ganz einfache Formel. Er hatte sich so fest vorgenommen, zu seinem Platz zu gehen, die laminierte Pappe mit den Sicherheitshinweisen auswendig zu lernen, die Sitzabstände zu den Notausgängen zu überprüfen und, nachdem er der Demonstration des Bordpersonals gefolgt war, mit seinen autogenen Trainingsübungen zu beginnen. Und nun wich er von seinem Beruhigungsplan schon in den ersten Minuten des Boardings ab.

Was für ein kontraproduktiver Blödsinn!

Noch dazu, wo er es doch gar nicht verantworten konnte, ausgerechnet einer Mutter mit Baby Platz 7A zu überlassen.

Doch so war das häufig bei ihm. Bei der Arbeit mit seinen Patienten war er die Ruhe und Besonnenheit in Person. In seinem Privatleben hatte er oft mit den Irritationen zu kämpfen, die seine emotionalen Schwankungen auslösten.

Da er sein impulsives Angebot nun aber schlecht zurückziehen konnte, fragte Mats nur: »Wollen Sie den Platz haben?«

Ein Schatten wanderte über das Gesicht der Mutter, und diesmal musste man nicht auf die Deutung von mimischen Mikroexpressionen geschult sein, um die Enttäuschung in ihren Augen zu lesen.

»Schauen Sie, Herr …?«

»Krüger.«

»Freut mich, Sie kennenzulernen, Herr Krüger. Mein Name ist Salina Piehl. Schauen Sie, das Problem ist nicht nur das fehlende Babybett.« Sie deutete auf die Wand, die die Bordküche von der Passagierkabine trennte und hinter der sich irgendwo weiter hinten im Flugzeug ihr Platz befinden musste. »Ich sitze eingekesselt von einer leicht alkoholisierten, lauten Männergruppe. Wollen Sie sich das wirklich antun?«

Verdammt.

Hätte Salina einfach nur höflich abgelehnt, hätte er vielleicht freundlich nicken, sich verabschieden und weitergehen können. Nun aber, da er wusste, dass sie gleich doppelt hilfebedürftig war, konnte er sie unmöglich stehen lassen.

»So großzügig ist mein Angebot gar nicht. Sehen Sie, ich will nicht mit Ihnen tauschen. Ich habe noch einen anderen Platz an Bord.«

»Aber ... wieso?« Sie sah ihn mit großen Augen an.

»Ich leide unter starker Flugangst. Als Vorbereitung auf diesen Flug habe ich alle mir zur Verfügung stehenden Absturzstatistiken ausgewertet. Danach gibt es Sitzplätze, auf denen Passagiere im Falle einer Katastrophe eine höhere Überlebenswahrscheinlichkeit als auf anderen Plätzen haben.«

Der Flugbegleiter zog eine Augenbraue hoch. »Und?«

»Und die habe ich alle gebucht.«

»Im Ernst?«, fragte die Mutter.

»Zumindest, soweit es mir möglich war.«

»Ach, *Sie* sind das«, sagte Valentino.

Mats wunderte sich nicht, dass er dem Bordpersonal bereits bekannt war. Sein merkwürdiges Buchungsverhalten musste sich unter der Crew herumgesprochen haben.

»Wie viele Plätze haben Sie denn reserviert?«, wollte die Mutter wissen.

»Vier. Neben dem in der Businessclass, also 7A, sind es 19F, 23D und 47F.«

Die Augen der Mutter weiteten sich. »Vier?«, fragte sie ungläubig.

Eigentlich hatte er sieben Sitze reservieren wollen, aber die anderen waren schon belegt gewesen. Und auch die Reservierung der freien Plätze hatte Mats vor erhebliche Probleme gestellt. Zwar hatte die Fluggesellschaft eine Online-Buchungsfunktion für Übergewichtige, die zwei Sitze benötigten. Aber die lagen naturgemäß nebeneinander und nicht quer über das

Flugzeug verteilt. Es hatte ihn zahlreiche Anrufe und E-Mails gekostet, bis er der Airline seine Wünsche erklären und den Verantwortlichen glaubhaft versichern konnte, dass er weder ein Verrückter noch ein Terrorist war. Am Ende hatte es dann noch Probleme mit seinem Kreditkartenlimit gegeben, denn natürlich kostete ihn seine Flugangst ein kleines Vermögen. Zum Glück aber verdiente er nicht schlecht und lebte als Single seit Jahren relativ genügsam.

»Aber wieso? Ich meine, konnten Sie sich nicht für einen Sitz entscheiden?«, wollte die Mutter von ihm wissen.

»Ich habe vor, während des Flugs zu wechseln«, erklärte Mats, um die Verwirrung perfekt zu machen. »Die Sicherheit der Plätze hängt nämlich davon ab, ob wir uns beim Start oder im Landeanflug befinden und ob wir über Land oder Wasser fliegen.«

Die junge Mama griff sich nervös ins Haar. »Und in welcher Phase des Fluges wollen Sie Ihren Businessclass-Sitz zurück?«

»Gar nicht.«

Hätte er sich vor ihr ausgezogen und nackt angefangen zu tanzen, hätte sie ihn kaum irritierter angestarrt.

Mats seufzte. Den Merkwürdigkeitsstempel hatte er ja ohnehin schon weg, also blieb er bei der Wahrheit. »Im Jahr 2013 ließen Wissenschaftler absichtlich ein voll verkabeltes Passagierflugzeug an der US-amerikanischen Grenze zu Mexiko in der Wüste abstürzen. Eine Art Crashtest für die zivile Luftfahrt.«

»Und dabei kam raus, dass Platz 7A der sicherste ist?«, fragte die Mutter.

Valentino hatte es offenbar die Sprache verschlagen. Seine Kinnlade sackte noch einmal tiefer, als Mats ihnen erklärte:

»Die Deformation der Crashtest-Dummys zeigte, dass die ersten sieben Reihen im Falle eines Absturzes in der sicheren Todeszone liegen. Platz 7A war der einzige, der sogar aus der Boeing geschleudert wurde.«

Das Baby hustete trocken, dann fing es leise an zu quengeln, kaum dass Mats mit den Worten schloss: »7A ist der gefährlichste Platz in einem Flugzeug. Ich habe ihn nur aus Aberglauben gebucht. Weil ich unbedingt wollte, dass er auf diesem Flug frei bleibt.«

4

Eine Überlebenschance von fünfundneunzig Prozent!«
Mats kannte die Statistik schon, bevor der Seminarleiter
sie selbstbewusst lächelnd der Flugangst-Gruppe verkündet
hatte.

»Selbst wenn es einen Zwischenfall geben sollte, haben Sie bei
einem Absturz eine Überlebenschance von fünfundneunzig
Prozent. Mit einem Flugzeug zu fliegen ist in etwa so gefähr-
lich, wie mit einem Aufzug zu fahren.«

Der argentinische Pilot hatte nicht wissen können, dass er sich
damit den denkbar schlechtesten Vergleich ausgesucht hatte,
um seinen schwierigsten Probanden auf diesen Nachtflug
vorzubereiten. In dem altehrwürdigen Mietshaus in Recoleta,
in dem Mats seine psychiatrische Praxis führte, war vor zwei
Jahren der Hausmeister bei eigenmächtigen Wartungsarbeiten
von einer Kabine im Fahrstuhlschacht zerquetscht worden.
Und Mats war derjenige, der seine letzten gurgelnden Schreie
hatte hören müssen, als er an diesem Tag etwas später als sonst
nach Hause wollte und im vierten Stock vergeblich auf den
Aufzug wartete.

Doch Mats wollte nicht ungerecht sein. Den anderen Teil-
nehmern hatte der Seminarleiter mit seinen Fakten und Statistiken sicher geholfen. Mats jedoch war ein hoffnungsloser
Fall.

Er hatte sich wochenlang auf diesen Flug vorbereitet, war alle
Absturzberichte durchgegangen und hatte sogar Konstruk-
tionspläne unzähliger Flugzeuge studiert, und nun warf er seine eigenen Vorsätze schon beim Einstieg über Bord. Bot wildfremden Passagieren einen seiner sorgfältig ausgewählten
Plätze an, vertrödelte wichtige Zeit beim Boarden, und nun

war es passiert: Auf dem wichtigsten aller Plätze – dem, den er für den Start ausgewählt hatte – saß ein Toter!

Der Vergleich war äußerst treffend im Hinblick auf den Schlafenden, der mit zum Fenster verdrehter Körperhaltung Platz 47F okkupierte. Er trug einen Strohhut, der Mats an das lächerliche Modell erinnerte, das ihm seine Frau während der Flitterwochen in Spanien bei einem Strandhändler gekauft hatte. Schräg auf dem Kopf verrutscht, war es nicht möglich, das Gesicht zu sehen. Und Mats konnte auch keine Bewegung des Brustkorbs unter der grauen Wolldecke ausmachen, in die er sich gewickelt hatte.

Der Mann war entweder übermüdet oder verfügte über die beneidenswerte Fähigkeit, selbst bei der größten Unruhe um sich herum den Tiefschlaf zu bewahren.

Mats sah noch einmal auf den Ausdruck seines Tickets, vergewisserte sich, dass er in der richtigen Reihe stand, und überlegte, was zu tun sollte.

War es ein schlechtes Omen, dass er den Businessclass-Platz an die junge Mutter abgetreten hatte?

Eben noch hatte er sich für einen kurzen Moment gut gefühlt, wie ein kleiner Held, als sie ihm überschwänglich und mit Tränen in den Augen die Hand geschüttelt hatte. »*Googeln Sie nach Salina Piehl*«, hatte sie zum Abschied gesagt. »*Piehl-Pictures, ich bin Fotografin. Falls Sie mal ein Porträt- oder Familienfoto oder Ähnliches brauchen, rufen Sie einfach durch. Sie haben echt was gut.*«

Tja, nun fühlte sich seine Entscheidung auf einmal gar nicht mehr so gut an. Hatte er das Schicksal heraufbeschworen, als er der Mutter den gefährlichsten Platz eines Flugzeugs überließ, und war 47F deshalb jetzt zur Strafe mit einem komatösen Schlafpatienten belegt, der weder auf eine Anrede noch sanfte Berührungen noch ein mittelgrobes Schulterschütteln reagierte?

Und jetzt?

Sowohl Mittel- als auch Gangplatz neben dem Schlafenden waren noch frei und würden es mit einigem Glück auch bleiben. Eben hatte es eine »Boarding Completed«-Durchsage gegeben. *Was soll's,* seufzte Mats innerlich.

Er legte seinen Aktenkoffer auf den Mittelsitz und ließ sich in den Gangplatz fallen.

Im Grunde war er sich ja nicht einmal hundertprozentig sicher, ob seine Berechnungen stimmten.

Mats hatte sich in akribischer Vorbereitung auf den Flug den Sitzplan von LANSA-Flug 508 besorgt. Jener Lockheed Electra, die am 24. Dezember 1971 von Lima nach Pucallpa geflogen war. Die Maschine brach während eines Gewitters auseinander und stürzte nach einem Blitzeinschlag über dem peruanischen Regenwald ab. Alle Insassen starben.

Alle, bis auf Juliane Koepcke. Das Weihnachtswunder. Die Siebzehnjährige wurde aus dem Flugzeug geschleudert. Noch an ihren Sitz geschnallt, stürzte sie etwa dreitausendzweihundert Meter tief nach unten. Und überlebte als Einzige die Katastrophe, lediglich mit einem Schlüsselbeinbruch, einer Quetschung am Arm und einem geschwollenen Auge.

Ihr Platz? 19F!

Natürlich war die Lockheed damals ein ganz anderer, viel kleinerer Flugzeugtypus. Aber grundsätzlich hatten sich die Röhrenform und die Bestuhlung über die Jahrzehnte kaum verändert. Mats hatte Startgewicht, Länge, Breite, Höhe und Volumen der beiden Flugzeuge in Relation gesetzt, und wenn er nicht irrte, dann entsprach 47F in diesem Flugzeug ungefähr dem Sitz von Juliane Koepcke.

Deren Überleben man sich bis heute wissenschaftlich nicht erklären kann.

Aber wenn sie auf diesem Platz einen Sturz aus über drei Kilometern überlebte, dann war es zumindest nicht schädlich, dort zu sitzen, wenn sich ein Unglück in einer der gefährlichsten Phasen des Fluges ereignete: während des Starts.

»Flugangst?«, hörte er eine rauchige Stimme neben sich fragen. Mats sah nach links zu dem Gangplatz der Mittelreihe und sah einem freundlich lächelnden Mann ins Gesicht, der kurz nach ihm gekommen war und sich gerade hingesetzt hatte. Auf den ersten Blick erinnerte er ihn an einen bekannten britischen Schauspieler. Aber da Mats ein katastrophales Namensgedächtnis hatte, wusste er im ersten Moment nicht, wem der Mann mit dem weißgrauen, gestutzten Vollbart und dem wettergegerbten Seglergesicht so ähnlich sah.

»Wie bitte?«, fragte er, und der Mann lächelte augenzwinkernd. Er trug ein aufblasbares violettes Nackenkissen, das ihm wie die Krause eines Schleudertraumapatienten um den Hals hing.

»Sie sprechen doch Deutsch, oder?«

Mats nickte.

»Entschuldigen Sie meine direkte Art, aber Sie müssten sich mal im Spiegel sehen. Ehrlich, Sie haben große Ähnlichkeit mit einem Typen, den ich mal in einer Doku gesehen habe. Aber der saß nicht in einem Flugzeug, sondern in Texas auf dem elektrischen Stuhl.« Er lachte und sprach mit dem unverwechselbaren Berliner Dialekt, der Mats an so viele schöne Dinge erinnerte: an die Imbissbude am Mehringdamm, die er mit seiner Verlobten Katharina am Ende jeder durchtanzten Nacht aufgesucht hatte. An den laut schimpfenden Taxifahrer, der sich auf dem Weg zum Standesamt verfahren hatte. An ihre Hausmeisterin in der ersten gemeinsamen Wohnung, die vor Freude in Tränen ausgebrochen war, als sie Nele das erste Mal im Kinderwagen sah. Allerdings erinnerte ihn der Dialekt auch an den Pfarrer der Friedensgemeinde, der nur dann berlinerte, wenn er verärgert war. Und das war er ganz sicher gewesen, am Tag des Begräbnisses von Katharina. Zu dem Mats nicht gekommen war.

»Rüdiger Trautmann.«

Der Passagier reichte ihm die Hand über den Gang hinweg,

und Mats musste sich erst einmal die Finger an der Anzughose trocken wischen, bevor er ihm die Pranke schüttelte.

Angst, sagte Mats seinen Patienten gerne, war wie eine Boa constrictor, die man sich als Haustier hielt. Man denkt, man habe das wilde Tier gezähmt und könne es sich bedenkenlos um den Hals legen. Doch hin und wieder, ganz ohne Vorwarnung, zieht die Schlange plötzlich zu. Windet sich um den Brustkorb, schnürt die Atmung ab, treibt den Puls in die Höhe. So schlimm war es bei Mats noch nicht.

Er spürte die schlängelnden Bewegungen, spürte, wie die Schlinge etwas fester wurde, aber er stand noch nicht davor, schreiend aufzuspringen und sich in unkontrollierten Bewegungen den unsichtbaren, leise zischelnden Urheber seiner Angst vom Leib zu reißen.

»Mats Krüger«, stellte er sich seinem Gangnachbarn vor und unterschlug den Doktortitel.

Im Gegensatz zu vielen seiner Kollegen legte Mats keinen Wert auf akademische Titel und hatte ihn noch nicht einmal im Pass stehen. Dabei wurde seine Doktorarbeit noch heute in den Standardwerken über posttraumatische Belastungsstörungen zitiert.

»Tut mir leid. Meine Freundin sagt, ich rede zu viel«, sagte Trautmann, der die Nervosität in Mats' Augen vermutlich fehlinterpretierte. »Aber Sie müssen keine Sorgen haben, dass ich Sie den ganzen Flug lang vollquatsche. Ich nehm jetzt gleich meine Zwölftausend-Dollar-Pille.«

Trautmann rutschte etwas umständlich zur Seite, damit er sich eine kleine weiße Medikamentenpackung aus der hinteren Hosentasche seiner Jeans ziehen konnte.

»Eine Zwölftausend-Dollar-Pille?«, fragte Mats, der merkte, dass ihm die Ablenkung guttat. Die Schlange hatte sich nicht gelockert, zog aber wenigstens nicht fester an, solange er sich mit dem etwas kauzig wirkenden, sympathischen Mitreisenden austauschte.

»Haben Sie einen Selfiestick?«, fragte der ihn.

»Wie bitte?«

»Also nicht. Aber Sie kennen doch diese schrecklichen Stabdingsbumse, mit denen sich die Menschen zum Affen machen, wenn sie ihr Handy darin einklemmen, nur um ein Bild von sich zu schießen?«

»Ja, ja, klar.«

»Das bin ich. Hab frühzeitig in eine Firma investiert, die diese schwachsinnigen Fotoangeln herstellt.«

»Hat sich wohl gelohnt.«

Trautmann lachte. »Kann man so sagen.«

Er beugte sich über die Armlehne in den Gang, als wollte er Mats etwas ins Ohr flüstern. Dabei redete er so laut, dass man ihn sicher noch bis zu den nächsten Notausgängen verstand.

»Ich könnte viel weiter vorne sitzen.« Er zeigte in Richtung Cockpit. »First Class. Zwölftausend Dollar pro Strecke, Schampus schlürfen, von Porzellan speisen und von meinem flachen Federbett aus den Saftschubsen auf den knackigen Po starren, aber bin ich blöd?«

»Ich schätze, das ist eine rhetorische Frage.«

Trautmann lachte noch lauter. »Genau. Bin ich nicht. Ich schlucke diese Pille hier.«

Er hatte eine Tablette aus dem Blister gedrückt, die er jetzt zwischen Daumen und Zeigefinger rollte.

Lorazepam, vermutete Mats.

»Ich schmeiß das Teufelszeug ein, und fünf Minuten später bin ich ausgeknockt, als hätte mir meine Frau eins mit dem Holzhammer übergeschädelt. Krieg nichts mehr mit. Und spare mir die Kohle für die First Class. Schneller und einfacher kann ich selbst mit Selfiesticks kaum Kohle verdienen. Also, was sagen Sie? Wollen Sie auch eine Zwölftausend-Dollar-Pille? Ich geb sie Ihnen für die Hälfte.«

Er lachte, als hätte er einen filmreifen Witz gerissen.

»Nein danke«, sagte Mats, auch wenn das Angebot verlockend klang. Anfangs hatte er tatsächlich mit dem Gedanken gespielt, sich mithilfe eines Benzodiazepins während des Flugs in die Traumwelt zu schießen. Aber dann würde er im Fall einer Katastrophe auf jeden Fall ums Leben kommen; zum Beispiel, weil er nicht in der Lage war, in der brennenden Maschine den Weg zum Notausgang zu finden.

»Ich bleibe lieber wach«, sagte er deshalb.

»Wie Sie meinen.« Trautmann zuckte mit den Achseln und streifte sich mit den Füßen ein Paar Troddel-Slipper ab. Dann spülte er die Pille mit einem letzten Schluck aus einer Wasserflasche herunter, die man am Gate aus den Automaten hatte ziehen können.

In dieser Sekunde fiel Mats ein, wem der Koloss ähnelte, der mit seinen wuchtigen Unterarmen wie selbstverständlich beide Armlehnen belegt hielt. Er sah aus wie Sean Connery, nur war er deutlich pausbäckiger.

»Dann guten Flug, Kumpel«, sagte Trautmann, legte den Kopf zur Seite gegen das Nackenkissen, faltete die Hände über seinem voluminösen Bauch in Höhe der Gurtschnalle und schloss die Augen. »Wird schon schiefgehen.«

Ja, sicher. Das wird es.

Mats sah nach rechts zu dem anderen, schon länger schlafenden Passagier am Fenster.

Dann tippte er auf den Touchscreen-Monitor, der vor ihm in der Rückenlehne eingelassen war, und suchte nach dem Sicherheitsvideo, das ihn über Verhaltensmaßnahmen im Katastrophenfall aufklären sollte.

Eine Stewardess kam von hinten und warf einen Blick in die Reihen, um zu kontrollieren, ob alle Passagiere angeschnallt waren.

Sie lächelte Mats dankbar zu, als er ihr seine Schnalle zeigte, machte aber keine Anstalten, den Schläfer auf 47F zu wecken, obwohl sie nicht sehen konnte, ob er unter seiner Decke den Gurt angelegt hatte.

»*Entschuldigen Sie bitte, Sie haben da etwas vergessen*«, wollte Mats ihr schon nachrufen, dem Nachlässigkeiten in Sicherheitsaspekten ganz und gar nicht schmeckten. Doch dann zog sich auf einmal die Angstschlange zu und schnürte ihm nicht nur die Atmung, sondern auch die Stimme ab.

Was zum Teufel …

Er sah wieder nach rechts. Schwitzend. Mit einem enormen Druck auf der Brust.

Hab ich das gerade wirklich gehört?

Mats war sich nicht sicher, aber er meinte, dass der Hutträger, der seinen Fensterplatz okkupierte, eben im Schlaf geredet hatte. Und auch wenn es nur ein Wort war, hatte es Mats doch zutiefst verstört.

Denn das Wort lautete »Nele«.

Der Name seiner Tochter.

5.

Die Spitzdachbaracke war so lang wie ein Fußballfeld und so hoch, dass in ihrer Mitte ein Doppeldeckerbus hineingepasst hätte.

Es roch nach Exkrementen, altem Heu und feuchter Asche. Und obwohl das Wellblechdach und die dünnen Fertigbauwände das Gebäude bestimmt nicht gut isolierten, war es schon zu dieser frühen Uhrzeit unangenehm schwül im Inneren. Doch es war hauptsächlich Angstschweiß, der Nele den Nacken hinabrann.

»Wo sind wir?«, fragte sie den Taxifahrer, der ihr mit Kabelbinder die Hände und sogar ihre Beine festgebunden hatte.

An einer Krankenliege!

Der Mann mit den halblangen Haaren und der runden Nickelbrille antwortete ihr nicht.

Er hatte kein Wort mehr gesagt, seitdem er die Gunst der ersten Wehenattacke genutzt und die Wehrlose aus dem Taxi gezogen hatte. Auf ein klappriges Matratzengestell geschnallt, rollte er sie jetzt durch diese grauenerregende leere Folterhalle.

Nele hatte schon Übungswehen erlebt, aber was immer ihr Körper in der dreißigsten Schwangerschaftswoche damit hatte ausprobieren wollen, auf die unerträglichen Schmerzen, die sie auf dem Rücksitz des Taxis plötzlich übermannt hatten, war sie dadurch nicht einmal im Ansatz vorbereitet worden.

Es war, als ob eine in Säure getauchte Faust versucht hätte, ihre Gebärmutter aus dem Körper zu ziehen, sich dabei aber über die Richtung nicht im Klaren gewesen war; denn die Krämpfe strahlten sowohl in ihre Scheide als auch in den Rücken aus.

»WO SIND WIR?«

Ihre Stimme hallte durch die leere, fensterlose Baracke. Das Licht stammte von mehreren Baulampen, die von einem Holzsparren in unregelmäßigen Abständen von der Decke hingen.

»Hier wurden früher Kühe gehalten.«

Nele, die nicht mit einer Antwort gerechnet hatte, hob den Kopf, während der Taxifahrer ihre Liege über den holprigen Spaltboden zog, vorbei an gebogenen Stangen und verrosteten Rohren, die jeweils rechts und links vom Gang aus eine Art Gatterzaun bildeten.

Nele erinnerte sich an den Wegweiser zu den Ställen, den sie in der Einfahrt gesehen hatte, und tatsächlich roch es hier nach industrieller Tierhaltung, auch wenn diese angesichts des Schmutzes und des Zustands der Halle schon einige Zeit zurückliegen musste.

Es gab Boxen, doch die waren anders als in Pferdeställen nicht aus Holz oder Stein, sondern sahen aus wie Käfige, von Metallrohren umzäunte, licht- und luftdurchlässige Verschläge, kleiner als ein Parkplatz.

»Ich bin im Gefängnis!«, war Neles erster Gedanke.

Sie fühlte sich, als würde sie einen Gefängnisgang hintergeschoben, vorbei an den Zellen, in denen früher die Tiere, an Stangen gekettet, ihr Dasein hatten fristen müssen.

Und nun ist eine dieser Zellen für mich!

»Wir sind gleich da«, sagte ihr Entführer, der wohl weder Taxifahrer noch Student war, sondern einfach nur wahnsinnig.

Wohin sollte es in dieser grauenhaften Halle denn schon gehen?

Alles wurde noch unheimlicher, als der Verrückte mit sich selbst zu reden begann, in einem flüsternden Tonfall, als wolle er sich Mut zusprechen.

»Gut, dass ich die Spritze nicht brauche. Ich hätte es sicher geschafft, ich hab es ja geübt, aber so ist es besser. Ja, so ist es viel besser.«

»Wovon zum Teufel reden Sie?«, rief Nele.

»Sie mögen es im Moment sicher anders sehen, aber es ist gut, dass Ihre Wehen bereits eingesetzt haben. Sonst hätte ich Ihnen Oxytocin spritzen müssen, um sie künstlich einzuleiten.«

Auf einmal wurde es heller, und Nele hob erneut den Kopf. Ihr Verstand wehrte sich verzweifelt, das gesamte Ausmaß des Grauens zu begreifen.

Der Stall zu ihrer Seite unterschied sich von den anderen Abschnitten in Furcht einflößender Weise: Am Rand des mit Stangen gesäumten Verschlags stand ein Stativ mit einer aufgeschraubten, professionellen Videokamera. Und auf dem nur grob gesäuberten, von Spalten durchzogenen Betonboden lag eine schwere Metallkette. Sie führte zu einer hüfthohen, leeren Plastikkiste. Diese war mit einem aufklappbaren Sichtgitter ausgestattet und erinnerte sie an eine Transportbox für Tiere im Flugzeug.

»Nein!«, schrie Nele und riss an ihren Fesseln.

NEEEEEEIN!

Das Grauenhafteste an der Szenerie war nicht die Tatsache, dass die Stangen des Verschlags so gebogen waren, dass der Verrückte Nele zwingen konnte, ihren Kopf von hinten durchzustecken. Wie eine schlachtreife Kuh! Und auch nicht, dass die Kette dazu da war, sie wie ein hilfloses Tier an das Gestänge zu fesseln, um sie zur Bewegungsunfähigkeit zu verdammen.

Nele hatte wegen der Beschriftungen aufgeschrien.

Auf der Holzleiste, direkt über dem Verschlag.

»NELE« stand über dem Bereich, der offensichtlich für sie und die Liege reserviert war. Und »NELES BABY« über der Plastikbox.

»Was hast du mit uns vor?«

Ihre Stimme hatte vor Angst ihren Ausdruck verloren. Sie hörte sich selbst wie einen Roboter sprechen.

Zu ihrer Verblüffung entschuldigte sich ihr Entführer.

»Es tut mir leid«, sagte er, zog das gebogene Metallgitter zur Seite und trat hinter die Liege.

»Es tut mir leid, aber es geht nicht anders.«

Er schob ihre Krankenliege in den nach Kuhmist stinkenden Verschlag.

Und hätte Nele die Tränen nicht mit eigenen Augen gesehen, hätte sie an ihrem Verstand gezweifelt. Denn sie hörte es ganz eindeutig an der brüchig-flatternden Stimme. Trotz ihrer Angst. Trotz der Hoffnungslosigkeit, die ihr Entführer aus irgendeinem Grund mit ihr zu teilen schien.

Er weinte.

Bitterlich.

6

Mats
Noch 13 Stunden und 5 Minuten bis zur
planmäßigen Landung in Berlin

Sie starteten, und Mats bekam die Stimme nicht aus dem Kopf.

»Was sind schon tausend Tote?«, fragte sie, die Stimme der Vernunft, die sich ganz entfernt nach dem Leiter des Flugangst-Seminars anhörte. Nur, dass sie etwas heiser klang und in dem Beschleunigungslärm des Airbus kaum zu verstehen war. Mats krampfte die Finger um die Armlehnen und senkte den Kopf.

»Nichts. Statistisch gesehen fallen tausend Flugtote pro Jahr nicht ins Gewicht.«

Er wusste das alles, aber es war ihm gleichgültig.

Die Statistiken halfen nicht. Im Gegenteil.

Spätestens als das Kabinenlicht kurz geflackert hatte und danach die Triebwerke ansprangen, war er sich sicher, dass alle Untersuchungen und Hochrechnungen erlogen waren, nach denen das Flugzeug das sicherste Transportmittel der Welt war; mit »nur« tausend Toten bei sechzig Millionen Flügen pro Jahr.

»Das sind 0,003 Tote pro einer Milliarde Personenkilometer«, hatte der Seminarleiter ihnen vorgerechnet und gelacht. Denn das war so wenig, dass das Statistische Bundesamt den Wert auf null herabgesetzt hatte. Statistisch gesehen gab es demnach beim Fliegen überhaupt kein Risiko eines tödlichen Unfalls.

»Erzähl das mal den Angehörigen der Passagiere, deren Maschine letztens über dem Indischen Ozean vom Radar verschwand«, kicherte die Angstschlange, die sich Mats vom

Brustkorb ausgehend nun auch um den Hals geschlungen hatte und immer fester zuzog, während sie ihm ins Ohr zischte: *»Hörst du das Rumpeln? Das soll okay sein? Wusste gar nicht, dass die argentinischen Startbahnen neuerdings gepflastert sind.«*

Mats warf einen Blick nach rechts, am Kopf des Schlafenden vorbei zum Fenster. Er sah die Lichter des Flughafenterminals an sich vorbeifliegen und spürte, wie mit dem anschwellenden Turbinenlärm die Nase des Flugzeugs nach oben stieg.

Also mussten sie die zum Abheben nötige Geschwindigkeit von zweihundertachtzig Kilometer pro Stunde erreicht haben, die knapp unter der seines Blutes lag, das ihm gerade durch die pochende Halsschlagader schoss.

Es geht los.

Mats wollte schlucken, aber sein Gaumen war zu trocken. Seine Hand fuhr zum Hals, lockerte eine unsichtbare Krawatte. Als das Rumpeln aufhörte und der Tonnenkoloss zu schweben begann, hätte er am liebsten um sich geschlagen.

Er sah zur Decke, wo die cremeweißen Gepäckfächer wenig vertrauensvoll knarzten. Hörte die Gläser in den Bordküchen klirren. Auf dem Bildschirm vor ihm sah er eine Weltkarte und ein insektengroßes Flugzeugpiktogramm, das Kurs auf den Atlantik nahm; seine Flugroute war in einer gestrichelten Halbellipse angedeutet.

Flugzeit: 13 Stunden und 3 Minuten
Wind: 27 Knoten
Höhe über NN: 360 Meter
Entfernung bis zum Ziel: 13 987 Kilometer

Großer Gott. So hoch schon?
Und so lange noch?

Der Winkel, in dem er saß, erinnerte an den Moment, wenn man mit einem Achterbahn-Waggon zum Starthügel gezogen wurde. Kurz bevor man in die Tiefe stürzte.

Absturz.

Mats schüttelte den Kopf, griff nach der Papiertüte in der Tasche am Vordersitz. Nicht, um sich zu übergeben, sondern um etwas zu haben, in das er hineinatmen konnte, wenn es noch schlimmer wurde. Was es unter Garantie werden würde, wenn es ihm nicht gelang, die Bilder von brennenden Wrackteilen auf der Meeresoberfläche zu verdrängen.

Mats sah wieder zum Fenster.

Ein Fehler.

Der dicht gewebte Lichterteppich von Buenos Aires lag unter ihnen.

Unter mir!

Mats blickte erneut zum Monitor, sah sein gehetzt wirkendes, ausgezehrtes Spiegelbild westlich der Küste Südamerikas über dem Ozean schweben und versuchte es mit einem Trick.

Wenn er Migräne hatte, half ihm oft Akupressur. Gegenschmerz.

Mats hatte früh erkannt, dass diese Technik auch bei psychischen Akutleiden funktionierte. Um seinen Flugangst-Schub zu lindern, brauchte es einen seelischen Gegendruck.

Deshalb dachte er an Katharina.

An ihre Haare auf dem Fußboden. Und an das Blut, das sie mit ihrem Essen in die Kloschüssel erbrochen hatte.

Damals.

Er dachte an das letzte, zerfaserte Lebenszeichen, das er von ihr aufgeschnappt hatte. Das Röcheln durch die geschlossene Schlafzimmertür hindurch. Das selbst vor der Haustür noch zu hören war, als er fortging, um nie mehr wiederzukommen.

»*Ich muss hier raus*«, hörte er die Schlange zischen, die sich schon damals gezeigt und dasselbe gesagt hatte, als er seine Frau im Stich ließ.

»*Raus hier!*«, wiederholte sie nun, vier Jahre später, und Mats hörte das Zischen, begleitet von einem hydraulischen Summen unter seinem Sitz. Das Geräusch eines frei drehenden, immer wieder ansetzenden Riesenbohrers, auf das man ihn im Flugangst-Seminar vorbereitet hatte.

Das Fahrwerk und die Landeklappen wurden eingefahren.

Geschafft!, dachte Mats, ohne sich dadurch besser zu fühlen.

Der Neigungswinkel wurde schwächer. Die Schlange lockerte ihre Klammerumarmung ein wenig, sodass Mats wieder etwas mehr Luft bekam, aber sie lag ihm weiterhin schwer auf der Brust.

Aber immerhin.

Der Start, die zweitgefährlichste Phase des Fluges (nach der Landung), in der zwölf Prozent aller Unfälle geschahen, war fast vorbei. Die Triebwerke liefen beinahe schon auf Reiseschub. Es wurde ruhiger.

»*Jetzt sind wir eine von zehntausend*«, dachte Mats. Schweizer Wissenschaftler hatten herausgefunden, dass sich auf der Welt immer mindestens zehntausend Maschinen gleichzeitig in der Luft befanden. Mit über einer Million Passagieren an Bord.

Eine Großstadt an Bodenlosen.

Er sah nach rechts und links und beneidete die beiden schlafenden Passagiere zu seinen Seiten. Der Kerl, der ihm den Fensterplatz geklaut hatte, hatte sich seinen Hut noch tiefer ins Gesicht gezogen. Und Trautmann schlief leise schnarchend mit offenem Mund.

Mats konnte sich nicht vorstellen, auf den engen Sitzen Ruhe zu finden. Spaßeshalber versuchte er kurz die Augen zu schließen und das Mantra des Flugangst-Seminarleiters im Geiste zu wiederholen: »*Es ist unangenehm, aber nicht gefährlich.*«

Er schaffte es sogar, eine Weile durchzuhalten. Etwa fünf Minuten, die sich nach fünf Stunden anfühlten und zu deren Ende er kaum ruhiger geworden war. Allein dass er nicht mehr schreiend aufstehen und zu den Notausgängen rennen wollte, wertete er als Erfolg. Doch der würde nicht lange anhalten, also bemühte Mats sich wieder, ein Bild seiner sterbenden Frau vor seinem geistigen Auge zu reaktivieren, was ihm aber nicht gelang. Zumindest nicht so, wie er es sich vorgenommen hatte.

Denn plötzlich, seine Augen waren immer noch geschlossen, füllte ein schwerer, orientalisch würziger Frauenduft seine Nase.

Dieses Parfum ...

Die damit verbundene Erinnerung war so heftig, dass sie gleich mehrere körperliche Reaktionen auslöste. Er erschauerte, sein rechter Mundwinkel begann zu zucken. Und die Augen juckten plötzlich, weswegen er sie aufriss. Ängstlich und hoffnungsvoll zugleich.

Das ist nicht möglich, dachte er den einzig denkbaren Gedanken, und dann, bei dem Anblick der Frau, die den Gang nach vorne eilte, versuchte er sich einzureden, dass seine Augen hier Bilder ergänzten, die sein Gehirn sehen *wollte:* eine mittelgroße Frau mit schulterlangen, braunen Haaren, schlankem Rücken und ausladenden Hüften, die sich hin und wieder an den Kopfstützen der Rückenlehnen festhielt, als wollte sie sich einen Hügel nach oben kämpfen, dabei zog das Flugzeug nicht mehr ganz so steil in den Himmel.

Über die Hüften hatte sie den Saum eines schwarzen Rollkragenpullis bis zum Ansatz der Oberschenkel gezogen.

Weil sie ihren Hintern zu dick findet.

Mats sah der Frau mit dem vertrauten Gang nach, die Fußspitzen in kleinen Schritten leicht nach innen gesetzt, *»so als wolltest du einen unsichtbaren Fußball vor dir hertreiben«,* wie er es ihr einmal lachend beschrieben hatte.

»Das musst gerade du sagen! Du stampfst wie ein holzbeiniger Pirat«, erinnerte sich Mats an ihre Erwiderung, und da war es um ihn geschehen.

Mit Tränen in den Augen schnallte er sich ab. Wollte sich aus dem Sitz drücken, obwohl die Anschnallzeichen noch nicht erloschen waren. Wollte der Frau hinterherlaufen, die all das nicht sein konnte, woran sie ihn erinnerte: mit ihrem Duft, der nur auf ihrer Haut an dunkle Herbstrosen denken ließ. Mit ihrer Kleidung, ihrem Gang, den leicht gewellten Haaren. Und nicht zuletzt mit ihrer Art, wie sie den Vorhang aufzog, der die Holz- von der Businessklasse trennte.

Mit links.

Sie ist Linkshänderin!

Wie Katharina.

Seine vor vier Jahren verstorbene Frau.

7.

Bitte bleiben Sie noch eine Weile angeschnallt sitzen!«
Valentino, der Flugbegleiter von vorhin, hatte sich wie aus dem Nichts neben seinem Sitz materialisiert und drückte ihn professionell freudlos lächelnd auf den Platz zurück.

»Es ist dringend …«, sagte Mats ohne Erfolg.

»Sie können in wenigen Minuten auf die Toilette, sobald der Pilot die Freigabe erteilt. Es ist zu Ihrer eigenen Sicherheit.«

Mats verdrehte Kopf und Schultern, um an dem gegelten Schnösel vorbei den Gang hinaufzusehen, aber die Frau mit dem ebenso vertrauten wie seltenen Parfum, das längst nicht mehr hergestellt wurde, war bereits in der Businessclass verschwunden.

»Okay?«, fragte Valentino, als wäre Mats ein Kindergartenkind, von dem man erwartet, dass es seiner eigenen Zurechtweisung einsichtsvoll zustimmt.

Mats antwortete ihm nicht, auch weil ihn eine Vibration ablenkte, die nur er allein in diesem Flugzeug spüren konnte. Denn sie wurde von dem Gegenstand in der Innentasche seines Jacketts verursacht: seinem Handy.

Grundgütiger, habe ich tatsächlich vergessen, es auszuschalten?

Er konnte es nicht fassen. Ausgerechnet er, der Flugangstpatient, hielt sich nicht an die einfachsten und wesentlichsten Sicherheitsbestimmungen. Er benahm sich wie jemand, der Panik vor Hunden hatte und sich aus Versehen eine Briefträgeruniform anzog.

»Okay«, murmelte er schließlich doch noch, um Valentino, der tatsächlich wie ein Wachhund neben ihm stehen geblieben war, zum Gehen zu bewegen.

Bestimmt eine Terminerinnerung oder der Wecker, dachte Mats, als er sein Telefon herausholte. Umso erstaunter war er, als er feststellte, dass tatsächlich gerade ein Anruf einging.

Unbekannter Teilnehmer.

Für einen Moment war Mats so perplex, dass er keine Anstalten machte, das Display mit der Hand abzudecken.

Wie ist das überhaupt möglich?, fragte er sich zuerst, dann erinnerte er sich an das Werbevideo auf der Homepage von LegendAir. War da nicht von einem Mobil- und WLAN-Empfang an Bord die Rede gewesen, der auf allen Flügen seit 2009 angeboten wurde?

Doch, na klar.

Das WLAN war sogar gratis, und Anrufe sollten auf drei Minuten Dauer begrenzt werden, aus Rücksicht auf die anderen Passagiere.

Und tatsächlich: »LC-FlightNet« stand auf seinem Handy-Display hinter den fünf Punkten, die einen vollen Empfang signalisierten.

Mats blickte sich um, aber seine unmittelbaren Sitznachbarn schliefen weiterhin fest, und von den anderen Gästen nahm keiner Notiz von ihm.

Er erinnerte sich an die winzigen Ohrhörer, die er mitgenommen hatte, um später auf dem iPhone Musik zu hören.

Eilig, um den Anruf nicht zu verlieren, der vielleicht aus dem Krankenhaus oder von Nele direkt stammen könnte, befreite er die Stöpsel aus seiner Hosentasche und verband sie mit dem Smartphone, das er zurück in die Innentasche steckte.

Mit dem Schalter an dem leicht verknoteten Kabel nahm er das Gespräch entgegen.

»Hallo?«, flüsterte er, die Hand vor dem Mund. »Nele?«

»Herr Krüger? Spreche ich mit Mats Krüger?«

Mats erkannte die Stimme sofort. Er hatte vielleicht kein gutes Namens-, aber paradoxerweise ein hervorragendes Stimmengedächtnis, und dieser Stimme hatte er schon mehrere Stunden am Stück aufmerksam zugehört. Obwohl er, und das war im Moment sehr verstörend, den Mann, dem sie gehörte, noch nie in seinem Leben gesehen oder gar getroffen hatte. Wie Millionen anderer Menschen kannte auch Mats nur die Gesichter der weltberühmten Stars, denen der Anrufer seine Stimme lieh. Johnny Depp etwa oder Christian Bale. Schauspieler, die von dieser Stimme synchronisiert wurden.

»Wer ist denn da?«, fragte Mats.

»Nennen Sie mich, wie Sie wollen«, antwortete der unverwechselbar melancholische, leicht verrauchte Bariton. Die Stimme klang abgehackt, etwas unmotiviert und war mit Atem- und Zischlauten untermalt, die einer anderen Person gehören mussten. Der Person, die wirklich anrief. Denn natürlich hatte Mats nicht den Synchronsprecher von Johnny Depp am Apparat. Es klang eher danach, als bediente sich der Anrufer eines Voice-Decoders und sprach in ein Gerät hinein, das seine eigene Stimme durch die einer Berühmtheit ersetzte. Wahrscheinlich hätte der Anrufer sich auch Tom Hanks, Matt Damon oder Brad Pitt auf seinem Spielzeug aussuchen können.

»Es geht um Nele«, sagte die Stimme, weiter begleitet von den Atemgeräuschen des eigentlichen Anrufers. »Sie hören mir gut zu, dann wird ihr Leiden ein Ende haben.«

Mats blinzelte heftig. »Leiden? Ist etwas mit dem Baby?«

Mats' Knie zitterten, seine Zunge lag plötzlich wie ein toter Fisch in seinem viel zu klein gewordenen Mund. Und die Stimme des Anrufers schien auf einmal wie aus weiter Ferne zu kommen, was an dem Tinnitus lag, den er plötzlich im Ohr hatte. Das Geräusch sterbender Synapsen, das sich mit jedem Wort des Anrufers verstärkte:

»Sie gehen jetzt sofort zur nächsten Toilette und warten auf weitere Anweisungen. Kann ich Sie in zwei Minuten nicht erreichen, ist Nele tot.«

Tot?

»Wer sind Sie?«, wollte Mats schreien, aber der Mann ließ ihn nicht zu Wort kommen. Mit größter Treffsicherheit feuerte er seine Worte wie Pfeile ab, die alle ihr Ziel fanden.

»In drei Minuten erhalten Sie neue Anweisungen. Wenn ich Sie nicht erreiche, Dr. Krüger, ist Nele tot. Wenn Sie jemanden im Flugzeug warnen, ist Nele tot. Das gilt erst recht, wenn Sie die Polizei oder die Flugsicherung am Boden informieren. Ich habe meine Augen und Ohren überall. Bemerke ich auch nur das leiseste Anzeichen, dass Sie die Behörden einschalten – etwa weil der Kapitän die Flugrichtung ändert oder ein Funkspruch abgesetzt wird – oder dass die Polizei anfängt, Fragen zu stellen, werden Ihre Tochter und das Baby eines qualvollen Todes sterben.«

Es folgte ein Knacken, als würde der Unbekannte auflegen, unmittelbar danach hörte Mats den Signalton einer eingehenden SMS.

Nele ... leiden? Ein qualvoller Tod?

Hatte er dieses Telefonat eben wirklich geführt? Waren das die Worte des Unbekannten mit der berühmten Stimme gewesen?

»Hallo? Sind Sie noch dran?«

Es kostete Mats eine beinahe schmerzhafte Kraftanstrengung, das Telefon ein Stück aus seinem Jackett zu ziehen. Nur so weit, dass er sich überzeugen konnte, dass die Verbindung tatsächlich unterbrochen war. Ein aufgepopptes Fenster zeigte ihm den Eingang einer neuen Bildnachricht an.

Das ist ein Scherz, versuchte er sich einzureden.

Niemand wusste davon, dass er auf dem Weg nach Berlin war. Nicht einmal Nils, sein älterer Bruder, der mit seiner spanischen Frau schon vor einem guten Jahrzehnt nach Argentinien ausgewandert war und bei dem er nach der Tragödie mit Katharina die erste Zeit gewohnt hatte.

Bis zum letzten Moment war Mats sich nicht sicher gewesen, ob er den Mut und die Kraft finden würde, dieses Flugzeug zu besteigen. Wer also sollte ihn anrufen, wenn nicht ...

Nele!

Ein ungeheuerlicher Gedanke löste den anderen ab.

War das die Art seiner Tochter, es ihm heimzuzahlen? Wollte sie ihn mit diesem morbiden Anruf in Todesangst versetzen, zur Strafe dafür, dass er seine Familie in ihrer schlimmsten Zeit im Stich gelassen hatte?

Mats' Hände zitterten so sehr, dass er es kaum schaffte, den Bildschirm zu entsperren. Als es ihm endlich gelang, hätte er am liebsten geschrien. Aber die Angstschlange schnürte ihm die Kehle zu, kaum dass er das Foto sah.

Von Nele.

Mit enorm aufgeblähtem Kugelbauch.

Schmerzverzerrt.

Mit einem schmutzigen Knebel im Mund.

Gefesselt.

Auf einer Krankenliege.

Bitte nicht, flehte Mats in Gedanken einen Gott an, an den er schon seit Katharinas erster, erfolgloser Chemotherapie nicht mehr glaubte. Er suchte nach Anzeichen, dass das Bild gestellt war. Mit Photoshop bearbeitet oder absichtlich inszeniert, aber er kannte Neles Blick. Die leichte Schiefstellung ihrer Pupillen, die winzigen rötlichen Äderchen, die sich im Weiß zeigten; als Ausdruck allergrößter Verzweiflung, den er nur selten bei ihr gesehen hatte. Aber wenn, dann in den Momenten größter seelischer Schmerzen. Bei Liebeskummer etwa, oder als ihr bester Kindergartenfreund bei einem Autounfall starb. Mats wusste, die Qualen auf diesem Bild waren echt. Und Nele tatsächlich in Todesgefahr.

Deshalb glaubte er dem Erpresser, der ihn mit einer weiteren absenderlosen SMS erinnerte:

»Noch zwei Minuten. Oder Ihre Tochter stirbt.«

8.

Mats taumelte mehr, als dass er ging.

Auf seinem Weg nach vorne zu den nächstgelegenen Waschräumen gelang es ihm kaum, das Gleichgewicht zu halten. Dabei glitt das Flugzeug wie auf Schienen durch den Nachthimmel, seitdem die Anschnallzeichen erloschen waren. Er passierte eine fünfköpfige Familie, deren drei Kinder gar nicht daran dachten, die Rückenlehnen ihres Vordermanns in Ruhe zu lassen und sich artig zu benehmen, wie ihre erschöpften Eltern ihnen immer wieder lautstark befahlen.

Weiter vorne schirmte sich ein Ehepaar mit lärmschluckenden Kopfhörern von der Geräuschkulisse ab und sah aneinandergekuschelt dieselbe Komödie auf zwei verschiedenen Bildschirmen. Während Mats langsam, wie durch Sirup staksend, Reihe um Reihe nach vorne schritt, sah er Kleinkinder, Rentner, Männer, Frauen, Südamerikaner, Deutsche, Russen und Angehörige asiatischer Nationen sitzen; hörte sie schnarchen, lachen, reden, Zeitungen umblättern und mit Verpackungsmaterialien knistern, von denen sie ihre mitgebrachten Süßigkeiten und Sandwiches befreiten. Einhundertundzwölf Passagiere allein im hinteren unteren Drittel der Maschine. Sie alle untermalten mit ihren Lebenszeichen die staubsaugergleichen, monotonen Triebwerkgeräusche, die immer lauter wurden, je näher Mats den Tragflächen kam. Doch sie kamen nicht gegen den Widerhall der letzten Worte des Anrufers an, die sich seinen Kopf als Geisterbahn ausgesucht hatten, um hier in einer Endlosschleife herumzuspuken:

»... wenn Sie die Polizei oder die Flugsicherung am Boden informieren ... werden Ihre Tochter und das Baby eines qualvollen Todes sterben ...«

Mats stolperte über einen Fuß, den ein älterer Herr am Gang in die Mittelreihe hinein ausgestreckt hatte.

... eines qualvollen Todes sterben ...

»Tut mir leid«, entschuldigte er sich sowohl bei dem Passagier, den er getreten, als auch bei dessen Vorderfrau, an deren Kopfstütze er sich ungelenk festgehalten hatte.

Er spürte das Kopfschütteln der Mitreisenden in seinem Rücken, als er weiterging. Ihm wurde schwarz vor Augen, doch zum Glück hatte er es bis zu den Waschräumen auf Höhe Reihe 33 geschafft und musste nicht anstehen.

Er öffnete die Falttür mit einem Ruck und strauchelte in die winzige Toilettenkabine. Mit dem Verriegeln der Tür wurde die Deckenbeleuchtung heller.

Mats tränten die Augen, er fühlte einen diffusen Kopfschmerz, den er auf den Schock zurückführte, auch wenn er eine solche einseitige Migräne direkt hinter den Augen noch nie zuvor als Begleitsymptom einer Panikattacke erlebt hatte.

Nur ein Scherz, wiederholte er den absurden Gedanken, weil er der einzige war, der eine geschmacklose, jedoch harmlose Erklärung bot.

Für einen irren Moment fragte er sich sogar, ob der Anruf vielleicht Teil des Aviophobie-Seminars war. Um die denkbar schlimmste Variante eines seelischen Gegendrucks aufzubauen. Immerhin war es dem Anrufer gelungen, ihn so sehr unter Stress zu setzen, dass ein Absturz der Maschine im Moment die geringste seiner Sorgen war. Mats sah in den Spiegel, wischte den Schweiß von der Stirn des um Jahre gealterten Gegenübers und zuckte zusammen, als das Telefon vibrierte.

Der unbekannte Teilnehmer hielt sich an sein Ultimatum.

Mats nahm ab und presste seine Worte so fest, aber auch so leise wie möglich heraus: »Wer sind Sie und was ...«

Der Erpresser fiel Mats ins Wort: »Halten Sie den Mund, und hören Sie mir zu. Egal, wie schockierend die Informationen sein werden, die ich Ihnen gleich unterbreite.«

»Aber ...«

»Welchen Teil von ›Halten Sie den Mund‹ haben Sie eben gerade nicht verstanden?«

Mats schluckte schwer. Das Rauschen der Triebwerke, das auf der Toilette etwas gedämpfter war, hörte sich für ihn auf einmal wie ein Mahlstrom an, in dem er versank.

»Ihre Tochter hatte einen Blasensprung. Die Wehen haben eingesetzt, und es wird keinen Kaiserschnitt geben. Wenn Sie mir nicht aufmerksam zuhören, lege ich auf und lasse Nele in den Wehen verbluten, haben Sie mich verstanden?«

»Ja«, antwortete Mats nach einer kurzen Pause.

»Das, was ich Ihnen zu sagen habe, sage ich Ihnen nur ein einziges Mal. Und es ist extrem wichtig, dass Sie es begreifen.«

Es knackte erneut, dann eröffnete ihm die zugleich seltsam vertraute wie fremde Synchronstimme: »Ihre Tochter wurde entführt. Noch geht es ihr gut, allerdings ist sie ohne medizinische Versorgung. Die Chancen, dass Nele ihr Baby in Gefangenschaft lebend zur Welt bringen wird, stehen schlecht. Und selbst wenn sie es schafft, kann ich nicht garantieren, dass der Wahnsinnige, in dessen Händen sie sich befindet, Nele am Leben lassen wird. Es sei denn ...«

Mats schloss die Augen und stützte sich mit einer Hand am Waschbecken ab.

»Es sei denn, Sie machen genau das, was ich Ihnen sage.«

Okay, alles, was du willst. Ich tue alles, was du verlangst.

Mats wusste, er war kein Held. Nele hielt ihn sogar für einen Feigling, womit sie in gewisser Weise recht hatte. Damals hatte er Katharina in ihren schwersten Stunden nicht beistehen können. Hatte ihr nicht beim Sterben zusehen können, da er es nicht ertrug, die Liebe seines Lebens auf ewig an das dunkle Förderband des Todes zu verlieren, ohne dass er etwas dagegen tun konnte. Und hier lag der Unterschied. Sollte es irgendetwas geben, was das Leben von Nele rettete, würde er es tun. Sofort. Ohne lange Verhandlungen.

Mats glaubte fest daran – zumindest in dieser Sekunde.

»An Bord befindet sich ein Mensch, den Sie sehr gut kennen«, erklärte die Stimme.

Katharina, dachte Mats entgegen jeder Vernunft und wurde erwartungsgemäß enttäuscht. Seine Frau war vor vier Jahren an Lungenkrebs gestorben. Allein. Ohne ihn, denn er hatte sie im Stich gelassen. Die Johnny-Depp-Synchronstimme, die Mats gedanklich »Johnny« nannte, verfügte gewiss nur über zerstörerische, nicht über Leben spendende Kräfte.

»Es ist ein ehemaliger Patient«, sagte sie. »Sie haben ihn erfolgreich von seinem psychischen Leiden geheilt.«

»Es gibt keine Heilung in der Psychotherapie. Nur Linderung«, hätte Mats ihn am liebsten angeschrien, doch die Angst, mit dem Abbruch des Telefonats auch die Verbindung zu seiner Tochter zu verlieren, schnürte ihm die Kehle zu.

»Ihre Aufgabe, Dr. Krüger, wenn Sie das Leben von Nele retten wollen: Aktivieren Sie die psychische Bombe an Bord.«

»Wie bitte?«, entfuhr es Mats nun doch.

»Finden Sie Ihren ehemaligen Patienten an Bord. Und machen Sie Ihre Therapie rückgängig.«

»Ich, ich verstehe nicht …«

Wieder fiel ihm Johnny ins Wort: »Ihr Patient, von dem ich rede, hat lange Zeit unter einer massiven posttraumatischen Verbitterungsstörung gelitten. Gekennzeichnet von aggressiven Schüben, die mit expliziten Gewaltfantasien einhergingen. Dabei wollte er nicht nur sich, sondern möglichst viele Menschen mit in den Tod reißen. Aus Rache für das, was ihm einst angetan wurde.«

Mats schrak zusammen, als es an der Tür rüttelte. Entweder hatte ein Passagier den roten »Besetzt«-Balken im Schloss nicht gesehen, oder es war seine Art zu signalisieren, dass der Benutzer der Toilette sich gefälligst beeilen sollte.

»Ich verstehe immer noch nicht, was …«

»Dank Ihrer Therapie haben Sie Ihren Patienten vor einiger

Zeit von seinen zerstörerischen Gedanken befreit und ihm ein normales Leben ermöglicht.«

Und?

»Ich möchte, dass Sie diese Therapie rückgängig machen. Reaktivieren Sie die Gewaltfantasien Ihres Patienten. Lösen Sie erneut Mordgedanken in ihm aus. Und bewegen Sie ihn dazu, das Flugzeug zum Absturz zu bringen.«

Rums.

Der letzte Satz war wie eine Guillotine auf Mats hinabgesaust. Hatte seinen Kopf vom Rumpf getrennt und dem Gehirn die Kontrolle über den Körper entzogen.

Mats sackte auf den geschlossenen Toilettensitz und starrte auf die Aschenbecherklappe in der Tür direkt neben dem Rauchverbot-Zeichen, ein scheinbarer Blödsinn, für den es im Unterschied zu seiner Lage aber eine einfache Erklärung gab. Tatsächlich waren Aschenbecher auf Flugzeugtoiletten vorgeschrieben. Für den Fall, dass ein Passagier, der das Rauchverbot missachtete, wenigstens keinen Brand auslöste, weil er die Kippe mangels Aschenbecher im Papierabfall entsorgte. Mats wünschte, für den schizophrenen Zustand, den der Anrufer gerade bei ihm ausgelöst hatte, gäbe es eine ähnlich logische Auflösung.

»Haben Sie den Verstand verloren?«, flüsterte er. »Sie wollen, dass ich sechshundert Passagiere töte?«

Mich eingeschlossen.

»626, um genau zu sein, wenn man die achtzehnköpfige Crew mitrechnet, ganz recht«, sagte die Stimme, erneut seltsam tonlos und unemotional, was wohl an dem Voice-Decoder lag.

»Aber, ich verstehe nicht. Wieso …?«

»Meine Motive gehen Sie nichts an. Es reicht, dass Sie Folgendes wissen, Dr. Krüger: Sobald Flug LEA 23 vom Monitor verschwindet, wird Nele freigelassen und medizinisch versorgt. Sollte der Airbus jedoch unversehrt in Berlin landen, sind Ihre Tochter und das Baby tot.«

Es rüttelte erneut an der Tür, und diesmal meinte Mats sogar eine Männerstimme draußen fluchen zu hören, doch es gab nichts, was ihn jetzt weniger interessierte als ein Mitreisender mit einer schwachen Blase.

»Hören Sie, bitte. Was immer Sie wollen, lassen Sie uns drüber reden. Es muss doch anders zu erreichen sein als mit einem …«

Massenmord.

»Sie verschwenden Ihre Zeit, Dr. Krüger. Suchen Sie nicht nach einem Ausweg. Suchen Sie nach Ihrem Patienten. Sie werden jede Minute dieses Fluges brauchen, um den seelischen Sprengsatz in ihm zu reaktivieren.«

»Mein Patient …?«

»Ist in Wahrheit eine Patientin. Ich glaube, Sie können sich bereits denken, von wem die Rede ist.«

Mats nickte unwillentlich.

Es gab nur eine Frau, auf die jene Krankenhistorie passte, die Johnny gerade beschrieben hatte. Nur eine Frau unter seinen vielen Patienten, die theoretisch vielleicht wirklich in der Lage wäre, ein Flugzeug zum Absturz zu bringen.

»Ja«, krächzte Mats, und tatsächlich nannte die Stimme den Namen, den er befürchtet hatte:

»Kaja Claussen.«

9.

Du weißt, dass es einen Grund gibt, weshalb die hier das Essen so billig machen?«

Nele zuckte mit den Achseln. Offensichtlich stand seiner zwölfjährigen Tochter weniger der Sinn nach populärwissenschaftlichen Vorträgen als nach dem Erdbeerjoghurt in der Auslage, den sie schon seit geraumer Zeit hypnotisierte.

»Im Ernst«, sagte Mats, nahm den Nachtisch und schob ihr Tablett einen Schritt weiter; der Schlange hinterher, die sich langsam, aber zielstrebig in Richtung Hauptmahlzeiten-Ausgabe bewegte.

»Köttbullar mit Kartoffeln, Apfelsaft und ein Heißgetränk für 4,95 Euro. Da zahlen die drauf.«

»Darf ich 'ne Cola haben?«, fragte Nele und sah sich rasch nach hinten um. Katharina war kurz bei den Waschräumen verschwunden.

»Cola?«, fragte er mit hochgezogenen Augenbrauen. »Hast du Mama gefragt?«

»Ja.«

»Und, was sagt sie?«

Nele rollte mit den Augen. »Ehrlich, Papa. Kannst du dir keine eigene Meinung bilden?«

Mats musste lachen und streichelte ihr über den Wuschelkopf. »Die Getränke gibt es eh erst hinter der Kasse. Selbst wenn ich es wollte, ich fürchte, du schaffst es nicht, die braune Brühe vor Mama geheim zu halten.«

Das Metallband der Tablettablage machte einen Knick, und sie schoben sich nach links. Mittags war unter der Woche kein großer Betrieb, sodass sie schnell vorankamen. Eigentlich hätte Nele noch in der Schule sein müssen, aber der Unterricht war wegen eines Wasserrohrbruchs ausgefallen.

»Guten Appetit!«

Eine rundliche Köchin mit weißer Mütze und Hitzeflecken im Gesicht zwinkerte ihnen lächelnd zu, während sie dem Vordermann einen Klacks Preiselbeeren auf den Teller gab. Mats nahm seinen Faden wieder auf: »Aber was ich sagen wollte: Ikea wirbt damit, dass hier alles billig ist. Oft stimmt das auch, aber manchmal eben nicht. Damit du denkst, alle Möbel hier wären supergünstig, laden sie dich erst mal zum Essen ein.«

»Papa«, sagte Nele, erkennbar genervt von dem ständigen Drang ihres Vaters, alles und jeden psychologisch erklären zu wollen, und Mats versuchte, zum Punkt zu kommen.

»Das ist der Grund, weshalb wir hier oben gleich als Erstes auf das Restaurant treffen, wenn wir unseren Rundgang starten. Es riecht lecker, du liest: *Wow, nur 1,99 für ein Schnitzel,* und überträgst das auf alles andere hier im Laden. So etwas nennt man Konditionierung, verstehst du?«

»Papa!«

»Ist ja gut, ich hör schon auf.«

Nele gab ihm kopfschüttelnd zu verstehen, dass sie etwas anderes meinte. »Dein Handy.«

»Was?«

Er tastete nach seiner Hosentasche.

Tatsächlich. Er hatte es gar nicht klingeln gehört.

»Hast du dich schon entschieden, ob Pommes oder Kartoffelbrei?«, fragte er Nele, dann nahm er den Anruf entgegen. »Hallo?«

»Ich bin's, Feli.«

In dieser Sekunde bat die Köchin um seine Bestellung. Mats, der seiner Kollegin gegenüber nicht unhöflich sein wollte, sagte: »Hey, ich bin gerade bei Ikea, können wir …«

»Nein, können wir nicht. Tut mir leid. Es ist ein Notfall.«

Er kniff die Augen zusammen und hob den Zeigefinger, um der immer noch lächelnden Köchin zu signalisieren, dass er gleich bestellen würde.

»Um wen geht es?«, fragte er und sah kurz auf die Uhr. 12.34 Uhr. Eigentlich hatte er in Erinnerung, dass Felicitas nur am Wochenende die Hotline des psychologischen Notfalldienstes betreute, und da auch erst ab 22.00 Uhr. Nachts, wenn die dunklen Gedanken aus ihren Seelenlöchern krochen.

»Ihr Name ist Kaja Claussen, achtzehn Jahre alt«, klärte die Psychiaterin ihn auf. »Sie ruft mich gerade von der Toilette ihrer Schule aus an.«

»Will sie sich umbringen?«, fragte Mats so leise wie möglich, aber die Köchin hatte ihn dennoch gehört. Nun lachte sie nicht mehr.

»Ja«, antwortete Feli gehetzt. »Sich und alle anderen auf dem Schulgelände.«

10.

Mats
Heute
Noch 12 Stunden und 30 Minuten bis zur
planmäßigen Landung in Berlin

Geht es Ihnen gut?«
Valentino lugte an ihm vorbei in die Toilettenkabine, kaum dass Mats die Tür wieder aufgeschoben hatte.

»Ja«, log er und versuchte, sich an dem Flugbegleiter vorbeizudrücken, der zuletzt mit der flachen Hand gegen die Tür geschlagen hatte. »Wieso?«

»Passagiere, die Sie beobachtet haben, haben sich Sorgen um Ihren Gesundheitszustand gemacht.«

Valentino deutete mit einem Nicken in die Richtung, wo Mats über das Bein des Mannes gestolpert war. Die Sicht auf ihn war ihm jedoch von zwei Stewardessen und ihrem Servierwagen versperrt.

Mats sah auf die Uhr.

Es war halb ein Uhr morgens, und das Essen wurde serviert?

Dann erinnerte er sich daran, dass sie Verspätung hatten. Bei der Buchung war er auf einen Mitternachtssnack hingewiesen worden, den man jetzt offensichtlich unter die Leute bringen wollte.

»Mir geht es bestens, danke sehr.«

Valentino schien nicht überzeugt und schnupperte wie ein Kaninchen durch die Nase, was Mats ein entnervtes Seufzen entlockte.

»Funktionieren die Rauchmelder etwa nicht?«, nahm er die Unterstellung vorweg, er habe auf der Toilette geraucht.

Ihm fiel ein, dass er keine Alibi-Spülung getätigt hatte, was Valentino draußen bestimmt nicht entgangen war. Das erklärte

66

dessen Misstrauen, zumal auch das Waschbecken – mit einem Blick erkennbar – unbenutzt war.

»Sie wissen doch, ich leide unter Flugangst«, entschied sich Mats, dem misstrauischen Flugbegleiter wenigstens einen Teil der Wahrheit einzuschenken. »Ich hatte eine Panikattacke.«

»Hm.« Valentinos Blick war schon etwas verständnisvoller. Nur das schmale Lächeln um seine Lippen irritierte Mats. »Ist der Platz, für den Sie sich letztlich entschieden haben, doch nicht so gut?«

Mats hob beide Hände und rang sich ein Lächeln ab. Nun fiel er diesem Lackaffen schon zum zweiten Mal hintereinander unangenehm auf. Und ganz gleich, was er sich überlegte, um den Wahnsinn zu beenden – es war gewiss nicht hilfreich, dabei unter der Beobachtung eines argwöhnischen Flugbegleiters zu stehen.

»Ich musste einen Moment für mich sein«, erklärte er so freundlich es ihm möglich war. »Alleine, in einem abgeschlossenen Raum. Das hilft mir.«

»Ach was.«

Zwei Worte. Und doch steckten so viel Sarkasmus und Hohn in dieser knappen Antwort. Wut loderte in Mats auf und verbrannte alle seine guten Vorsätze.

Obwohl er wusste, dass er einen Fehler machte und seine folgende Ansprache ihm nur einen jähen Moment der Genugtuung bringen würde, hielt er sich nicht zurück: »Ich weiß nicht, was Sie von mir wollen«, sagte er, gerade laut genug, dass nur Valentino ihn hören konnte. »Ich habe mehrere Plätze gebucht und war auf dem Klo. Beides ist kein Verbrechen, soweit ich es beurteilen kann. Ich kann nichts dafür, dass Sie gerne am Boden gearbeitet hätten, in der Flugüberwachung, schätze ich, weil Sie die Kontrolle lieben, nicht wahr? Sie tragen knitterfreie Hemden, die Sie sich selbst kaufen müssen, da sie Ihnen nicht von der Airline gestellt werden. Ihre Schuhe haben Sie gerade eben erst geputzt, sonst würden die Teppichflusen nicht so an dem statisch aufgeladenen Lack glänzen, und Sie tasten alle zwanzig Sekunden unbewusst nach ihrem Haaransatz, obwohl der sich unter dem Beton, den Sie sich auf den Kopf geschmiert haben, nicht einmal im Orkan bewegen würde. Aber Sie sind zu unbeherrscht, zu ungeduldig, wollen Antworten jetzt und nicht erst später, hätten eben am liebsten die Tür eingetreten, richtig? Keine gute Eigenschaft, da man doch im Tower die Ruhe und den Überblick bewahren sollte, wenn sich zwanzig Punkte gleichzeitig auf dem Monitor bewegen. Nicht wahr?«

Für einen Moment wusste Mats, er hatte ihn getroffen. Vielleicht nicht mit jedem Wort, aber seine Theorie hatte der Maske des Stewards einen kleinen Riss verpasst. Das verriet ihm die zitternde Unterlippe, die Valentino aber, ganz seiner Natur entsprechend, schnell wieder unter Kontrolle hatte.

Er beugte sich lächelnd zu ihm herunter.

»Sie wissen einen Scheiß über mich«, sagte er, ohne sein aufgesetztes Lächeln zu verlieren.

Oh doch, dachte Mats und verfluchte wie so oft im Leben seine mangelnde Selbstbeherrschung. *Ich weiß zum Beispiel, dass du jetzt mein größter Feind in diesem Flieger bist.*

Im Grunde verachtete sich Mats für diesen billigen psychologischen Taschenspielertrick, auch wenn er es mit besonderen Umständen entschuldigen konnte. Seine schwangere Tochter kämpfte um ihr Leben, und er wurde von einem Verrückten erpresst, einen Massenmord zu begehen. Es war nur logisch, dass er eine schwache Person als Ventil für seine ohnmächtige Wut gesucht hatte.

»Hören Sie, es tut mir leid, ich habe …«

Mats unterbrach seinen halbherzigen Entschuldigungsversuch, als er bemerkte, wie Valentino beinahe angewidert einen Schritt zurückwich.

»Was ist denn?«, fragte Mats, doch dann spürte er es schon. Eine Sekunde später schmeckte er es sogar.

Das Blut.

Das ihm aus der Nase tropfte.

Oh verdammt, nicht auch das noch!

Wenn er aufgeregt war, bekam er manchmal Nasenbluten. Harmlos, aber unangenehm.

Mats griff sich ins Gesicht und wollte schon wieder auf der Toilette verschwinden, als ihm ein perfider Gedanke kam.

»Wie können Sie es wagen?«, zischte er Valentino an, der verständlicherweise verwirrt die Stirn krauszog.

»Wie bitte?«

»Wieso haben Sie das eben getan?«

»Was?«

Die Irritation in seinem Blick wurde noch stärker.

»Mich geschlagen!«

Mats präsentierte ihm seine blutverschmierten Finger und ließ das Blut jetzt ungehindert auf den Teppich tropfen.

»Ich, ich … habe nichts dergleichen …«

»Ach ja, und wieso blute ich dann?«

Mats hob die Stimme. Wegen des Vorhangs zu seiner Linken konnte er von dort aus nicht mit Aufmerksamkeit rechnen, aber rechts den Gang hoch drehte sich eine junge Frau in ihrem Sitz herum.

»Sie holen jetzt sofort Kaja Claussen«, zischte Mats und verpasste Valentino damit den psychischen Knock-out.

»Kaja, woher kennen Sie …?«

»Ich will sofort Ihre Vorgesetzte sprechen!«

II.

*S*chaaaaaahhhhh!
Die Wehe zeigte ihr eine neue Dimension des Schmerzes,
die mit nichts zu vergleichen war, was sie bislang erlebt hatte.
Und dabei befürchtete Nele, dass dies erst der Anfang war.
Auf einer Skala von eins bis zehn vielleicht eine Zwei, und
schon diese Stufe fühlte sich an, als würde in ihrem Unterleib
ein Lötkolben lebendig.
Hecheln? Oder tief einatmen?
Verdammt, hechelten in den beknackten Filmen nicht immer
alle?
Sie hatte keinen Vorbereitungskurs belegt, weshalb auch? Bei
einem Kaiserschnitt kam es ja wohl kaum auf Atemtechniken
an, zumal der in ihrem Fall in Vollnarkose vorgenommen
werden sollte, um das Baby nicht durch Geburtsblutungen zu
gefährden.
Oh Gott ... Die Entführung, das Grauen, der Schmerz ... all
das hatte die Gefahren einer natürlichen Entbindung für ihren
Murkel völlig verdrängt.
Nur ist das hier alles andere als natürlich.
Angebunden in einem Kuhstall. Begafft von einem Irren mit
Dackelblick und Pennerfrisur.
»Schaaaaaa ...«, entfuhr es ihr erneut.
Sie hatte selbst keine Ahnung, was sie da eigentlich in die leere
Halle brüllen wollte, in der es keine Wehenschreiber, keine
Pulsmessgeräte, nicht einmal Handtücher gab. Nur den Psy-
chopathen hinter der Kamera, der nicht aufgehört hatte zu
weinen, während er ihre Qualen filmte.
Am liebsten hätte sie ihm das Objektiv vom Ständer getreten,
aber das ging wegen ihrer gefesselten Beine nicht.

Immerhin hatte der Verrückte es noch nicht für nötig befunden, ihr die Jogginghose nach unten zu ziehen. Als Medizinstudent, wenn er denn einer war, musste ihm klar sein, dass es da ohnehin noch nichts zu sehen gab.

Ihr graute vor dem Gedanken, dass sie hier keiner finden und retten würde und ihr Entführer es irgendwann dann doch tun würde. Sie entblößen.

»Schaaaaahhhhhaaaahhhh …« Ihr Schrei erstarb. Erleichtert fühlte sie, wie die letzte Wehe nachließ und hoffentlich wieder eine längere schmerzlose Periode eingeläutet hatte, bis der nächste Schwung ihr den Schweiß durch alle Poren treiben würde.

»Wieso?«, schrie sie ihn an, als sie wieder bei Atem war. »Was willst du von mir?«

Und wieso flennst du wie ein kleines Kind? Wischst dir ständig Tränen und Rotze aus der Nase?

»Es tut mir leid«, sagte ihr Entführer erstaunlich liebevoll.

»Dann bind mich hier los.«

»Das kann ich nicht.«

»Bitte, es ist ganz einfach. Schneid den Kabelbinder durch …«

»Dann lernen sie es nie.«

»Wer lernt was?«

»Sie. Alle. Die Bevölkerung.«

Er trat hinter der Kamera vor. »Ich will das eigentlich nicht. Ich hab nichts gegen Sie. Oder gegen Ihr Baby.«

»Sie heißt Viktoria«, sagte Nele und war selbst überrascht. *Die Siegreiche. Überlebende.* Der Name hatte nicht auf ihrer Shortlist gestanden, aber er war passend, zumindest für ein Mädchen. Für einen Jungen würde sie ihn zu Viktor ändern. Es war gut, dass sie die Zukunft beim Namen nannte. Es fühlte sich besser an, dass der Entführer das Wesen in ihr nicht als Objekt, sondern als einen Menschen mit Namen und Gefühlen begriff.

»Sie stirbt, wenn ich nicht in einer Klinik entbinde.«

71

»Sie lügen.«

»Nein, ich habe Aids. Ich kann Viktoria anstecken. Ohne Kaiserschnitt stirbt sie.«

Der Entführer nahm seine Nickelbrille ab. »Das ... das wusste ich nicht.«

Er wischte sich die Gläser an seinem Pulloversaum ab und setzte sie sich wieder auf. »Aber dennoch. Ich kann jetzt nicht zurück.«

Nele hätte am liebsten geschrien, zwang sich aber dazu, diese absurde Unterhaltung so ruhig wie möglich zu führen, damit das lose geknüpfte Band zu ihrem Entführer nicht abriss.

»Verrätst du mir deinen Namen?«

»Franz.«

»Schön, Franz. Ich verpetze dich nicht. Ich schwör es. Ich hab es selbst nicht so mit den Behörden. Lass mich nur gehen, bitte ...«

»Nein.« Franz fuhr sich durch die Haare. »Das kann ich nicht. Hier geht es nicht um uns. Nicht um Sie, um mich oder um Ihr Baby. Es geht darum, erst Ihnen und dann der Welt die Augen zu öffnen.«

»Mir? Was habe ich denn getan?«

»Ich hab Ihren Müll durchsucht.«

»Und?«

Er ging kurz aus dem Stall und kam mit einem gelben Sack wieder zurück.

»Hier«, sagte er und griff hinein. Er schwenkte eine leere Milchtüte, als wäre sie das wichtigste Beweisstück in einem Indizienprozess.

»Keine Sorge. Ich will nur Ihre Milch.«

Hatte er das vorhin wirklich gesagt?

»Was ist damit?«

»Sie haben sie getrunken.«

Nun konnte Nele doch nicht mehr an sich halten und wurde laut. »Haltbare Bio-Vollmilch, 3,5 Prozent? Ja! Mein Gott, ist das etwa ein Verbrechen?«

Er zog verächtlich die Mundwinkel nach unten. »Dass Sie wagen, das zu fragen, zeigt, wie nötig das hier alles ist.«

»Was *alles?*«, fragte sie ihn. »Was hast du mit uns vor, Franz?«

»Das werden Sie gleich spüren«, sagte ihr Entführer, griff sich den Müllbeutel und ließ sie im Stall zurück.

12.

Mats konnte der Versuchung nicht widerstehen und drehte sich im Kreis.

So etwas hatte er noch nie gesehen. Nicht einmal auf YouTube oder in Reiseprospekten. Er wusste, dass LegendAir die luxuriöseste First-Class-Kabinenausstattung der Welt hatte, und kannte ihren Werbeslogan: *Die Sky-Suite. Ihre Privatresidence in den Wolken.*

Aber in Anbetracht dessen, was sich ihm hier für eine Welt eröffnete, war selbst diese Aussage ein bescheidenes Understatement.

Die sogenannte *Sky-Suite* war beinahe so groß wie seine Wohnung in der Calle Guido. Sie erstreckte sich im Oberdeck über zwölf Fensterreihen, und im Unterschied zu seinem schlichten Apartment hatte sich hier offenbar ein Innendesigner mit den teuersten Edelhölzern, Teppichen und erlesenen Lederpolsterungen austoben dürfen. Alles war in weichen, braunen Cremetönen gehalten. Die dunkle Mahagonimaserung der Wandverkleidung stand in einem angenehmen Kontrast zu dem hellen Esstisch, an dem gut und gerne vier Personen auf cappuccinofarbenen Ledersesseln Platz fanden.

»Beeindruckend, nicht wahr?«, fragte Kaja Claussen, die ihn hierhergeführt hatte.

Als Mats vorhin immer lauter und die ersten Passagiere schon unruhig geworden waren, hatte Valentino sich widerstrebend gefügt und tatsächlich seine Vorgesetzte verständigt. Und Kaja hatte sich trotz der Umstände aufrichtig gefreut, ihren ehemaligen Therapeuten nach so langer Zeit wiederzusehen.

Es war ihr Vorschlag gewesen, den Vorfall mit Valentino ungestört und unter vier Augen zu besprechen. Dass sie mit einem

»Rückzugsort« allerdings *das hier* meinte, hätte Mats sich nicht vorstellen können.

Die Drei-Zimmer-Suite, in deren moosdickem Teppich er regelrecht versank, befand sich direkt über dem Cockpit. Um dorthin zu gelangen, hatten sie am Kopfende des Flugzeugs eine Wendeltreppe nach oben steigen und durch etwas hindurchgehen müssen, was so aussah wie eine teure Londoner Cocktailbar. Hier oben, in zehntausend Metern Höhe, hatten die Gäste der First Class tatsächlich ihren eigenen Barkeeper, der sie hinter einem halbrunden, auf Hochglanz polierten Tresen mit Longdrinks, Kaffeespezialitäten und der größten Gin-Auswahl über den Wolken versorgen konnte. Die Sky-Suite war durch eine dicke, schalldämmende Tür von der vorgelagerten Lounge abgeschirmt.

Im Flugzeugbug gelegen, war dies im Falle eines Zusammenstoßes oder Aufpralls der gefährlichste Platz in der Maschine, aber das kümmerte Mats in Anbetracht der gegenwärtigen Notlage, in der er sich befand, eher wenig.

»Ist das ein Doppelbett dahinten?«, fragte er, obwohl es daran keinen Zweifel geben konnte. Im hinteren, ebenfalls durch eine momentan offen stehende Schiebetür abgetrennten Bereich sah er ein Boxspringbett. Eine Armada von Kissen nahm beinahe die gesamte Matratze ein.

»Französische Daunen und ägyptisches Leinen«, lächelte Kaja und reichte Mats ein frisches Taschentuch.

Für einen Moment hatte er tatsächlich vergessen, dass er sich sein eigenes immer noch vor die Nase hielt, auch wenn diese zum Glück nicht mehr blutete.

»Verzeihung«, murmelte er und sah sich nach einem Mülleimer um. Dabei entdeckte er eine weitere Tür zwischen Wohn- und Schlafbereich.

Wie vermutet führte sie ihn zum Waschraum, in den die Toilette, auf der er gerade gewesen war, viermal hineingepasst hätte. Das Bad hatte sogar eine gläserne, fast bodentiefe Dusche!

Mats entsorgte sein blutiges Taschentuch in einem Mülleimer, trat an das Doppelwaschbecken und säuberte sich Gesicht und Hände.

»Warum haben Sie mich nicht vor dem Flug kontaktiert?«, hörte er Kaja hinter sich sagen, die einen Anstandsabstand einhielt.

»Ich wollte Sie nicht behelligen.« Tatsächlich hatte er bei der Buchung gar nicht an sie gedacht. Er wusste zwar, dass seine ehemalige Patientin Chefstewardess bei einer großen Fluggesellschaft geworden war, hatte sie aber bei einer deutschen Linie verortet. Erst als der Erpresser ihren Namen nannte, hatte er eins und eins zusammengezählt.

»Ihre Vierfach-Buchung hat für einiges Aufsehen gesorgt«, sagte Kaja.

»Kann ich mir denken.«

Mats nahm sich kurz die Zeit, seinen ersten Eindruck von ihr im Spiegel noch einmal zu überprüfen, jetzt, da sie ihn nicht direkt ansah und sich für einen Moment unbeobachtet fühlte. Es war erstaunlich, aus Kaja Claussen war tatsächlich eine Schönheit geworden. Die langen Haare mit den blonden Strähnen standen ihr ebenso gut wie die zehn Kilo, die sie draufgelegt haben musste. Natürlich musste sie die Piercing-Löcher am Kinn und an der rechten Seite ihrer Oberlippe überschminken, aber auch das hatte sie gelernt. Ebenso wie eine gerade, selbstbewusste Körperhaltung mit breiten Schultern, was nicht allein an der figurbetonten Uniform liegen konnte.

Die Purserin machte eine einladende Handbewegung, und sie setzten sich beide im Wohnzimmer an den Tisch. Die elektronischen Lamellen vor den Fenstern, die hier wie echte Seidenvorhänge aussahen, waren heruntergefahren. Die silberne Lampe auf dem breiten Sims zwischen Fenster und Tisch spendete ein warmes, weiches Licht.

»Ich möchte mich für den Vorfall eben entschuldigen, Dr.

Krüger. Ken ist oft unbeherrscht, aber ich hätte niemals gedacht, dass er einmal handgreiflich wird. Ausgerechnet bei Ihnen. Das tut mir wirklich leid.«

»Ken?«, fragte Mats mit Blick auf ihr Namensschild. »Also ist Valentino sein Nachname?«

Sie lachte. »Nein, nein. Wir nennen ihn nur so. Wegen seines Äußeren. Und weil seine Freundin ein bisschen wie Barbie aussieht.«

Barbie.

Der Klang des Wortes erinnerte ihn an das Baby und an die Schmerzen, die Nele jetzt erleiden musste, sollte er nicht das Opfer eines perversen Scherzes geworden sein.

»Alles in Ordnung?«, fragte Kaja, der seine Anspannung offenbar nicht entgangen war.

»Es ist mir etwas unangenehm. Ich leide unter Flugangst.«

»Sie?« Kaja setzte zu einem Lächeln an, korrigierte es aber sogleich.

»Auch Augenärzte tragen Brillen«, rechtfertigte sich Mats.

Die Purserin sagte eine Weile lang nichts, sah ihn nur aus großen, hellblauen Augen an und nickte dann. »Okay, klar. Das ergibt sogar Sinn.«

»Inwiefern?«

»Na ja, ich meine, Sie konnten sich damals wie kein Zweiter in meine Seele hineinversetzen. Vielleicht muss man psychische Probleme kennen, um sie so gut zu verstehen.«

Jetzt war es Mats, der nickte, auch wenn er diese Theorie nicht teilte. Man musste sich keine Axt ins Schienbein schlagen, um sich den Schmerz vorstellen zu können.

»Was ich sagen wollte: Ich hatte auf der Toilette unten gerade eine kleine Panikattacke. Vielleicht habe ich überreagiert. Ich bin mir gar nicht mehr sicher, ob Ken, also ob Valentino mich wirklich geschlagen hat.«

Kaja blinzelte irritiert. »Wie sollte es denn sonst passiert sein?«

Er wollte gerade etwas über die trockene Luft an Bord sagen

und den Umstand, dass er zu Nasenbluten neigte, da musste er sich an den Kopf greifen. Nicht zur Show, sondern weil ihn tatsächlich gerade wieder ein dumpfer Schmerz heimsuchte, diesmal an der Schläfe.

Kaja stand auf und zeigte zum Schlafzimmer. »Ruhen Sie sich doch erst mal aus.«

»Nein, nein.« Mats schüttelte den Kopf und verstärkte dadurch die Schmerzen. Er fasste sich an die Nase, aber die war zum Glück trocken.

»Das sieht ja dann so aus, als ob ich mir ein Upgrade erschleichen wollte.«

Seine ehemalige Patientin lächelte. »Sie haben vier Plätze gebucht und dafür Unsummen bezahlt. Ihren Sitz in der Businessclass haben Sie sogar verschenkt. Niemand an Bord denkt, Sie wollen sich etwas erschleichen.«

Kaja sah auf die Uhr an ihrem Handgelenk. »Ich muss jetzt in der First Class nach dem Rechten sehen. Aber machen Sie sich keine Gedanken. Die Sky-Suite ist eigentlich immer unbenutzt. Die Airline betreibt sie nur aus Imagegründen. Offiziell zahlt hier keiner die zweiunddreißigtausend Euro pro Person. Dafür bekommt man ja einen Privatflieger.«

»Und Sie kriegen keine Probleme, Frau Claussen?«

»In meiner Stellung habe ich die Befugnis, autark über die Umsetzung von Passagieren zu entscheiden.«

Sie strich ihren Rock glatt. »Ich hab Ihnen damals nicht ohne Grund geschrieben, Dr. Krüger.«

Mats nickte und erinnerte sich an die Karte mit dem Wolkenbild, die geraume Zeit an seinem Kühlschrank gehangen hatte, bis sie irgendwann abgefallen und von seiner Putzhilfe entsorgt worden sein musste.

Lieber Herr Dr. Krüger, ich bin jetzt Purserin. Nicht ganz mein Traum, aber fast. Das habe ich nur Ihnen zu verdanken! Melden Sie sich, wann immer ich etwas für Sie tun kann.

Eigentlich hatte Kaja Pilotin werden wollen, aber das war

nach den Vorfällen in ihrer Schulzeit und nach dem Abbruch des Abis nicht mehr möglich gewesen.

»Ich bin froh, dass Sie an Bord sind«, lächelte Kaja mit einem fast mütterlichen Gesichtsausdruck. »So kann ich mich auf diese Art vielleicht doch noch erkenntlich zeigen. Für alles, was Sie für mich getan haben.«

Mats winkte ab. »Ich bitte Sie. Das war mein Job.«

»Nein, nein. Ohne Sie wäre ich jetzt nicht mehr am Leben. Ich weiß das. Ich hätte nicht diesen Job, hätte nicht meinen wundervollen Verlobten. Wir versuchen, ein Kind zu bekommen, ist das zu fassen?«

Sie zeigte ihm ihren Diamantring am Finger.

Nein.

Nicht, wenn er an ihren Zustand dachte. Damals vor zehn Jahren. Die Verwandlung von der zombiehaften Scheintoten mit schwarz gefärbten Haaren auf seinem Praxissofa, die nur noch von ihrer Haut zusammengehalten wurde, hin zu der beinahe amazonenhaften, kurvenreichen Schönheit war atemberaubend. Ein Vorher-nachher-Bild, wie es eigentlich nur in betrügerischen Teleshopping-Werbefilmen zu sehen war.

»Es freut mich sehr, dass es Ihnen so gut geht«, sagte Mats, und das war die Wahrheit. Kaja Claussen war der vielleicht größte Erfolg seiner Karriere. Eine Patientin, bei der er es sogar wagen könnte, von einer Heilung zu sprechen.

Und jetzt sollte er sie wieder zerstören!

Nein. Ich kann das nicht.

Mats atmete tief durch, während er ihr hinterhersah.

Nein.

Natürlich würde er sie nicht opfern. Den perversen Forderungen des Erpressers Folge zu leisten kam nicht infrage. Unter keinen Umständen würde Mats seine ehemalige Patientin psychisch zerstören, damit sie zu seinem Werkzeug für einen Massenmord wurde.

Dann musste er wieder an Nele denken.

»Frau Claussen?«, fragte er, als sie gerade die Tür öffnete, um die Suite zu verlassen.

Sie drehte sich um. Lächelte. »Ja?«

Mats schluckte. Seine Finger zitterten.

Was tue ich nur?, fragte er sich.

Es konnte kein Zufall sein, dass er mit ihr gleichzeitig an Bord war. Irgendjemand musste das von langer Hand geplant haben, und das war sein Ansatzpunkt für einen möglichen Plan, die Katastrophe doch noch zu verhindern, ohne dass jemand zu Schaden kam. Weder hier an Bord noch, viel wichtiger, in Berlin.

Doch um Nele und das Baby zu retten, brauchte er Zeit und einen Raum, in dem er ungestört telefonieren konnte. Letzteren hatte er hier in der Sky-Suite schon mal gefunden.

Es gibt eine Lösung, sprach er sich gedanklich selbst Mut zu. *Und ich habe noch über elf Stunden Zeit, sie zu finden.*

Kajas psychische Vorerkrankung behielt er allenfalls als Plan B in der Hinterhand.

Nur zur Not.

Falls sein Plan A fehlschlug und das Undenkbare doch in Erwägung gezogen werden musste.

Spätestens im Landeanflug auf Berlin.

Und so wurde Mats vor Ekel und Selbsthass speiübel, weil er wusste, was er mit seinem folgenden Satz bei Kaja auslösen würde. Seine Wörter würden sich wie lange Fingernägel unter den gut verheilten Schorf ihrer seelischen Wunde schieben und einen ersten, winzigen Teil des Narbengeflechts freilegen.

Er sagte: »Zum Glück habe ich damals meine Zweifel an Ihrer Version der Geschichte überwunden, Kaja!«

13.

Dafür, dass sie eine Langschläferin war, stand sie heute schon ziemlich früh unter der Dusche. Angesichts dessen, was ihr bevorstand, war das aber auch kein Wunder.

Oh Gott, dachte Feli und nahm die Hand vor den Mund. *Hab ich eben wirklich ›was mir bevorsteht‹ gedacht?*

Ihre beste Freundin Jasmina würde ihr gleich mit Sigmund Freud kommen, wenn sie das wüsste. Und Jasmina war keine Psychiaterin, im Gegensatz zu ihr. Obwohl die Elternabende, an denen Jasmina sich als Klassenlehrerin mit den Erziehungsberechtigten ihrer Grundschüler herumschlagen musste, oftmals ein größeres Fingerspitzengefühl erforderten als Felis Schichten bei der Hotline für psychische Notlagen.

»Ich freue mich. Ich freue mich so sehr!«, sagte Feli und formte ein breites Lächeln, das sie beibehielt, während sie sich die Haare einschäumte und ausspülte.

Spätestens nach anderthalb Minuten hatte man das Gehirn überlistet und fühlte sich wirklich glücklich, selbst wenn das Lächeln künstlich war. Facial Feedback nannte sich die Methode, die selbst dann funktionierte, wenn sich die Patienten nur einen Stift quer in den Mund steckten.

Aber das hab ich natürlich nicht nötig.

Ich bin wirklich glücklich.

Feli drehte den Hahn ab und stieg aus der Dusche.

»Heute ist mein Glückstag!«

Sie schlang sich ein Handtuch um ihre nassen Haare und trocknete sich ab, bevor sie in ihren Bademantel schlüpfte.

Während Janek immer tropfend durchs Bad stakste und sich sofort seinen grauen Frotteemantel über die nasse Haut zog, hasste Feli es, wenn der Stoff auf ihrem Körper feucht wurde.

Sie mochte es warm, trocken und mollig.

Aber es sind die Unterschiede, die verbinden.

Immer noch lächelnd, aber noch ohne spürbare Endorphin-ausschüttung trat sie an das Waschbecken und wischte mit einem Kosmetiktuch die Zahnpastareste weg, die es mal wieder auf wundersame Weise von Janeks Zahnbürste auf den Rand des Wasserhahns geschafft hatten.

»Brötchen?«, hörte sie ihn vom Schlafzimmer aus rufen.

»Lieber Toast«, rief sie zurück und setzte ein »Ich bin gleich bei dir, Schatz« hinterher.

In diesem Moment summte ihr Telefon. Sie nahm es vom Waschbeckenrand, wo der Vibrationsalarm es schon in Kreiselbewegung gesetzt hatte, und versuchte sich einen Reim auf die Nummer zu machen.

Sie kam ihr bekannt vor, war aber nicht als Kontakt abgespeichert.

Mit einem mulmigen Gefühl nahm sie ab. Und das Gefühl wurde schlimmer, als sie die Stimme am anderen Ende hörte. Verrauscht, entfernt, leicht verhallt. So, als würde der Mann in einem Windkanal stehen.

»Feli?«

»Mats?«, setzte sie das sinnlose Begrüßungs-Jeopardy fort.

Ihr Kollege und einst bester Vertrauter verschwendete keine Zeit und kam sofort zur Sache.

»Ich ... ich brauche deine Hilfe.«

»Was ist passiert?«, fragte Feli, die automatisch in ihre Notfallroutine verfiel. Dabei hätte sie am liebsten aufgelegt.

Oder wenigstens gebrüllt: *»Du brauchst meine Hilfe? Was fällt dir ein? Nach vier Jahren Funkstille rufst du mich an. Einfach so? Und ausgerechnet HEUTE?«*

Aber sie hielt ihre Wut und ihre berechtigten Vorwürfe zurück. Vorerst.

»Nele, sie ist ... Ich glaube, sie ist in Gefahr.«

»Inwiefern?«

»Ich habe eben mit der Charité gesprochen. Wo sie heute ent-binden sollte.«

Feli kratzte sich nervös am Hals, der zu jucken begann. Sie hasste es, wenn sie Stressflecken bekam, und gerade heute konnte sie diese auf gar keinen Fall gebrauchen.

»Nele ist schwanger?«

»Ja.«

»Herzlichen Glückwunsch.«

»Sie hatte heute früh einen Termin zum Kaiserschnitt. Aber sie ist nie im Virchow angekommen. Ein ehemaliger Studien-kollege hat es mir bestätigt.«

»Das verstehe ich nicht.«

Felis Jucken wurde stärker, aber diesmal schaffte sie es, die Hände vom Hals zu lassen.

»Ich hab es außerdem unter der Telefonnummer versucht, die ich von ihr habe. Sie geht nicht ran.«

»Okay, das klingt seltsam. Aber vielleicht hat sie sich für ein anderes Krankenhaus entschieden.«

»Man kann nicht einfach so den Operationssaal wechseln, das weißt du, Feli. Außerdem …«

»Außerdem *was*?«

Mats machte eine Pause, in der Feli etwas wahrnahm, das sich wie eine entfernte Lautsprecherdurchsage anhörte.

»Bist du in einem Zug?«, vermutete sie wegen des Rauschens in der Leitung, das immer dann lauter wurde, wenn sie nicht sprachen.

»In einem Flugzeug.«

»Du?«

Hatte er ihr nicht mal gesagt, er würde lieber zehn Stunden beim Zahnarzt sein als nur eine einzige in der Luft?

»Was machst *du* in einem Flieger?«

Er seufzte. »Nele wollte nach der Geburt nicht alleine sein. Deshalb bin ich gerade auf dem Weg von Buenos Aires nach Berlin. Aber …«

»Was?«

»Aber kurz nach dem Start hab ich einen Anruf bekommen. Sie haben Nele entführt und drohen damit, sie zu töten.«

»Oh Gott …« Wieder hielt sie sich die Hand vor den Mund, so wie vorhin unter der Dusche. Sie drehte sich vom Spiegel weg und flüsterte: »Ist das, ich meine … ist das wahr?«

»Das versuche ich herauszufinden. Bis jetzt habe ich leider keinen Grund, an dieser Drohung zu zweifeln.«

»Gut, ich rufe die Polizei.«

»Nein. Unter keinen Umständen.«

Feli lachte nervös. »Aber wie soll ich dir dann helfen?«

»Bitte fahr zu Neles Wohnung.«

»Um *was* zu tun?«

»Ich weiß es nicht. Sieh dich um. Geh durch ihre Sachen.«

»Moment mal. Wie soll ich denn da reinkommen?«

»Stimmt, sorry. Ich kann in der Aufregung nicht klar denken. Aber vielleicht findest du ja doch irgendeinen Hinweis, wer dahintersteckt. Rede mit den Nachbarn oder dem Hausmeister. Ich weiß, es ist ein verzweifelter Versuch, aber du bist meine einzige Hoffnung.«

»Was wollen die Entführer von dir?«

Pause. Das Rauschen wurde intensiver und erinnerte sie an das Geräusch eines alten Küchenmixers. Es riss sofort ab, als Mats sagte: »Das … das kann ich dir nicht sagen.«

»Du verdammtes Arschloch.«

»Ich weiß.«

Ihre Unterlippe bebte, und Feli hasste sich für ihre unsichere Stimme. »Vier Jahre ist es her, dass du dich aus dem Staub gemacht hast. Okay, es war nur eine Nacht, und sie war vielleicht ein Fehler, aber das gab dir nicht das Recht, mich wie eine Nutte zurückzulassen.«

»Ja«, stimmte ihr Mats noch einmal zu.

»Und es nimmt dir jedes Recht, mich um einen Gefallen zu bitten.«

»Du hast recht. Ich … ich weiß nur nicht, an wen ich mich wenden kann. Ich kenne niemanden in Berlin, dem ich so vertraue wie dir.«

»Du Scheißkerl«, fauchte Feli. Dann legte sie auf. Schloss erschöpft die Augen.

Ihre Atmung ging schwer, ihr Brustkorb zitterte.

»War er das?«

Erschrocken drehte sie sich um.

Ihr gemeinsames Badezimmer hatte kein Schloss, wieso auch? Feli hatte nicht mitbekommen, dass Janek in der Tür stand. Nur mit einer Boxershorts bekleidet und ein Tablett voll Toast, Marmelade, Parmaschinken, Honig und zwei Tassen Kaffee in beiden Händen.

»Frühstück im Bett, wie süß von dir, Schatz«, sagte Feli, und ihr Lächeln fühlte sich tatsächlich so an, als hätte sie einen Bleistift im Mund klemmen.

»War es Mats?«, wollte Janek wissen.

Seine dunklen Augen waren noch eine Nuance melancholischer als sonst. Es war ein Fehler gewesen, Janek von ihm zu erzählen. Aber sie hatten sich geschworen, ehrlich und ohne Altlasten in ihre Beziehung zu gehen, und Mats war nun mal die größte Altlast gewesen, die sie in ihrem Leben mit sich herumgeschleppt hatte. Obwohl sie niemals ein Paar gewesen waren und er nie ihre Leidenschaft erwidert hatte. *Abgesehen von jener Nacht …*

»Ja, es war Mats.«

Feli nickte zaghaft und ging einen Schritt auf Janek zu. Bei einem Größenunterschied von fast einem halben Meter musste sie zu ihm aufsehen.

Hätte er das Tablett nicht gehalten, hätte sie sich an seine behaarte Brust gelehnt, die Augen geschlossen und seinen warmen Körperduft nach Zedernholz und Moschus eingeatmet.

»Was wollte er?«

»Uns beglückwünschen«, sagte sie nach einer verdächtig langen Pause. »Ich hab gesagt, er soll sich seine Heuchelei sonst wohin schieben.«

Janek legte den Kopf schräg. »Hm«, sagte er. Zu wenig, um zu erkennen, ob sie es geschafft hatte, sein Misstrauen wenigstens etwas zu dämpfen.

»Komm, lass uns was essen.« Sie lächelte ihn an und zwickte Janek in die Hüfte, als sie sich an ihm vorbeizwängte.

»Aber nicht mehr als eine Scheibe für dich«, neckte sie ihn, obwohl an seinem muskulösen Körper kaum Fett war.

Immerhin rang er sich ein Lächeln ab, das wesentlich natürlicher wirkte als das, was sie zustande brachte.

»Musst du gerade sagen«, scherzte er zurück. »Wer wollte denn für heute fünf Kilo abnehmen und hat nur drei geschafft?«

»Idiot«, lachte sie und warf ein kleines Kissen in seine Richtung.

»Na warte …«

Er stellte das Tablett auf den Nachttisch und warf sich auf sie.

»Hilfe«, keuchte sie. »Hilfe, ich ergebe mich.«

Wie immer, wenn sie in seinen Armen lag, wunderte Feli sich darüber, wie kräftig sein Körper sich anfühlte. Wie der eines jungen Mannes, nicht wie der, den man bei einem fünfzigjährigen Anwalt erwarten würde.

»Ich liebe dich«, sagte Janek. »Mit oder ohne Diät, ganz egal. Eines weiß ich ganz sicher.«

Sie ließ sich von ihm küssen, und mit geschlossenen Augen hörte sie ihn sagen:

»Du wirst heute ganz hervorragend in deinem Hochzeitskleid aussehen.«

14.

D ie Reaktion meines Körpers auf Panik verändert sich.
Erstaunt, dass er überhaupt noch zur Selbstanalyse fähig war, stellte Mats ein Brennen im Magen fest, das er so nicht kannte. Unter Stress neigte er zu trockener Haut, Bläschen an den Lippen, Hitzeflecken und – einzig positiv – zu Appetitlosigkeit und Gewichtsverlust.

Sodbrennen und Magenkrämpfe hatten ihn bislang zum Glück verschont.

Aber außergewöhnliche Umstände erfordern außergewöhnliche Symptome.

Es war, als wäre in Mats plötzlich ein entzündetes Magengeschwür gewachsen. Die glühenden Krämpfe hatten in der Sekunde begonnen, als er den Schatten in Kajas Augen sah. Diese plötzliche Trübung, gepaart mit einem flüchtigen Zucken der Oberlippe.

Da hatte Mats gewusst, dass er sie mit seinen Worten getroffen und einen ersten Stein ins Rollen gebracht hatte. Sie würde sich fragen, was er damit gemeint hatte und ob er ihre Erlebnisse von damals wirklich als »Version« und »Geschichte« betrachtet hatte und nicht als das, was sie waren: die grauenhafte Wahrheit. Kaja Claussens entsetzliches Schicksal.

In Anbetracht dessen, was er ihr damit für seelische Probleme bereitet hatte, waren seine Magenschmerzen wahrlich gerechtfertigt.

Mats schluckte schwer, und nach einem Knacken klang das Rauschen der Turbinen in seinen Ohren wieder etwas heller.

Er hob die Hand, streckte sie flach aus und beobachtete, wie seine Finger zitterten, als wären sie Federn im Wind. Mats hatte einige Mühe, die eingelassene Fernbedienung aus dem

Tisch zu lösen, an dem er nun schon seit über einer Stunde entgegen der Flugrichtung saß. Nach drei Versuchen hatte er den Knopf für die Jalousien gefunden, die geräuschlos nach oben fuhren und in der Bordwand verschwanden.

Hinter der nun durchsichtigen Scheibe erstreckte sich ein schwarzes Loch. Das Licht aus den hinteren Fensterreihen schwappte wie eine schimmernde Flüssigkeit in den dunklen Abgrund und wurde von ihm verschluckt. Mats fixierte die rote Signalleuchte am Flügelende, die in einem stetigen Rhythmus die Dunkelheit aufriss. Ihre Blinkintervalle waren viel zu gleichmäßig, *dabei müsste sie doch SOS morsen.*

Save Our Souls.

Über sechshundert Seelen mussten gerettet werden.

Vor dem wahnsinnigen Erpresser …. nein …, korrigierte Mats. *Vor mir!*

Ich bin hier die größte Gefahr an Bord.

Er griff sich hilflos ins Gesicht und seufzte.

An so viele Risiken hatte er im Vorfeld gedacht. An die Möglichkeit, auf dem Rollfeld von einem landenden Flugzeug gerammt zu werden, beim Start in Flammen aufzugehen, von einem Terroristen entführt zu werden. An einen Sprengsatz im Gepäck.

Aber an die gemeingefährlichste Waffe, an die einzige Bombe, die wirklich jeder mit an Bord bringen und die von keinem Detektor dieser Welt gefunden werden konnte, an dieses perfekte Massenvernichtungsmittel hatte er nicht gedacht: an die menschliche Seele.

Wie hatte sein Mentor immer gesagt: *»Jeder Mensch trägt die Fähigkeit des Tötens in sich. Jeder hat einen Punkt, an dem er zerbricht. Zum Glück gibt es nur wenige, die die Skrupellosigkeit besitzen, diesen psychischen Nullpunkt bei anderen zu finden.«*

Was bin ich nur für ein Narr!, dachte Mats.

Psychiatrisch ausgebildet und promoviert, mit einem Bilderwald an Urkunden und Diplomen an der Praxiswand. Aber er hatte keinen Gedanken an die Tatsache verschwendet, dass in jedem eine tickende Zeitbombe steckte, die unter entsprechenden Umständen mit dem richtigen Trigger gezündet werden konnte.

Mats spürte, wie der Druck auf seinen Körper zunahm. Offenbar wechselte der Pilot die Flughöhe. Ein Blick auf den 55-Zoll-Flachbildschirm über seinem Kopf, der auf den Flugverlaufsmonitor geschaltet war, bestätigte ihm, dass sie auf 10 200 Meter stiegen.

Der Krampf in seinem Magen wurde heftiger. Er zog sich sein Sakko aus und legte es neben sich auf das Sofa.

Mit einem Achselzucken entschied er sich, die bereitliegenden Anschnallgurte zu ignorieren. Gegen die Turbulenzen, in denen er steckte, würden sie nichts ausrichten können.

Er stand auf und sah sich in der Sky-Suite nach etwas zum Schreiben um. Tatsächlich gab es an der anderen Fensterreihe einen kleinen Sekretär aus Nussbaumholz, vor dem ein Drehsessel stand. Mats öffnete die Schublade und entnahm ihr einen Bleistift und einen Block mit dem Logo von LegendAir.

Zu seiner Linken entdeckte er einen kleinen gläsernen Kühlschrank und nahm sich eine Flasche Mineralwasser.

Es war fast schmerzhaft kalt temperiert, und Mats hatte die leise Hoffnung, dass die Schlucke seine beständigen Kopfschmerzen etwas lindern würden.

Sein Handgepäck mit den Medikamenten hatte er an seinem Platz in der Economy gelassen.

»Gut, versuchen wir, es logisch anzugehen«, sagte er zu sich selbst, nachdem er mit einem Blick auf die Uhr noch einmal die verbleibende Zeit ermittelt hatte.

Noch 10 Stunden und 16 Minuten.

Er setzte sich.

Nicht einmal mehr ein halber Tag, um das größte und vielleicht letzte Problem seines Lebens zu lösen.

Doch je weniger Zeit man hat, desto sorgfältiger muss man sich vorbereiten, erinnerte er sich an einen weiteren Spruch seines Mentors. Er war auf medizinische Notfälle und nicht auf die Abwendung von Flugzeugkatastrophen gemünzt gewesen, aber Mats hatte schon immer die Ansicht vertreten, dass Kriminologie und Psychologie eng beieinanderlagen. Wollte man den Dingen auf den Grund gehen, musste man in beiden Fällen die Ursache des Problems kennen.

I. Das Motiv

schrieb Mats also auf den Block.

Wusste er, weshalb der Erpresser diesen Irrsinn von ihm verlangte, war er seiner Identität einen großen Schritt näher. Als Nächstes schrieb Mats, etwas eingerückt, darunter:

a) Folgen

Was waren die Folgen, wenn er tat, was Johnny von ihm verlangte? Und wer könnte davon profitieren?

– Tod

Es würde Hunderte von Toten geben. Ein Terroranschlag? Das wäre einerseits bitter, denn bei einem politischen Motiv waren die Beteiligten in der Regel hoffnungslos verblendet. Andererseits hatten Attentäter oftmals übergeordnete Ziele, wie die Freilassung von Gefangenen zum Beispiel, also wäre eine Verhandlungsmasse gegeben.

Mats setzte ein großes Fragezeichen an den Rand des ersten Absatzes. Einerseits fühlte sich die Vorgehensweise nicht wie ein Akt politisch motivierter Gewalt an, andererseits fand er dafür kein gewichtiges Ausschlussargument.

LegendAir Corporate war eine Aktiengesellschaft. Irgendwer profitierte immer von Unglücken, Kriegen und Katastrophen. Leider so viele, dass es unmöglich war, hier eine sinnvolle Eingrenzung zu tätigen.

Von Spekulanten, die gegen Ausfallversicherer bei Abstürzen gewettet hatten, bis hin zur Konkurrenz, die ihren Gegner in die Pleite treiben wollte. Alles war denkbar.

Mats schüttelte unwillkürlich den Kopf.

Möglicherweise ging es auch gar nicht um die Personen an Bord, sondern um ein bestimmtes Frachtgut, das vernichtet werden sollte.

Er nahm sich vor, Kaja nach auffälligen Transportgütern zu fragen, die ihr vielleicht bekannt waren, auch wenn er sich nicht viel davon versprach.

Möglicherweise aber ging es dem oder den Tätern auch gar nicht um das große Ganze, sondern nur um eine einzige Person.

Genauso gut war nämlich …

– Rache

denkbar. Jemand, der in den Augen des Erpressers den Tod so sehr verdiente, dass es ihm die Sache wert war, sechshundert Menschen gemeinsam mit ihm zu opfern.

Oder sie hatten es auf einen Gefangenen abgesehen, der irgendwo, von einem Sky Marshal bewacht, inkognito ausgeliefert wurde.

Oder auf einen Spion? Einen Geheimnisträger oder Kronzeugen mit gefährlichem Wissen für Wirtschaft oder Politik?

»Haaaa!«

Mats schrie auf und stieß den Bleistift mit der Spitze auf die Arbeitsfläche, dass er zerbrach.

Scheiße!

Wütend riss er das Blatt vom Block und zerknüllte es.

Es gab einfach zu viele Möglichkeiten.

Und viel zu wenig Zeit. Viel zu ...

Das Klingeln seines Handys stoppte die Abwärtsspirale seiner Gedanken.

Eine MMS war eingegangen.

DRINGEND!!!

... stand in der Vorschau. Natürlich war es Mats nicht möglich, eine Nummer zu sehen. Sie war von einem anonymen Online-Werbemaildienst als E-Mail auf sein Handy verschickt worden.

Mats klickte das Bild an, eine Fotografie eines DIN-A4-Briefpapiers. Auf ihm stand in schwarzer Druckschrift zu lesen:

Schalten Sie sofort Ihren Monitor ein!
Movie-Channel 13/10

15.

SkyCinemaDeluxe nannte sich das digitale On-Demand-Programm von LegendAir, und die Auswahl schlug die einer Großstadtvideothek. Die meisten Filme waren brandneu, einige liefen noch im Kino, und zwei sollten sogar erst noch erscheinen; sie feierten ihre »Cloud-Premiere« im exklusiven Movie-Kanal des Flugzeugs.

Mats wusste nicht, ob das Programm nur hier vorne in der ersten Klasse so vielfältig war oder ob jeder Passagier Zugang zu dem gesamten Angebot hatte.

Er wusste nur, dass es einen Kanal 13/10 nicht gab.

Von Drama über Komödie bis zu Thrillern und Dokumentationen. Jede Sparte hatte ihren eigenen Kanal, und jeder von ihnen war mit mindestens fünfzig unterschiedlichen Filmen bestückt.

Mithilfe des kabellosen Controllers, den er wie einen Laserpointer auf den Flachbildschirm richten musste, konnte er jedoch nur bis zu »Tucker & Dale vs. Evil« scrollen. Aber hinter der Horror-Komödie auf Kanal 10 Film 49 kam nichts mehr.

Zumindest offiziell.

Mats sah sich den Controller an, der die Form einer Computermaus hatte, und drückte auf die rechte Pfeiltaste.

Nichts.

Er stand von seinem Platz auf und drückte noch einmal. Und noch mal.

Auf einmal sprang der Cursor auf dem Bildschirm eine Spalte weiter. Auf ein leeres Feld.

Weiß.

Channel 11/1,

las Mats von der ansonsten verwaisten Monitorseite ab.

Er drückte wieder nach rechts, und der Bildschirm blieb ohne Inhalt.

Nur die Zahl im rechten oberen Fensterausschnitt veränderte sich.

12/1

Zehn Mausklicks später hatte er es geschafft. Laut Monitor war er auf Kanal 13/10 gelandet. Und der Bildschirm nicht mehr weiß. Sondern grau.

Es dauerte eine Weile, während deren zunächst nichts zu sehen war außer einem hellen, blinkenden Punkt in der Bildschirmmitte, dessen gleichmäßiges Flackern Mats an die rote Signallampe an den Flügeln erinnerte.

Dann knackte es, und etwas, das wie ein Lichtblitz anmutete, zerriss die Aufnahme, die ganz offensichtlich gestartet war.

»Was zum …«

Mats trat einen Schritt auf den Monitor zu, der so hochauflösend war, dass das Bild sich nicht veränderte, selbst als er jetzt ganz dicht vor dem Bildschirm stand.

Es sah aus wie ein farbentsättigter, blasser Videofilm aus den Achtzigern, der zu häufig kopiert worden war. Mit überwiegend hellen Brauntönen, die ironischerweise perfekt mit der verschwenderischen Inneneinrichtung der Sky-Suite harmonierten.

Elf Jahre, schoss es Mats durch den Kopf, der auf Anhieb erkannt hatte, was er da sah.

So lange ist das jetzt her.

Und es hatte noch immer nichts von seinem Schrecken verloren.

Die Qualität der Aufnahme war miserabel, aber das Rucken, das Krisselige und die Unschärfen lagen nicht an der Wiedergabetechnik, sondern an der billigen Kamera, die das Grauen eingefangen hatte. Zudem stand, hing oder lag die Kamera viel zu weit weg. Mindestens zehn Meter von der Frau entfernt, die gerade um ihr Leben kämpfte.

Er zuckte zusammen, als sein Telefon erneut vibrierte.

»Gefällt Ihnen das Bordprogramm?«, fragte die Stimme von Johnny Depp, begleitet von den nunmehr vertrauten Atemgeräuschen des eigentlichen Sprechers.

»Woher haben Sie das?«, fragte Mats, der die Aufnahme gestoppt hatte.

»Nebensächlich. Benutzen Sie es einfach!«

Mats schüttelte den Kopf. »Kaja kennt dieses Video in- und auswendig. Das wird nichts mehr bei ihr auslösen. Sie hat die Erlebnisse in der Schule verarbeitet.«

Johnny lachte roboterhaft. »Hat sie nicht. Niemand kann ein solches Trauma wie das, was Kaja erlitten hat, jemals vollständig verarbeiten.«

Mats seufzte hilflos. »Und selbst wenn, Ihr Plan wird nicht funktionieren. Ich habe Jahre damit verbracht, meine Patientin seelisch zu stabilisieren. In Dutzenden von Sitzungen.« Er schnipste mit den Fingern. »Das kann ich in wenigen Stunden nicht einfach so wieder rückgängig machen. Es tut mir leid, aber die Psyche ist kein Apparat, den man ein- und ausschalten kann. Selbst wenn ich es wollte, ich kann Kaja Claussen nicht in wenigen Stunden so manipulieren, dass sie ihre Gewaltfantasien auslebt und zur Massenmörderin wird.«

»Reden Sie keinen Blödsinn«, entgegnete Johnny unwirsch. »Denken Sie an den elften September. Den Nordturm des World Trade Centers zu bauen dauerte sieben Jahre. Ihn einstürzen zu lassen nur eine Stunde und zweiundvierzig Minuten. Es geht immer schneller, etwas kaputt zu machen, als es zu reparieren. Das gilt ganz besonders für die Seele, nicht wahr, Herr Dr. Krüger?«

Mats stöhnte auf, den Feuerball eines explodierenden Flugzeugs vor seinem geistigen Auge. Das Bild war nicht nur deshalb so grässlich, weil er selbst in einer zum Absturz verdammten Maschine saß, sondern weil Mats wusste, dass Johnny die Wahrheit sagte.

»Alles, was Sie brauchen, ist ein heftiger Stoß, ein Aufprall, ein Schlag, der das Fundament von Kaja Claussens Psyche so sehr erschüttert, dass das Kartenhaus ihrer Selbstbeherrschung in sich zusammenfällt. Und das können Sie, ich weiß das, Dr. Krüger. Mit dem Video haben Sie ein zusätzliches Werkzeug in der Hand, das die Dinge etwas beschleunigen wird.«

»Ist da irgendetwas drauf, was ich noch nicht kenne?«

»Warten Sie bis Minute neun. Ab der achten Sekunde.«

»Was passiert da?«, fragte Mats noch einmal, aber die Leitung war tot. Der Erpresser am anderen Ende hatte die Nachricht überbracht und blieb seiner Linie treu, nicht mehr zu sagen, als unbedingt notwendig war. Mats empfand eine Mischung aus Abscheu und Neugier. So ähnlich mussten sich Gaffer an einer Unglücksstelle fühlen, wenn sie sich nicht hundertprozentig sicher waren, welches Grauen sich hinter der Absperrung verbarg. Auch er wusste nicht, was konkret das Video zeigte, das es ihm ermöglichen sollte, Kaja wieder in ein psychisches Wrack zu verwandeln. In jemanden, der sich selbst und anderen den Tod wünschte.

So wie damals, bei ihrem ersten Anruf.

Als sie auf der Schultoilette saß.

Mit einer Waffe in der Hand.

Mats versuchte, zu der besagten Minute der Aufnahme vorzuspulen, hatte aber einige Mühe mit der Technik. Im ersten Versuch sprang er direkt ans Ende.

Okay, keine Hektik …

Mats schwitzte. Seine Finger hinterließen feuchte Abdrücke auf der Fernbedienung, doch immerhin hatte er es geschafft, den langsamen Vorlauf zu finden.

Gerade als er bei Minute acht angekommen war, knackte es hinter ihm.

»Dr. Krüger?«

Er drehte sich zu der Frauenstimme herum und schaffte es dabei, den Monitor auszuschalten.

Zu spät.

»Sie sehen fern?«, wollte die Stewardess von ihm wissen. Mit einem angespannten Lächeln stellte sie einen Früchtekorb auf eine Anrichte neben der Schiebetür, durch die sie gekommen war.

»Was haben Sie sich da gerade angesehen?«

Mats hatte keine Ahnung, was er Kaja Claussen antworten sollte.

16.

Irgendetwas stimmte hier nicht.

Feli konnte es buchstäblich riechen. Allerdings musste man kein Profiler mit hellsichtigen Fähigkeiten sein, um angesichts einer angelehnten Haustür in Berlin misstrauisch zu werden. Weißensee war nicht die Bronx, und dennoch herrschte in den Mietshäusern hier nur selten Tag der offenen Tür.

»Nele?«, fragte sie nun schon zum zweiten Mal, nachdem sie erst geklingelt und dann geklopft hatte, aber niemand antwortete ihr.

Wie erwartet.

Gott, was mache ich hier nur?

Feli folgte dem Flur, und ein wehmütiges Gefühl beschlich sie beim Blick in ein kleines, frisch tapeziertes Kinderzimmer. Mit einer altertümlich wirkenden, restaurierten Wiege, die vermutlich vom Flohmarkt stammte, ganz anders als die Wickelkommode mit der Wärmelampe über der Ablage.

Sie ging weiter und betrat das Wohnzimmer. Das kreative Chaos, das hier zwischen Sofa, Fernseher und dem Schreibtisch vor dem Fenster herrschte, erinnerte sie an die Zeit, in der sie selbst noch alleine gewohnt und sich oft einsam, aber auch frei gefühlt hatte.

Die Wand rund um den alten Röhrenfernseher musste mit Magnetfarbe gestrichen sein. Ein Meer an Postkarten, Partyfotos, Werbeflyern von Bands und diversen Auftrittsankündigungen wurde von Magneten direkt auf dem Putz gehalten. Eine bunte, fröhliche Collage, die zu der herrlich unkonventionellen Möbelmischung von Mats' künstlerisch begabter Tochter passte. Kein Einrichtungsgegenstand passte zum anderen. Einzeln betrachtet, waren der flache Couchtisch, der

Fransenteppich oder die Batik-Vorhänge sogar hässlich. Aber zusammen bildeten sie ein stilvolles, kreatives Ensemble.

So würde ich auch gerne wieder wohnen, dachte sie.

Nicht so steril, zwischen Designermöbeln und moderner Kunst, die Janek, ihr Verlobter, ausgesucht hatte.

Sie überlegte, ob sie das einzig Vernünftige tun sollte: Mats' Anruf und seine Bitte ignorieren und die Wohnung schleunigst wieder verlassen, doch da sah sie das schnurlose Festnetztelefon in der Aufladestation auf Neles Schreibtisch. Es blinkte so wie ihr eigenes, wenn eine Nachricht auf dem Anrufbeantworter eingegangen war.

Neugierig löste Feli den Hörer aus der Schale und drückte auf das grüne Briefsymbol direkt unter der Ruftaste.

»Sie haben EINE neue Nachricht«, sprach ihr eine gelangweilte, austauschbare Frauenstimme ins Ohr. Feli hatte bedeutend mehr Nachrichten erwartet, mindestens ein halbes Dutzend, vor allem eine von Neles Vater. Dann fiel ihr ein, dass Mats die Nummer des Festnetzanschlusses vermutlich gar nicht hatte und Nele über ihr Handy zu erreichen versuchte.

Die Nachricht, die Feli jetzt abhörte, stammte von einem kurzatmigen Mann mit breitem Berliner Dialekt.

»Frau Krüjer? Also, dit is jetzte … ehm … fünf Minuten nach der Zeit. Ick steh hier unten, also die Vorbestellung bei Sani-Funk. Die Taxe. Und bin, äh, verwirrt, weil ick klingel mir den Wolf und keener kommt. Die Zentrale hat mir jesacht, die Bestellung hat sich ne Stunde nach hinten verschoben, det is doch richtich? Oder hat sich da schon wieder wat jeändert? Mann, Mann, Mann …«

Feli unterbrach die Verbindung und suchte im Nachrichtenmenü nach Informationen, wann der Taxifahrer diesen Anruf getätigt hatte.

12.33 Uhr am 2. Mai 1999.

Na prima.

Offenbar hielt Nele von der Programmierung elektrischer Geräte noch weniger als sie selbst und hatte das Gerät seit der Anschaffung im Werksmodus gelassen.

Feli steckte das Telefon wieder in die Ladestation und wischte sich einen dünnen Schweißfilm von der Stirn.

Puh, was für eine Hitze!

Für September herrschten hier drinnen nahezu hochsommerliche Temperaturen. Mit zu erwartenden fünfundzwanzig Grad und Sonnenschein der perfekte Tag zum Heiraten.

Nur für Detektivarbeiten war es eindeutig zu heiß.

Überhaupt war es völlig bekloppt, sich ausgerechnet heute fernsteuern zu lassen, noch dazu von Mats!

Wenn Janek erfuhr, was sie hier machte *(und für wen!)*, würde er glatt die Hochzeit absagen. Aber sie war ja bald wieder zurück.

Zum Glück wohnten sie noch in der Greifswalder und nicht im Westteil der Stadt, den Janek, im Unterschied zu ihr, so liebte. Wenn es nach ihm ginge, hätte sie ihre Praxis in der Oranienburger schon längst nach Dahlem, Grunewald oder wenigstens Lichterfelde verlegt. Aber dann hätte sie mit dem Auto um die Zeit sicher eine Stunde hierher gebraucht und nicht nur fünfzehn Minuten mit dem Fahrrad. Blöd allerdings, dass sie sich so sehr beeilt hatte. Sie würde jetzt auf jeden Fall noch einmal duschen müssen, sobald sie wieder zu Hause war.

Feli griff zum Handy und wählte die Nummer, unter der Mats sie vorhin angerufen hatte.

»Hallo?«, fragte sie, weil sie die Pause zwischen zwei Klingelzeichen falsch interpretiert und gedacht hatte, ihr ehemaliger Geliebter hätte abgenommen.

Während es läutete, begutachtete Feli einen dunklen Fleck auf dem grauen, leicht zerschlissenen Sofa.

Anscheinend ist die Erreichbarkeit über den Wolken doch nicht so das Gelbe vom Ei.

Als sie schon wieder auflegen wollte, knackte es in der Leitung.

»Mats?«

Es gab eine leichte Zeitverzögerung, bis er antwortete, zuerst hörte sie nur das typische Flugzeugrauschen, dann: »Tut mir leid, ich hatte gerade Stress und konnte nicht abnehmen. Wo bist du?«

»In Neles Wohnung.«

»Und?«

Sie zuckte mit den Achseln. »Was willst du hören? Sie ist nicht da, und alles sieht danach aus, dass sie das Haus in Eile verlassen hat.«

»Irgendwelche Spuren einer Gewalteinwirkung?«, wollte Mats wissen.

»Die Tür war offen, aber nicht aufgebrochen. Keine umgestürzten Lampen oder Stühle, falls du das meinst. Nur Flecken auf ihrem Sofa …«

»Blut?«

»Nein.«

Feli strich über das Sitzpolster. Die Flüssigkeit war farblos und hinterließ keine Spuren an ihren Fingern. »Der Fleck ist frisch. Als ob sie Wasser ausgekippt hätte.«

»*Frucht*wasser?«, hörte sie Mats hervorpressen.

»Keine Ahnung. Möglich. Ja. Vielleicht hatte sie einen Blasensprung.«

Mats stöhnte auf. »Dann sagt der Erpresser verdammt noch mal die Wahrheit!«

Feli sah auf die Uhr. Zum Glück hatte Janek die Trauung auf sechzehn Uhr und damit auf den spätestmöglichen Termin festgesetzt.

»Mats, es tut mir leid, aber du solltest wirklich die Polizei einschalten. Ich stehe in sechs Stunden vor dem Standesbeamten und …«

»Du heiratest? Tut mir leid, ähm, ich meine, Glückwunsch.

Aber du bleibst meine einzige Chance. Bitte, Feli. Nele stirbt, wenn du mir nicht hilfst. Ich muss wissen, wer dahintersteckt, und Nele finden. Dafür bleiben mir noch etwas mehr als zehn Stunden – bis zur Landung.«

»Der Entführer hat dir ein Ultimatum gestellt?«

»Ja.«

»Und was passiert, wenn die Zeit abläuft und wir Nele bis dahin nicht gefunden haben?«

»Bitte, Feli, stell mir keine weiteren Fragen. Es ist in deinem eigenen Interesse. Du willst es nicht wissen. Und ich kann es dir nicht sagen.«

Feli schüttelte entsetzt den Kopf. »Aber was soll ich denn jetzt tun?«

Sie suchte im Flur nach der Badezimmertür. Sie brauchte dringend einen Schluck Wasser.

»Denk logisch«, forderte Mats. »Wir wissen, dass der oder die Täter Kenntnis von der Schwangerschaft meiner Tochter hatten. Zudem haben sie die Macht, die Mittel und die Manpower, Nele zu verschleppen und Schichtpläne von Flugbegleitern so zu ändern, dass sie mit meiner Reisebuchung konform gehen.«

»Und was heißt das?«

Sie hatte Neles Badezimmer gefunden. Wie erwartet setzte sich hier das kreative Durcheinander in der Einrichtung fort. Der Spiegel über dem altertümlichen Waschbecken wurde von einem barocken Bilderrahmen umrandet, ein Ledersessel stand neben der Badewanne, und ein Gitarrenständer fungierte als Handtuchhalter.

»Das bedeutet, dass du nach einer Verbindung suchen musst. Irgendwo gibt es irgendjemanden, der Zugang sowohl zu Neles Krankenakten als auch zu meinen Flugplänen hat. Einen Arzt oder Pfleger mit Kontakten zur Fluggesellschaft vielleicht.«

Irgendwo, irgendjemand, Irr...sinn, dachte Feli.

»Sie sollte im Virchow entbinden, nicht wahr?«

»Ja.«

»Na prima. Die Charité hat ja nur dreizehntausend Mitarbeiter.«

»Zu viele. Ich weiß.«

Ihr Blick blieb an dem altertümlichen, massiven Tresor hängen, der als Zeitungsablage neben der Toilette herhalten musste.

Eltern, Mein Baby & Ich, Familie & Co.

Feli schob die Illustrierten und Zeitschriften etwas nach hinten, um die Tür des Tresors aufzumachen. Sie hatte damit gerechnet, dass Nele hier Klopapier, Seifen oder Handtücher aufbewahrte.

Doch der Inhalt, der sich ihr zeigte, versetzte sie erst in Erstaunen. Dann wurde sie traurig.

»Das wusste ich nicht«, sagte sie und ging vor dem Tresor in die Knie.

»Was?«, hörte sie Mats aufgeregt fragen. »Was wusstest du nicht?«

»Dass sie so krank ist.«

Wie auch. Wir hatten ja keinen Kontakt.

»Krank? Wovon redest du?«

Sie nahm eine Papiertüte mit einem rot-weißen Logo aus dem Tresor und zog eine Medikamentenpackung nach der anderen heraus. »Tenofovir, Emtricitabin, Efavirenz.«

»*Das* hat sie bei sich rumstehen?«

»Im Bad, ja.«

Pause. Das Rauschen schwoll an.

»Nein. Das … das wusste ich auch nicht«, gestand Mats nach einer Weile seine Ahnungslosigkeit. Nele – mit HIV infiziert! Seine Stimme klang auf einmal sehr verloren, schwach. Als ob in seiner Maschine der Druckausgleich nicht mehr funktionierte und er kaum noch Atemluft hätte.

»Um Himmels willen, das ist eine hochdramatische Geburt. Das Baby darf sich nicht anstecken.«

»Die Medikamententüte ist von der Seestraßen-Apotheke«, sagte Feli, hauptsächlich, weil sie nicht wusste, was sie sonst sagen konnte, um das bedrückende Schweigen zu überbrücken, das Mats' letzten Worten gefolgt war. Auch wenn die Diagnose Aids kein Todesurteil mehr war und es noch nicht einmal sicher sein musste, dass die Krankheit bei Nele ausbrach, war das Leben mit HIV eine körperliche und seelische Dauerbelastung.

»Im Wedding?«, fragte Mats nach dem Ort der Apotheke.

»Ja.«

»Dann ist Nele im Ärztehaus Wedding in Behandlung.«

»Das wollte ich damit sagen.«

Sowohl die Praxis als auch die Apotheke hatten sich auf HIV- und Krebspatienten spezialisiert und teilten sich ein beinahe identisches rot-weißes Logo. Beide Einrichtungen lagen im selben Haus und galten als führend in Berlin. Die Onkologie und Infektiologie hatten ein eigenes, hochmodernes Labor und beschäftigten sogar Psychologen und Psychiater, die die HIV-Patienten unterstützten.

»Ich fürchte, das bringt uns nicht weiter«, hörte sie Mats sagen, seine Stimme klang wieder etwas fester.

In dieser Sekunde hörte Feli ein Knacken. Im Flur. Hinter der Tür.

Hinter ihrer Tür.

»Mats?«, flüsterte sie und schnellte herum.

»Was?«

»Ich glaube …«

»Hier ist jemand«, hatte sie sagen wollen, doch dazu kam sie nicht mehr.

Stattdessen musste sie schreien, als in dem fensterlosen Bad das Licht ausging.

Alles, was sie von nun an noch sah, waren Schemen, Schatten, Umrisse.

»Um Himmels willen, Feli, was ist bei dir los?«, hörte sie Mats rufen, während sie sich langsam auf den Spalt zubewegte, durch den das wenige spärliche Licht fiel. Vom Flur aus.

Sie streckte die Hand nach dem Spalt aus, tastete sich nach vorne.

Und dann schrie sie erneut.

Heller, lauter, länger.

Diesmal nicht vor Schreck.

Sondern wegen der unerträglichen Schmerzen.

17.

»Feli? Hallo? Feli? Was ist los bei dir? Bist du noch dran?«
Die Leitung war tot. Und er bekam keine Antwort mehr.
Mit dem Nachhall von Felis gequältem Schrei im Ohr, der mit
dem Ende der Verbindung abrupt abgerissen war, legte Mats
auf und wünschte sich dringend etwas zu trinken.

Kein Wasser, sondern etwas Hochprozentiges. Etwas, was
den Aufprall minderte. Denn sein psychischer Absturz, dessen war er sich sicher, stand unmittelbarer bevor als der des
Flugzeugs. Wie oft hatten ihm seine Suchtpatienten von dem
Schleier des Vergessens berichtet, unter den man tauchte,
wenn sich der Rausch einstellte. Und hier oben, bei diesen
Druckverhältnissen, brauchte es noch sehr viel weniger Alko-
hol im Blut, um diesen Zustand herzustellen.

Doch natürlich musste er einen klaren Kopf bewahren.

Was geht hier nur vor?

Er versuchte noch einmal, Feli zu erreichen, aber das Telefon
klingelte durch.

Währenddessen reifte in ihm die grausame Erkenntnis, dass er
keine Optionen hatte. Die Entführer meinten es ernst. Sie hatten Nele in ihrer Gewalt, und nun schien auch Feli in Gefahr
zu sein. Schon der erste verzweifelte Versuch, den Tätern und
damit ihrem Motiv etwas näherzukommen, war vereitelt worden. Wer immer diesen Wahnsinn hier veranstaltete, er war
ihm mehrere Schritte voraus. Völlig unmöglich, dass Mats in
den wenigen Stunden, die ihm blieben, aus diesem Flugzeug
heraus etwas anderes ausrichten konnte als das, was der Erpresser von ihm verlangte: einen Patienten seelisch zu zerstören, um sich selbst und Hunderte von Unschuldigen in den
Tod zu reißen.

»Haaaaa!«

Mats presste sich beide Hände vor den Mund und schrie vor Verzweiflung. Dann massierte er sich die pochenden Schläfen, und das erinnerte ihn daran, dass er sein Handgepäck noch aus der Economyclass holen wollte, um endlich an die Kopfschmerzmittel zu kommen.

Oder erst das Video zu Ende sehen?

Auf Kanal 13/10. Er wusste immer noch nicht, was ab Minute neun so Brisantes zu sehen sein sollte, dass es Kaja Claussen in den 11.-September-Modus versetzte.

Nein, erst die Medikamente.

So neugierig er auch war, ihm flog der Schädel weg, und Mats wusste, wenn er jetzt nicht sofort etwas nahm, würde er in einer halben Stunde zu keinem klaren Gedanken mehr fähig sein. Immerhin, sein Magen hatte sich beruhigt. Die Flugangst hatte ihre Symptome zurückgestellt.

Offenbar gab es eine Evolution des seelischen Drucks. Einen Darwinismus der Qualen. Die stärksten Schmerzen setzten sich durch und bissen die schwächeren zurück.

Momentan musste Mats nicht gegen seine Flugangst ankämpfen. Im Gegenteil: Die Angst, seine Tochter zu verlieren, trieb ihn zu psychischen Höchstleistungen. Zusätzlich motiviert durch die Sorge um Feli und sein schlechtes Gewissen, sie in den Irrsinn mit hineingezogen zu haben.

Mats öffnete die Tür seiner Sky-Suite, um sich auf den Weg zu Sitz 47F zu machen.

Fast wäre er in Kaja hineingerannt.

18.

Es tut mir leid«, sagten sie beinahe gleichzeitig und ähnlich erschrocken.

Mats hätte nicht damit gerechnet, dass Kaja aus freien Stücken wieder zu ihm käme, nachdem sie ihn vorhin mit dem Video ertappt hatte.

»Das ist nur eine langweilige Doku«, hatte er sie angelogen, als sie ihn fragte, was er sich gerade ansah. Dann hatte er so getan, als würde ein Anruf eingehen, woraufhin Kaja wortlos wieder gegangen war.

»Darf ich kurz …« Sie deutete auf einen Servierwagen hinter sich.

Es dauerte eine Weile, bis Mats begriff.

»Danke, aber ich fürchte, ich bin nicht hungrig«, sagte er, gewährte ihr aber Eintritt.

»Das wäre schade«, sagte sie ohne jegliches Bedauern in der Stimme. Kaja wirkte angestrengt. Als würde der dicke Teppich ihr Probleme beim Schieben des Servierwagens bereiten. Sie parkte ihn zwischen zwei gegenüberstehenden Sesseln auf der rechten Fensterseite.

Mit geschickten Handgriffen verwandelte sie den Servierwagen in einen Esstisch, den sie mit einer weißen Tischdecke, Servietten, Besteck, einem illuminierten Salzstreuer und einer Orchideenvase ausstaffierte, bevor sie dem Transportfach unter der Oberfläche den Speiseteller entnahm.

Sie hob die Edelstahlglocke, die den Porzellanteller überdachte. »Gebratener Winterkabeljau mit Röstzwiebelfond auf grünen Bohnen und Shiitakepilzen. Normalerweise haben Sie natürlich eine größere Auswahl, aber es heißt ja, dass man spätabends nicht deftig essen sollte, also …«

Sie sah auf die Uhr und lächelte künstlich. »Wenn Sie mögen, schicke ich Ihnen gerne noch mal das Menü und den Kaviarwagen nach oben?«

»Nein, nein danke. Nicht nötig«, sagte Mats und griff ihr in die Hand, als sie unbeirrt dazu überging, den Teller zu servieren.

Seine Kopfschmerzen saßen ihm wie eine Faust hinter der Stirn, und er fühlte sich elend. Verdammt, er wollte niemanden verletzen. Er wollte nicht *sterben!* Andererseits bot sich ihm gerade eine Gelegenheit, und das buchstäblich auf dem Silbertablett.

»Sie sind doch nicht wegen des Essens zurückgekommen, hab ich recht?«

Er bedeutete ihr, Platz zu nehmen.

»Ich muss gleich in der Businessclass aushelfen«, wich Kaja ihm halbherzig aus.

»Und dennoch haben Sie sich die Mühe gemacht, mich mit Essen zu versorgen, obwohl um diese Uhrzeit kaum noch etwas serviert werden dürfte. Und selbst wenn, hätten Sie doch problemlos jemand anderen schicken können. Also, Frau Claussen, was ist es? Was wollen Sie mir sagen?«

Sie schluckte und strich sich dabei ihren Rock glatt.

»Das Video vorhin«, begann sie stockend.

Er setzte sich und wartete ab, dass Kaja es ihm gleichtat.

Die Stimme der Purserin war eine Nuance tiefer als vorhin. Typisch für Menschen mit einer beginnenden Depression. Die Stimme war oft ein größerer Spiegel der Seele als die Augen. Bei negativen Empfindungen vergrößerte sich der Resonanzkörper im Kehlkopf. Das hatte er von Feli gelernt, die am Telefon ja oft nur Sprache und Tonfall zur Verfügung hatte, um sich ein Bild von einem Notfall zu machen.

»Ja?«

»Ich dachte, ich hätte mich gesehen. Vor zehn Jahren. Das Turnhallen-Video, wissen Sie. Das ist natürlich Blödsinn. Mein

Drama hat es ja wohl kaum ins Bordprogramm geschafft«, lachte sie gezwungen.

Mats öffnete den Mund, doch sie hob abwehrend die Hand und fuhr fort, bevor er etwas sagen konnte: »Doch es gibt einen Grund, weshalb meine Fantasie mit mir durchging. Unser Gespräch zuvor. Als Sie mir sagten, dass auch Sie mir früher nicht geglaubt haben …«

»Nein, so habe ich das nicht gemeint …«, schwindelte Mats.

Kaja zuckte mit den Achseln. »Jedenfalls, als Sie meinten, Sie wären froh, dass Sie am Ende meine Version der Wahrheit geteilt hätten, war ich für einen Moment wieder in der Kammer.«

»Sie haben gespürt, wie sich die Wände bewegten?«, fragte er und nahm das Motiv aus ihren früheren Therapiegesprächen wieder auf. Die »Kammer« war für Kaja eine hilfreiche Metapher gewesen, um ihr Ohnmachts- und Isolationsgefühl zu beschreiben. In ihrem letzten Schuljahr hatte sie sich in eine Müllpresse verwandelt, mit hydraulischen Wänden, die Zug um Zug näher kamen. Harte, dicke Mauern aus Stahlbeton, die Kaja zu zerquetschen drohten.

»Es war nicht ganz so heftig wie früher. Aber ich konnte es spüren. Wie die Wände sich bald wieder auf mich zuschieben würden. Ich stand in der Galley und wusste, die Kabine um mich herum würde schmaler und schmaler werden, wenn …«

Kaja griff sich an den Hals und ließ ihren Satz unvollendet.

»Das tut mir leid. Das wollte ich durch meine unbedachte Bemerkung nicht auslösen«, log Mats, denn genau das hatte er beabsichtigt. Und eben deshalb fühlte er sich wie ein mieses Schwein.

»Ich bin müde und überarbeitet, das hätte nicht passieren dürfen. Ich muss mich bei Ihnen entschuldigen.«

Kaja nickte, aber er sah in ihren Augen, dass eine Entschuldigung nichts ausrichtete. Jede verletzende Bemerkung schlug einen Nagel in die Maske, die Menschen trugen, um sich vor seelischen Angriffen zu schützen. Bei labilen Persönlichkeiten bröckelte sie schneller. Und am schnellsten bei solchen, deren Panzer in mühevoller Kleinarbeit in der Psychotherapie wieder hatte zusammengesetzt werden müssen.

»Ich spreche es offen aus, Frau Claussen. Ich hätte nicht sagen sollen, dass ich Ihre Erlebnisse für eine Geschichte halte.«

Dass ich die schrecklichen Gerüchte, die sich damals um Sie rankten, für nicht ganz abwegig hielt.

Kaja neigte den Kopf leicht nach rechts zum Fenster, wie sie es früher in ihren Sitzungen immer getan hatte, wenn sie nicht auf ihre Erinnerungen zurückgriff, sondern auf ihre Fantasie.

Mats folgte ihrem Blick in die Dunkelheit und meinte ihren Zweifel zu spüren.

»Wollen Sie darüber reden?«, fragte er, ohne zu wissen, für welche Antwort er beten sollte.

Für ein »Nein« und den Abbruch aller Gespräche, was Hunderten von Menschen in diesem Flugzeug das Leben retten würde, ihn eingeschlossen.

Oder für ein »Ja«, das ihn womöglich in die Lage versetzte, zum schlimmsten psychologischen Massenmörder aller Zeiten zu werden.

Auch wenn Mats nicht wusste, wie Kaja es technisch bewerkstelligen sollte, den Flieger zum Absturz zu bringen, so war er sich doch sehr sicher, dass er seine Aufgabe erfüllen und sie in einen seelischen Zustand zurückversetzen konnte, in dem sie genau das tun *wollte.*

»Was wollen Sie denn von mir wissen?«, fragte sie.

Mats, der am liebsten hier und jetzt das Gespräch abgebrochen hätte, zwang sich, an seine Tochter zu denken; an das Bild, das Nele in der Gewalt ihres Entführers zeigte. Dann setzte er den Meißel an. Fügte Kajas seelischem Schutzpanzer mit der folgenden Frage eine weitere Bruchstelle zu:

»Wie viele Ihrer Mitschüler wollten Sie erschießen?«

Sie schüttelte den Kopf, sagte aber leise: »Alle.«

Mats ließ ihr eine Pause, setzte dann nach: »Aber wen ganz besonders?«

Sie wich seinem Blick aus. »Ich weiß nicht, ich …«

»Doch. Wer stand auf Ihrer Wunschliste des Todes an erster Stelle?«

Stille. Dann, nach einer Weile sagte sie mit spürbarem Widerwillen: »Johannes.«

»Johannes Faber«, ergänzte Mats. »Achtzehn Jahre alt, so wie Sie damals. Was hatte er Ihnen angetan?«

Sie stand abrupt auf und stolperte beinahe über die Rollen des Servierwagens.

»Ich glaube, das Gespräch hier ist ein Fehler, Dr. Krüger. Ich, ich sehe nicht, wie es mir dadurch besser gehen soll.«

Auch Mats erhob sich, bemühte sich um eine vertrauenerweckende Miene, was ihm schon wegen seiner Kopfschmerzen äußerst schwerfiel.

»Frau Claussen, geben Sie mir bitte eine Chance. Ich habe Sie vorhin mit meiner unbedachten Bemerkung verletzt. Ich muss das wiedergutmachen.«

Über ihren Köpfen ertönte ein sanfter Signalton. Die Anschnallzeichen leuchteten auf.

»Aber im Moment fühle ich mich durch unsere Gespräche nur noch schlechter«, protestierte Kaja schwach. »Mir geht es so mies wie seit Jahren nicht.«

Da haben wir etwas gemeinsam.

Mats versuchte seiner Stimme ein möglichst einschmeichelndes, beruhigendes Timbre zu geben. »Wie fühlten Sie sich denn damals bei unserer allerersten Therapiestunde?«

Freiwillig war sie gekommen, wenn auch auf Veranlassung ihrer Eltern, die froh waren, dass das Schlimmste damals verhindert worden war. Maßgeblich durch Feli, die Kajas Hilferuf an der Hotline für psychische Notfälle entgegengenommen und die potenzielle Schul-Amokläuferin mit Mats verbunden hatte.

»Ähnlich wie jetzt«, gestand Kaja. »Hundeelend. Müde. Nicht sehr hoffnungsfroh.«

Mats nickte. »Sie wissen ja, so ein Therapiegespräch ist wie ein Fieber, Frau Claussen. Anfangs fühlen Sie sich schlecht, aber in Wahrheit schwitzen Sie die Krankheit aus.«

Kaja zuckte mit den Achseln und schenkte ihm einen erschöpften »Wenn Sie meinen«-Blick, und Mats fuhr mit der Inquisition fort.

»Also gut, lassen Sie es mich noch einmal zusammenfassen: Vor zehn Jahren sind Sie mit einer Waffe in Ihre Schule gegangen. Die Pistole hatten Sie Ihrem Vater gestohlen, einem Mitglied des Schützenvereins.«

»Nicht gestohlen. Er gab sie mir, damit ich mich verteidigen kann, falls mir in der Schule noch einmal so etwas passiert.«

So etwas.

Noch immer traute Kaja sich nicht, konkret und offen auszusprechen, was ihr angetan worden war. Exakt ein Jahr bevor sie sich bewaffnet auf der Schultoilette einschloss. Verzweifelt, mit dem festen Vorsatz zu töten.

»Ich hab die Gaspatronen durch echte Munition ausgetauscht. Mein Vater hatte die Waffe nur mit Tränengas geladen.«

»Was für Ihre Zwecke jedoch nicht ausreichend war.«

Sie blinzelte, und Mats setzte nach: »Denn Sie wollten Johannes Faber töten.«

Sie nickte.

»Er hat Ihnen etwas angetan.«

»Ja.«

Mats zeigte auf den Monitor an der Wand. »Er hat das Video gedreht, das Sie eben zu sehen glaubten.«

»Ja, ja, ja. Das wissen Sie doch. Wieso quälen Sie mich so, Dr. Krüger?«

»Ich quäle Sie nicht. Ich spüre, dass Sie die Ereignisse noch immer nicht verarbeitet haben. Ich will Ihnen helfen.«

»So fühlt es sich aber nicht an.«

»Das ist das Fieber«, wiederholte sich Mats. »Es muss raus. So wie die Wahrheit.«

»Aber ich habe Ihnen doch immer nur die Wahrheit erzählt.«

»Sicher?«

»Ja, natürlich.«

»Auch über das Video?«

»Ja doch.«

Er ließ ihr eine Sekunde, um sich zu sammeln, dann sagte er: »Gut, Frau Claussen, dann schildern Sie es doch bitte noch einmal für mich.« Mats rang sich ein Lächeln ab. Und während das Flugzeug infolge einer leichten Turbulenz sanft erzitterte, fragte er: »Was hat Johannes Faber damals auf Video aufgenommen, das so schlimm war, dass Sie ihn ein Jahr nach der Aufnahme töten wollten?«

Ihn und alle, die es sich angesehen hatten!

19.

Die Intervalle wurden kürzer. Die Qualen stärker.
Nach fünf Stunden (Nele wusste, es konnte nicht so viel
Zeit vergangen sein, aber die Schmerzen hatten die Zeit ge-
dehnt, und dreißig Sekunden Wehen fühlten sich an wie dreißig
Minuten) hatte der Wahnsinnige ihr endlich die Fesseln gelöst.
Das hätte er schon viel früher tun können. Schon nach der
dritten Wehe war sie in den Ruhepausen zu nichts anderem in
der Lage gewesen, als erschöpft an die Hallendecke zu starren
und zu hoffen, dass das alles nur ein böser Traum war, aus
dem sie bald erwachen würde.

Sie konnte ihm nicht entkommen. Vielleicht konnte sie es
schaffen und von der Pritsche aufstehen, möglicherweise
schleppte sie sich sogar noch bis zum Eingang der Ställe, aber
spätestens dort hätte er sie wieder eingeholt.

Das Leben in ihr, das sich seinen Weg bahnen wollte, war
wirksamer als jede Hand- oder Fußfessel.

Verzweifelt tastete Nele nach ihrem Bauch.

Nach meinem Murkel.

»Alles wird gut«, sagte sie und weinte. »Alles wird wieder
gut.«

Dann schrie sie den Irren hinter der Kamera an: »Lass uns
raus. Lass uns sofort raus.«

»Das kann ich leider nicht.«

Er überprüfte noch eine Einstellung hinter seinem Stativ, an
einem Apparat, der aussah wie eine analoge Spiegelreflexka-
mera, aber vermutlich in den Video-Modus geschaltet war.
Nachdem er sich vergewissert hatte, dass das rote Lämpchen
dauerhaft leuchtete, trat er mit einer Flasche Wasser in der
Hand an ihre Liege.

»Hey, ich hab vorhin den Pschyrembel gesehen«, sagte Nele und nahm nach einem kurzen Zögern das Wasser entgegen.

Vergiften würde er sie nach all der Mühe ja wohl kaum. Ihr stand sicher ein anderes Ende bevor.

Ein schlimmeres.

»Du studierst Medizin?«, fragte sie nach dem ersten großen Schluck. Gott, war sie durstig. Und müde.

Vor Erschöpfung zitterte sie am ganzen Körper. Ihr Jogginganzug war völlig durchgeschwitzt. Jetzt führte kein Weg mehr daran vorbei. Sie müsste sich die Hose ausziehen.

»Das war einmal. Jetzt hab ich eine wichtigere Aufgabe.«

Schwangere Frauen zu foltern?

Der Gedanke lag ihr auf der Zunge, aber Nele gelang es, ihre Wut zu zügeln, und nahm noch einen Schluck.

Sie wusste nicht, ob es hier drinnen schon die ganze Zeit so stickig gewesen war oder ob die Sonne von außen auf das Blechdach knallte und die Stallungen darunter in ein Hitzestaubecken verwandelte. Wie musste es erst im Hochsommer hier zugegangen sein?

»Schau mich an«, sagte sie, als der Kerl ihr den Rücken zudrehen wollte. Trotz seiner grausamen Verwandlung zum Entführer sah er noch immer so aus wie ein studentischer Taxifahrer.

Sie richtete sich auf der Pritsche etwas auf und zog an ihrem Hosenbund. Seine Augen wurden groß. Aber sie konnte nichts Voyeuristisches in ihnen entdecken. Eher, und das verwunderte sie, Scham.

»Willst du das wirklich tun? Dein Leben so wegwerfen? Du weißt doch, dass das alles herauskommt. Ich meine, ich trage eine Risikogeburt in mir. Schon in einem normalen Krankenhaus besteht eine große Chance, dass mein Kind und ich sterben. Willst du als Doppelmörder ins Gefängnis?«

Sie zog die Hose aus und warf sie samt Slip auf den Spaltboden.

Früher standen hier Tiere und wurden gemästet. Heute werde ich hier verbluten, dachte sie.

»Ich gehe nicht ins Gefängnis.«

Franz schüttelte heftig den Kopf und wandte sich ab. Keine Frage, es ging ihm nicht um etwas Sexuelles. Zumindest wollte er sie nicht nackt sehen.

Wieder fiel Nele auf, wie dünn er war. Regelrecht ausgezehrt.

Läge ich nicht in Geburtswehen, wäre er nicht einmal im Ansatz ein Gegner für mich.

»Ich werfe mein Leben nicht weg«, sagte er, und seine Stimme wurde hart. »Und ich *will,* dass es herauskommt. Jeder soll von meiner Mission erfahren.« Er zeigte zum Stativ. »Deshalb filme ich Sie ja.«

»Auf was für einer Mission bist du?«, fragte Nele und betete, dass es keine religiöse war.

»Milch.«

Fängt der schon wieder damit an.

Nele wurde wütend, und sie begrüßte ihre Wut, denn sie war das Einzige, was sie hatte, um gegen ihre Todesangst anzukämpfen.

»Ist das ein beschissener Fetisch oder was?«, sagte sie und zeigte ihm den Vogel. »Bist du pervers? Stehst du auf Muttermilch?«

Franz schüttelte den Kopf, drehte sich wieder zu ihr und rieb sich dabei die Nase. Eine Schamreaktion, wie ihr Vater ihr einmal erklärt hatte. »Im Gegenteil.«

Sie seufzte, leerte die Flasche und schmiss sie wütend auf den Boden. »Dann klär mich auf, denn ich verstehe es nicht.«

Er nickte, seine Augen starr auf ihren Oberkörper gerichtet.

Auch sie schämte sich, so entblößt und verletzlich vor ihm zu liegen, nur noch mit einem T-Shirt und Socken bekleidet, aber ihre Mutterinstinkte waren stärker. Sie würde alles tun, um ihr Baby zur Welt zu bringen.

Alles.

»Ich weiß, dass Sie das hier nicht verstehen«, sagte Franz, und seine Stimme verlor sich in der riesigen Halle, in die er sie verschleppt hatte. Er sah über ihren Kopf hinweg, dann nach oben, drehte sich im Kreis, als würde er diesen Stall zum ersten Mal sehen.

»Und Sie sind mit Ihrer Unwissenheit nicht alleine«, erklärte er ihr. »Millionen Menschen verstehen es nicht. Die wenigsten wissen überhaupt davon, und es ist an der Zeit, dass ihnen jemand die Augen öffnet.«

»Franz, bitte ...«

Er legte ihr einen Finger auf die Lippen. Kurz überlegte sie, ob sie seine Hand packen und versuchen sollte, ihm das Handgelenk zu brechen, aber dann, was geschah dann?

»Ich wollte nie derjenige sein«, flüsterte er, während sie weiter fieberhaft nach einem Plan suchte. »Aber außer mir gibt es niemanden, der es tut, verstehen Sie?«

»Nein.«

Sie verstand es nicht. Und sie fand keinen Ausweg.

Stattdessen spürte sie, wie sich schon wieder ein Sturm in ihren Eingeweiden zusammenbraute. Wie die brennende Kugel sich erneut in ihr nach vorne schob.

Sie verzog das Gesicht und drehte sich seitwärts, weil sich so die Schmerzen im Kreuzbein etwas besser ertragen ließen.

»Was wissen Sie über Milcherzeugung?«, fragte er sie unvermittelt.

»Was?«, fragte sie, überzeugt, dass das eine Fangfrage war.

»Sagen Sie es mir freiheraus: Was wissen Sie darüber, wie unsere Milch gewonnen wird?«

»Nicht viel, das, was jeder weiß, schätze ich, schaaaaa.«

Es geht wieder los. Verdammt. Es geht wieder ...

»Kühe werden gemolken«, keuchte sie, die Hand an den Rahmen der Pritsche gekrampft. »Sie wird irgendwie haltbar gemacht ...«

»Stopp.«

»Was?«

Für einen Moment war sie durch das eine, von Franz gebrüllte Wort tatsächlich so aus dem Konzept gebracht, dass sie sich verschluckte. Dann bahnte sich die Wehe weiter ihren Weg, und sie hörte den Psychopathen nur noch aus weiter Ferne, während sie versuchte, in dem Schmerzenmeer nicht zu ertrinken.

»Ihr Wissen ist so etwas von unhaltbar unvollständig, dass ich es kaum fassen kann.«

Während sie mit den Beinen Halt auf der Liege suchte, um sich hochzudrücken und das Becken zu entlasten, hörte sie ihn schreien: »Kühe werden gemolken, ja?«

»Ja«, presste sie hervor.

»Wieso erzählt ihr das immer? Weshalb beginnt die Geschichte immer damit?«

»Wie denn sonst?«, brüllte sie ihn an. All ihre Pein, ihr Leiden schrie sie heraus in diesen grauenhaften Stall, dem Geistesgestörten ins Gesicht.

Der, wenn sie sich nicht täuschte, schon wieder Tränen in den Augen hatte.

»Das werde ich Ihnen zeigen«, hörte sie ihn sagen. Seine Stimme war fast ein Schluchzen. »Es tut mir so leid«, weinte er. »Aber Sie müssen es am eigenen Leib erfahren, und die ganze Welt wird es sehen können. Ganz sicher verstehen Sie dann selbst, weshalb das alles hier so notwendig ist.«

20.

Nach kurzen Turbulenzen glitt das Flugzeug wieder ruhiger durch die Nacht als eine Limousine auf einer frisch asphaltierten Autobahn. Die Anschnallzeichen über der Tür zum Ausgang der Sky-Suite waren jedoch noch nicht erloschen.

Mats, der ein Kratzen im Hals spürte, als habe er zu lange zu viel geredet, drückte auf einen im Tisch eingelassenen Knopf mit einem Sektglassymbol. Damit öffnete sich ein von ihm bislang unbemerktes längliches Staufach, das in der breiten Ablage zwischen Tisch und Fensterfront in die Kabinenwand eingelassen war. Es enthielt angenehm temperierte Säfte und Wasser verschiedener Kohlensäurestärken.

Er griff sich ein stilles Wasser und sehnte sich nach einer Maxalt-Schmerztablette. Kaja lehnte dankend ab, als er ihr ebenfalls etwas anbot. Sie saß auf der äußersten Kante ihres Sessels, wie zum Absprung bereit. Sie faltete die Hände, löste die Finger im nächsten Moment, um sie sofort wieder zu verschränken.

»Erinnern Sie sich noch daran, wie wir uns eine Sitzung lang nur über Horrorfilme unterhalten haben, Dr. Krüger?«, fragte sie.

Mats nickte.

Die meisten Menschen stellten sich ein psychotherapeutisches Gespräch als eine zielgerichtete, analytische Befragung vor. Tatsächlich war der Verlauf einer Therapiestunde nie vorhersehbar. Außenstehende mussten mitunter den Eindruck gewinnen, Patient und Arzt verlören sich im Small Talk und plauderten über Belanglosigkeiten. Hin und wieder war das auch so, aber ein guter Therapeut unterbrach niemals den freiwilligen Redefluss seines Gegenübers, denn oftmals offenbarten sich in den scheinbar zufällig gewählten Gesprächsthemen tiefe Erkenntnisse, die man für die spätere Behandlung nutzbringend verwenden konnte. So hatte ihm Kajas Vorliebe für grausame, irreale Gewaltfilme gezeigt, dass sie schon lange nach einem Ventil für ihre Sorgen, Ängste, Enttäuschungen und ihre Wut gesucht hatte.

»Sie erklärten mir damals, dass in den amerikanischen Teenie-Horrorfilmen immer die als Erste sterben, die miteinander Sex hatten«, stellte Mats fest.

Kaja nickte knapp. »Und Sie erklärten, das sei eine Ausprägung der amerikanischen Prüderie. Eine Bestrafung unsittlichen Verhaltens.«

»Und?«

»Und ich glaube, da ist etwas Wahres dran. Sie wissen ja, die ersten Schüsse fielen, als ich gerade im Physikunterricht saß. Es ging um die Schrödinger-Gleichung. Aber ich war nicht bei der Sache.«

»Sie tuschelten mit Tina Delchow, Ihrer besten Freundin«, sagte Mats.

»Ja, ich quatschte mit Tina.«

»Über die vorherige Nacht?«

»Sie war sauer auf mich.«

»Wieso?«

»Müssen wir das alles noch einmal durchgehen?«

Mats griff nach ihren nervösen Händen. »Ich habe meine Akten nicht dabei, und es ist lange her. Mir ist nicht mehr alles präsent. Bitte, vertrauen Sie mir. Das wird jetzt aufwühlend, aber danach wird der Zweifel, der im Moment an Ihnen nagt, wieder vergessen sein.«

Sie entzog ihm die Finger und wirkte alles andere als überzeugt. Schließlich sagte sie seufzend: »Tina war sauer auf mich, weil ich nicht mit Johannes geschlafen hatte.«

»Johannes Faber, Ihrem damaligen Freund?«

Mats nahm einen großen Schluck. Das Wasser schmeckte bitter, aber das war vermutlich Einbildung. Eine Projektion.

»Beinahe-Freund. Er wollte was von mir. Aber ich nicht von ihm. Ich fühlte mich noch nicht so weit. Tina und Amelie sagten immer, ich würde mir die Beziehung versauen. Man dürfe solche tollen Typen nicht ewig hinhalten.«

»Wer war noch mal Amelie?«

»Die dritte der Toe-Tussis.«

Mats nickte. »Ach ja, Ihre Nagellack-Gang, ich erinnere mich. Sie drei hatten vereinbart, immer die gleiche Nagellackfarbe in der Schule zu tragen, richtig?«

»Peinlich, aber wahr. An diesem Tag war es grüner, gemusterter Camouflage-Nagellack. Ausgerechnet Tarnfarben.«

Mats wartete ab, bis Kaja tief durchgeatmet hatte und weiterredete.

»Tina war die Erfahrenste in unserer Clique. Ich weiß noch, wie sie sagte: ›*Willst du als alte Jungfer sterben?*‹, als …«

»Als?«

Das Flugzeug vibrierte sanft, als würde es gemeinsam mit Kaja erschauern wollen.

»Ich hörte ein Knallen auf dem Flur«, sagte sie leise. »Erst dachte ich, da hat jemand Böller mitgebracht. Aber dann knallte es wieder und wieder, und Menschen fingen an zu schreien. Frau Nader-Rosinsky, unsere Lehrerin, sagte noch: ›*Ganz ruhig bleiben, ich schau mal nach, was da los ist.*‹ Aber sie kam nicht mal mehr bis zur Tür. Sie flog auf, und da stand er im Raum. Mit Armeeuniform, Springerstiefeln und Sturmmaske.«

»Sein Name war Peer?«

»Richtig.«

»Brüllte er?«

»Nein, er war ganz ruhig. Deshalb konnte ich seine Stimme ja auch so gut verstehen, trotz der Maske.«

»Was sagte Peer?«

Eine Träne rollte Kajas Wange hinab. »Fischers Fritze fischt frische Fische.«

»Wieso sagte er das?«

Sie seufzte. »Peer Unsell. Von allen auch ›Lispel-Unsell‹ genannt. Wir hatten ihn oft genug wegen seines Sprachfehlers gehänselt.« Kaja nahm das Taschentuch, das Mats aus seiner Hosentasche gezogen hatte und ihr anbot. Sie schnäuzte sich kurz. »Peer hat noch in die Runde gefragt: ›*Nanu, wieso lacht denn jetzt gar keiner mehr?*‹ Dann hob er seine Pistole und erschoss erst Frau Nader-Rosinsky und dann …«

»… dann Tina«, legte Mats ihr den Namen ihrer besten Freundin in den Mund.

Die Frühreife.

Die, die im Horrorfilm als Erste sterben würde.

»Wissen Sie, weshalb Peer ausgerechnet Sie als Geisel ausgesucht hat, Kaja?«

Mats sprach sie jetzt bewusst mit dem Vornamen an, um die Distanz zwischen ihnen weiter abzubauen.

»Ich weiß nicht. Ich denke, es war Zufall. Ich saß neben Tina, die auf einmal sterbend auf dem Boden lag. Der Tür am nächsten. Ich war schwach. Leichte Beute. Vielleicht war das der Grund, weshalb er mich packte und an den Haaren hinauszerrte.«

»Zufall?«, wiederholte Mats, obwohl er genau dasselbe vermutete. Im Gegensatz zu den Mitschülern, die im Laufe der kommenden Monate eine Verschwörungstheorie nach der anderen in die Welt gesetzt hatten.

»Sie glauben mir nicht?«, fragte Kaja.

Mats ließ die Frage absichtlich unbeantwortet.

»Peer zog Sie also nach draußen, über den Hof zur Turnhalle.«

Wo das Video gedreht wurde.

»Ja.«

»War sie leer?«

»Nicht sofort. Er schoss in die Luft, und die zehnten Klassen, die dort gerade Unterricht hatten, rannten panisch um ihr Leben. Es war Chaos. Hektisch. Ich habe nicht viel mitbekommen.«

Mats erinnerte sich an einen Radiobericht von damals. Einige Schüler waren nackt aus der Umkleide geflohen.

»Aber auf dem Weg dorthin hat er niemanden mehr getötet?«

»Nein.«

Mats erinnerte sich an den Ermittlungsbericht.

Zunächst hatte Peer wahllos um sich geschossen, im Physikraum seine Opfer bewusst ausgewählt (Tina hatte ihn von den Mädchen am häufigsten gehänselt, Frau Nader-Rosinsky ihm als Vertrauenslehrerin nicht helfen können), doch als überall der Feueralarm anschlug, schaltete er in den Fluchtmodus und wählte Kaja als Geisel für seine Exit-Strategie.

»Und ich frage Sie noch mal: Haben Sie wirklich keine Ahnung, weshalb er es am Ende seines Amoklaufs ausgerechnet auf Sie abgesehen hatte?«

»Ich weiß es nicht. Ich habe keine Ahnung, weshalb Peer mir das antat, bevor er …«

Ihre Stimme brach.

Bevor er sich selbst in den Mund schoss und starb.

Mats gönnte ihr eine Pause, auch wenn ihm die Zeit davonlief. Nicht, dass er davon ausging, in einem einzigen Gespräch ausreichend Schaden anrichten zu können. Noch war das ja auch gar nicht seine Absicht. Noch wollte er sich nur alle Optionen offenhalten, sollte er keinen anderen Ausweg finden, um Nele zu retten.

Und dafür musste er bei Kaja noch einen Schritt weiter gehen, doch die würde nicht ewig hier sitzen bleiben können. Sie musste schließlich arbeiten und wurde gewiss schon von ihrem Team vermisst.

»Er brachte Sie also in die Turnhalle?«, nahm er schließlich den Faden wieder auf.

»Er zwang mich in die Mädchenumkleide.«

»War sie leer?«

»Das dachte er wohl.«

»Aber?«

»Aber das war sie nicht. Zwei Mädchen hielten sich noch in den Duschen versteckt.«

»Was tat Peer?«

Kaja schloss die Augen. Ihre Augäpfel zitterten unter ihren Lidern, als stünden sie unter Strom. »Er ließ von meinen Haaren ab, an denen er mich dorthin geschleift hatte, und richtete die Pistole auf die beiden. Kim und Trisha. Ich kannte sie aus der Theater-AG.«

»Hat er sie erschossen?«

»Nein.«

»Aber er wollte es?«

»Ja.« Sie öffnete die Augen wieder.

»Wieso hat er sie dann nicht getötet?«

»Weil. Weil … verdammt, Sie wissen doch, was ich getan habe!« Kaja stand abrupt auf. »Hören Sie, ich bin schon viel zu lange hier. Ich muss arbeiten, ich …«

»Kaja.«

Sie lief zur Tür, ohne sich noch einmal umzudrehen.

»Kaja, bitte. Sie müssen wiederkommen. Wir können jetzt nicht einfach so aufhören.«

Doch sie reagierte nicht. Die letzten Worte erreichten sie nicht einmal mehr, sie war bereits aus der Sky-Suite marschiert. Wütend, aufgewühlt, verletzt.

Großer Gott, was mache ich hier nur?

Mats stand auf, zitternd, die mittlerweile leere Wasserflasche noch in der Hand, da klingelte sein Telefon.

Er sah den Namen des eingehenden Anrufers.

»Feli? Geht's dir gut?«, fragte er hektisch. Ihm wurde heiß und kalt zugleich, und er rechnete mit dem Schlimmsten. Dass jemand ihr Telefon neben ihrer Leiche gefunden hatte und die letzte Nummer zurückrief, die Feli gewählt hatte. Erst als er ihre Stimme hörte, merkte er, welches Gewicht auf seiner Brust gelastet hatte und wie viel besser er jetzt atmen konnte, als es wieder verschwunden war.

»Ja, Mats. Mir geht's einigermaßen. Da war ein Einbrecher in Neles Wohnung. Er hat mir die Finger in der Badezimmertür eingeklemmt.«

Deswegen die Schreie.

»Gut. Ich meine …«

Mats marschierte beim Telefonieren unbewusst durch die gesamte Suite, wanderte von der Tür bis zum Badezimmer und wieder zurück.

»Ich meine, gut, dass dir nichts Schlimmeres passiert ist. Hast du gesehen, wer dich überfallen hat?«

»Nein. Aber ich hab etwas Besseres für dich.«

Mats blieb abrupt stehen. »Was?«

»Ich glaube, ich weiß, wer deine Tochter entführt hat.«

21

Du hast ein Foto vom Täter?«

Mats bellte so laut durch den Hörer, dass Feli befürchtete, der Fahrer ihres Taxis würde jedes seiner Worte verstehen.

»Ja«, sagte sie knapp und hoffte, dass sie die Fahrt mit Karte
bezahlen konnte. Ihr letztes Bargeld hatte sie ausgegeben, um
sich Ibuprofen gegen die Schmerzen und Kytta-Salbe gegen
die Schwellungen zu kaufen. Ihr Pech, dass sie sich an den
Türrahmen klammerte, exakt in dem Moment, als in der Dunkelheit die Badezimmertür zuschlug.

Falsch!

Als sie zugeschlagen *wurde.*

Absichtlich!

Von jemandem, der das Licht ausgeschaltet hatte, um sie besser verletzen zu können. An einer der empfindlichsten Stellen
des Körpers, dort, wo alle Nervenenden zusammenliefen.

Nicht ohne Grund konzentrierten sich die brutalsten Folter-
schergen weltweit beim Verhör auf die Extremitäten.

Im ersten Moment, als die Schmerzen mit der Wucht eines mit
Stahlträgern beladenen Güterzugs durch ihren Arm rollten,
war sie sich sicher gewesen, dass ihre Finger nicht nur eingeklemmt, sondern abgetrennt worden waren. Sie hatte fest damit gerechnet, Ring-, Mittel- und Zeigefinger auf den Dielen
in Neles Flur liegen zu sehen. Doch nachdem es ihr endlich
gelungen war, das Licht wieder anzuschalten, war ihre Hand
kein blutiger Stumpf, und ihre Finger waren alle noch mit den
Knochen verbunden gewesen. Sie waren anscheinend auch
nicht gebrochen, auch wenn sie sie wegen der subkutanen
Blutergüsse kaum mehr bewegen konnte.

»Noch mal ganz langsam. Du hast ein Foto von Neles Entführer?«, fragte Mats, der es gar nicht glauben wollte. »Wie bist du da rangekommen?«

Feli hielt ihr Telefon mehr schlecht als recht in der unverletzten Hand. Die andere fühlte sich wegen der geplatzten Blutgefäße mittlerweile so an, als wolle sie auf die Größe einer Bowlingkugel anschwellen. *Ausgerechnet links!* Janek und Feli hatten die Hochzeitsringe für die linke Hand angepasst, denn sie wollten sie auf der Seite des Herzens tragen. Jetzt sah der Ringfinger so aus, als wäre er mit dem Vorschlaghammer bearbeitet worden. Wie sollte sie das ihrem Zukünftigen nur beibringen?

Da war es leichter, Mats zu erklären, weshalb sie glaubte, das Gesicht des Täters zu kennen.

»In Neles Haus gibt es eine Apotheke im Erdgeschoss. Der Apotheker hat meine Hand mit einem Verband versorgt, da habe ich die Kameras am Eingang gesehen.«

»Willst du mir sagen, du hast den Entführer auf einem Überwachungsvideo erkannt?«, fragte Mats.

»Ja.«

Es rauschte in der Leitung, während das Taxi, ein alter, nach Schweiß und nassem Hund riechender Volvo, gerade hinter einem Laster hielt. Entweder im Stau oder vor einer Ampel.

Mats' Stimme klang für einen Moment wie die eines Außerirdischen, dann war der metallische Nachklang wieder verschwunden.

»Ich verstehe das immer noch nicht. Wollte der Entführer da etwa einbrechen?«

»Quatsch. Eine der Kameras erfasst auch den Bürgersteig samt Straße.«

Sie fuhren wieder an.

»Das ist zwar illegal, aber in der Straße wurden in letzter Zeit immer wieder parkenden Autos die Reifen zerstochen. Die Anwohner haben sich zusammengetan und filmen Gehweg und Teile der Fahrbahn. Ich hab dem Apotheker gesagt, dass meine Freundin heute Morgen ein ähnliches Problem hatte und einen Taxifahrer als Täter vermutet, der sich selbst Kundschaft besorgt. Da hat er mich die Aufnahme anschauen lassen.«

»Verstehe. Clever. Und auf dem Video hast du gesehen, wie Nele in ein Taxi einsteigt?«

»Um 5.26 Uhr. Es hielt direkt vor Neles Haus. Und ja, deine Tochter steigt ein. Hochschwanger. Watschelnd, als ob die Fruchtblase geplatzt ist.«

»Mein Gott. Aber woher weißt du, dass das der Entführer sein muss? Ich meine, vielleicht wurde sie erst vor der Klinik abgefangen?«

»Unwahrscheinlich.« Feli sprach noch leiser. »Denn es gibt noch ein zweites Taxi«, flüsterte sie mit Blick nach vorne zu dem Fahrer, der keine Notiz von ihr zu nehmen schien und auch im Rückspiegel keine erkennbare Reaktion zeigte.

»Bitte?«, fragte Mats verwirrt. »Ein zweites Taxi? Was soll das heißen?«

»Es kam über eine Stunde später an. Exakt 6.30 Uhr. Hör mir zu, Mats. Das zweite war das echte. Bei Sani-Funk bestellt. Ein Dienstleister, der sich auf Krankentransporte spezialisiert hat. Ich hab vorhin eine Nachricht des Fahrers auf Neles AB abgehört und gerade zurückgerufen. Bingo! Der Transport von Nele in die Klinik war schon seit Wochen vorbestellt. Für 5.30 Uhr. Aber gestern rief jemand an und wollte ihn absagen. Man erklärte dem Anrufer, das ginge nicht, das wäre zu kurzfristig, er müsse trotzdem bezahlen. Sie wollten eine Kreditkarte haben, da entschied sich der Anrufer dafür, die Tour wahrzunehmen, bat jedoch um eine Verschiebung.«

»Das verstehe ich alles nicht«, sagte Mats. »Woher wissen die Entführer, welches Taxiunternehmen Nele beauftragt hat?«

»Wussten sie vermutlich gar nicht. Aber es gibt nur eine Handvoll von Vermittlungen in der Stadt, eigentlich nur drei große. Ich schätze, die haben bei allen angerufen und auf gut

Glück Neles Bestellung stornieren wollen. So haben sie dann die Uhrzeit der Bestellung erfahren.«

Sie kreuzten die Prenzlauer Allee an der Stelle, wo die Ostsee-straße auf ihrem Weg Richtung Westen zur Wisbyer Straße wurde.

»Wozu?«, fragte Mats, der ganz offensichtlich so unter Stress stand, dass er etwas schwer von Begriff war.

»Das ist doch logisch. Um den Abholtermin einfach nach hinten zu verschieben, damit die Entführer dem Krankentransport zuvorkommen konnten.«

»Mit dem ersten Taxi?«

Na endlich, seufzte Feli innerlich.

»Richtig.«

»Nele wurde von einem Taxifahrer entführt?«, schrie Mats beinahe. Gleichzeitig klopfte es bei Feli in der Leitung an.

Sie nahm den Hörer vom Ohr, um zu sehen, wer sie sprechen wollte.

Mist.

Janek. Was sollte sie ihm sagen?

»Sorry, Schatz, aber ich bin gerade für meine Ex-Affäre auf Verbrecherjagd, kann sein, dass du auf dem Standesamt schon mal alleine anfangen musst.«

Wenn sie alle Sinne beisammenhätte, würde sie jetzt die Verbindung zu Mats trennen und ihrem Fahrer sagen, er möge so schnell wie möglich umdrehen und sie nach Hause bringen. Aber »vernünftig« war keine Vokabel, mit der Freunde sie als Erstes charakterisierten, im Unterschied zu »impulsiv« oder »treudoof«. Sie könnte sich jetzt selbst belügen und sich einreden, sie müsste Mats' Tochter aus der Not retten, aber in Wahrheit (für diese Selbstanalyse war sie als Psychiaterin ausreichend qualifiziert) tat sie das hier in erster Linie für sich. Die Gefühle zu Mats waren längst nicht mehr so wie früher, verblasst und vergilbt nach all den Jahren der Funkstille. Aber sie waren nicht verschwunden; nur verstaubt wie vergessene

Möbel in einem leeren Heim. Und so traurig der Anlass auch war, so sehr genoss Feli das Gefühl, endlich von dem Mann gebraucht zu werden, von dem sie dachte, sie würde niemals über ihn hinwegkommen.

»Ein Taxifahrer?«, schrie Mats erneut, und das Anklopfen in der Leitung hörte auf. Janek hatte aufgegeben.

»Zumindest jemand, der sich als solcher ausgibt«, sagte Feli. »Auf den Aufnahmen ist das Nummernschild nicht zu erkennen.«

»Aber du hast ein Foto des Täters?«

»Ja, er sieht aus wie der typische Student. Lang. Schlaksig, ungepflegte Haare, halb offene Sandalen.«

»Kann man sein Gesicht erkennen?«

»Und noch etwas Besseres.«

Der Fahrer ihres Taxis trat abrupt auf die Bremse und entschuldigte sich dafür, den Blitzer auf der Bornholmer zu spät gesehen zu haben. Feli lockerte ihren Gurt wieder.

»Was meinst du damit, du hast etwas Besseres? Jetzt sag schon. Hier geht es um das Leben meiner Tochter.«

Sie nickte. »Als er aussteigt, um vor seinem Taxi in zweiter Spur zu warten, hat er eine Tüte in der Hand. Er legt sie in den Kofferraum. Das Logo auf der Tüte …«

»Was ist damit?«, unterbricht Mats sie ungeduldig.

»Es ist das gleiche wie auf der Tüte in Neles Bad. In der ihre Medikamente steckten.«

Sie wollte es gerade konkretisieren, aber Mats kam ihr zuvor: »Das Ärztehaus Wedding.«

»Ganz genau«, sagte Feli und warf einen Blick auf das Navi des Taxis.

In etwa fünfzehn Minuten wären sie da.

22.

Die meisten schliefen. Frauen, Männer, Kinder. Erschöpft von den Ticket-, Pass- und Gepäckkontrollen. Müde vom langen Warten beim Boarding. Eingelullt vom Triebwerksrauschen, vollgestopft mit aufgewärmtem Fertigessen, während das Kabinenlicht bereits erloschen war. Nur wenige Passagiere hatten ihre Leselampe aktiviert; und auch viele von denen, deren Gesichter, vom wechselnden Licht der Monitore bestrahlt, je nach Szene den Farbton änderten, hielten die Augen geschlossen. Sie waren während ihres Spielfilms eingeschlafen.

Schlafen. Was für ein gnädiger Zustand der Bewusstlosigkeit.

Mats tastete sich mit schmerztränenden Augen im unteren Passagiergeschoss den Gang entlang, und mit jedem Schritt, den er sich den Tragflächen näherte, nahm seine innere Unruhe zu.

Einige der Reisenden hatten trotz der Dunkelheit ihre Fensterblenden heruntergezogen, was klug war, wenn sie in wenigen Stunden nicht vom Sonnenaufgang geweckt werden wollten.

Sofern sie diesen noch erlebten.

Mats betete, dass Feli tatsächlich etwas herausgefunden hatte, das Neles Leben rettete, ohne Unschuldige zu gefährden.

Auf seinem Weg durch den Flieger sah er vereinzelt unbelegte Sitze. Verwaiste Platzhalter für jene Glücklichen, die ihre Buchung überdacht, den Flug verpasst hatten oder aus einem anderen Grund nicht mitgeflogen waren und daher auch morgen noch ihr Leben genießen konnten.

Doch abgesehen von den Sitzen, die er selbst gebucht hatte, war fast alles belegt. Ein junges Pärchen hatte es sich in Reihe 31 über vier Mittelplätze gemütlich gemacht und sich bestimmt noch beim Start über das Glück gefreut, so viel Platz zu haben. Und ein älterer Mann mit Vollrahmenbrille nutzte den freien Platz zwischen sich und einer schlafenden Frau als Ablage für verschiedene Unterlagen, die er offenbar für die Ausarbeitung benötigte, die er gerade in seinen Laptop tippte. Ansonsten gab es kaum Lücken in den Reihen.

Wenn der Irre es irgendwie schaffte, seine Absichten zu verwirklichen, würden 626 Menschen sterben. Heimtückisch ermordet.

Von mir.

Obwohl das Flugzeug wie ein Brett in der Luft lag, hatte Mats das Gefühl, einen Hügel besteigen zu müssen. Es kam ihm unendlich lang vor, bis er endlich Reihe 47 erreicht hatte. Sein Blick fiel zunächst auf Trautmann. Die Zwölftausend-Dollar-Pille wirkte bestens. Der Unternehmer schlief mit offenem Mund und schnarchte. Mit dem Sabberfaden, der ihm aus dem Mundwinkel auf die Bartstoppeln hing, erinnerte seine Erscheinung an eine Bulldogge. Trautmann musste kurz aufgewacht sein, denn seine Lehne war nach hinten verstellt. Allerdings brachte der geringe Neigungswinkel kaum Komfort. So schief, wie Trautmann in dem Sitz klemmte, würde er bei der Landung jeden Knochen spüren.

Es sei denn, sie wurden vorher auf dem betonharten Wasser des Atlantiks zerschmettert.

Mats öffnete vorsichtig das Gepäckfach über seinem Sitz, langsam und bedächtig, damit ihm sein womöglich beim Start verrutschter Koffer nicht entgegenfiel, aber die Sorge war unbegründet. Er nahm ihn heraus und stellte ihn auf den Außensitz. Die Maxalt-Schmerztabletten befanden sich griffbereit in einer Außentasche. Hastig legte er sich eine auf die Zunge und wartete, bis sie sich aufgelöst hatte. Er bildete sich ein, dass die Kralle in seinem Nacken schon etwas weniger fest zupackte, und öffnete die Augen wieder.

Erst da fiel es ihm auf.

47F.

Der Fenstersitz.

Er war leer.

Was im Prinzip keinen Anlass zur Beunruhigung oder gar Besorgnis bot, konnte der Passagier, der vorhin noch seinen Platz okkupiert hatte, ja aufgewacht und zur Toilette gegangen sein. Doch Mats hatte gerade eben erst auf seinem Weg hierhin nach freien Plätzen Ausschau gehalten und war sich sicher, *diesen* hier nicht gesehen zu haben.

Schön, es war dunkel. Und von Weitem konnte man die zerknautschte Decke für einen Körper und das zwischen Kopfstütze und Kabinenwand gequetschte Kissen vielleicht für einen Kopf halten.

Oder etwa nicht?

Mats sah sich um. Von den Zeichen für die Waschräume war in unmittelbarer Nähe nur ein einziges rot illuminiert. Alle anderen Toiletten waren frei. Mit Ausnahme derer, die er selbst vorhin aufgesucht hatte.

Um den Erpresser zurückzurufen.

Er überlegte, was er tun sollte. Fragte sich, was ihn eigentlich so beunruhigte. In Anbetracht dessen, was er an konkreten Bedrohungen gerade auszuhalten hatte, war es doch unsinnig, wegen eines ehemals schlafenden, nun vermutlich kurz austretenden Passagiers die Fassung zu verlieren. Und dennoch spürte Mats seine Flugangstsymptome wieder aufflammen. Herzrasen, Schweiß, Atemnot. Die Angstschlange zog sich zu, und Mats musste sich setzen, auch um einem jungen Vater Platz zu machen, der seinen verschlafenen Sohn im Schlepptau hinter sich herzog, vermutlich zu den hinteren freien Waschräumen.

Zitternd, mit fahrigen Bewegungen strich er sich in dem Versuch, den Schweiß von den Händen zu entfernen, über die Anzughose, dabei wanderte sein Blick zu Platz 47F.

Nichts.

Kein Handgepäck, zumindest nichts unter dem Vordersitz. Keine persönlichen Gegenstände in dem Aufbewahrungsnetz an der Rückenlehne des Vordermanns.

Nichts, außer einer winzigen Glasampulle. So klein, dass Mats sie beinahe übersehen hätte. Sie lag unter der himmelblauen Flugzeugdecke in einer Nahtvertiefung des Stoffsitzes. Mats drehte sie in den Fingern, unschlüssig, was er in den Händen hielt und ob es überhaupt von Bedeutung war. Er schaltete das Licht der Leselampe ein und musterte sie. Die kleine Phiole enthielt eine bräunlich schimmernde, whiskeyähnliche Flüssigkeit, wobei es auch möglich war, dass das Glas eingefärbt war. Er sah sich um. Das »Besetzt«-Licht des Waschraums, das eben noch geleuchtet hatte, war jetzt erloschen, doch da war keiner im Gang. Niemand, der seinen Weg zurück zu Reihe 47 suchte.

Nun denn.

Er hielt sich die Ampulle an die Nase. Als er nichts riechen konnte, ging er den nächsten Schritt und öffnete sie. Noch vorsichtiger als eben das Gepäckfach, doch das änderte nichts an der gewaltigen, atemberaubenden, alles verändernden Wirkung.

Mats schloss die Augen und hätte am liebsten geschrien. Vor Wut, Glück, Trauer, Schmerz, Verzweiflung und Freude zugleich.

Doch der verstörende Duft, der seine Sinne reizte, dieser unverwechselbare Geruch, den er kurz nach dem Start schon einmal wahrgenommen hatte, riss ihn diesmal förmlich aus dem Sitz. Dabei war es nicht sein Körper, sondern seine Seele, die eine Zeitreise antrat. Vier Jahre zurück, nach Berlin. In das Schlafzimmer seiner Wohnung am Savignyplatz, in der er einst so glücklich gewesen war. Damals, als er jenes seltene Parfum zum letzten Mal an ihr gerochen hatte.

An Katharina, seiner sterbenden Frau.

23.

Erinnerst du dich noch?«
Ihre Stimme klang, als wäre ihre Lunge mit Reis gefüllt, der bei jedem Atemzug in den Bronchien rasselte. Sie drehte das alte Cocktailglas in den Händen, das über die Jahre stumpf geworden war.

Mats setzte sich zu ihr auf die Bettkante, streichelte seiner Frau über den Unterarm und lächelte traurig.

Natürlich erinnerte er sich. Wie sollte er diesen Tag jemals vergessen, an dem er es aus der Bar am Hindenburgdamm gestohlen hatte? Es war eine laue Sommernacht gewesen, ein siebter Juli, der wichtigste Tag in seinem Leben; wichtiger noch als der von Neles Geburt, wäre diese doch ohne jenen siebten Juli gar nicht auf der Welt.

»Du warst so peinlich«, lachte Katharina, und ihr sonst so ansteckendes Lachen war nur noch ein Schatten früherer Freudenausbrüche und ging in einen Hustenanfall über.

Die Geschichte war wie Yesterday von den Beatles. Tausendmal gehört, und noch immer war er ihrer nicht überdrüssig. Tatsächlich hätte er in diesem Moment alles dafür gegeben, die Gelegenheit zu bekommen, von Katharina tausend weitere Male zu hören, wie sie sich kennengelernt hatten: damals in der Bluebird-Bar, wo er in seiner Humphrey-Bogart-Phase mit Trenchcoat und Zigarette im Mund am Klavier gesessen und As Time Goes By in der wohl schlechtesten Interpretation aller Zeiten zum Besten gegeben hatte.

Vor Katharina und ihren Freundinnen, die zwischen Belustigung und Fremdscham ihre Blicke nicht von ihm hatten wenden können.

»Immerhin hast du mir deine Nummer gegeben«, lächelte er, und wie immer korrigierte sie ihn.

»Ich hab dir eine falsche Nummer gegeben.« Mit Lippenstift auf jenes Cocktailglas geschmiert, das sie nun, Jahre später, noch immer besaß. Der Festnetzanschluss ihres damaligen Freundes.

»Hättest du mich wirklich nicht mehr sehen wollen, hättest du dir irgendeine Nummer ausgedacht«, führte Mats die tausendfach geführte Unterhaltung fort. »So konnte ich dich am Ende doch noch ausfindig machen.«

Natürlich war die Inschrift längst verschwunden, wie das Haar nach Katharinas Chemotherapie. Das Glas nur noch eine Erinnerung an Dinge, die es nicht mehr gab: Hoffnung, Lebenswille, Zukunft.

Dafür war es zum ersten Mal seit Jahren gefüllt, mit hundert Millilitern einer durchsichtigen, ginähnlichen Flüssigkeit, mit einem Geruch, der an Mandeln erinnerte.

»Gib mir den Strohhalm«, sagte Katharina und drückte seine Hand so fest, wie eine Feder einen Felsen drückt.

»Ich kann das nicht«, sagte Mats, der sich tausend andere Sätze zurechtgelegt hatte, nun aber nicht verhindern konnte, dass die Wahrheit aus ihm herausplatzte. »Bitte, wie wäre es denn, wenn ...«

»Nein«, widersprach sie ihm schwach, aber bestimmt. Katharina hatte alles vorbereitet. Die Schweizer Sterbehilfeorganisation kontaktiert. Die Mittel besorgt. Den Tag festgelegt.

Heute.

Wie lächerlich war sein Versuch doch, das Unvermeidliche hinauszuzögern. Was hatte er dem Tumor und seinen unerträglichen Schmerzen an Argumenten schon entgegenzusetzen?

»Nur noch den Winter, meine Süße. Ich will dir noch etwas zeigen. Weißt du, wie es aussieht, wenn eine Seifenblase friert? Es ist wunderschön. Die zerbrechlichste Christbaumkugel der

*Welt, bei minus sechzehn Grad überzieht sie sich in Sekunden
mit funkelnden Sternen. Du wirst es lieben, Katharina. Lass
uns bis zum Winter warten, ein halbes Jahr noch, dann ...«*
*»Ich will nicht in der Kälte sterben«, widersprach sie ihm und
schloss die Augen.*
*Er blieb stumm. Ratlos, müde, trauriger denn je. In seiner
Machtlosigkeit blieb er auf der Bettkante sitzen, fixierte das
Glas in ihrer Hand, das sie fest umklammert hielt, obwohl
sie – wie er nach einer Weile merkte – eingeschlafen war.*
*Mats überlegte, ob er ihr das Glas aus den Händen nehmen
sollte. Das Gift ausschütten, den Versuch vereiteln. Oder zu-
mindest hinauszögern.*
Aber selbst dazu war er zu feige.
*»Es tut mir so leid, mein Liebling«, sagte er schließlich und
stand auf. Die letzten Worte, die er an seine Frau richten sollte.
Bevor er sie küsste, den Strohhalm in das Glas steckte und das
Haus verließ. Voller Wut, Schmerz und Erschöpfung nach
dem langen Kampf, bei dem er Katharina doch bis zum Ende
hatte beistehen wollen. Tatsächlich aber hatte er sie in ihren
letzten Stunden verlassen. Und sich auf den Weg gemacht, das
Schäbigste und Niederträchtigste in seinem Leben zu tun,
und ...*

»Entschuldigung?«

Mats riss die Augen auf.

Der Duft, der ihn schlagartig in seine Vergangenheit versetzt
hatte, war verschwunden. Der Fensterplatz neben ihm war
immer noch leer, dafür stand eine Stewardess im Gang und
beugte sich zu Mats herunter.

»Würde es Ihnen etwas ausmachen, Ihr Handy leise zu stellen?«, fragte sie, und erst da merkte Mats, dass sein Bewusstsein den Klingelton unterdrückt hatte.

»Es läutet die ganze Zeit, und andere Passagiere wollen schlafen.«

24.

Wo waren Sie, Dr. Krüger?«

Mats hatte die ersten zwei Anrufe ins Leere laufen lassen und war erst beim dritten Mal drangegangen, als er wieder im Obergeschoss zurück in der Sky-Suite war. Er war dem unlogischen, aber unüberwindbaren Gefühl gefolgt, mit dem Erpresser in einem abgeschlossenen Raum sprechen zu wollen, als ob ihm das auch nur ein Fünkchen mehr Kontrolle verschaffen würde. Deswegen stand er jetzt im Schlafzimmer-Abteil vor dem Bett und versuchte, nicht zu brüllen.

»Ich bin Ihren wahnsinnigen Anweisungen gefolgt.«

»Sind Sie das? Oder versuchen Sie, mir nachzuspionieren?«, fragte die Stimme.

Mats schloss die Augen.

Der Überfall. Die eingeklemmten Finger.

Sie, wer immer *sie* auch waren, mussten Neles Wohnung überwacht und Feli überrascht haben.

»Ich weiß nicht, wovon Sie sprechen.«

»Ach nein? Na gut, Sie können ohnehin nichts ausrichten. Egal, was Sie versuchen. Verschwenden Sie besser nicht Ihre Zeit, sonst wird Nele ...«

Mats fiel Johnny energisch ins Wort:

»Wie geht es ihr?«

»Schlecht.«

»Sie Scheißkerl, ich will sie sprechen ...«

»Das wird nicht gehen. Sie wird gerade von den Wehen zerrissen.«

Bitte, lieber Gott ...

»Ist sie ... hat sie ... ich meine, wird sie versorgt?«

»Sie ist nicht alleine, falls es das ist, was Sie wissen wollen.

139

Aber der Typ, der auf sie aufpasst, ist nicht gerade ein examinierter Geburtshelfer. Eher das Gegenteil, wenn Sie verstehen, was ich meine. Er wird nicht zögern, Ihre Tochter und das Baby zu töten, sollten Sie nicht Ihre Aufgabe erledigen, Dr. Krüger.«

Mats schluckte. »Wieso tun Sie das? Wieso zwingen Sie mich, meine ehemalige Patientin so zu quälen?«

»Zwingen? Sie müssen das nicht tun, wenn Sie der Meinung sind, 625 Fremde und Sie selbst wären mehr wert als Ihre Tochter. Und das Baby natürlich. Ich denke, es dauert nicht mehr lang, und es ist da.«

Mats griff sich nervös ins Gesicht. Er konnte die Hitzeflecken beinahe fühlen, die sich von seinem Hals bis zu den Wangen zogen. »Hören Sie, können wir nicht vernünftig darüber reden?«

»Ich finde, das tun wir bereits.«

»Nein. Das ist alles irre. Kajas Trauma zu reaktivieren ist eine Sache. Aber wie wollen Sie es anstellen, dass sie ihre Gewaltfantasien umsetzt? Ein Flugzeug ist nicht so einfach zu kapern, auch nicht von einer Stewardess.«

Johnny kicherte. »Lassen Sie das mal meine Sorge sein.«

»Aber …«

»Sie erfahren es früh genug. Alles, was Sie tun müssen, ist, sich an die Anweisungen zu halten. Haben Sie sich das Turnhallen-Video angesehen, Dr. Krüger?«

Er seufzte entnervt. »Ich kenne die Aufnahmen vom Tag des Amoklaufs.«

»Haben Sie es sich bis zum Ende angeschaut?«, hakte Johnny nach.

»Nein, ich wurde von Kaja unterbrochen.«

Der Erpresser klang jetzt freudig erregt, was Mats irritierte. »Hat Frau Claussen gesehen, was auf Kanal 13/10 läuft?«

»Flüchtig, sie …«

»Gut. Sehr gut. Sie soll es sich ganz anschauen.«

»Wozu soll das gut sein?«

Mats stand jetzt an der Tür des Schlafabteils und kühlte seine Stirn an den Metallbeschlägen.

»Das erfahren Sie, wenn Sie das Ende sehen. Vertrauen Sie mir.«

Der Erpresser klang so, als wolle er auflegen, deswegen beeilte sich Mats zu sagen: »Ich hab noch eine Frage.«

»Was?«

»Das Ganze hier, hat das irgendetwas mit meiner Frau zu tun?«

Pause.

Für einen Moment roch er wieder Katharinas Duft, aber das war in diesem Moment natürlich nur das olfaktorische Wunschdenken seines überanstrengten Gehirns.

»Wie kommen Sie darauf?«

»Ich … ich weiß nicht. Ich hatte kurz nach dem Start das Gefühl, sie gesehen zu haben.«

Und der Typ, der meinen Platz geklaut hat, hat ihr Parfum auf dem Sitz liegen lassen.

»Nein, Dr. Krüger«, sagte der Erpresser. »Ihre Frau hat damit nichts zu tun. Ich verspreche es Ihnen. Übrigens tut es mir sehr leid, dass sie damals so einsam sterben musste. Wäre doch schade, wenn es Nele ebenso ergehen würde.«

Mats hatte das Gefühl, Hunderte Meter nach unten zu sacken, obwohl das Flugzeug ruhig geblieben war. Die folgenden Worte hörte er mit einem Rauschen im Ohr, als würde er wieder unten in Reihe 47 sitzen und die abgestandene Zapfluft der Economyclass atmen.

»Ihnen bleibt noch eine Flugzeit von acht Stunden und siebzehn Minuten. Nutzen Sie jede Sekunde. Schauen Sie sich das Turnhallen-Video einmal komplett von A bis Z an. Dann wissen Sie, wo Sie bei Kaja den Hebel ansetzen müssen.«

»Und wenn ich das getan habe?«

»Dann müssen Sie nichts mehr tun. Einfach nur warten.«

»Worauf?«

»Na, worauf wohl? Auf den Absturz natürlich.« Johnny klang ehrlich amüsiert. »Führen Sie Kaja Claussen an den Rand ihres tiefsten seelischen Abgrunds. Der Rest kommt ganz von allein.«

25.

Eingefallene Gesichter, blutunterlaufene Augen, dürre, beinahe ausgemergelte Körper, Menschen, die ihre Hände im Schoß verschränkt hielten und nur müde den Kopf hoben.

Als Feli das Wartezimmer des Ärztehauses Wedding passierte, konnte sie sich beim Anblick der Patienten des Gedankens nicht erwehren, dass alle Menschen, die hier arbeiteten, ihren Lebensunterhalt privaten Tragödien verdankten. Tumoren, die sich in der Lunge einnisteten und Metastasen streuten, bestrahlungsresistenten Wucherungen, Autoimmunerkrankungen, deren Behandlung so viel kostete wie ein Kleinwagen. Das war natürlich unfair und zynisch. Ebenso könnte man behaupten, Polizisten profitierten von Verbrechern. Und dennoch war Feli der dezente Luxus suspekt, der ihr nach dem Öffnen der elektrischen Glasschiebetüren begegnete, die geschickt in das alte Fabrikgebäude integriert waren, ohne in dem altmodischen Gemäuer wie ein Fremdkörper zu wirken. Auf dem Weg zum Empfang erinnerten Schwarz-Weiß-Fotos an den Wänden an die frühere Zweckbestimmung der ehemaligen Druckerei, die jetzt als Ärztehaus hauptsächlich von Professor André Klopstock genutzt wurde, um hier chronisch Kranke und Todgeweihte zu behandeln.

Wobei der Patient, der sich am Empfangscounter schamlos an Feli vorbeigedrängelt hatte, ziemlich energiegeladen wirkte.

»Fassen Sie sich ein Herz, Solveig«, sagte er zu der Arzthelferin hinter dem Tresen. »Schauen Sie mich an.«

Der schlanke, etwa fünfundzwanzig Jahre alte dunkelhaarige Mann trat einen Schritt zurück und verringerte damit den Diskretionsabstand zwischen sich und Feli, die nun unbeabsichtigt Zeuge einer theaterreifen Vorstellung wurde.

»Ich bin am Ende.« Er griff sich in gespielter Theatralik an die Brust, und schon das entlockte der mütterlich aussehenden Arzthelferin ein Lächeln.

»Es tut mir leid, Herr Kress.«

»Livio, bitte, nennen Sie mich Livio.«

Feli rollte ob dieses durchschaubaren Flirt-Manövers die Augen.

»Ich kann Sie nicht irgendwo dazwischenschieben, Herr Kress. Und das wissen Sie auch.«

»Aber ich brauche den Vitamincocktail, bitte, Solveig. Schauen Sie in diese braunen Augen. In mein halbitalienisches, grundehrliches Gesicht.«

Der Mann sank auf die Knie, streckte seine zum Gebet gefalteten Hände flehend in Richtung der Arzthelferin, die bedauernd ihren breiten Kopf mit der Hochsteckfrisur schüttelte.

»Sie hatten erst vorgestern eine Infusion.«

»Und die hat mir sooo gutgetan.«

Solveig legte einen Finger an die Lippen und schien zu überlegen. »Würden Sie mich heute Abend zum Tanzen ausführen?«

»Ist das Ihr Ernst?«, fragte Livio, völlig verdutzt, dass seine Masche tatsächlich Erfolg haben könnte. Er rappelte sich wieder auf und schlug sich den Staub von seinen schwarzen Cargohosen.

»Nein«, enttäuschte ihn die Arzthelferin lächelnd. »Das war ein Scherz. Hören Sie, die Kasse übernimmt das nicht nach Lust und Laune. Wenn Sie heute schon wieder eine Infusion wollen, dann ist das eine private Leistung.«

Livio seufzte, tat so, als wischte er sich eine Träne aus den Augenwinkeln.

»Dann wird das vielleicht das letzte Mal sein, dass wir uns sehen, Solveig. Bitte denken Sie an mich, wenn Sie die Schlagzeile lesen: ›Er starb einsam und allein unter einer Brücke. An Vitaminmangel‹.«

Feli spürte einen Ruck durch ihren ganzen Körper, als der

junge Mann sich abrupt umdrehte und in sie hineinlief. Sie wankte und musste sich am Tresen abstützen, um nicht hinzufallen. Dabei schoss ein neuer Schmerzstrahl durch ihre gequetschte Hand, und sie musste sich zusammenreißen, um nicht aufzuschreien.

»Oh, sorry, tut mir leid«, sagte der Mann bedauernd und sah sie aus weit aufgerissenen dunkelbraunen Augen an. Er hielt sie mit beiden Armen fest und fragte: »Hab ich Sie verletzt? Das wollte ich nicht.«

Seine Gesichtszüge bildeten eine eigenartige, schwer einzuordnende Kombination. Einerseits kantig, was ihm eine spitzbübische, sogar leicht verschlagene Aura gab. Andererseits waren seine Augen so groß und sein Mund so voll, dass Feli verstanden hätte, wenn Solveig tatsächlich auf Livios Flirtversuche eingegangen wäre.

»Nein, nein. Schon gut.« Sie schüttelte seine Hände ab, von denen eine auf ihrer Schulter, die andere auf ihrer Hüfte lag, als wollte er mit ihr tanzen.

»Wirklich?«

»Es geht schon.«

»Tut mir echt leid.«

Er verabschiedete sich gestenreich, nicht ohne der Arzthelferin noch einmal zuzuzwinkern.

»So ein Gauner«, lächelte Solveig dem Mann hinterher, dann begrüßte sie Feli. »Wie kann ich Ihnen helfen?«

Gute Frage.

Sie wollte herausfinden, welchen Zusammenhang es zwischen dem vermeintlichen Taxifahrer und dieser Praxis hier gab – wenn es denn einen gab. Noch bis vor fünf Minuten war ihr das als eine abenteuerliche, jedoch nachvollziehbare Idee erschienen. Jetzt wusste sie nicht, wie sie es anpacken sollte.

Sie war Psychiaterin, keine Enthüllungsreporterin, geschweige denn Ermittlerin. Die einzigen Investigativprobleme, die sie heute beschäftigen sollten, waren die, ob ihr Hochzeitskleid richtig saß und wie sie bei dem Nieselregen ihre Frisur wenigstens bis zum Standesamt in Form hielt. Stattdessen spielte sie Miss Marple für einen verflossenen Liebhaber. Und indem sie Mats' Tochter suchte, half sie ihm streng genommen dabei, die Hauptursache ihrer damaligen Trennung wiederzufinden.

Ohne Nele wäre er niemals nach Buenos Aires abgehauen.

»Ist Professor Klopstock im Haus?«

»Haben Sie einen Termin?«

Feli schüttelte den Kopf. »Es ist privat. Wir sind Kollegen.« Dass sie sich persönlich nicht kannten, brauchte Feli Solveig ja nicht auf die Nase zu binden. Klopstock war in Fachkreisen bekannt wie ein bunter Hund. Was weniger an seinen – zugegeben – achtbaren Behandlungserfolgen lag als vielmehr an seinem erstaunlichen Geschäftssinn. Er war nicht nur Onkologe, sondern auch Facharzt für Psychiatrie, was von Vorteil war, da er sowohl die organischen als auch die seelischen Störungen seiner oftmals todkranken Patienten behandeln und abrechnen konnte. Zudem war er Betreiber eines der größten Blutlabore der Stadt und schrieb populäre Sachbuchbestseller mit Titeln wie: *Die Klopstock-Methode: Bekämpfe den Krebs deiner Seele, dann bekämpft deine Seele den Krebs.*

»Ich bedaure«, sagte die Arzthelferin, »er ist heute in der Ku'damm-Klinik.«

Klopstock, der sich mehr als Unternehmer denn als Arzt sah, unterhielt mehrere Dependancen über die Stadt verteilt, die er hochtrabend »Kliniken« nannte, selbst wenn sie nur eine Altbauetage umfassten.

»Kann ich ihm etwas ausrichten?«

»Nein danke.« Feli wollte sich schon wieder verabschieden, doch als sie in der Jackentasche auf der Suche nach ihrem Handy auf ein gefaltetes Blatt Papier stieß, überlegte sie es sich noch einmal anders.

Ach, was soll's …

Jetzt, wo sie schon einmal hier war, konnte sie es auf einen Versuch ankommen lassen.

»Kennen Sie diesen Mann hier?«, fragte Feli und zeigte Solveig den Fotoausdruck, den der Apotheker ihr vorhin mitgegeben hatte.

»Hm ...«

Die Arzthelferin griff nach einer Lesebrille und betrachtete neugierig das Blatt mit der vergrößerten Schwarz-Weiß-Aufnahme. Es war nicht die beste Qualität, aber immer noch besser als die meisten Fahndungsfotos, mit denen die Polizei U-Bahn-Schläger und andere Kriminelle suchte, die ihr vor öffentliche Überwachungskameras gelaufen waren.

»Den Taxifahrer?« Sie tippte auf den schlaksigen Mann mit dem hageren Gesicht, den Feli »der Student« getauft hatte.

»Ja.«

Obwohl sie ein kurzes Aufflackern des Erkennens in Solveigs Augen gesehen zu haben glaubte, schüttelte die Arzthelferin den Kopf und wollte gerade etwas sagen, als plötzlich Livio wieder dazwischenplatzte.

»Schauen Sie, meine liebste Solveig, was ich für Sie gerade eben gepflückt habe!«

Mit einem charmanten Lächeln drängte er sich direkt neben Feli, beugte sich über den Counter und reichte der Arzthelferin einen Strauß langstieliger Chrysanthemen.

»Stellen Sie die sofort in die Vase am Eingang zurück«, forderte Solveig, diesmal ohne ein Lächeln im Gesicht.

Feli war sich nicht sicher, ob ihr plötzlicher Stimmungsumschwung wirklich etwas mit der Dreistigkeit des Patienten oder mit dem Bild zu tun hatte, das sie ihr zurückgeben wollte, kaum dass sich Livio wieder getrollt hatte.

»Ich kenne ihn nicht, tut mir leid. Und ich muss jetzt etwas im Labor erledigen.«

Solveig stellte ein Pause-Schild auf den Counter und verabschiedete sich.

»Na gut, wie Sie meinen.«

Feli hörte, wie die Eingangstür zuschlug, hinter der Livio vermutlich eben gerade verschwunden war. Als sie sich wieder zum Empfangstresen umdrehte, hatte sich Solveig bereits in ein Hinterzimmer zurückgezogen, und sie stand allein im Vorraum der Praxis.

Nun gut, es war ohnehin höchste Zeit, nach Hause zu eilen, um sich umzuziehen.

Sie steckte die Aufnahme zurück und wollte sich ein Taxi rufen, doch auf der Suche nach ihrem Handy griff sie ins Leere. Irritiert tastete sie sämtliche Taschen ihrer Kleidungsstücke ab, doch vergeblich. Ihr Telefon war verschwunden.

Hab ich es etwa im Taxi liegen gelassen?

Nein. Sie erinnerte sich daran, dass sie es beim Aussteigen noch in der Hand gehalten und weggesteckt hatte.

In ihren Trenchcoat.

Den sie die ganze Zeit angehabt hatte.

Ohne ihn abzulegen.

Aus dem nichts herausgefallen war, das hätte sie gehört, gerade hier, auf dem harten Parkett der Praxis. Und wenn, dann hätte es direkt vor ihren Füßen liegen müssen, denn das konnte nur passiert sein, *als Livio mich vorhin angerempelt und abgetastet …*

LIVIO!

Ihr Herzschlag zog an, und sie fühlte, wie ihre Hand vor Schmerz wieder zu pochen begann.

»Dieser miese Dreckskerl«, zischte sie, sah sich um und eilte zur Tür, durch die der Patient ins Treppenhaus verschwunden war.

26.

Wie auf Kopfsteinpflaster.«
   Eine weitere Phrase des Flugangst-Seminarleiters, die
Mats in den Sinn kam, jetzt, wo das Flugzeug über dem Atlantik durch eine Zone mit »heftigeren Scherwinden« flog, wie
der Kapitän vor fünf Minuten die Passagiere per Borddurchsage informiert hatte.

*»Die Flügel können ein ganzes Altbaustockwerk hoch- und
runterschwanken, da passiert nichts.«*

Mats saß angeschnallt im Wohnzimmersessel und kämpfte innerlich gegen die Stoßwellen an, die den Airbus erfassten. Die
Flugangst hatte ihn nicht so fest im Griff, wie er es befürchtet
hatte. Wobei ihn weniger die Vorstellung beruhigte, dass sich
die beiden Flügel, in denen sich immerhin dreihundertvierzig-
tausend Liter explosiver Treibstoff befanden, gefahrlos meter-
weit verbiegen konnten. Es war weiterhin die Angst um seine
Tochter, die ihn davon abhielt, schreiend durch das Flugzeug
zu rennen oder hyperventilierend mit Schnappatmung auf
dem Boden der Sky-Suite zu liegen. Und dennoch …

Kopfsteinpflaster?

Für ihn fühlte es sich eher so an, als würde ein Fischkutter von
Monsterwellen gepackt, um dann vom Kamm aus in ein tiefes
Tal zu stürzen. Natürlich wusste er, dass das Gehirn Höhen-
unterschiede umso stärker einschätzte, je schneller sich der
Körper bewegte. Ein Schlagloch wurde anders empfunden, je
nachdem, ob man mit zehn oder hundert Kilometern pro
Stunde hindurchfuhr. Und sie hatten gerade fast tausend auf
dem Tacho!

Konzentrier dich. Du musst dich konzentrieren.

Mats kritzelte »*Kein Einzeltäter*« auf den Notizblock vor sich.

149

Die Stimme hatte von mindestens einem weiteren »Wahnsinnigen« gesprochen, der Nele gefangen hielt. Das Ganze war eine größer angelegte Aktion, die einige Planung erforderte. Damit war ausgeschlossen, dass ein Einzeltäter aus einem Impuls wie Eifersucht oder Rache heraus handelte; ein ehemaliger Patient etwa, der sich schlecht behandelt fühlte. Je mehr Mitwisser, desto größer das Risiko. Das Ziel, das »Johnny« erstrebte, musste für ihn von einer extremen Bedeutung sein.

Die Maschine wurde in einem weiteren Luftloch gebeutelt, einer »instabilen Schichtung«, wie es korrekterweise heißen müsste, denn natürlich gab es in der Luft keine Löcher. Auch wenn es sich eben genau so angefühlt hatte.

AUFWAND,

notierte Mats als Nächstes.

Sie hatten ein Transportfahrzeug, einen Ort, wo eine schreiende Gebärende nicht auffiel, einen Entführer.

DEN TAXIFAHRER!!!

Herr im Himmel, lass Feli irgendetwas herausfinden.

Wann rief sie endlich an? Sie war doch jetzt schon einige Zeit in der Praxis.

RECHERCHE!

Ganz wichtig. Sie wussten über ihn, über Kaja und Nele Bescheid. Über ihre Sorgen, Nöte, Ängste und Traumata. Sie hatten sogar Kenntnis vom einsamen Sterben seiner Frau!

ZUGANG!

Das war vielleicht der springende Punkt.

Die Täter hatten Zugang zu Neles Wohnung, aber auch zu diesem Flugzeug. Sie mussten keine physikalische Waffe platzieren, das war das Perfide an ihrem Plan. Eine psychische Bombe passierte unbemerkt jede noch so akribische Bodenkontrolle. Es konnte kein Zufall sein, dass sich Kaja mit ihm zusammen auf diesem Flug befand. Wie hatten die das hinbekommen? Und wie hatten sie das Video ins Bordprogramm eingespeist?

Das Video!

Mats drehte sich mit seinem Sessel so, dass er den in der Wand zum Badezimmer eingelassenen Monitor sehen konnte, und zappte wieder zu Kanal 13/10.

Die Aufnahme startete mit den verwackelten Bildern, die Mats während der Vorbereitung für die Therapiesitzungen bestimmt schon ein Dutzend Mal betrachtet hatte.

Kaja nannte sie die »Turnhallen-Bänder«, tatsächlich war es nur ein einziges Video, und offiziell war es ihm unter dem Namen »Faber-Aufnahme« bekannt. Benannt nach ihrem Urheber, Johannes Faber.

Kaja hatte gedacht, sie wäre allein, als der Amokläufer sie mit der Pistole im Anschlag in die Umkleidekabine führte.

Mats sah den hellen Fleck, der auf einmal Umrisse bekam. Hörte zwei Mädchen weinen, Trisha und Kim, die sich in der Dusche versteckt gehalten hatten und nun aus der Umkleide flohen. Halb nackt, barfuß in Sporthosen, rannten sie um ihr Leben, das sie Kaja zu verdanken hatten. Denn sie hatte sich geopfert.

»Mach mit mir, was du willst«, sagte sie, und damals wie heute bewunderte Mats ihren Todesmut. *»Du hast doch mich, lass die beiden gehen.«*

Eine Aufopferungsfähigkeit, die jetzt von ihm verlangt wurde.

Als würde der Kreis sich schließen …

Mats überspielte die folgenden Minuten, die er schon kannte.

In denen Peer Kaja seine Pistole in den Mund schob. Sie zwang, sich zu entkleiden und sich vor ihm hinzuknien.

»Wie eine läufige Hündin«, hatte er ihr befohlen. Und sie hatte gehorcht. Auf allen vieren hatte sie sich ihm präsentieren müssen. Die Waffe nunmehr am Hinterkopf. Sieben Minuten lang. Ohne Pause war sie ihm ausgeliefert. Seinen Stößen, so lange, bis er in ihr kam, mit einem Schrei, der an ein waidwundes Tier erinnerte.

In dem medizinischen Protokoll der Vergewaltigung war von gröberen Rissen im Vaginaltrakt die Rede, aber auch von Bisswunden in Schulter und Oberarm. Der Druck der Waffe hatte einen Bluterguss am Kopf hinterlassen. Schlimmer jedoch waren, wie so oft, die psychischen Schäden. Zwei Monate lang nässte Kaja nachts ein, wenn sie von den Albträumen heimgesucht wurde, in denen Peer sie erneut als Geisel nahm. Nacht für Nacht wurde sie wieder und wieder von ihm vergewaltigt. Und auch wenn die Schule sie als Heldin feierte (Kim und Trisha hatten sogar der *Bild*-Zeitung ein Interview gegeben, in dem sie bezeugten, dass sie ohne Kajas Selbstlosigkeit keine Chance gehabt hätten, dem Killer zu entkommen), plagten sie enorme Schuldgefühle.

»Wieso hab ich mich nicht gewehrt, Dr. Krüger? Wieso habe ich das einfach mit mir machen lassen wie eine billige Schlampe?«

Vielleicht hätte sie es geschafft, ohne bleibende psychische Schäden aus diesem Loch herauszukommen. Womöglich hätte die Selbsthilfegruppe ausgereicht, zu der sie damals nach einiger Zeit intensiverer Betreuung durch einen Schulpsychologen gegangen war, wenn auch nicht regelmäßig.

Doch mit dem Video änderte sich schlagartig alles.

Ausgerechnet von Johannes Faber gefilmt, dem Kerl, den Kaja am Vortag des Amoklaufs nicht »rangelassen« hatte, weil sie sich noch nicht so weit fühlte. Johannes war schon während der ersten Schüsse im Schulgebäude in der allgemeinen Aufregung zu den Mädchen in die Umkleide geflüchtet. Er hatte sich dort gemeinsam mit Kim und Trisha bei den Duschen vor Peer versteckt gehalten. Kaja sowie der Amokläufer hatten ihn nicht gesehen und auch nicht mitbekommen, wie er mit seinem Handy heimlich die Vergewaltigung filmte. Um das Video ein Dreivierteljahr später, gerade als Kaja langsam wieder im Alltag Fuß fasste, mit einer Rundmail in seinem Sport-Leistungskurs zu veröffentlichen.

Betreff: »Schaut mal, wie unsere Heldin wirklich abging!«

Von diesem Punkt an kippte die öffentliche Stimmung.

Kaja war nicht länger die Mutige. Sondern die Nutte.

Nicht länger aufopfernd. Sondern notgeil.

Keine Heldin mehr. Sondern die nymphomanische Komplizin des Amokläufers.

Natürlich gab es viele, die weiterhin auf ihrer Seite standen. Viele, die die Verbreitung des abscheulichen Videos verurteilten und darauf hinwiesen, dass man ganz eindeutig sehen konnte, wie brutal Kaja missbraucht wurde. Dass sie vor Schmerzen und nicht vor Geilheit schrie, wie die Hasskommentatoren in den Schülerforen zu erkennen glaubten. Dass er sie wie ein Stück Vieh von sich getreten hatte, nachdem er mit ihr fertig war. Kurz bevor die Aufnahme schwarz wurde und man Kaja nur noch wimmern hören konnte.

So war es zumindest auf dem Band gewesen, das Mats bislang immer gesehen hatte.

Das Video auf Kanal 13/10 hingegen lief weiter.

Was zum Teufel …

Mats war versucht, sich die Augen zu reiben. Er schnallte sich ab, um näher an den Bildschirm rücken zu können. Fixierte den Monitor und konnte nicht glauben, was er eben gesehen hatte.

Das gibt es doch gar nicht.

Er spulte zurück. Zu Minute neun. Und es war, wie Johnny es gesagt hatte.

Wenn Kajas Psyche der Nordturm des World Trade Centers war, dann war das Video hier das Flugzeug, das direkt in ihr Innerstes hineinsteuerte. Sie musste es nur zu Gesicht bekommen.

Verdammt.

Der Erpresser hatte recht.

Es würde sie zerstören.

Und alles ändern.

Alles.

27.

Die Ledersohlen ihrer knöchelhohen Stiefeletten klatschten wie Ohrfeigen auf den Treppenstufen des Ärztehauses.

Feli rannte nach draußen, stolperte beinahe über eine Frau, die mit ihrem Rollstuhl durch den Eingang wollte, und vergaß vor Aufregung, sich zu entschuldigen.

Rechts, links. Geradeaus. Sie blickte in alle Himmelsrichtungen, drehte sich im Kreis und sah ein halbes Dutzend Livios.

Einer überquerte gerade die Seestraße, ein anderer wartete rauchend an der Bushaltestelle, zwei gingen gemeinsam in einen Drogeriemarkt eine Ecke weiter.

Im Nieselregen und von Weitem sah jeder Dritte so aus, als ob er ein schlanker Halbitaliener mit dunklen Haaren sein könnte.

Verdammt, so genau hatte sie ihn sich auch wieder nicht angesehen, und dunkle Hosen und grauer Parka waren auch nicht gerade einzigartige Unterscheidungsmerkmale.

Mist, Mist, Mist.

Zerquetschte Finger, geklautes Telefon. Es gab immer mehr, was sie Janek zu beichten hatte. Und immer weniger Zeit bis zur Trauung.

Feli sah auf die Uhr und überlegte, wo der nächste Taxistand war, dann fiel ihr ein, dass sie dringend das Telefon sperren musste. Bankdaten, Kontozugang, sie hatte alles darauf hinterlegt, wenn auch verschlüsselt, aber wer wusste, welche kriminelle Energie in dem Taschendieb noch steckte?

Wütend wollte sie zurück zu der Arzthelferin und mit ihr gemeinsam Anzeige erstatten, schließlich kannte Solveig den Dieb und hatte alle Daten von ihm in ihrer Kartei.

Andererseits ... Sie zögerte.

Mehr, als dass der Kerl Livio Kress hieß, würde sie von Solveig vermutlich auch nicht erfahren. Und bezeugen, dass er es gewesen war, der ihr das Handy aus dem Trenchcoat klaute, würde sie kaum, sonst hätte sie sofort etwas gesagt, als es passierte.

Mann, sie hatte es ja selbst nicht einmal bemerkt. Und alle anderen Daten fielen unter das Patientengeheimnis.

Aber Solveig hat ein Telefon!

Feli drehte sich zurück zum Eingang und wollte gerade die Tür zum Praxishaus öffnen, als ihr Blick das Schaufenster der Apotheke streifte, die in den Ladenräumen im Erdgeschoss untergebracht war.

Helles, fast weißes Licht fiel zwischen den Auslagen im Schaufenster auf das regennasse Pflaster. Sie sah einen Pappaufsteller in Form einer lachenden Frau, die sich über die Wirkung einer Fußpilzsalbe freute, direkt neben einem Ständer mit Magentropfen. Und schräg dazwischen, in einiger Entfernung im Verkaufsraum: Livio.

Das ist ja wohl die Höhe!

Er beugte sich über den Verkaufstisch zu einer blutjungen Apothekerin mit Kurzhaarfrisur und zeigte ihr ein Telefon.

Mein Telefon.

Präsentierte es ihr wie ein Straßenverkäufer seine Ware. Grinsend und mit ausladenden Gesten.

Die Apothekerin schüttelte bedauernd den Kopf, woraufhin er es wieder wegsteckte. Offensichtlich hatte er gerade vergeblich versucht, es hier vor Ort zu Geld zu machen. Alles, was Feli hören konnte, als sie durch die elektrischen Schiebetüren hindurch in den Verkaufsraum spurtete, war: »Das, was Sie wollen, gibt es ohnehin nicht ohne Rezept.«

»Rufen Sie die Polizei!«, rief Feli.

»Was?«

»Wie bitte?«

Die Apothekerin und Livio starrten sie an. Auch die anderen Kunden, ein Mann mit Schniefnase und ein älteres Ehepaar, von denen sich die Frau auf einen Rollator stützte, drehten sich zu Feli herum und beäugten sie verwundert.

»Der Mann da hat mir mein Telefon gestohlen«, sagte sie zu der Kurzhaarigen und zeigte auf Livio.

»Gestohlen?«

Livio plusterte seine Backen auf wie ein Kugelfisch. »Das ist gelogen.«

»Und was haben Sie sich da gerade in Ihre Hosentasche gesteckt?«

»Meinen Sie das?« Livio zog ihr Telefon heraus.

»Also bitte, Sie geben es sogar zu.«

»Nein, tue ich nicht. Ich hab es eben im Rinnstein gefunden.«

Die Apothekerin konnte sich ein Stirnrunzeln nicht verkneifen, und auch Feli tippte sich an die Schläfe.

»Das glauben Sie doch selbst nicht. Sie wollten es hier verscherbeln.«

»Hören Sie, bitte …« Livio streckte ihr eine Hand entgegen, während die Apothekerin mit hochgezogenen Augenbrauen fragte: »Soll ich wirklich die Polizei rufen?«

»Nein!«, rief Livio hastig, dann sagte er zu Feli: »Bitte, überlegen Sie doch mal. Wenn ich es geklaut hätte, wäre ich dann nicht längst über alle Berge? Würde ich mich hier in diese Apotheke stellen? Ich wusste nicht, dass es Ihnen gehört, ich schwöre.«

»Hat er es Ihnen zum Kauf angeboten?«, fragte Feli die Apothekerin.

»Nicht direkt«, druckste diese herum. »Er fragte mich nur, ob ich jemanden kenne, der sich dafür interessieren würde.«

Livio klatschte lachend in die Hände. »Ein Missverständnis. Ich wollte wissen, ob einer der Kunden es als verloren gemeldet hat.« Er lächelte sein charmantestes Lächeln, doch Feli war alles andere als überzeugt.

»Ich bin mir sicher, wenn ich die Polizei frage, wird etwas gegen Sie vorliegen, oder?«

Livios Lächeln verschwand, und Feli nickte triumphierend.

»Hab ich einen Nerv getroffen? Sie können mir viel erzählen. Wissen Sie was, ich wähle jetzt selbst die 110, und dann werden wir sehen, was die Beamten zu Ihrer Fundbüro-Version zu sagen haben.«

»Bitte, tun Sie das nicht.«

Livio trat ganz nah an sie heran und sah sich um. Erst als er sich sicher zu sein schien, dass ihn niemand hörte, flüsterte er eindringlich: »Sie haben recht. Ich hab schon genug Ärger am Hals. Bitte. Sie haben Ihr Telefon doch wieder. Lassen Sie mich gehen.«

»Wieso sollte ich das tun?« Feli fauchte wütend. »Damit Sie an der nächsten Ecke jemand anderen abziehen?«

Sie tippte 110 in ihr Handy und drehte sich von ihm weg.

»Weil ich Ihnen helfen kann«, hörte sie ihn hinter sich flüstern, noch bevor sie auf das grüne Hörer-Symbol gedrückt hatte, um die Verbindung herzustellen.

Sie warf ihm einen schrägen Blick über die Schulter zu. »Wie meinen Sie das?«

»Das Foto, das Sie Solveig eben gezeigt haben!« Livio deutete auf ihr Handy. »Bitte, lassen Sie die Polizei aus dem Spiel, und ich verrate Ihnen, wer das ist und wo Sie den Taxifahrer finden.«

28.

Mats fand Kaja in der »Lobby«, dem Empfangsbereich für die First-Class-Passagiere in der unteren Ebene – das Erste, was die betuchten Passagiere sahen, wenn sie die Maschine durch eine extra für sie reservierte Gangway betraten. Außer den gewölbten Kabinenwänden erinnerte hier kaum etwas an ein Flugzeug. Es wirkte in der Tat wie der Empfang eines hochmodernen Boutiquehotels mit halbrunden, ledernen Loungemöbeln, die perfekt mit dem cremefarbenen Teppich harmonierten. Illuminiert durch eine Bogenlampe, wie man sie eher in einem Wohnzimmer vermutete.

Die Lobby, die zwischen dem Cockpitbereich und den Liegesesseln der ersten Klasse platziert war, wurde um diese Zeit von den Reisenden nicht genutzt. Kaja stand allein vor einer perlmuttglänzenden Anrichte und füllte eine einzelne Sektflöte auf einem verspiegelten Silbertablett, als Mats die Wendeltreppe herunterkam.

Er hätte auch den gläsernen Fahrstuhl neben den Toiletten nehmen können, der vermutlich Passagieren mit Handicap vorbehalten war. Unter den wenigen, die sich die Drei-Zimmer-Villa im oberen Stock leisten konnten, waren sicherlich einige noch älter und unsportlicher als er.

»Kaja?«, fragte Mats leise, und sie schrak so heftig zusammen, dass sie etwas Champagner neben den Kelch schüttete. »Es tut mir leid, ich wollte Sie nicht erschrecken.«

Noch nicht.

Tatsächlich wollte, nein, *musste* er mit ihr über das Faber-Video reden.

Die Aufnahme war so brisant, dass selbst er in seinen Grundfesten erschüttert war. Alles, was er bislang über Kaja zu wis-

159

sen geglaubt hatte, zeigte sich nun auch für ihn in einem neuen, mysteriösen Licht.

»Kein Problem.« Kaja lächelte künstlich und sah sich um.

Mats ahnte, dass es ihr nicht darum ging, festzustellen, wer ihr Missgeschick beobachtet haben könnte.

Sie hatte Angst, mit ihm allein zu sein.

»Soll ich das Essen abräumen und Ihr Bett herrichten lassen?«, fragte sie, während sie das Tablett mit einer Stoffserviette abtrocknete.

»Deswegen bin ich nicht gekommen.«

Sie schenkte das Glas weiter nach und schüttelte den Kopf.

»Ich kann mich im Moment leider nicht persönlich um Sie kümmern, Dr. Krüger. Aber Sie müssen sich nicht hier herunterbemühen, wenn Sie etwas benötigen. Auf jeder Fernbedienung findet sich ein Rufknopf. Betätigen Sie ihn, und eine Stewardess wird umgehend für Sie da sein.«

»Ich will nicht *eine* Stewardess. Ich will *Sie* sprechen.«

Kaja hob das Tablett an und zitterte am ganzen Körper, als sie von einer Sekunde auf die nächste jede professionelle Freundlichkeit fallen ließ: »Und ich will das *nicht*«, fauchte sie ihn an. »Unsere Gespräche, das hat ein Ende. Lassen Sie mich in Ruhe.«

»Das kann ich nicht«, antwortete Mats so ruhig, wie es ihm möglich war.

Er blickte nach rechts, den Gang zur First Class hinunter, konnte aber nur einen samtenen Vorhang ausmachen, der sich wie im Wind bewegte. Das Flugzeug rollte noch immer leicht schwankend durch die raue See des Nachthimmels, und die Anschnallzeichen gaben keine Entwarnung.

»Außerdem muss ich Sie dringend bitten, umgehend Ihren Platz einzunehmen. Die Turbulenzen können jederzeit wieder heftiger werden.«

Mats' Blick wurde scharf. »Sprechen Sie von dem Flug? Oder von sich selbst?«

Kaja suchte seinen Blick. Erschrocken, beinahe fassungslos. Er konnte in ihren Augen lesen, dass sie sich fragte, ob er noch immer der sensible Mann war, dem sie sich anvertraut hatte.

Nein. Bin ich nicht.

Im gedimmten Licht der Bogenlampe wirkte ihr Gesicht nun fast weiß, wie absichtlich bleich geschminkt. Als sie nach dem Tablett griff, bemerkte er, dass an einem ihrer Fingernägel etwas Lack fehlte.

»Es tut mir nicht gut. Ich verstehe es nicht, Dr. Krüger. Ich habe das Gefühl, Sie wollen bei mir absichtlich alte Wunden aufreißen. Die letzten Jahre habe ich immer weniger daran denken müssen. Es gibt Tage, da kommt es mir gar nicht mehr in den Sinn. Doch jetzt, wenige Minuten mit Ihnen, und ich habe wieder diese Bilder im Kopf.«

Das Sektglas zitterte auf dem Tablett, fast synchron mit ihrer Unterlippe.

»Welche Bilder?«, fragte Mats arglistig, doch sie fiel auf seine Finte nicht herein.

»Nein, nein, nein. Hören Sie auf, bitte.«

Er atmete tief durch und tat so, als würde er ihren Wunsch respektieren.

»Okay, okay. Ich verstehe. Und ja, es tut mir leid. Bitte, hören Sie mir kurz zu. Ich stelle keine weiteren Fragen mehr, ich will auch gar nicht über Sie sprechen.«

»Sondern?«, fragte sie misstrauisch.

»Lassen Sie mich Ihnen etwas von mir erzählen. Denn ich weiß ganz genau, wie Sie sich fühlen.«

»Dr. Krüger, bitte, ich …«

Er deutete auf die Sitzgruppe, doch sie folgte ihm nicht.

»Sie wissen ja vielleicht, dass ich vor vier Jahren meine Frau verloren habe.«

»Ich las die Traueranzeige im *Tagesspiegel*. Es tut mir sehr leid. Sie hatte Krebs, richtig?«

»Ja. Aber gestorben ist sie an dem Gift, das sie trank.«

»Suizid also?«

Er nickte.

»Katharina hielt die Schmerzen nicht mehr aus. Kontaktierte Organisationen im Ausland, die einen in Fällen von Beihilfe zur Selbsttötung unterstützten, verschaffte sich das entsprechende Mittel. Alles gegen meinen Willen.«

»Warum erzählen Sie mir das jetzt?«, fragte Kaja mit einem scheuen Blick Richtung Vorhang. In den letzten Stunden seit ihrem ersten Gespräch war sie um einige Zentimeter geschrumpft. Sie ließ die Schultern hängen. Die Last, die auf ihr lag, krümmte auch ihre Wirbelsäule. »Ein Passagier wartet auf seine Bestellung.«

Sie versuchte, an ihm vorbeizukommen.

»Nur eine Minute, Kaja, bitte. Das reicht. Mehr wollte Katharina übrigens auch nicht von mir. Eine letzte Minute, die ich an ihrer Seite sein sollte. Die letzte Minute ihres Lebens, doch das habe ich nicht geschafft. Ich konnte es nicht ertragen, dass all das, was ich einmal geliebt hatte, der Fixstern meines Lebens, der mir den Weg leuchtete, vor meinen Augen sterben und verglühen sollte.«

»Das verstehe ich.«

Mats spürte, wie ihm die Tränen kamen, kein Wunder, hatte er sich bislang noch nie jemandem so geöffnet. Alles, was er sagte, entsprach der Wahrheit. Leider.

»Ich verzeihe es mir bis heute nicht. Es war selbstsüchtig, egoistisch. So wie das, was ich danach tat. Das Schäbigste in meinem Leben.«

»Was war das?«, wollte Kaja wissen, und Mats merkte, dass es funktionierte. Er gab etwas von sich preis und gewann so ein wenig des verloren gegangenen Vertrauens zurück.

Hoffentlich.

Er stellte allerdings auch fest, dass es tatsächlich eine reinigende Wirkung hatte, sich jemandem anzuvertrauen. Zu lange schon schleppte er seine Schuldgefühle mit sich herum, unfähig, sie selbst zu kurieren. Aber wie hatte sein Professor früher immer so schön gesagt: *»Die Psychologie ist schon deshalb zum Scheitern verurteilt, weil wir den absurden Versuch unternehmen, unser Gehirn mit unserem Gehirn verstehen zu wollen.«*

»Ich fuhr zu einer Kollegin. Felicitas Heilmann, Sie kennen sie. Flüchtig. Es ist die Psychiaterin, mit der Sie damals sprachen, als Sie die Hotline für psychologische Nothilfe anriefen. Eine gute Freundin von mir. Ich fühlte mich elend, hoffnungslos und alleine. Nun, sie hat mich getröstet.«

Kaja stellte das Tablett wieder auf die Anrichte zurück. »Was versuchen Sie mir damit zu sagen, Dr. Krüger?«

»Das war vor vier Jahren, Kaja, und seitdem bin ich ständig weggelaufen. Ich lief aus dem Schlafzimmer vor meiner sterbenden Frau davon in das Schlafzimmer meiner jüngeren Kollegin, von der ich wusste, dass sie mich liebt. Und obwohl ich ihre Gefühle nicht erwiderte, floh ich vor mir selbst in ein schäbiges und egoistisches Selbstmitleid und schlief mit ihr.«

Mats schluckte.

»Ich rannte aus einem nüchternen Zustand in den der besinnungslosen Trunkenheit und war kaum fähig, einen geraden Satz zu formulieren, als mich meine Tochter Nele auf dem Handy anrief. Da lag ich noch in jenem Bett, und Feli ging für mich an den Apparat. Um die Nachricht entgegenzunehmen, dass Nele meine Frau tot in *ihrem* Bett gefunden hatte.«

Nun war es so weit. Mats konnte nicht länger dagegen ankämpfen. Die Tränen flossen, hielten ihn jedoch nicht ab, Kaja eindringlich zu schildern, was ihm auf dem Herzen lag:

»Und dann floh ich weiter. Vor Nele, die mich seit jenem Tag abgrundtief hasst. ›*Du bist ein elendig feiges Stück Scheiße*‹, hatte sie mich angebrüllt, als ich nach Hause kam. ›*Du betrügst Mama, während sie stirbt?*‹

Und sie hatte recht. Mit jeder einzelnen vom Zorn geschwängerten Anklage. Nele verbot mir, zur Beerdigung zu kommen, die sie ganz alleine organisierte. Und ich? Ich wollte es nicht zu einem Eklat kommen lassen. Schwach, wie ich war, packte ich meine Sachen und rannte weiter, diesmal so weit weg, wie ich nur konnte, nach Buenos Aires zu meinem Bruder. Hier fasste ich endlich Fuß. So dachte ich zumindest.«

»Aber was hat das mit mir zu tun? Ich renne nicht weg«, sagte Kaja.

»Oh doch, das tun Sie. Ich wollte es nicht von Anfang an so offen ansprechen. Aber auch Sie haben sich nicht der Wahrheit gestellt und sind geflohen. Nicht körperlich, wohl aber seelisch. Sonst würden Sie jetzt nicht so heftig reagieren, zumal ich Ihnen bislang nur Bruchstücke der ganzen Wahrheit präsentiert habe.«

Kaja räusperte sich. Die Hitzeflecken an ihrem Hals wurden dunkler. »Was meinen Sie denn damit? Was für eine *ganze* Wahrheit? Es gibt nichts, worüber wir nicht ausführlich gesprochen hätten.«

Mats verzog bedauernd das Gesicht. »Oh doch, Kaja. Das gibt es. Bitte, geben Sie mir nur einen kurzen Moment, und ich werde es Ihnen beweisen.«

Während er diese Worte sprach, wurde der Vorhang zur Seite gezogen, und Valentino, der Steward, den sie angeblich Ken nannten, trat in die Lobby.

»Da steckst du ja«, sagte er, und seine Miene verdüsterte sich, als er sah, mit wem Kaja hier stand.

Er zeigte auf das Tablett auf der Anrichte. »3G ist schon ziemlich ungehalten.«

»Ich komme sofort«, versprach Kaja und wischte sich mit der freien Hand die Haare aus der Stirn. Dann nahm sie das Tablett wieder auf.

»Bitte«, flüsterte Mats ihr beim Vorbeigehen ins Ohr. »Ich muss Ihnen etwas zeigen, das Ihr Leben verändern wird.«

Sie schüttelte den Kopf und lief weiter, drehte sich jedoch

kurz vor dem Vorhang noch einmal um, den Valentino für sie geöffnet hielt. »Ich werde mich darum kümmern, Dr. Krüger. Geben Sie mir nur fünf Minuten.«

Dann verschwand sie gemeinsam mit dem Steward in der ersten Klasse.

29.

Wie schön. Ein Moment ohne Schmerzen. Die göttlichste Form reinsten Glücks.

Neles Atmung verlangsamte sich. Sie lockerte ein wenig die Muskeln und streckte Arme und Beine, so gut es auf der Pritsche ging.

Ihr Unterleib, eben noch ein einziger Krampf, entspannte sich spürbar, und das war eine Wohltat nach dem letzten Wehenintervall.

»Ich muss auf die Toilette«, stöhnte sie, was gelogen war. Mit der letzten Wehe hatte sie es nicht mehr zurückhalten können und sich erleichtert. Sie roch den Kot und den Urin zwischen ihren Beinen, und es störte sie nicht. Merkwürdigerweise ihren Entführer auch nicht. Er reichte ihr einen feuchten Lappen aus einem Eimer, den er neben die Kamera gestellt hatte.

Sie blinkte durchgehend, daher nahm Nele an, dass er alles aufzeichnete. Auch seine Monologe, mit denen er sie zwischen den Wehen nervte, die nun immer schneller kamen und immer heftiger wurden, *was dafür sprach, dass die Eröffnungs- in die Austreibungsphase übergegangen war, oder?* Nele konnte sich nicht mehr erinnern, weder an den Abschnitt in dem Geburtsratgeber, den sie ohnehin nur überflogen hatte, noch an die Informationen ihres Frauenarztes.

»Wussten Sie, dass Tiere Geburtsschmerz nicht kennen?«

»Bitte, lassen Sie mich in Ruhe«, sagte Nele und säuberte sich mehr schlecht als recht.

»Elefanten vielleicht, da berichtet man von Einzelfällen«, fuhr Franz fort. »In der Bibel steht, Gott habe Eva gestraft. *Viel Mühsal will ich dir bereiten, wenn du Mutter wirst. Mit Schmerzen wirst du Kinder gebären*«, zitierte er augenscheinlich einen Bibelvers. »Aber das ist natürlich Quatsch. In Wahrheit hängt es mit dem aufrechten Gang zusammen.«

Aufrecht?

Nele überlegte, ob sie die schmerzfreie Zwischenphase nutzen und von der Pritsche aufstehen sollte. Wie viel Zeit blieb ihr bis zur nächsten Wehe? Und wie schnell wäre sie am Ausgang?

»Dank des aufrechten Gangs haben wir Menschen die Hände frei, können viele intelligente Dinge gleichzeitig tun, wie etwa laufen und dabei ein Werkzeug tragen. Der aufrechte Gang forderte ein schmaleres Becken. Wir wurden aber auch intelligenter, ergo bekamen wir immer größere Gehirne, die durch immer engere Geburtskanäle müssen.«

»Anscheinend war das Becken deiner Mutter ein Nadelöhr«, fauchte sie, und es gelang ihr sogar ein zynisches Lachen. »Wär zumindest eine Erklärung dafür, wieso dein Gehirn bis zur Schwachsinnigkeit gequetscht wurde, du perverser Irrer. Lass mich gehen.«

Franz hatte keine Gelegenheit zum Antworten, denn plötzlich fuhr ein Güterzug durch den Industriestall. Zumindest klang es so, als versuchte ein altersschwacher Waggon auf einem schlecht geölten Gleis zu bremsen.

Nele schrie auf, aber das ging in dem kreischenden Widerhall, der durch die Stallungen wehte, völlig unter. Sie blickte zu Franz und sah in seinen Augen die gleiche Furcht, die sie selbst spürte.

»Was zum Teufel …«, flüsterte er, da spürte Nele den Windhauch auf dem Gesicht und wusste, was diesen mittlerweile wieder verstummten Krach verursacht hatte. Franz hatte sie vorhin durch eine kleine, aufgebrochene Einstiegstür geschoben, die sich innerhalb eines gewaltigen Rolltors an der Ostseite befand. Irgendjemand musste ebendieses elektrische Tor geöffnet haben; jemand, der dafür ganz offensichtlich die nötigen Arbeitsmittel besaß. Mit einer Fernbedienung oder einem Schlüssel ausgestattet. Und mit einer dröhnenden Bass-stimme.

»Hallo? Ist da wer?«

Neles Augen weiteten sich. Ein vages Gefühl der Hoffnung breitete sich in ihr aus. Franz aber legte einen Finger auf die Lippen und imitierte gleichzeitig mit der anderen Hand die Bewegung eines Messers, mit dem er sich über die Kehle fuhr. Sie hörte Schritte, dann einen weiteren Ruf: »Geben Sie sich zu erkennen, oder ich rufe die Polizei.«

»*Kein Mucks, oder du bist tot*«, sagte der Blick, mit dem Franz sie bedachte.

Doch Nele hatte keine Ahnung, wie sie seinen stummen Befehlen Folge leisten sollte.

Sie spürte ein erstes Ziehen in ihrem Unterleib. Die Wehen-wellen würden sie jeden Moment wieder fluten, und dann würde sie gar nicht anders können, als ihren Schmerz in die Halle zu schreien. Selbst wenn Franz seiner geflüsterten Drohung Taten folgen lassen würde:

»Wenn du nicht still bist, muss ich dich ersticken.«

30.

Moment, Moment, ich komme ja schon«, rief Franz dem Unbekannten entgegen, der sein Telefon bereits am Ohr hielt.

Der Neuankömmling stand am Ausgang, dort, wo das Vieh früher aus den Lastern über die Rampe in die Ställe getrieben worden war. Oder aus ihnen hinaus, wenn die ausgezehrten und nunmehr nutzlosen, weil leer gepumpten Milchkühe zum Schlachthof mussten.

»Sorry, tut mir leid, ich hab Sie gar nicht gehört.«

Franz beeilte sich und hatte keine Ahnung, was er der massigen Gestalt in der blaugrauen Uniform sagen sollte. Seinen Recherchen nach kam der private Wachschutz nur einmal am Dienstag vorbei und niemals heute. Irgendetwas musste die Routine durcheinandergebracht haben, *verdammt*.

»Was zum Teufel treiben Sie hier?«, wollte der Wachmann wissen.

Er stand breitbeinig, weil er so stehen musste, sonst wäre er wegen seines kugelrunden Bauchs womöglich vornübergekippt. Alles in allem machte er keinen ausgesprochen fitten Eindruck, mit den aufgeplatzten Äderchen auf den Wangen und der schnaufend keuchenden Atmung, obwohl er sich keinen Zentimeter mehr als nötig bewegte. In der einen Hand hielt er ein Handy, das in seinen Pranken wie eine Visitenkarte wirkte, in der anderen eine Stabtaschenlampe, die sicher nicht grundlos an einen Schlagstock erinnerte.

»Gibt's Probleme?« Franz hielt ein Teppichmesser, vom langen Ärmel seines Pullis verdeckt, in der rechten Hand, und seine Finger schlossen sich umso fester um das Werkzeug, je näher er dem Mann kam.

»Ja, klar gibt's Probleme.«

Der Mitarbeiter von M&V Security deutete mit der ausgeschalteten Taschenlampe auf das kaputte Vorhängeschloss auf dem Stallboden. »Sie sind hier eingebrochen.«

»Nein, nein. Das Schloss war schon offen, als wir kamen. Ich dachte, das ist nur eine Industrieruine, die keinem gehört.«

»Ja, klar. Deshalb stehen hier auch nur dreißig ›Betreten verboten‹-Schilder, du Vogel.« Der Wachmann tippte sich mit der Taschenlampe an die Schläfe.

»Hören Sie mal, wir wollen keinen Ärger.«

»Wir?«

Jetzt war es an der Zeit zu improvisieren. Zumindest so lange, bis er dem Wachmann so nahe war, dass er dessen Kehle mit einer Bewegung erwischte.

»Unikollegen«, faselte Franz. »Wir studieren Fotografie und nutzen die morbide Kulisse hier für unsere Studienarbeit.«

Was für ein Klischee. Aber es schien zu funktionieren. Noch. Tatsächlich kam das in Berlin alle Tage vor. Je mehr Touris in die Stadt einfielen, umso häufiger versuchten sie Fotos vom »Charme« der kaputten Hauptstadt einzufangen. Sicher war Franz nicht der Erste, den der Wachmann hier erwischt hatte.

»Habt ihr eine Genehmigung?«, wollte der wissen.

»Nein, ich sagte doch, ich wusste nicht, dass wir eine brauchen.« Franz trat einen Schritt näher und fuhr die Klinge des Teppichmessers etwas weiter aus.

»Aber wenn Sie uns nur fünf Minuten Zeit geben, dann bauen wir alles ab und …«

Ein dumpfer Schrei bahnte sich seinen Weg von den hinteren Ställen und sorgte dafür, dass der Wachmann instinktiv einen Schritt zurücktrat.

»Studienarbeit?«, fragte er misstrauisch, während weitere nicht sehr laute, aber dennoch deutlich hörbare Schreie durch die Halle gellten.

Nele schrie: »Großer Gott. Ohhhhh ...«

Verdammt. Und jetzt?

Zu Franz' Erstaunen verzog sich das Gesicht des unförmigen Wachmanns zu einem lüsternen Grinsen. »Ich weiß schon, was für Filme ihr hier dreht.«

»Ach ja?«

»Kann man mitspielen?«

»Nein, äh, ich fürchte ...«

»Komm schon, Kumpel, wenigstens mal sehen. Ich wollte immer mal bei so was dabei sein.«

Franz fragte sich, wer hier jetzt mehr Glück als Verstand hatte. Er oder der notgeile Wachmann, für den er das Teppichmesser nun vielleicht gar nicht benötigte.

»Okay. Okay, gut. Ich quatsch mit den anderen, ja. Aber ich brauch Zeit. Gib mir fünf Minuten.«

»Ohhhh bitte, bitte, bitte, Schaaaaa!«

»Die Kleine, ist die heiß?«

Franz nickte heftig.

»Ja, sehr heiß. Total. Die wird voll auf dich abfahren.« *Du Idiot.*

»Im Ernst?«

»Ja, aber ich muss sie vorbereiten. Dass es eine Drehänderung gibt. Wir dürfen sie nicht überrumpeln.«

»Klar, okay. Verstehe ich.«

Nein, du verstehst nichts mehr, seitdem dir das Blut aus dem Gehirn in die Hose geschossen ist.

»Wie heißt du?«

»Helmuth.«

Franz überlegte, wie lange er brauchte, um Nele in sein zweites Versteck zu bringen.

»Also, Helmuth, ich schlage vor, du schnappst jetzt noch eine Runde frische Luft, und dann, in einer Stunde etwa ...«

»Ach, Scheiße.«

»Was?«

Der Wachmann starrte wütend auf sein Handy. »Einbruchalarm bei den alten Lagerhallen am See. Ganz am Ende meiner Route. Mist. Wie lange seid ihr denn noch hier?«

»Zwei, drei Stunden sicher.«

»Okay, pass auf. Dann komm ich später wieder. Ich muss erst mal sehen, was da los ist.«

»Gut, okay. Geht klar.«

Franz sah dem Wachmann hinterher, wie er mit für einen Überfall nicht gerade unmäßiger Eile zu seinem Auto watschelte, einem altersschwachen Golf, der ächzend in die Federn ging, als Helmuth sich in ihn hineinzwängte.

»Und wehe, du verarschst mich«, schrie er laut durch die geöffnete Scheibe, dann fuhr er um das Taxi, mit dem Franz hierhergefahren war, quietschend einen großen Bogen Richtung Ausfahrt.

Verfluchter Mist, wie konnte das nur passieren?

Franz drehte sich wieder zum Stall, in dem Nele sich weiterhin die Lunge aus dem Leib schrie.

Er sah auf die Uhr und überlegte auf dem Rückweg, ob er erst seinen Kontakt anrufen oder gleich zum Ausweichort fahren sollte, bevor der Fleischklops wiederkam.

»Schaaaaa …«, schrie Nele, merkwürdig hell. Als er ihre Stallbox erreicht hatte, presste sie so heftig, dass sich schon rot geplatzte Äderchen in ihren Augen zeigten, weit aufgerissen wie bei einem Basedow-Patienten.

Sie hockte keuchend auf der Pritsche, im Vierfüßlerstand, zu dem sie seit dem letzten Wehenintervall übergegangen war, weil sich in dieser Position die Schmerzen offenbar leichter ertragen ließen.

»Schaaaaa….eiße!!!«, spuckte Nele in den Raum. Laut und deutlich, und nun begann auch Franz zu brüllen. Denn Nele hockte, schrie und presste nicht in der Realität.

Sondern nur auf dem Kameramonitor.

In der Aufzeichnung.

Sie selbst war verschwunden.

Ihre Pritsche war leer.

Das Einzige, was sich sonst noch in der Stallbox befand, war die Kamera, die Nele zurückgespult und auf Wiedergabe geschaltet haben musste.

31.

Mats sehnte sich nach einem Waschbecken. Eine Klo-schüssel würde es auch tun, Hauptsache, er bekam bald die Gelegenheit, den Ekel auszuspucken, den er vor sich selbst empfand. Aber er konnte ja schlecht aufstehen und Kaja mit dem Video alleine lassen, hier im Wohnzimmer, während er sich im Badezimmer der Sky-Suite übergab.

Sie hatte Wort gehalten und war gekommen. Nun saß sie auf einem Sessel der Sitzgruppe und sah auf den Monitor, auf dem Mats Kanal 13/10 aktiviert hatte.

»Das bin ich nicht«, flüsterte Kaja, die Augen starr auf den Bildschirm an der Kabinenwand gerichtet, und glitt in jene Phase der Selbstverleugnung, die typisch für Traumapatienten war, die versuchten, sich von den Albträumen ihrer Vergangenheit zu distanzieren.

Und tatsächlich hatte Kaja in gewisser Weise recht. Sie war nicht länger der Mensch in dem Video. Nicht die sich aufbäu-mende, windende Frau. Erst unter ihrem Peiniger liegend, dann vor dem Vergewaltiger hockend. Brutal ausgeliefert. Nackt vor der rohen Gewalt.

Damals, vor elf Jahren, war Kaja nicht nur eine komplett an-dere Persönlichkeit gewesen als heute; sie hatte sich auch in einem fast unzurechnungsfähigen, auf jeden Fall instinktge-steuerten Geisteszustand befunden. Unreflektiert und völlig willkürlich hatte sie in den Überlebensmodus geschaltet und blindlings alles getan, was ihr notwendig erschien.

Sie hatte die Schläge auf ihren Hintern erduldet. Und dabei an dem Waffenlauf gelutscht, so wie der Junge es ihr offenbar befohlen hatte.

Mats löste seinen Blick von Kaja, die den Monitor weiterhin

wie in Trance fixierte, und warf erneut einen Blick auf sein Handy. Auf das schrecklichste aller Fotos, das Neles Augen und das Entsetzen und die vollkommene Aussichtslosigkeit darin zeigte. Und er erinnerte sich an die Sätze des Erpressers: *»... der Typ, der auf sie aufpasst, ist nicht gerade ein examinierter Geburtshelfer. Eher das Gegenteil, wenn Sie verstehen, was ich meine. Er wird nicht zögern, Ihre Tochter und das Baby zu töten, sollten Sie nicht Ihre Aufgabe erledigen, Dr. Krüger.«*

Aufgabe.

Was für eine verniedlichende Umschreibung für die seelische Vergiftung, die er hier gerade praktizierte.

Auf dem Video krallte sich der Amokläufer in Kajas rechter Brust fest, schien ihr die Warze fast abzureißen. Die Aufnahme hatte an dieser Stelle kaum Ton, dennoch hörte Mats sein Keuchen und ihre Schreie. Sie waren fast so unerträglich wie Kajas mühsam geflüsterte Frage: »Muss ich das wirklich sehen?«

Die korrekte Antwort wäre gewesen: *»Nein, natürlich nicht. Es ist höchst schädlich, wenn Sie das Trauma reaktivieren, Frau Claussen. Kein vernünftiger Mensch würde Ihnen das hier zumuten. Nur ich, Dr. Mats Krüger.«*

Das Flugzeug ruhte wieder angenehm in der Luft. Mats rechnete jedoch jeden Moment mit einer Erschütterung. Seine innere Anspannung wuchs mit jeder Sekunde. Die Haut lag ihm plötzlich zu eng auf dem Körper, er fühlte sich fiebrig, wie von einem allumfassenden Sonnenbrand befallen.

»Es ist gleich vorbei«, schwindelte er Kaja an, denn er wusste ja, was ihr noch bevorstand: das Schlimmste. *Das* hatte selbst ihn aus der Bahn geworfen. Allein die Bilder, die sie bis jetzt gesehen hatte, würden sie auf Dauer verfolgen. Jahrelang hatte Kaja sie erfolgreich in einer Kiste des Vergessens eingemottet, doch nun lagen sie wieder auf dem Präsentierteller ihres Bewusstseins. Griffbereit, um sich an sie zu erinnern, wann immer man leiden wollte. Das Vergewaltigungsvideo noch einmal zu sehen, jetzt nach all der Zeit, war wie der Drogenrückfall eines jahrelangen Abstinenzlers. Hieß es doch, je länger man clean war, desto tiefer der Absturz.

»Schwören Sie es?«, hörte er Kaja fragen. Ihre Stimme bebte. Tränen funkelten wie Tautropfen in den Winkeln ihrer Augenlider. »Schwören Sie, dass alles gut wird?«

Fast hätte er panisch gelacht.

Schwören?

Mats konnte nicht anders und musste an das Genfer Gelöbnis denken, die moderne Version des hippokratischen Eides, dem Ärzte heute unterworfen waren.

Feierlich hatte er ihn bezeugt. *Aus freien Stücken und bei meiner Ehre. Den Patienten nicht zu schaden. Menschenrechte nicht zu verletzen. Nicht einmal unter Bedrohung!,* wie es im Wortlaut hieß.

Und jetzt das!

Jetzt, in diesem Moment, endlich, ließ der Amokläufer von Kaja ab. Stieß sie weg. Und wandte sich ab.

Er ließ sie aufgelöst, zitternd, mitten im Umkleideraum zurück, während er sich drehte, den Kopf direkt auf die verborgene Kamera gerichtet, die Augen jedoch nachdenklich zum Boden geneigt.

Kaja lief weg. Sie flüchtete zur Tür der Umkleide in den Gang der Turnhalle hinaus. Allerdings nur im Film.

In der Realität blieb Kaja unbewegt in dem Sessel sitzen. Die Augen weit aufgerissen, fast ohne zu blinzeln. Ihre Finger in eine Rockfalte ihrer Uniform verkrallt. Sicher wartete sie, dass das Rauschen der Erinnerung in ihrem Kopf stoppen würde. Dieses schlecht geölte, quietschende Förderband, das den gesamten Schrecken eben noch einmal an ihren Augen vorbeigezerrt hatte.

»Und jetzt?«, fragte sie leise, dann zuckte sie zusammen, ähnlich wie Mats vorhin zusammengezuckt war. Als die Aufnahme nicht wie erwartet stoppte, sondern plötzlich auf dem Monitor eine Bodenfliese sichtbar wurde. Der Fokus veränderte sich, ein unscharfer Schwenk. Der heimliche Kameramann musste einen Schritt aus der Dusche herausgetreten sein, um die Szenerie im Umkleideraum besser einfangen zu können.

Die Bilder zitterten, alles sah etwas verwaschen und viel zu dunkel aus, aber da man Kaja und den Amokläufer eben gerade erst neun qualvolle Minuten lang gemeinsam beobachtet hatte, war sofort klar, was die Kamera da einfing. Unklar war nur, *weshalb* das geschah.

»Woher haben Sie das?«, fragte Kaja. Das Entsetzen in der Stimme war so groß, der Schreck in ihren Augen so heftig, dass Mats sich sicher war, dass sie dieses Beweismaterial hier und heute zum allerersten Mal sah.

»Die Frage ist eher: Wieso haben Sie das getan?«, entgegnete Mats unbarmherzig. Jetzt, aus der Rückblende betrachtet, verstand er auf einmal sogar, weshalb Johannes Faber, ausgerechnet Kajas Ex-Freund, dieses Video in der Öffentlichkeit verbreitet hatte. Allerdings, und das war verwunderlich, hatte er damals die letzten Sekunden der Aufnahme unterschlagen.

»Peer Unsell hat Sie mit einer Waffe bedroht, Sie in Geiselhaft genommen. Sie haben sich von ihm vergewaltigen und misshandeln lassen, um Ihr Leben und das Ihrer Schulkameradinnen zu retten. Wieso um Himmels willen sind Sie wieder zurückgekommen, nachdem er von Ihnen abgelassen hatte?« Während Mats sprach, lief er um Kaja herum, um in ihr Blickfeld zu treten. »Haben Sie ihn davon abhalten wollen, sich selbst zu erschießen?«

Kaja sah durch ihn hindurch, die Wangen eingefallen, den Kiefer leicht nach vorne geschoben, was ihrem aschfahlen Gesicht einen tumben, etwas debilen Ausdruck verlieh.

Ihre Lippen formulierten ein »Nein«, aber es kam kein Laut aus ihrem Mund.

»Waren Sie befreundet?«

Wieder ein vages Kopfschütteln.

»Wieso sind Sie dann in die Umkleide zurückgekommen? Haben erst seine Hand genommen, ihn dann umarmt?«

Mats wurde unerbittlich. Er deutete zu dem nunmehr schwarzen Bildschirm, als würde dort noch immer jene letzte verstörende Szene laufen, die er gerade beschrieb: »Herrgott, Sie sind ihm wie eine frisch Verliebte durchs Haar gefahren – und haben ihm dabei einen langen, intensiven Zungenkuss gegeben.«

32.

Der Schock kam abrupt, traf ihn wie ein Aufprall bei einem Autounfall. Feli konnte es sehen. Konnte seinen inneren Aufschrei förmlich hören, auch wenn Professor André Klopstock sich schnell wieder im Griff hatte.

Nur der Schatten unter seinen Augen war geblieben. Und das Xenon-Lächeln, mit dem er sie in seinem Büro in Empfang genommen hatte, strahlte auch nicht mehr mit über tausend Watt. So wie es das vor fünf Minuten noch getan hatte.

»Frau Heilmann, wie schön, Sie wiederzusehen«, hatte Klopstock Feli in seiner Praxis begrüßt, die sich nicht erinnern konnte, jemals mehr als ein flüchtiges Kopfnicken mit dem Psychiater ausgetauscht zu haben, etwa, wenn sie sich zufällig bei einem Kongress über den Weg liefen.

Er hatte schon in der Tür auf sie gewartet, vor seinem Eckbüro mit Aussicht auf das Kranzler Eck, und dabei ihre Hand so herzlich geschüttelt, als wären sie einmal die engsten Freunde gewesen, die sich leider aus den Augen verloren hatten.

»Was führt Sie zu mir?«

»Ich habe nur eine schnelle Frage und will gar nicht lange stören«, hatte sie versprochen und sich auf ein Zeichen des Arztes hin auf einen Stuhl mit absurd hoher Lehne gesetzt, direkt gegenüber dem Schreibtisch, an dem Klopstock Platz genommen hatte. Eine Einzelanfertigung, davon war Feli überzeugt, so wie sein Anzug, ein schlichter, aber perfekt sitzender hellblauer Einreiher mit Weste.

»Sie stören doch nicht, liebe Kollegin«, hatte der Psychiater mit einlullender Stimme gesäuselt und dabei einen Bilderrahmen auf seinem Schreibtisch neu ausgerichtet. In ihm steckte das Porträt einer blutjungen, dunkelhaarigen Schönheit. Feli meinte sich dunkel an einen Artikel in der Boulevardpresse zu erinnern, in dem über den »Skandal« berichtet wurde, dass Klopstock vor Monaten seine hochschwangere Ehefrau gegen ein zwanzig Jahre jüngeres rumänisches Fotomodell eingetauscht hatte.

»Ich freue mich, wenn ich Ihnen helfen kann, Frau Heilmann.« Die Stimmung des Gesprächs war anfangs erstaunlich gelöst gewesen, vielleicht, weil Klopstock ein Lächeln von Feli missverstanden hatte. Als sie ihm gegenübersaß und ihn das erste Mal aus nächster Nähe sah, war ihr eine Lebensweisheit ihrer Mutter in den Sinn gekommen: *»Hüte dich vor Männern mit Hundegesichtern. Sie wedeln nur so lange mit dem Schwanz, bis sie dich besprungen haben.«*

Und Professor André Klopstock hatte den Prototyp jenes Gesichtsausdrucks, vor dem Feli gewarnt worden war: hängende Mundwinkel wie bei einem Basset, Dackelfalten auf der Stirn und traurige, dunkle Beagleaugen, mit denen er einem Patienten jede Zusatzbehandlung aufschwatzen konnte, die er nur wollte. Klopstock zugutehalten musste man, dass seine athletische Figur der eines trainierten Dobermanns in nichts nachstand.

»Worum geht es also?«, hatte er gefragt, und sie war gleich zum Punkt gekommen und hatte ihm den Ausdruck des Überwachungskamerabilds gezeigt. »Um diesen Mann hier.«

»Bono?«

»Sie kennen ihn also?«

»Nicht die beste Aufnahme, aber klar, unverkennbar, das ist er.«

»Ein Patient?«

»Sie wissen doch, das darf ich Ihnen nicht sagen.«

Ja. Wusste sie. Und sie hatte auch nicht erwartet, dass er es ihr einfach machen würde. Ehrlich gesagt hatte sie nicht einmal erwartet, von Klopstock überhaupt empfangen zu werden, als sie der Lift im dritten Stock seiner Klinik ausspuckte.

Der Empfangsbereich ähnelte mehr einer Fünf-Sterne-Hotel-Lobby als einer medizinischen Einrichtung. Hinter der Rezeption wartete eine Arzthelferin in Pagenuniform, die Feli als Erstes einen Cappuccino und ein Glas Wasser angeboten hatte, während sie im Loungebereich die Anmeldung auf einem iPad ausfüllen sollte. Glücklicherweise hatte Feli ihr schnell begreiflich machen können, dass sie keine Patientin, sondern eine Kollegin war, und tatsächlich hatte es nur den versprochenen Augenblick gedauert, bis sie zum Leiter der Praxis vorgelassen wurde.

»Mir wurde gesagt, er ist Ihr Chauffeur.«

Diese Information hatte Feli von Livio, dem Gauner, der sie als Teil seiner Wiedergutmachung für den Handy-Diebstahlversuch hier am Ku'damm abgesetzt hatte.

»Ich glaube, der Student fährt ihn von Klinik zu Klinik«, hatte er ihr verraten. *»Ich komme einmal die Woche zur Behandlung. Wann immer ich Klopstock in der Praxis gesehen habe, hat der Typ unten im Wagen gewartet.«*

»Darf ich fragen, was Sie von Bono wollen?«, hatte der Psychiater von Feli wissen wollen.

»Also Bono, ja? Ist das sein Vor- oder Nachname?«

»Weder noch, ich nenne ihn nur so. Ehrlich gesagt kenne ich seinen richtigen Namen nicht einmal.«

»Dann kann er wohl kaum Ihr Patient sein«, hatte Feli geschlussfolgert. »Es sei denn …«

Bono!

In ihrem Kopf hatte sich ein Gedanke formiert, den sie laut aussprach: »Er fährt Sie durch die Gegend, und Sie behandeln ihn dafür kostenlos, richtig?«

Kein Geldfluss, keine Akten.

Viele erfolgreiche Ärzte hielten sich Pro-Bono-Fälle, Patienten, die sie unentgeltlich behandelten. Die meisten, um sich ein gutes Gewissen zu verschaffen. Klopstock hatte offenbar einen Deal mit dem hageren Taxifahrer geschlossen, was zu ihm passen würde. In einem Steckbrief zu seiner Person in einer populären Ärztezeitschrift hatte er auf die Frage *Was ist Ihre größte Stärke?* zur Antwort gegeben: *Dort, wo andere Probleme sehen, die Möglichkeit eines Gewinns zu erkennen.*

Den meisten Umsatz erwirtschaftete er nicht mit der Behandlung von lebenden Menschen, sondern mit seinem Labor. Er analysierte Blut, Haare und andere DNA-Träger auf Krankheitserreger, aber auch Drogen und Alkoholmissbrauch. Klopstock besaß sogar das Patent auf mehrere umstrittene Heimtests für HIV, Hepatitis und sogar zur Vaterschaftsüberprüfung.

»Hatten Sie mit besagtem Bono ein Gegengeschäft?«

»Auch das lasse ich mal unkommentiert, liebe Kollegin. Aber wie steht es denn jetzt um Sie? Was begründet Ihr Interesse an diesem Herrn?«

»Es geht um Mats Krüger.«

Klopstock nickte anerkennend. »Brillanter Kopf. Lange nichts mehr von ihm gehört. Lebt und arbeitet er jetzt nicht in Brasilien?«

»Argentinien. Im Moment befindet er sich in einem Flugzeug auf dem Weg von Buenos Aires nach Berlin.«

Und damit war es passiert. Der Umschwung. Der Wendepunkt des Gesprächs, an dem Klopstock seine Selbstsicherheit verlor.

»Seine Tochter ist in großer Gefahr«, sagte Feli, und Klopstock blinzelte zweimal kurz hintereinander.

»Was ist passiert?«

»Das wiederum darf *ich* nicht sagen. Aber ich denke, dass dieser Mann hier etwas damit zu tun hat.«

Feli tippte auf den Ausdruck, den Klopstock wieder von sich geschoben hatte. Der Psychiater stand auf und trat ans Fenster. Er spielte nervös mit der Kordel für die Jalousien. Das Gesicht so weiß wie die getünchte Stuckdecke. Ein tiefer Schatten lag plötzlich unter seinen Augen.

»Wo finde ich Bono?«, wollte Feli von ihm wissen.

»Ich weiß es nicht.«

»Aber Sie wissen etwas anderes, hab ich recht?«

Er drehte sich zu ihr. Sein Mund öffnete sich. Er nickte kaum merklich, eine weitere Mikroexpression, doch Feli hatte es gesehen.

»Was ist es? Herr Klopstock, bitte. Ich neige nicht zu Dramatisierungen, aber wenn ich Mats richtig verstanden habe, könnte es um Leben und Tod gehen.«

Feli hörte ihren Magen knurren, obwohl sie nicht im Geringsten Hunger verspürte. Sie war unter Garantie nicht minder nervös als der Psychiater.

Klopstock trat an seinen Schreibtisch zurück und beugte sich über die Telefonanlage, und kurz hoffte Feli, er würde sich eine doch vorhandene Akte mit Patientendaten von seiner Mitarbeiterin am Empfang kommen lassen. Stattdessen sagte er: »Frau List? Könnten Sie bitte den nächsten Termin reinschicken, Frau Dr. Heilmann muss jetzt leider gehen.«

33

Moment mal …« Feli stand auf und wollte protestieren.
Klopstock aber hielt weiterhin den Knopf für die Wechselsprechanlage gedrückt und fragte mit falscher Freundlichkeit: »Darf ich Ihnen ein Taxi rufen lassen, Frau Heilmann?«

Feli verschluckte sich beinahe an ihren Worten und musste vor Ärger husten. »Wissen Sie was? Ich konnte Sie schon nicht leiden, bevor ich Sie kennengelernt habe. Danke, dass Sie mir jetzt einen handfesten Grund geliefert haben.«

Mit festem Schritt verließ sie das Zimmer und war versucht, die Tür hinter sich zuzuknallen, aber das verhinderte ein automatischer Mechanismus, der dafür sorgte, dass die Tür gedämpft ins Schloss fiel.

Und jetzt?

Feli atmete tief durch, nickte der Empfangsdame freundlich zum Abschied zu, die ja nichts für das unmögliche Benehmen ihres Chefs konnte, und stapfte zurück zum Fahrstuhl, ohne zu wissen, was sie jetzt tun sollte.

Falsch.

Im Grunde wusste sie ganz genau, was sie jetzt erledigen müsste, aber genau davor hatte sie Angst. Wie würde Mats reagieren, wenn sie ihm die Nachricht überbrachte, dass es vermutlich einen Zusammenhang zwischen Klopstock und einem Taxifahrer mit dem Spitznamen Bono gab, sie jedoch keine Möglichkeit sah, wie ihm das bei der Befreiung von Nele weiterhelfen sollte?

Ihr Telefon klingelte, während sie auf den Knopf drückte, um den Fahrstuhl zu holen.

Janek!

Sie wollte ihn wegdrücken, vertat sich aber und hatte ihn in der Leitung.

»Wo um Himmels willen steckst du denn die ganze Zeit, Liebling?«

Der Kosename am Ende des Satzes vermochte seiner Frage nicht die Anspannung zu nehmen. Ihr Verlobter war hörbar irritiert, was Feli gut nachvollziehen konnte. Wahrscheinlich hatte er lange und vergeblich nach einer rationalen Erklärung gesucht, weshalb er seine Fast-Ehefrau wenige Stunden vor der Zeremonie weder auf dem Handy noch auf dem Festnetz hatte erreichen können. Zu Hause, wo sie sich frisch machen, die Haare glätten, eindrehen oder föhnen sollte; vielleicht mit einem Glas Sekt in der Hand, als Ausdruck der Vorfreude, die sie mit jedem Atemzug immer mehr erfüllte.

Stattdessen hatte sie seine SMS und Anrufe ins Leere laufen lassen und war jetzt im denkbar ungünstigsten Zeitpunkt an ihr Telefon gegangen.

Aufgewühlt, verwirrt und planlos.

»Ich bin bei einem Kollegen am Ku'damm«, sagte sie wahrheitsgemäß und drückte noch einmal auf den Fahrstuhlknopf, weil sie keinerlei Anzeichen dafür registrierte, dass sich der Lift irgendwo in Bewegung setzte.

»*Wo* bist du?«, fragte Janek so entgeistert, als hätte Feli ihm gestanden, spontan nach Australien ausgewandert zu sein. »*Arbeitest* du etwa noch?«

»Nein«, sagte sie und zwang sich, nicht ungerecht zu werden. Es wäre ein Leichtes für sie, den Gegenangriff zu starten, indem sie ihn fragte, ob derartige Privilegien nur für den Mann in der Ehe gälten. Immerhin war *er* heute noch ins Büro gefahren und nicht sie. Aber mit dieser Retourkutsche würde sie nur ihre Wut auf ihn projizieren, die doch eigentlich ihr selbst und der Situation galt. Aus einer impulsiven Welle der Hilfsbereitschaft heraus hatte sie sich vor den Karren eines Menschen spannen lassen, mit dessen Angelegenheiten sie nichts

185

mehr zu tun haben wollte. Nach dem Tod seiner Frau hatte Mats sie schon einmal benutzt. Obwohl er wusste, dass sie ihn liebte und weitaus mehr von ihm wollte als nur eine Nacht, hatte er sie als Trostpflaster missbraucht. Und kaum dass Nele es herausgefunden und mit ihrem Vater gebrochen hatte, ließ er sie wieder fallen. Ein stärkerer Mann wäre nicht nur in den Minuten des Todes bei seiner Ehefrau geblieben. Er hätte der Zukunft eine Chance gegeben und versucht, sich ein neues Leben zu schaffen, in dem auch Feli vielleicht eine Chance gehabt hätte. Aber Mats war geflohen und hatte sie zurückgelassen.

»Mats Krügers Tochter ist etwas Schlimmes zugestoßen«, antwortete Feli ihrem Verlobten, nachdem sie entschieden hatte, dass sie diesen wichtigen Tag heute nicht mit einer Lüge belasten wollte. »Wir treffen uns gleich zu Hause, okay? Dann erklär ich dir alles.«

Soweit ich es kann.

»Hm«, knurrte Janek durch die Leitung, und Feli fragte sich, ob er ihr nach dem Namen *Mats Krüger* überhaupt noch zugehört hatte.

»Eine halbe Stunde, dann bin ich zurück«, versprach sie und legte mit einem »Ich liebe dich« auf, als Janek nichts mehr sagte.

Na, das ist ja die beste Einstimmung auf die große Feier, dachte sie und sah auf die Uhr. Es war genau 200 Minuten vor Standesamt.

Puh.

Jetzt ärgerte sie sich darüber, Livio vorhin weggeschickt zu haben, nachdem er sie mit seinem zerbeulten Renault hier am Ku'damm Ecke Meineckestraße abgesetzt hatte. Nun musste sie sehen, wie sie es ohne Auto rechtzeitig nach Hause schaffte. Vermutlich ging es mit der S-Bahn schneller als mit dem Taxi.

Ping!

Der Fahrstuhl öffnete sich, aber Feli stieg nicht ein. Mit der Sekunde des Signaltons erkannte sie, welchen Fehler sie gemacht hatte.

Eben gerade, in Klopstocks Büro.

Sie drehte sich wieder um und lief zurück zum Empfang.

»Ich hab es mir überlegt«, sagte sie zu der Schönheit hinter dem Tresen.

Klopstock!

Er hatte ihr die Hand gereicht, aber sie hatte sie ausgeschlagen. Brüskiert, wütend ob der vermeintlichen Zurückweisung.

»Wissen Sie, ich heirate heute und muss noch von Pontius zu Pilatus.«

Die in Wahrheit gar keine Zurückweisung gewesen war, sondern ein Angebot: »*Darf ich Ihnen ein Taxi rufen lassen?*«

»Und der Herr Professor meinte, er könnte mir einen zuverlässigen Chauffeur empfehlen.«

»Zuverlässig?«

Klopstocks Empfangsdame rümpfte die Nase. »Er sollte ihn heute früh von zu Hause abholen, aber dort ist er nicht aufgetaucht.«

»Ist das wahr?« Feli spürte, wie ihr vor Aufregung das Blut in die Wangen schoss. Das sprach dafür, dass sie richtiglag. Fraglich war nur, weshalb Klopstock sich eben so verklausuliert ausgedrückt hatte. Und welche ihrer Ausführungen ihn so spürbar nervös gemacht, eventuell sogar in Angst versetzt hatte.

»Können Sie es dennoch einmal bei dem Fahrer versuchen?«, bat Feli.

Die Empfangsdame angelte kommentarlos eine abgegriffene Visitenkarte aus einer Zettelbox und klemmte sich den Telefonhörer hinters Ohr.

»Schauen wir mal. Vielleicht ist Franz ja jetzt für uns zu erreichen.«

34.

Das Telefon in seiner Hose vibrierte, aber dafür hatte er jetzt keine Zeit. Schlimmstenfalls war es sogar sein Kontakt, der sich nach dem Stand der Dinge erkundigte, und was sollte er dem sagen?

»Tut mir leid, das war hier alles plötzlich ein wenig hektisch. Ich wollte nur einen vor Geilheit sabbernden Wachmann abwimmeln, da ist mir doch glatt die Schwangere während der Presswehen abgehauen.«

»Scheiße!«

Franz' Schrei gellte durch die viel zu leere Stallanlage.

Wieso nur hatte er ihre Fesseln gelöst? Viele Kühe mussten selbst heute noch ihr ganzes Leben in Anbindehaltung verbringen. Aber er war mal wieder weich geworden. Hatte ihr eine leichtere Entbindung ermöglichen wollen.

Und jetzt hatte er den Salat. Was sollte er als Erstes tun? Rauslaufen und die Umgebung absuchen? Sicher gab es hier irgendwo Löcher in den Stallwänden, vielleicht hatte sie sich durch eins davon ins Freie gezwängt.

Vielleicht aber hockte sie nur eine Box weiter? Unter Stroh und biss sich die Hand blutig, um sich nicht durch Schreie zu verraten?

Franz hatte mal gelesen, dass die Kirche der Scientologen den Frauen verbot, bei der Geburt auch nur einen Mucks von sich zu geben. Eine stille Entbindung war also möglich, und wenn Nele Todesangst hatte, schaffte sie in diesem Moment vielleicht das Unvorstellbare. Der menschliche Körper war ein Mysterium und zu sehr viel mehr in der Lage, als sich die meisten auch nur im Ansatz vorstellen konnten.

So ein Mist.

»Nele?«

Franz wollte nicht länger ihren Namen rufen, sondern lieber wieder weinen, so wie vorhin, als ihm die Tragweite seiner Unternehmung auf einmal bewusst geworden war. Und lange würde er seine Tränen nicht mehr unterdrücken können. Er hatte ohnehin nah am Wasser gebaut, das alles hier nahm ihn zu sehr mit. Franz hatte sich viel zu viel zugemutet, auch wenn es unvermeidbar war und sich kein anderer für diese wichtige Aufgabe fand. Doch wahrscheinlich war er einfach der falsche Mann dafür.

Ja, verdammt, er war ganz sicher der falsche Mann.

Nur ihm konnte das Kunststück gelingen, eine nackte, körperlich komplett eingeschränkte Geisel zu verlieren, die sich spurlos in Luft aufgelöst zu haben schien.

Wobei, so ganz stimmte das nicht. Es gab schon einige Spuren, nur war er kein Fährtenleser und sich auch nicht sicher, ob er die Abdrücke im Staub nicht selbst hinterlassen hatte.

Immerhin war er schon vor dem heutigen Tag mehrfach in der alten Industrieruine gewesen. Erst bei der Auskundschaftung des Ortes, dann bei der Einrichtung von Neles Geburtslager.

Und dieser Abdruck hier …

Franz kniete sich auf den staubigen Betonboden, und der alte, seit Jahren hier immer noch schwelende Heu- und Dunggeruch kitzelte ihn in der Nase.

Ja, das waren die Abdrücke nackter Zehen. Und ein Ballen. Er sah es ganz deutlich.

Und dort, zwanzig Zentimeter weiter, der nächste Fuß. Außerdem entdeckte er eine dünne, feuchte Spur. Blut oder Urin?

Vielleicht bin ich ja doch ein verkappter Pfadfinder?, dachte Franz.

Immerhin kannte er jetzt die grobe Richtung, in die Nele verschwunden sein musste.

Er stand wieder auf und versuchte sich zu erinnern, ob es am anderen Ende der Halle einen weiteren Ausgang gab. Doch wenn er die Skizze, die er in der Vorbereitung angefertigt hatte, noch recht vor Augen hatte, war da nichts.

Nichts außer einem Abstieg, der direkt in die alten Kadaverkeller führte. Dort, wo damals die elendig verreckten Tiere zwischengelagert worden waren.

Und genau dort, beschloss Franz, würde er jetzt als Erstes nachsehen.

35.

Dreiundneunzig Euro und vierundzwanzig Cent.

Nicht übel, aber Livio hatte schon einmal eine bessere Ausbeute gehabt.

Mit Felis Kreditkarten konnte er wenig anfangen. Für den Ausweis bekam er vielleicht einen Schein am Lageso, wo es immer wieder Schlepper gab, die Flüchtlingen neue Identitäten verschaffen wollten.

Allerdings sah Felicitas Heilmann auf ihrem biometrischen Passbild schon sehr deutsch aus, das würde schwer werden.

Livio kontrollierte noch einmal alle Fächer des Portemonnaies, das er ihr im Auto abgenommen hatte. Als sie aussteigen wollte und es ein Leichtes gewesen war, es ihr aus der Jackentasche zu ziehen. Viel leichter, als ihr das Handy zu klauen, wofür er vorhin seine ganze Ablenkungskraft und alles Geschick hatte aufbringen müssen. Es war schon lange her, dass er sich mit Taschendiebstahl die Zeit vertrieben hatte, und dafür, fand er, war er noch ganz passabel in Form.

Livio strich die Scheine glatt und schob sie sich in seine Hosentasche.

Knapp hundert Euro waren kein schlechter Nebenverdienst, wenn man bedachte, dass er es darauf gar nicht abgesehen hatte. Und auf jeden Fall besser als das Handy, für das er lange nicht so viel bekommen hätte.

Er schüttelte die Brieftasche und schmiss alle Kredit-, Bonus- und Versicherungskarten auf den Beifahrersitz seines Wagens.

Zuletzt faltete er noch das weiße Stück Papier auseinander, das er für eine Quittung gehalten hatte.

Dabei war es eine Einladung. Für eine standesamtliche Hochzeit.

Er sah auf das Datum.

Verdammt.

Das war ja heute!

»Die Alte heiratet nachher«, sagte er zu sich selbst, und sein Blick wanderte in den Rückspiegel, in dem er das Praxisgebäude noch relativ gut im Blick hatte. Er griff sich Felis Personalausweis. Verglich das Foto erst mit dem auf der Einladung, dann mit dem Gesicht im Rückspiegel, doch in dem war sie zu weit weg und deshalb kaum zu erkennen. Felicitas Heilmann trat nämlich genau in diesem Augenblick, ihr Telefon am Ohr, aus der Haustür auf den Bürgersteig und schien sich für einen Moment ratlos umzuschauen. Dann verschwand sie Richtung Gedächtniskirche aus seinem Blickwinkel.

Ohne zu wissen, dass ihr und dem arroganten Typen auf der Einladung in spätestens zweieinhalb Stunden eine böse Überraschung bevorstand.

Livio war sich nicht sicher, aber er bezweifelte stark, dass man in Deutschland ohne Ausweis heiraten durfte.

36.

Das war's für mich«, hörte Mats Feli sagen. Sie atmete angestrengt, den Verkehrsgeräuschen im Hintergrund nach lief sie gerade über eine Kreuzung. »Ich beende das jetzt.«

Damit war sie nach Kaja die zweite Frau, die innerhalb weniger Minuten die Kommunikation mit ihm abbrechen wollte. Die letzte Rettungsleine, die zu reißen drohte.

Wobei Kaja vorhin kein Wort mehr zu ihm gesagt hatte. Seine ehemalige Patientin war wortlos aufgestanden und hatte in den Tunnelmodus geschaltet. Kein Augenkontakt, eingefrorene Mimik, roboterhafte Bewegungen beim Verlassen der Sky-Suite. Ein typisches Symptom schwerster seelischer Verletzungen und absolut nachvollziehbar, hatte Mats ihr mit dem Video doch eine psychische Handgranate zugeworfen. Wenn er schon irritiert war, wie mussten die Bilder dann erst auf Kaja gewirkt haben?

Der Kuss, die innige Umarmung des Attentäters, diese intime Verbindung – welchen Grund hatte sie gehabt, zu ihrem Peiniger zurückzugehen? Hatte Kaja so früh schon unter einer Wahrnehmungsverzerrung gelitten?

Unwahrscheinlich.

Die Zwangslage, in der sie sich befunden hatte, war eigentlich zu kurz gewesen, um diese emotionale Täter-Opfer-Beziehung zu begründen, die unter dem Namen Stockholmsyndrom bekannt war. Vermutlich würde Mats die Antwort nie erfahren, denn selbst wenn er diese Nacht überlebte, würde er wegen seiner Manipulationsversuche die Approbation verlieren und dürfte nie wieder als Therapeut arbeiten. Schon gar nicht mit Kaja Claussen.

»Ich leg jetzt auf«, hörte er Feli sagen.

»Nein, bitte, tu das nicht!« Mats öffnete den Wasserhahn im Badezimmer, das er aufgesucht hatte, weil er jeden Moment damit rechnete, sich zu übergeben. Das Licht zweier im Spiegel verschraubter Lampen wurde durch seidene Lampenschirme matt gefiltert, wodurch er weniger erschlagen aussah, als er sich fühlte.

»Bitte, Mats!«, stöhnte Feli. »Ich habe für dich die Nummer und sogar die Adresse des Mannes organisiert, der sehr wahrscheinlich etwas mit dem Verschwinden deiner Tochter zu tun hat. Die Arzthelferin, die mir die Visitenkarte von Klopstocks Fahrer gegeben hat, sagte, Franz Uhlandt wäre heute nicht zum Dienst gekommen. Was willst du denn noch? Ruf die Polizei und lass die Profis sich darum kümmern.«

»Das kann ich nicht. Nicht, solange ich mir nicht hundertprozentig sicher bin, wo Nele ist.«

»Weshalb?«

Mats hielt die linke Hand unter den Wasserstrahl und kühlte sich die Pulsadern. Dann riss er ein Bündel Kosmetiktücher aus einem Edelstahlspender neben dem Spiegel, wischte sich den Schweiß von der Stirn und schleppte sich zurück ins Wohnzimmer.

»Du erinnerst dich an Kaja Claussen? Die Schülerin, deren Selbstmordattentat du verhindert hast?«

»*Du* hast das geschafft, ich hab sie nur an dich vermittelt, Mats. Was ist mit ihr?«

»Sie ist Stewardess an Bord der Maschine, in der ich gerade bin.«

»Quatsch.«

»Doch. Und ja, das ist kein Zufall. Der oder die Täter – ich gehe davon aus, dass es mehrere sind – haben das Faber-Video ins Bordprogramm eingespeist.«

»Das Faber-Video?«, fragte Feli verwirrt.

»Die Aufzeichnung, auf der zu sehen ist, wie Kaja von dem

194

Amokläufer vergewaltigt wurde. Die Veröffentlichung des Videos war der Auslöser dafür, dass sie ihren eigenen Amoklauf plante.«

»Okay, ja. Ich erinnere mich, wusste nur nicht, dass das Band diesen Namen hat.«

Mats griff sich die Fernbedienung und öffnete Kanal 13/10. Er musste nur dreimal eine Pfeiltaste drücken, und schon war er wieder zu der letzten Minute gesprungen. Wenige Sekunden vor dem unerklärlichen Kuss.

»Ein Dreivierteljahr war Kaja die Heldin der Schule, die sich opferte, damit andere überleben konnten. Bis ihr verschmähter Ex-Freund, Johannes Faber, das Band unter seinen Freunden streute. Kaja besorgte sich eine Waffe und kam mit dem Ziel in die Schule, ihn zu töten. Und alle anderen, die es gesehen und sie verspottet hatten.«

»Ja, ja, ich weiß das alles«, sagte Feli ungeduldig. »Aber ich verstehe nicht, was das mit Nele zu tun hat.«

»Ich soll Kaja mit dem Faber-Video konfrontieren«, gestand Mats und verschwieg, dass er das schon längst getan hatte.

»Wozu?«

»Ich soll sie triggern. Kajas autoaggressive Gedanken reaktivieren. Sie dazu bringen, sich selbst und alle anderen an Bord zu töten.«

Feli keuchte. »Das ist ein Scherz!«

»Nein.«

»Das ist nicht wahr, das ist …«

»Doch«, fiel er ihr ins Wort. »Das sind die Bedingungen des Erpressers. Nele stirbt, wenn ich das Flugzeug nicht zum Absturz bringe. Verstehst du, weshalb du meine letzte Chance bist? Der Name des Täters reicht mir nicht. Ich muss wissen, wohin Nele verschleppt wurde!«

Mats hatte das zigfach durchdacht:

Würde die Polizei schon vorher tätig werden, wäre er als Erpressungsopfer entlarvt, das ein Verkehrsflugzeug in Gefahr brachte. Von diesem Moment an dürfte die Besatzung kein Risiko mehr eingehen. Er würde sofort isoliert und an Bord womöglich sogar in Sicherungsverwahrung genommen werden. Dass der Erpresser davon Wind bekam und Nele tötete, bevor die Beamten sie fanden, war zum jetzigen Zeitpunkt ein viel zu großes Risiko.

Mats fror das Video ein, exakt in dem Moment, als die Kamera über die Bodenfliese der Dusche wischte, wo sich Johannes Faber versteckt gehalten hatte.

»Feli?«, fragte er, weil er nichts mehr von ihr hörte. Nur die Hintergrundgeräusche signalisierten ihm, dass die Leitung noch stand.

»Du bist ein Arschloch«, krächzte sie endlich.

»Ja«, stimmte er ihr zu.

»Weißt du, was du mir antust?«

»Dir?« Er hatte gedacht, sie spreche von Kaja, aber natürlich war es auch eine Zumutung, was er von ihr verlangte.

»Ich weiß, es ist dein Hochzeitstag. Aber Feli, bitte …«

»Scheiß auf den Hochzeitstag!«, schrie sie in den Hörer. »Menschenleben stehen auf dem Spiel. Hunderte, mein Gott. Und du hast mich zur Mitwisserin gemacht. Ich kann jetzt nicht einfach so tun, als wüsste ich von nichts. Jetzt *muss* ich die Polizei einschalten.«

Mats stöhnte auf und war versucht, seine Faust samt Fernbedienung in den Plasmabildschirm zu rammen.

»Nein, um Himmels willen, tu das nicht. Du tötest Nele.«

»Oh, Mats. Für dich ist deine Tochter natürlich mehr wert als alles andere auf der Welt, das verstehe ich. Aber für mich? Was, wenn ich Nele *nicht* finde? Ich kann dir doch nicht dabei helfen, ein einziges Leben zu retten, damit du am Ende dann doch eine ganze Maschine voll Menschen opferst, sollten wir sie nicht finden.«

Mats wurde schwindelig. Das Gespräch drohte ihm zu entgleiten.

»Aber das tust du doch gar nicht, Feli. Hör mir zu. Ich schwöre dir, ich halte mich von Kaja fern. Ich beuge mich nicht den Forderungen des Erpressers. Niemand hier im Flugzeug kommt zu Schaden.«

»Das soll ich dir glauben?«

»Ja«, log er weiter. »Vertrau mir. Ich bin kein Massenmörder.«

Doch. Und ein arglistiger, heimtückischer Lügner noch dazu.

Feli zögerte. Das Verkehrsrauschen im Hintergrund war nicht mehr da. Vielleicht saß sie in einem Taxi oder war in einen Hauseingang getreten. Mein Gott, was gäbe er jetzt dafür, direkt vor ihr zu stehen, ihre Hand zu halten und ihr persönlich klarzumachen, was alles auf dem Spiel stand.

»Ich weiß nicht«, sagte sie. »Wenn du lügst und ich jetzt keinen verständige, muss ich später mit der Schuld weiterleben, Hunderte Seelen auf meinem Gewissen zu haben.«

»Ich lüge nicht, Feli. Schau mal, wir sind noch über sechs Stunden in der Luft. Wenn du jetzt die Behörden informierst, ist die Besatzung gewarnt, und die Täter erfahren, dass ihr Plan aufgeflogen ist. Dann töten sie Nele sofort. Sie und das Baby.«

»Wir müssten denen doch gar nichts von dir und dem Flugzeug erzählen. Nur, dass eine Schwangere vermisst wird. Und ich gebe ihnen den Tipp mit Uhlandt.«

»Ja, daran habe ich auch schon gedacht. Aber kannst du mir garantieren, dass der Erpresser nichts von den Ermittlungen erfährt?«

»Vielleicht weiß er schon von mir?«, wandte Feli ein.

»Ja, vielleicht. Aber du bist keine offizielle Bedrohung. Was immer der oder die Irren von mir wollen, es muss um etwas ganz, ganz Großes gehen. Etwas, was nicht an die Öffentlichkeit dringen darf. Und das wird es, sobald ich die Polizei einschalte. Ich habe Angst, dass es dafür noch zu früh ist. Bitte, Feli, ich flehe dich an. Verschaff mir noch etwas Zeit. Finde heraus, wohin dieser Franz Uhlandt meine Tochter gebracht hat, und dann, ich schwöre es, informieren wir die Polizei, und der Spuk hat ein Ende, okay?«

Feli blieb eine Weile stumm, und in der Pause hörte es sich an, als spiegelte die Telefonverbindung die monotonen Flugzeuggeräusche. Mats fühlte sich wie in einem Windkanal. Um ihn herum rauschte alles. Endlich sagte Feli: »Wie ich schon sagte: Du bist ein Arschloch, Mats.«

Dann legte sie auf, ohne ihm zu verraten, ob sie auf ihn hören oder die 110 wählen würde.

Mats ließ das Telefon fallen und schlug sich die Hände vors Gesicht.

Oh Gott, was mache ich nur? Was kann ich tun?

Er wischte sich die Tränen aus den Augen, dann suchte er nach der Fernbedienung, um dieses elende Standbild vom Bildschirm zu verbannen. Dabei sah er es aus den Augenwinkeln heraus.

Wegen seines Kopfschmerzes, der weiterhin hinter seinen Augen brodelte, der Übelkeit und der bleiernen Erschöpfung, die ihn lähmte, dauerte es eine Weile, bis ihm bewusst wurde, was sich ihm da überhaupt präsentierte.

Auf dem Monitor.

In dem Standbild.

Am unteren Rand, in der Dusche der Mädchenumkleide.

Auf der verwaschenen Fliese.

Dieses winzige, kaum zu erkennende Detail. Nur eingefangen, weil Mats das Video zufällig exakt in dieser Sekunde gestoppt hatte.

Ist es das, was ich denke?, fragte er sich und wünschte, er könnte das Bild größer zoomen oder wenigstens ausdrucken.

Mats trat noch näher an den Monitor und machte einen folgenschweren Fehler. In der Hoffnung, das eingefangene Detail etwas besser sichtbar zu machen, indem er das Videofile direkt mit der Touchscreen-Funktion am Bildschirm ein wenig vor- oder zurückspulte, verlor er die Szene.

Das Abspielprogramm der Airline war viel zu grobmotorisch und machte immer Fünf-Sekunden-Sprünge. Was er hingegen benötigte, war eine verfluchte Zeitlupenfunktion!

Verdammter Mist.

Sosehr er sich auch anstrengte. Das Video wollte partout nicht mehr an jener Stelle stoppen, die er sehen musste, um seinen Verdacht bestätigt zu bekommen. Und dennoch war er sich sicher, dass er sich nicht getäuscht hatte.

Er hatte es gesehen, auch wenn es nicht einmal zwei Zentimeter groß gewesen war. Dieses »Etwas«, das Kajas Trauma erneut in ein ganz anderes Licht rückte.

Und auch wenn Mats in diesem Moment nicht hätte begründen können, weshalb er sich so sicher war, vertraute er seinem Bauchgefühl, dass die Entführer seiner Tochter einen verdammt großen Fehler gemacht hatten.

37.

A ls ob man eine Bowlingkugel kackt.«

Dieser bescheuerte Vergleich konnte nur von einem Mann stammen. Viel zu harmlos.

Für Nele fühlte es sich eher an, als versuchte sie, eine mit Nägeln gespickte Autobatterie durch ihre Vagina zu pressen.

Und trotzdem schrie sie nicht. Jedenfalls nicht so laut, wie sie es gewollt hätte. Mindestens mit der Stärke eines startenden Flugzeugs.

Doch ihr hechelndes Wimmern allein genügte, um den Kellergang, in dem sie lag, in eine dröhnende Kathedrale zu verwandeln. Der Widerhall ihrer Qualen wehte dumpf durch den Gang, verschluckt von dem Zwielicht, das sie umgab. Sie hatte es nur wenige Meter weit geschafft, immerhin eine Lattenrosttreppe hinab, die vom Ende der Stallbaracke aus in die Dunkelheit führte. Dann war sie buchstäblich zusammengebrochen. Eine Wehe hatte sie gepackt, ihr die Beine weg- und sie selbst zu Boden gerissen.

Als die Wehe vorüber war, hatte sie einen Moment lang Angst, erblindet zu sein. Doch dann kamen die Schatten zurück. Von der Metalltonne mitten im Gang und den Holztüren, die, schief in den Angeln hängend, wie Scheuklappen in den Flur ragten.

Kerker, dachte sie. *Ich bin in einen verfallenen Kerker geflüchtet.*

Hier unten sah sie kaum etwas außer Silhouetten. Dafür roch und hörte sie umso besser.

Sie roch den Kot, den Urin, ihren Schweiß und die Ausdünstungen der Angst. Hörte, wie der Mörtel in der Wand bröckelte, als sie versuchte, sich an einer vorstehenden Kupferstange (vielleicht einem ehemaligen Wasserrohr?) nach oben zu ziehen. Um trotz aller Schmerzen weiterzulaufen, den dunklen, anscheinend gefliesten Flur hinunter, hinein in die nach Schlamm und Schimmel stinkende Dunkelheit. Fort von den Schritten hinter ihr. Auf der Treppe.

Schritte, die sich ihr näherten, gemeinsam mit der Stimme, die ihre Verzweiflung in nackte Panik umschlagen ließ.

»Nele?«, hörte sie ihren Entführer rufen. Der Wahnsinnige, der vermutlich wirklich Franz hieß; der ihr seinen echten Namen verraten hatte. Weil er nicht im Traum daran dachte, sie jemals wieder in die Freiheit zu entlassen.

»Nele, kommen Sie zurück. Bitte. Ich kann Ihnen alles erklären.«

Eine neue Wehe bahnte sich an. Die dritte im Abstand von nur wenigen Minuten.

Bitte, lieber Gott, lass sie nicht wieder eine Stunde dauern, betete Nele, die sich natürlich darüber klar war, dass ihr Zeitempfinden so hoffnungslos schlecht war wie die Lage, in der sie sich befand.

Allein, nackt, ausgeliefert.

»Das ist mein Fehler. Ich bin Ihnen nicht böse, dass Sie weggelaufen sind. Ich hätte es Ihnen besser erklären sollen.«

Die Stimme hatte einen traurigen Beiklang, ganz anders als in den Filmen, in denen die Serienkiller sich entweder sehr gewählt ausdrückten oder einen Singsang des Wahnsinns pflegten. Franz hingegen klang so … *ehrlich*. Als täte es ihm wirklich leid, was er hier machte. Dass er dennoch verrückt war, stand außer Frage.

Allein seine nächste Frage bezeugte es: »Wissen Sie, was den Menschen von anderen Säugetieren grundlegend unterscheidet?«

Dass sie grundlos töten?, wollte Nele ihm entgegenschreien, aber sie war viel zu sehr damit beschäftigt, in den Bauch zu atmen.

Sie hatte herausgefunden, dass sie sich damit etwas besser auf die Wucht des Körperbebens einstellen konnte, das jede Sekunde erneut in ihr ausbrechen sollte.

»Wir sind das einzige Säugetier auf der Welt, das auch im Erwachsenenalter noch Milch trinkt«, hörte sie Franz sich selbst seine Frage beantworten. Noch immer schien seine Stimme vom Fuß des Kellerabgangs zu kommen. Die letzten Sekunden hatte er sich nicht mehr bewegt.

»Und niemand, wirklich niemand macht sich eine Vorstellung, was das bedeutet. Was für Folgen unser falscher Milchkonsum hat!«

Nele schaffte derweil das Unmögliche und zog sich an der Kupferstange hoch. Zentimeter um Zentimeter, bis sie wieder auf den Füßen stand, wenn auch in Kniebeuge.

Sie spürte etwas Feuchtes an ihren nackten Schenkeln herablaufen und beugte sich nach vorne.

In den Vierfüßlerstand, ihre empfindlichste Stelle dem Entführer entgegengestreckt, doch sie hoffte, dass er sie ebenso wenig sehen konnte wie sie ihn.

»Ich rede hier nicht von Durchfall wegen Laktoseintoleranz. Oder Prostatakrebs, obwohl Milch dafür genauso ursächlich ist wie für Osteoporose und Diabetes.«

Nele erschauerte, als ihr der Gedanke kam, dass Franz vielleicht ein Nachtsichtgerät trug. Oder seine Stimme vom Band kam und er sich schon längst angeschlichen hatte.

Es nur noch eine Sekunde dauerte, bis sie seine Finger spürte. Seinen Atem im Nacken.

»Ich rede von sehr, sehr viel größerem, unerträglichem Leid!«

Nele strauchelte, musste nach vorne kippen. Und sich zur Seite rollen, unwillentlich, aber unvermeidbar. Sie hatte einfach keine Kraft.

»Bitte, Nele. Kommen Sie zurück. Lassen Sie es mich Ihnen erklären. Sie sind eine kluge Frau, Sie werden es verstehen.«

Sie stützte sich erneut auf dem Boden ab, der seine Struktur verändert hatte. Hatte sie bis eben noch kalte, brüchige Fliesen und groben Beton gespürt, zog sie sich jetzt einen Splitter ein, als ihre Hand über Holz fuhr.

Holz? Im Boden?

Sie tastete weiter über den Grund, bis sie den Spalt fühlte. Zeichnete die Furchen mit den Fingern nach.

Hoffnung flutete sie mit derselben Wucht, wie die Wehe in ihr Anlauf nahm.

»Sie werden einsehen, dass das hier notwendig ist. Dass wir alle ein Opfer bringen müssen, um die Dinge zu verändern. Nele, hören Sie mich?«

Ja, ja, ich höre es, du kranker Irrer!

Nele hörte ihn und die Schritte, die nun doch näher kamen. Aber vor allen Dingen hörte sie das Klirren. Metall auf Metall. Sie krallte die Finger um den Kettenring, der in das Holz eingelassen war. Zog an ihm mit aller Kraft.

»Nele? Was machen Sie da?«

Selbst wenn sie gewollt hätte, hätte sie Franz keine Antwort geben können. Nele hatte keine Ahnung, was sie da öffnete. Wusste nicht, wieso es hier in dem Keller unter der alten Tierhalle eine hölzerne Bodenklappe gab und ob sich mit ihr ein Fluchtweg in die Freiheit öffnete oder der Abstieg ins Verderben.

»Lassen Sie uns doch vernünftig sein«, hörte sie Franz rufen, während es ihr tatsächlich gelang, die Holzplatte zu verschieben.

Sie fasste mit den Händen in das dunkle Nichts, an dessen Rand sie plötzlich kauerte. Hatte keine Ahnung, wie tief es unter ihr hinabging. Ob der Aas- und Fäulnisgestank, der wie der Atem eines sterbenden Tieres aus dem Loch hervorkroch, mehrere Meter oder nur eine Elle zurückgelegt hatte.

»Hier gibt es keinen Ausweg, ich habe alles überprüft. Ich habe wirklich keine Lust, Gewalt anzuwenden. Jedenfalls nicht mehr, als nötig ist, um der Welt die Augen zu öffnen.«

Und ich habe keine Lust zu sterben, dachte Nele und rollte, entgegen jeder Vernunft, aber mangels einer Alternative in das Loch hinein. Und im Fallen schrie sie so laut, dass ihre Stimme brach, doch nicht einmal annäherungsweise so schrill, wie es der Wehenschmerz verdient hätte, der sie mitten im freien Fall erfasst hatte.

38.

Mats reagierte auf den sanften Gong der Türklingel und fühlte, wie ihm ein kalter Finger vom Steißbein über die Wirbelsäule zum Nacken hinaufkroch, als ihm bewusst wurde, wem er gerade die Tür der Sky-Suite geöffnet hatte.

»Augusto Pereya«, stellte sich der vielleicht vierzig Jahre alte Pilot vor und lüftete seine schwarze Mütze. Der Mann hatte eine olivfarbene Gesichtshaut und dunkles Haar, das am Hinterkopf etwas ausdünnte. Seine Nase war schief und unförmig, sie erinnerte Mats an eine schlecht ausgedrückte Zahnpastatube. Zu einem weißen Hemd mit dunklem Schlips trug er ein anthrazitfarbenes Jackett mit vier goldenen Streifen am Ärmelaufschlag. »Ich bin der Kapitän hier an Bord.«

»Gibt es Probleme?«, fragte Mats den Argentinier, mit dem er sich auf Spanisch unterhielt.

»Darf ich reinkommen?«

»Ja, ja, natürlich.« Mats gab die Tür frei, und der verhältnismäßig kleine, dafür sehr kräftig wirkende Pilot folgte ihm. Pereya ließ seinen Blick prüfend durch die Sky-Suite gleiten und blieb gerade an dem nicht angerührten Essen auf dem Servierwagen hängen, da klingelte Mats' Handy in seiner Hosentasche.

»Was gibt es denn?«, fragte Mats unbeirrt, doch Pereya sagte: »Gehen Sie ruhig ran, Dr. Krüger. Nutzen Sie das Angebot.«

»Wie bitte?«

»Unsere Werbung.« Der Kapitän entblößte beim Lächeln eine kaffeeverfärbte Zahnleiste. »Diesen Monat sind eingehende Anrufe gratis bei LegendAir. Also, nehmen Sie besser ab. Ein Rückruf kommt Sie umso teurer. Die Halsabschneider verlangen derzeit zehn Dollar die Minute.«

Mats zog das Handy hervor. »Aber Sie werden doch sicher im Cockpit erwartet?«

»Ich habe gerade Pause, der erste Offizier hat übernommen.« Er wedelte wieder mit der Hand Richtung Telefon. »Nun machen Sie ruhig, ich kann warten.«

Mats lächelte ihm hilflos zu und nahm den Anruf des unbekannten Teilnehmers entgegen. »Ja?«

»Wie weit sind Sie?«, fragte die künstliche Johnny-Depp-Stimme. Wieder hörte Mats die Atemgeräusche des eigentlichen Sprechers im Hintergrund. Wieder fand er keinen Anhaltspunkt, mit wem er es zu tun hatte.

»Okay, ja. Danke für Ihren Anruf«, sagte Mats und übertrieb dabei bewusst in seiner gespielten Freude. »Das hört sich alles ganz toll an, aber ich brauche noch etwas Zeit für die Unterlagen.«

»Sie sind nicht allein?«, stellte die Stimme fest.

»Äh, ja, genau.«

»Ist Kaja bei Ihnen?«

Mats lächelte dem Piloten zu und zuckte mit den Achseln, so als wollte er sagen: »*Sorry, ich bin gleich für Sie da.*«

Pereya nickte nur gelassen und machte keine Anstalten, sich zu setzen.

»Nein.«

»Ein anderer Passagier?«, wollte Johnny wissen.

»Nein, *mir* tut es leid.«

»Also jemand von der Crew?«

Mats seufzte. »Hmhm, aber ich muss das erst mit ihm besprechen. Er ist der Boss, wie Sie wissen.«

»Der Kapitän? Der Kapitän ist bei Ihnen?« Die Stimme wurde noch bedrohlicher. »Ein falsches Wort zu ihm und Ihre Tochter ist tot. Verstanden?«

»Ja.«

»Also schön, ich halte es kurz, und Sie müssen jetzt einfach nur gut zuhören.«

Mats blickte erneut zu Pereya, der sich mittlerweile für den Monitor an der Wand zu interessieren schien, obwohl der nur die ihm bekannte Flugroute nebst einigen Daten zur Flughöhe, Windgeschwindigkeit und Außentemperatur anzeigte. Minus 51 Grad Celsius.

In etwa so kalt wie in meiner Seele.

»Sind Sie für weitere Anweisungen bereit?«

»Hm, ja, ja. Das kann ich mir merken«, setzte Mats die verklausulierte Unterhaltung mit dem Erpresser fort.

»Schön, Dr. Krüger. Dann passen Sie jetzt gut auf: Sollte Kaja so weit sein, und ich hoffe für Nele und ihr Baby, dass dem bald so ist, dann braucht Kaja eine Waffe. Es ist ratsam, dass Sie diese Waffe jetzt schon einmal an sich bringen für den Fall, dass es ernst wird und Sie schnell reagieren müssen.«

»Gut. Und wohin darf ich die Unterlagen schicken?«

»Wir haben die Waffe unter Ihrem Sitz platziert.«

Mats' Mund wurde trocken. Er musste sich konzentrieren, dass er nicht laut seufzte. »Oh … äh. Ja, Okay, aber …«

Eine Waffe? Wo? Unter welchem Sitz, verdammt?

Er räusperte sich. »Äh, da gibt es mehrere Büros im Gebäude. Ich brauche eine konkrete Nummer.«

»Ach, stimmt ja. Sie haben ja verschiedene Sitze gebucht, Sie Angsthase. Wir haben uns den schönsten ausgesucht. 7A. In der Businessclass.«

Ausgerechnet!

»Alles klar.«

»Sie finden die Waffe bei den Schwimmwesten.«

Mats schloss die Augen, und ihm wurde übel, als er in den Hörer sagte: »Wunderbar, danke sehr. Ist notiert. Ja, viele Grüße zurück.« Er legte auf.

»Alles okay?«, hörte er den Piloten fragen, dem er während der letzten Sätze den Rücken zugekehrt hatte.

»Ja, ja, alles bestens.« Mats lächelte und deutete auf die Sitzgruppe. »Bitte, wieso nehmen Sie nicht Platz?«

»Danke, ich stehe lieber.«

Mats nickte unsicher. »Worum geht es denn?«

»Ich habe mich vorhin mit Frau Claussen über Sie unterhalten.«

»Ja?«

»Und ich mache mir Sorgen.«

Aha. Daher wehte also der Wind. Der Kapitän musste mitbekommen haben, dass es ihr nicht so gut ging.

»Ich kann darüber nicht reden«, versuchte Mats, sich auf sein Arztgeheimnis zurückzuziehen.

Pereya nickte. »Das verstehe ich. Sehr gut sogar.« Seine Mütze wanderte von einer Hand in die andere. »Dennoch. Gibt es etwas, was ich wissen muss?«

Mats griff sich unbewusst an die Kehle. »Was meinen Sie?«

»Nun, ich will ganz ehrlich zu Ihnen sein. Frau Claussen scheint etwas neben sich zu stehen.«

»Inwiefern?«

»Sie hat in der Galley ein Tablett mit Gläsern fallen lassen.«

»Was habe ich damit zu tun?«

Der Blick des Piloten wurde hart. »Genau das frage ich Sie, Dr. Krüger. Als ich Frau Claussen fragte, ob sie eine Pause braucht, sagte sie, ich zitiere: ›*Mir geht es gut, ich hatte nur sehr intensive Gespräche mit Dr. Krüger.*‹«

»Aha.« Mats tat so, als ließe ihn diese Eröffnung kalt.

»Als Psychiater haben Sie sicher von dem PPT-Gesetzesentwurf gehört?«, wechselte der Kapitän abrupt das Thema.

»Äh, ja?« Mats nickte.

Pre-Psych-Test (PPT) war der Name für ein unseriöses Testverfahren, mit dem man angeblich psychopathologische Verhaltensmuster im Schnellverfahren erkennen konnte. Mats hielt es für Scharlatanerie und Panikmache. Doch nach der Germanwings-Katastrophe, bei der ein wohl psychisch kranker Copilot Hunderte Menschen mit sich in den Tod gerissen hatte, indem er sich im Cockpit einschloss und seine Maschine in den Alpen zum Absturz brachte, wurden immer mal wieder Forderungen nach einer psychopathologischen Früherkennung laut. Neben der verpflichtenden Teilnahme an standardisierten Multiple-Choice-Psychotests standen auch Bluttests im Zentrum der Überlegungen, mit denen die gesamte Crew regelmäßig auf Einnahme von Psychopharmaka untersucht werden sollte.

»Ich halte PPT für absolut untauglich«, sagte Mats. »Ebenso wenig, wie Sie einen Täter an der Haarfarbe erkennen, werden Sie ihm mithilfe eines Fragebogens in den Kopf schauen können. Und nicht jeder, der Antidepressiva nimmt, ist arbeitsunfähig, geschweige denn eine Gefahr. Nicht ohne Grund geht man davon aus, dass das Gesetz im Europaparlament keine Mehrheit finden wird.«

Pereya nickte. »Und dennoch denken wir bei LegendAir über freiwillige Tests nach, die weit über das bislang gesetzlich vorgeschriebene Mindestmaß hinausgehen.«

Mats versuchte, dem intensiven Blick des Piloten standzuhalten. »Das ist interessant, aber Sie haben sich doch sicher nicht die Mühe gemacht, zu mir zu kommen, um mir das zu sagen?«

Der Kapitän trat einen Schritt näher auf ihn zu. »Ich will zu Ihnen ganz offen sein, Dr. Krüger. Ich mache mir keine Gedanken um Frau Claussen. Sie ist eine fähige und vielleicht etwas überarbeitete Mitarbeiterin. Es geht mir um Sie.«

»Um mich?«

»Ich wünschte, wir hätten so ein PPT-Verfahren schon längst verabschiedet und könnten mit Ihnen hier an Bord eine Testreihe aufsetzen. Denn ich habe ein extrem schlechtes Bauchgefühl und würde gerne wissen, was mit Ihnen los ist. Jemand wie Sie wäre geradezu prädestiniert für eine vorbeugende Untersuchung.«

Er lächelte freudlos.

»Ich meine, zuerst fallen Sie uns auf, weil Sie mehrere Sitze gleichzeitig gebucht haben und kurz nach dem Start eine Panikattacke erleiden. Später sorgen Sie für extremen Wirbel in meiner Crew. Einen Flugbegleiter beschuldigen Sie des tätlichen Angriffs, und dann belästigen Sie noch Frau Claussen.«

»Ich habe niemanden belästigt«, sagte Mats, dem ein Gedanke gekommen war. Wenn er sich nicht täuschte, gab es unter seinen Kollegen jemanden, der sich intensiv mit der PPT-Forschung beschäftigte. Einen Arzt, dessen Namen er heute seit langer, langer Zeit zum ersten Mal wieder gehört hatte: Klopstock!

Das kann kein Zufall sein!

Mats nahm sich vor, ihn zu googeln, sobald er dazu wieder die Gelegenheit hatte.

»Lassen Sie uns nicht um Worte streiten. Alles, was ich will, ist, dass Sie sich von Frau Claussen fernhalten, okay?«

Mats zeigte keine Reaktion.

Pereya hingegen lächelte scheinbar versöhnlich und ließ seinen Blick durch die Sky-Suite gleiten. »Und hier oben lässt es sich doch auch ohne sie ganz gut aushalten, oder?«

Er setzte sich seine Pilotenmütze wieder auf, und seine Stimme passte auf einmal hervorragend zu den stahlkalten Augen, mit denen er Mats fixierte: »Ich will von keinen Zwischenfällen mehr hören, haben wir uns verstanden? Dann muss ich mir auch keine Gedanken über weitere Maßnahmen machen.«

39.

Kartons, Kisten, Abfälle ... Nele hatte nur eine vage Vorstellung von dem, worauf sie gestürzt war. Auf jeden Fall war es morsch und nachgiebig, zum Glück, sonst hätte sie sich das Rückgrat gebrochen. Und nicht nur den Fuß verstaucht.

»Schaaaaaah«, schrie sie ihren Kriegsschrei des Geburtskampfes in den Schacht, die Kanalisation, den Abfluss oder was immer das hier war.

Sie saß mit angewinkelten Beinen auf einer Art Lattenrost auf dem Müll, der im Laufe der Zeit hier entsorgt worden war. Auf Laub und alten Decken zwischen ebenjenen Kisten eingeklemmt, die bei ihrem Aufprall zersplittert sein mussten.

Ihr linker Fuß und ihr Steißbein waren böse geprellt, aber das spielte angesichts der anderen Schmerzen kaum eine Rolle.

Nele roch Blut und Exkremente und hörte sich schreien und dachte an nichts, außer ...

»Schaaah!!!!«

Das Wort hatte nichts zu bedeuten, war kein Fluch und kein Flehen, einfach nur ein Schrei. Ihn auszupressen, den lang gezogenen Vokal, verschaffte ihr Erleichterung, wenn auch nur geringe.

Die Intensität der Wehen hatte sich noch einmal verändert. Mit den Ellbogen auf dem Gitter abgestützt, versuchte sie nicht länger, gegen die Krampfwellen in ihrem Körper zu arbeiten. Intuitiv hatte sie wohl oben in der Baracke in der Gegenwart des Verrückten alles unternommen, um die Geburt irgendwie zurückzuhalten. Jetzt ließ sie es zu, atmete mit und nicht länger gegen den Krampf. Sie spürte es. Ihr Murkel wollte nicht länger in ihrem Körper bleiben. Wollte raus aus der Sicherheit des Bauches in diese Welt, die sich Nele noch nie so grauenhaft offenbart hatte wie in diesem Moment.

»Schaaaaaaahahaaa!« Ihr Schrei zerriss die Finsternis, und dann war es vorbei. Für den Moment. Die Flut hatte ihren Zenit erreicht. Die Wellen zogen sich wieder zurück. Vorerst. Ließen Nele zitternd und keuchend und wimmernd mit ihrem wunden Körper allein. Für den Moment.

»Geht es Ihnen gut?«

Nele sah nach oben, zu dem Rand des Schachts.

Sie konnte Franz nicht sehen. Nur einen Schatten, der sich über die Öffnung beugte. »Was haben Sie nur getan?«

Ja. Was habe ich nur getan, dass ich das verdiene?

»Himmel, wissen Sie, wo Sie da sind? Sie sind in den Abort gesprungen. Hier wurden früher die Kadaver entsorgt. Die armen Kühe, nachdem sie zu Tode gemolken worden waren und selbst für den Schlachthof nichts mehr taugten. Totgeburten. Fleischabfälle.«

Da bin ich doch genau richtig, dachte Nele in einem Anflug von grenzenloser Traurigkeit.

Sie war verloren. Entführt von einem Perversen, war sie an einem Ort angelangt, der exakt zu ihrem momentanen Gefühlszustand passte. Sie war nur noch Fleischabfall. Zu nichts anderem in der Lage, als eine Totgeburt zu produzieren. Selbst wenn sie es hier irgendwie herausschaffen sollte, verletzt, mit aufgerissenem Unterleib und geprelltem Körper, hatte sie ihr Kind doch unter Garantie mit ihrem eigenen Blut angesteckt.

»Hören Sie, so geht das nicht. So war das nicht geplant«, erklärte ihr der Irre allen Ernstes.

»Ach nein? Du kranker Wichser?« Nele konnte sich nicht länger zurückhalten und schrie ihm ihre geballte Wut entgegen.

»Das tut mir aber leid, dass ich dir hier Unannehmlichkeiten bereite.«

»Sie verstehen das nicht. Ich sagte doch schon, das geht alles nicht gegen Sie oder das Baby. Ich will nicht, dass Ihnen etwas passiert.«

»Dann lass mich gehen«, schrie Nele zurück, wohl wissend, dass das mittlerweile eine unmögliche Forderung war. Der Schacht war eng, es gab, soweit ihre Augen das in der Dunkelheit erahnen konnten, keine Leiter oder andere Aufstiegsmöglichkeiten. Und selbst wenn, hätte sie die in ihrem Zustand kaum nutzen können.

»Ich kann Sie da unten nicht so lassen. Das geht nicht. So kann ich das nicht dokumentieren!«

»Was denn dokumentieren, zur Hölle? Geilt es dich auf, Frauen während der Geburt zu filmen?«

»Nein, nein, nein«, scholl es von oben herab. »Das tut es nicht. Bitte, sagen Sie nicht so etwas.«

Wieder diese Ehrlichkeit in der Stimme. Das Bemühen, verstanden werden zu wollen.

»Ich mache das doch nur, um der Welt die Grausamkeit der Milchproduktion zu demonstrieren.«

»Sie haben den Verstand verloren!«

»Ich?« Jetzt kiekste seine Stimme. »Die Menschen haben ihn verloren. Ich bin der Einzige, der noch im Vollbesitz seiner geistigen Kräfte zu sein scheint.«

Ja, klar.

»Ich frage Sie, Nele. Haben Sie sich jemals darüber Gedanken gemacht, dass Milch das einzige Produkt ist, das nicht artgerecht produziert werden kann?«

Nein. Und im Moment ist mir auch nichts gleichgültiger, dachte Nele.

»Sie können Tiere in freier Wildbahn laufen lassen und sie am Ende eines langen Lebens töten. Sie können Hühnern Auslauf und Rindern das Grasen auf der Weide ermöglichen. Vielleicht ist es uns Menschen möglich, unseren Nutztieren ein glückliches Leben zu bereiten. Ich selbst esse kein Fleisch, aber ich akzeptiere die Bemühungen von einigen wenigen Bauern, den

Tieren ein würdevolles Dasein vor dem Tod zu ermöglichen. Nur eines kann und werde ich nicht akzeptieren, und das ist die Milchproduktion. Niemand, ich meine wirklich NIEMAND in diesem Land macht sich Gedanken darüber, dass Milch nur unter unglaublichen, lebenslangen Qualen erzeugt werden kann.«

Tod. Lebenslange Qualen.

Nele sah für sich im Moment auch nur diese beiden Möglichkeiten.

Sie schob eine Plastiktüte und eine leere Bierdose zur Seite und legte sich, so flach es ging, auf den Rücken, um den Beckenboden weiter zu entspannen. Das Baby, da war sie sich sicher, war weiter nach unten gerutscht, die Wehen hatten es in eine andere Position gebracht, aber die fühlte sich irgendwie nicht gut an. Nicht richtig!

Wobei sie natürlich nicht sagen konnte, ob das nur Einbildung war, sie hatte ja keine Geburtserfahrung und einen wahnsinnigen Tierschützer als Hebamme.

»Kühe sind hochsensible, intelligente Geschöpfe«, sagte Franz. »Mit einem ähnlichen Mutterinstinkt ausgestattet, wie auch Sie ihn gerade fühlen, Nele. Was muss passieren, damit diese emotionalen Tiere Milch produzieren?«

Sie müssen Kinder kriegen, dachte Nele und strich sich über ihren Bauch, den sie die letzten Wochen täglich mit Ringelblumenöl gegen Dehnungsstreifen eingerieben hatte.

»Genau«, rief Franz, als ob Nele etwas gesagt hätte. »Kühe müssen schwanger werden. Und dann, damit sie ununterbrochen Milch geben, müssen wir ihnen ihre Kälber wegnehmen. Verstehen Sie das doppelte Verbrechen? Wir entreißen einem hochsensiblen Säugetier unmittelbar nach der Geburt sein Baby! Und wir stehlen dem Baby die Milch, die wir gar nicht trinken dürften, weil unser Körper sie nicht verträgt.«

»Aber was hat das mit mir zu tun?«, schrie Nele zurück, dabei wollte sie gar keine Antwort. Keine Unterhaltung. Sie wollte nur, dass der Irrsinn hier endlich aufhörte. »Wollen Sie mich bestrafen, weil ich Milch trinke?«

»Nein. Ich will Ihnen zeigen, was es bedeutet, wenn eine Mutter nach der Geburt ihr Kind verliert. Es ist drastisch, ich weiß. Aber ich sehe keine andere Chance. Ich habe alles versucht. Petitionen, Demonstrationen, habe meine Stimme auf YouTube und Facebook erhoben. Doch in dieser lauten Welt hört man nur noch den, der am lautesten brüllt. Wie viele Videos habe ich schon hochgeladen? Von Kühen, die tagelang nach ihren Kälbern schreien. Von den armen, kleinen Wesen, die nach ihrer Mutter weinen, angebunden in einer winzigen Box. Nur damit ihre Mutter, ein Leben lang an Melkmaschinen geklemmt, ein erbärmliches Dasein fristen kann, bevor der letzte Rest an Elend mit Elektroschockern in den Viehtransporter getrieben wird. Es sei denn, die offenen Wunden und die aufgeplatzten Gedärme waren so offensichtlich, dass nicht einmal der geldgierigste Fleischbaron den atmenden Kadaver noch zu Discounterwurst verarbeiten wollte. Dann wurde das Tier nämlich hier in diesem Schacht entsorgt.«

Nele hatte während dieses Ausbruchs von Franz beinahe die Schmerzen in ihrem Unterleib vergessen. Die Angst, die seine unterschwellige Drohung ausgelöst hatte, dominierte ihr gesamtes Empfinden.

»Sie wollen mir mein Baby wegnehmen?«

Nach der Geburt?

»Ich muss es tun«, rief er und klang dabei ebenso traurig wie bestimmt. »Ein Video von Ihrem Verlustschmerz sorgt für eine Million Mal mehr Aufmerksamkeit als die Millionen von Videos, die PETA und andere Tierrechtsorganisationen über die schlimmen Zustände in der Milchproduktion bereits veröffentlicht haben. Verstehen Sie doch! Kaum jemand weiß, wie die Milch entsteht, mit der wir unseren Kaffee zukleistern oder die Cornflakes überschütten. Viele glauben sogar den Lügen der Werbung, dass die Kälber im Stall der Mütter bleiben dürfen, doch das geht nicht. Eine stillende Kuh würde niemals jemanden zum Melken in ihre Nähe lassen, wenn ihr Kleines daneben ist. Sie würde es beschützen und wild um sich treten. Deshalb wird es ihr entrissen. Und deshalb mache ich das alles hier. Nach diesem Video weiß jeder, was es bedeutet, wenn man eine Mutter von ihrem Baby trennt, nur für einen Schluck Milch. Nur zu unserem Vergnügen.«

Nele hatte zu Beginn seiner Rede noch erschüttert die Hände vors Gesicht geschlagen und gedacht, dass diesem Wahnsinnigen mit Vernunft wohl kaum beizukommen wäre. Jetzt war ihr während seines Monologs eine Idee gekommen. Eine Zeit lang ließ sie Franz' Worte unkommentiert stehen. Erst als er sich erkundigte, ob sie alles verstanden habe, sagte sie, ihrer frisch gewählten Überlebensstrategie folgend, leise: »Ich habe so noch nie darüber nachgedacht. Aber ich glaube …«

»Was?«

»Ja, ich glaube, ich verstehe dich jetzt«, sagte Nele, und das war noch nicht einmal gelogen.

In seinem Wahn, und das war eine gute Nachricht, folgte Franz einer inneren Logik. Das bedeutete, er handelte rational und nicht unberechenbar. Zudem schien er das, was er ihr hier antat, wirklich zu verabscheuen, wenn er es auch für notwendig und unausweichlich hielt. Damit war er das Gegenteil von einem Psychopathen. Er empfand Gefühle, nicht nur für die von ihm so geliebten Tiere, sondern auch für sie, das Opfer. Dass er weinte, zeugte von Empathie, also von einer Zugänglichkeit – und das konnte Nele vielleicht nutzen.

»Ich habe noch nicht alles begriffen«, eröffnete sie ihm, und ihre Worte hallten dumpf von den Wänden des Schachtes wider, als sie ihre Stimme erhob. »Aber darüber können wir ja sprechen, wenn du mich hier rausholst.«

»Gut, ja. Gerne.«

Franz klang ehrlich begeistert. Seine Reaktion war wie die eines Kindes, das in der einen Sekunde weint, weil es hingefallen ist, und dann lachend weiterrennt, nachdem der Vater ihm ein Eis versprochen hat. »Ich muss sehen, ob es hier einen Baumarkt in der Nähe gibt. Ich werde eine Seilwinde und Transportschlaufen oder so besorgen, damit zieh ich Sie dann hoch, okay?«

Offensichtlich war er vom Rand des Abgrunds aufgestanden, denn seine Stimme klang jetzt etwas entfernt.

»Ja. Ist gut. Aber bitte beeil dich«, sagte Nele, nun schon wieder keuchend. Noch war es nicht so weit, aber es konnte sich nur noch um Sekunden handeln, bis die Flut wieder da war und versuchte, etwas viel zu Großes aus etwas viel zu Schmalem hinauszupressen.

Ihren Murkel, der hoffentlich an der richtigen Stelle lag. Auch wenn ihr in diesem Moment das fast wörtlich zu nehmende Bauchgefühl exakt das Gegenteil sagte.

40.

<u>**Prof. Dr. Dr. André Klopstock**</u>

Unter den Hunderten von Seiten und Artikeln im Netz hatte Mats sich für den Wikipedia-Eintrag des berühmt-berüchtigten Mediziners entschieden. Die Internetverbindung hier oben über den Wolken war zwar stabil, aber deutlich langsamer als am Boden. Vielleicht lag das auch daran, dass Mats über den Browser des Monitors online gegangen war und nicht mit seinem Handy. Seine Augen tränten wegen der noch nicht wirklich abgeklungenen Kopfschmerzen, und auf dem kleinen Display seines Smartphones konnte er kaum noch etwas erkennen.

Klopstock ist ein deutscher Onkologe und Psychiater, las Mats den ersten Satz des Artikels, den er von da ab nur noch überflog.

Mit den Pfeiltasten der Fernbedienung scrollte er von Absatz zu Absatz. Schlagworte wie **verheiratet, mehrere Kliniken in Berlin, sozial engagiert, Rotarier** und **Labor** verfingen sich in seinem Blick.

Nichts, was er nicht schon von dem windigen Kollegen wusste, mit dem gemeinsam er an der Freien Universität in Dahlem studiert und neben dem er einmal sogar in einer Testatgruppe am Sektionstisch gestanden hatte. Schon damals war ihm Andrés Großspurigkeit übel aufgestoßen, wie auch sein Geltungsbedürfnis (er hatte über sich selbst in der Medicum-Unizeitschrift ein Porträt verfasst). Sein »Geschäftssinn« war in Mats' Augen nichts weiter als schnöde Geldgier. So hatte Klopstock einen ebenso lukrativen wie urheberrechtlich fragwürdigen Handel mit alten Examensarbeiten unterhalten.

Der Mann war eingebildet, arrogant und ganz sicher käuflich.
Aber kriminell?
Mats schüttelte den Kopf. Auch wenn er André Klopstock
sehr viel zutraute, Entführung oder gar Massenmord zählten
nicht dazu.
Oder etwa doch?

Klopstock-Heimtests

Ein neues Schlagwort erregte seine Aufmerksamkeit. Es war
blau eingefärbt und unterstrichen, also ein weiterführender
Link, der ihn aber noch immer nicht an das gewünschte Ziel
brachte.
Schön, Klopstock verdiente sich also nicht nur eine goldene
Nase an den HIV- und Krebspatienten, indem er in seinem
Labor teure Diagnoseverfahren anwandte und sie danach be-
handelte. Er hatte sich auch den lukrativen Selbstdiagnose-
Markt erschlossen und hielt Patente für sündhaft teure HIV-
Tests, die an besorgte Menschen verschickt wurden, die den
Gang zum Arzt meist aus Scham vermeiden wollten.
All das war, wenn man Klopstocks Werdegang kannte, nur
folgerichtig.
Mats scrollte weiter und dann, *endlich,* sprangen ihm die drei
gesuchten Buchstaben ins Auge.
Mats stand auf. Wie elektrisiert näherte er sich dem Monitor.

PPT

Wusste ich es doch!

Pre-Psych-Test

Mats hatte das dringende Bedürfnis, sich wieder zu setzen. Er
schwankte, nur resultierte seine Gleichgewichtsstörung nicht

aus einer Bewegung des Flugzeugs. Er schwankte innerlich, und da er wusste, dass dieser innere Aufruhr sich nicht legen würde, nur weil er sich in den Sessel fallen ließ, blieb er stehen und stützte sich am Tisch ab.

Unter einem Pressefoto von Klopstock hatte der Bearbeiter des PPT-Beitrags einen Auszug aus der Werbebroschüre zitiert:

Klopstock-Medical (KM) ist bereits führend in der Urin- und Haaranalyse von Piloten, Kraftfahrern und Soldaten. Verantwortungsträgern, von deren zuverlässiger Dienstausübung oftmals Hunderte von Menschenleben abhängen und bei denen wir daher mit Zustimmung aller Beteiligten und im Rahmen der geltenden Gesetze regelmäßig Drogen- und Alkoholtests durchführen. Neben diesen funktional auf das körperliche Befinden ausgerichteten Tests beschäftigt sich KM seit vielen Jahren auch mit der Früherkennung psychologischer Auffälligkeiten. Depressionen, Suizidgedanken, Wahnvorstellungen, Psychosen. Alle diese Störungen sind nicht minder gefährlich als körperliche Krankheiten und Rauschzustände. Sie sind bislang nur nicht in Testreihen erkennbar gewesen. Hier aber ist KM mit dem ersten Pre-Psych-Testverfahren ein Durchbruch gelungen.

Mithilfe des PPT-Verfahrens wird es möglich sein, Suizidabsichten bei Piloten von Passagierflugzeugen früh und rechtzeitig zu erkennen. Es handelt sich um hoch entwickelte Testfragebogen, mit denen Crewmitglieder und selbst Passagiere während der Wartephasen in den Abflughallen auf Auffälligkeiten getestet werden können. Flankiert werden die psychologischen Fragetests von Blutuntersuchungen des Bordpersonals. Noch befindet sich PPT im Erprobungsstadium, es gibt aber bereits eine Gesetzesinitiative, die im Falle positiver klinischer Studien eine psychologische Früherkennungskontrolle zwingend normieren will.

Mats sah nach links durch das Flugzeugfenster in die Dunkelheit hinaus, die ihm noch dichter vorkam als zuvor. Ein tieferes Schwarz konnte es auch am Grund des Meeres nicht geben.

Er hatte das Gefühl, im Besitz eines Spiegels zu sein, der mit der Wahrheit und den Antworten auf all seine Fragen beschriftet war, nur dass er jetzt zerschmettert vor ihm auf dem Boden lag und er alle Scherben wieder zu einem sinnvollen Ganzen zusammenfügen musste.

- **Feli vermutet, dass Klopstocks Fahrer etwas mit Neles Entführung zu tun hat.**
- **Klopstock selbst ist in der PPT-Forschung aktiv.**
- **Der Pilot hat von PPT gesprochen.**

Hier gab es eine Verbindung, die ihn förmlich anschrie.

Doch was hatte Neles Verschwinden mit psychologischen Früherkennungstests zu tun?

Das Motiv!, erinnerte er sich an seine allererste, bislang ungelöste Frage. *Wer profitiert davon, dass ich dieses Flugzeug zum Absturz bringe?*

Mats griff sich an die Schläfen, massierte sie. Er fühlte, dass er kurz davor war, das Gesamtbild zu erkennen. Genauer gesagt spürte er, dass die Frage nach dem Motiv zu kurz griff.

»PPT!«, sagte er laut. »Das ist die Verbindung. Es kommt dem Erpresser nicht darauf an, *dass* ich die Maschine zum Absturz bringe.« *Dafür hätte er eine Bombe platzieren oder mich mit einer Waffe versorgen können.*

Stattdessen machte der Erpresser sich die Mühe, ihn auszuspionieren, seine Flugdaten mit dem Dienstplan von Kaja abzugleichen und geheime Filme ins Bordprogramm zu schleusen.

»Die Frage ist eher, *warum* soll ich ein Flugzeug *exakt auf diese Art und Weise* abstürzen lassen?«

Indem ich einen Menschen manipuliere!

Indem ich eine psychische Bombe zünde!

Mats zitterte wie elektrisiert vor Erregung. Die Antwort führte erneut zu Klopstock: PPT.

Klopstock will die Zulassung von PPT.

Das Gesetz hat keine Mehrheit!

Er braucht einen Präzedenzfall.

Auf einmal ergab alles einen Sinn.

Klopstock will das Flugzeug zum Absturz bringen, um die Notwendigkeit psychologischer Kontrollen zu beweisen. Nicht nur für Piloten. Sondern für die Crew. Und für Passagiere wie mich. Um Millionen zu scheffeln, wenn an Dutzenden Flughäfen Europas auf einmal seine Tests durchgeführt werden müssen.

Mats fröstelte, zutiefst verängstigt aufgrund seiner eigenen Schlussfolgerungen. Er schaltete den Monitor aus und starrte seine Hand an, die noch immer die Fernbedienung hielt und nicht aufhören wollte zu zittern.

Er war aufgewühlt, so erregt, dass er meinte, jedes einzelne Haar auf seiner Kopfhaut spüren zu können.

Ja, es ergibt Sinn, dachte er noch einmal, und dennoch – etwas passte nicht ins Bild.

Und das war ein 1,85 m großer, eitler Pfau namens Klopstock.

Würde er wirklich über so viele Leichen gehen, nur um noch mehr Geld auf seinen Konten anzuhäufen, die ohnehin schon wegen Überfüllung geschlossen zu werden drohten?

Mats machte sich auf den Weg zu Platz 7A, um es herauszufinden.

41.

Hinterhof, vierter Stock. Graffitibeschmierter grauer Beton, unkaputtbare Fahrradständer im Hof und ein Gestank nach Katzenpisse im Treppenhaus.

Feli hätte nicht gedacht, dass es derart desolate Wohnverhältnisse in unmittelbarer Nähe zur *Paris Bar* gab, die nach wie vor von Menschen besucht wurde, die meinten, nur weil sie hier mal einen Drink genommen hatten, zählten sie zur Berliner Society.

Arm, aber hässlich hatte ein Witzbold in Anlehnung an das »Arm, aber sexy«-Zitat des einstigen Bürgermeisters Wowereit mit Edding auf eine kugelsicher wirkende, braune Haustür geschrieben.

Feli konnte dem Urheber nicht widersprechen.

Der enge Siebzigerjahre-Bau, in dem Franz Uhlandt hausen sollte, war eine Ausgeburt architektonischer Scheußlichkeit.

Niedrige Decken, verpickelte Spritzbetonwände und Schießschartenfenster, soweit man es von der Kantstraße aus sehen konnte.

Feli lief im Treppenhaus an Kinderbuggys, dreckigen Schuhen, gelben Säcken und Tüten mit leeren Pfandflaschen vorbei, bis sie endlich in der vierten Etage angekommen war. Der klaustrophobisch engen Fahrstuhlkabine hatte sie sich nicht anvertrauen wollen.

Jetzt stand sie von den Stufen etwas außer Atem vor der Tür, deren Klingelschild mit F. U. beschriftet war.

Franz Uhlandt?

Hier musste es sein, wenn die Angabe der »Firmenzentrale« auf der Visitenkarte stimmte.

Taxi, Krankentransporte & Chauffeurdienste stand auf dem

schmucklosen kleinen Stück Pappe, das Feli von Klopstocks Empfangsdame bekommen hatte. Vierter Stock, links.

Sie klingelte, konnte aber nicht hören, ob es in der Wohnung wirklich schellte, also klopfte sie noch einmal mit der flachen Hand auf das Türblatt.

Ah.

Sie hatte für den Moment vergessen, dass ihre Finger immer noch gequetscht waren. Unklug, sie als Schlaginstrument zu benutzen.

Also versuchte sie es noch einmal mit der anderen Hand, dabei rief sie Uhlandts Namen.

Plötzlich öffnete sich die Tür. Jedoch nicht die, vor der sie stand, sondern die hinter ihr.

»Ist ja gut, ist ja gut … Nun schreien Sie doch nicht so!«, drang es heiser aus der gegenüberliegenden Wohnung. Als wären in diesem Haus die Naturgesetze aufgehoben, sodass der Schall sich ausnahmsweise vor dem Licht bemerkbar machte, hörte sie erst die Stimme eines alten Mannes, dann trat der dazugehörige eingefallene Körper aus dem Halbschatten seiner Wohnung in den Hausflur.

»Warten Sie, warten Sie …«

Sein Morgenmantel raschelte wie trockenes Papier, als der bestimmt Achtzigjährige in braunen Hausschlappen auf Feli zuschlurfte. Er hatte ungewaschene, streng gescheitelte graue Haare und ein Gesicht, das nach innen gewölbt zu sein schien, was daran liegen konnte, dass er kaum noch Zähne im Mund hatte. Und das wiederum erklärte sein heiseres Nuscheln.

»Sind Sie die Neue?«

»Wie bitte?«

»Wieso haben Sie denn nicht bei mir geklingelt?«

Feli blieb stumm, aus dem einfachen Grund, dass sie keine Ahnung hatte, wer dieser Mann war und was er von ihr wollte. Noch weniger konnte sie sich erklären, weshalb er einen für seine leberfleckigen Hände viel zu großen Schlüsselbund aus den Untiefen seines Morgenmantels zog und ihr die Tür zu Uhlandts Wohnung aufschloss.

»Er hat gesagt, Sie würden sich bei mir melden, wenn Sie kommen.«

»Franz?«, fragte Feli vollends verwirrt.

»Nee, Brad Pitt«, keifte der Alte in typisch Berliner Manier. Wenn sich einem Hauptstädter die Gelegenheit bot, jemandem vor den Koffer zu kacken, nutzte der sie auch. »Brad liebt das Luxusleben hier. Hat dafür extra seine Villa in Malibu verkauft.«

Mit einem raucherhustenartigen Lacher stieß er die Tür auf.

»Ziehen Sie sie einfach wieder zu, sobald Sie mit dem Arschabwischen fertig sind«, krächzte er. »Okay?«

»Womit?«, entfuhr es ihr.

»Oh. Entschuldigung. Wollte Ihre Gefühle nicht verletzen. Also, was ist nun, wollen Sie rein?«

»Ja«, sagte Feli, ohne zu wissen, mit wem der Rentner sie verwechselte. Sie wartete sehnlich darauf, dass er wieder in seiner Wohnung verschwand. Er aber blieb vor ihr stehen und stierte sie an wie ein Page, der von dem Gast noch ein Trinkgeld erwartet. Und da der Mann keine Anstalten machte zu gehen, war es wohl an ihr, dieses skurrile Zusammentreffen hier aufzulösen.

Die naheliegende, vernünftige Möglichkeit bestand darin, sofort kehrtzumachen und dieses Haus so schnell wie möglich zu verlassen. Doch was sollte sie Mats sagen?

Sorry, ich stand zwar vor der offenen Tür des potenziellen Entführers deiner Tochter, hab mich aber nicht reingetraut?

Die unvernünftige Alternative wäre, zunächst einmal einzutreten und sich dann ein wenig in der ja offensichtlich verlassenen Wohnung umzusehen, während sie Mats am Telefon hatte.

»Vielen Dank noch mal«, sagte Feli und entschied sich für die zweite Option.

Sie betrat Uhlandts Wohnung und schloss die Tür hinter sich. Im Spion sah sie, wie der merkwürdige Kauz sich wieder entfernte und in seinen eigenen vier Wänden verschwand.

Feli wartete noch eine Weile, dann öffnete sie Uhlandts Haustür wieder und ließ sie angelehnt, um im Falle des Falles schneller flüchten zu können.

Und jetzt?

Sie trat einen Schritt in den Flur und erschrak über die Deckenspots, die dank eines Bewegungsmelders aufleuchteten. Sie tauchten die Diele in ein warmes, weiches Licht.

»Hallo? Herr Uhlandt?«

Feli wartete vergeblich auf eine Antwort und sah sich um. Die Wohnung war ordentlich, beinahe penibel aufgeräumt. Gummistiefel standen akkurat ausgerichtet auf einer Abtropfschale, mit Aufklebern beschriftete Schlüssel hingen an Haken neben der Tür, eine exakt ausgerichtete Spitzendecke garnierte die Kommode.

Franz hatte sich mit dem Raumerfrischer wohl in der Jahreszeit vertan. Es roch jetzt im Herbst schon weihnachtlich nach Zimt und süßen Mandeln.

»Hallo? Ist jemand zu Hause?«, wollte Feli von der Dunkelheit wissen, die sich hinter dem Flur erstreckte. Das war das zweite Mal innerhalb weniger Stunden, dass sie in einer fremden Wohnung herumschlich. Schon bei Nele war das schmerzhaft ausgegangen. Und dieses Mal hatte sie ein noch sehr viel schlechteres Gefühl.

Feli griff nach ihrem Handy und wartete eine gefühlte Ewigkeit, bis der Anruf durchging.

»Mats?«

Es brauchte die übliche Zeitverzögerung, bis er antwortete.

»Wo bist du?«

»Bei Franz Uhlandt zu Hause. Schätze ich. Hier sieht es merkwürdig aus.«

»Wie meinst du das?«

»Keine Ahnung. Ich hab ein extrem schlechtes Gefühl bei der Sache. Was mache ich hier eigentlich?«

»Bist du allein?«

»Ich hoffe es.«

»Okay, such nach einem Laptop, irgendwelchen Unterlagen, einem Arbeitszimmer.«

»Ist gut.«

Feli öffnete die erste Tür zu ihrer Rechten und sah sich selbst. Der Badezimmerspiegel war am Kopfende eines quadratischen, fensterlosen Raumes angebracht. Auch hier war alles blitzsauber geputzt. Keine Wasserflecken auf dem Spiegel, nur das Nötigste auf dem Waschbeckenrand. Zahnpasta, Seifenspender, Rasierapparat.

»Hast du was entdeckt?«

»Nein.«

Feli öffnete den Spiegelschrank über dem Waschbecken. Rezeptfreie Medikamentenpackungen und Tuben präsentierten sich in gleichmäßigen Abständen nebeneinander aufgereiht. Der völlige Kontrast zu Neles chaotischer Badezimmer-Ordnung.

Ibuprofen, Zinktabletten, Aspirin, Vitamin B, Voltaren.

Nichts, was Felis Aufmerksamkeit erregte. Bis auf …

Was zum Geier …

»Was hast du?«, fragte Mats, der gehört haben musste, wie sie mit der Zunge schnalzte.

»Ich glaube, dieser Franz verändert sich optisch.«

»Wie meinst du das?«

»Hier ist eine Tube Haftcreme. Und eine leere Gebissdose.«

Pause.

»Okay, was ist mit seinem Arbeitszimmer?«

»Ich suche es noch.«

»Gut, ruf mich an, wenn du was Neues hast. Ich bin hier auch etwas auf der Spur.«

»Alles klar.«

Feli legte auf, schloss den Schrank und warf schreiend ihr Handy weg, als sie im Spiegel die Gestalt sah, die sich mit einem Beil in der Hand von hinten ins Bad geschlichen hatte.

Und Feli schrie noch lauter, als sie erkannte, dass ihr Angreifer nicht alleine war.

42.

Wie bei Mama, schoss ihr absurderweise durch den Kopf. Das Beil hatte eine zweifarbige Klinge. Eine helle, grafitfarbene Schneide und ein schwarzes Kopfende, an dem der Griff befestigt war. Es sah so aus wie das Hackebeil, mit dem Felis Mama immer in der Küche hantierte, um Fleisch oder Gefrorenes zu bearbeiten. Nicht sehr groß, aber viel zu mächtig für die schwache Person, die es mit beiden Händen umklammert hielt.

Nicht, um es auf Felis Körper hinabsausen zu lassen, dazu war die Gestalt aus ihrer Position heraus gar nicht in der Lage. Wohl aber, um es zu werfen. Etwas anderes blieb der Frau im Rollstuhl nicht übrig, wenn sie Feli ernsthaft verletzen wollte.

Und genau das schien sie gerade vorzuhaben. Mit entrücktem, vor Wut nahezu glühendem Gesicht holte sie nach hinten Schwung.

Feli hörte die Frau noch »EINBRECHER!« schreien, da hatte sich das Beil bereits aus ihren Händen gelöst. Sie meinte schon den Windhauch zu spüren, bevor das Metall surrend in ihren Schädel eindrang, ihn spaltete und bis zum Gehirn vordrang. Daher schrie sie in Erwartung des Schmerzes und des Todes, aber sie schrie nicht so laut, wie nun auch die Alte brüllte. Nun aber nicht mehr vor Wut, sondern ebenfalls vor Angst.

So wie Feli.

Die Frau im Rollstuhl, die jetzt nicht mehr nur alt und wütend, sondern vor allem krank aussah, riss den Kopf herum und blickte mit blutleeren Augen nach oben, direkt in das Gesicht des Mannes, der ihr die Waffe entrungen hatte.

»HILFE!«, schrie sie, und Feli schlug sich die Hand vor den Mund.

Grenzenlos erleichtert und glücklich, dass sie die Tür offen gelassen hatte.

Durch die Livio ihr ganz offensichtlich gefolgt war.

43.

HILFE! EINBRECH…«
Der Schrei der Rollstuhlfahrerin endete in erstickten, abgewürgten Lauten, weil Livio ihr die Hand vor den Mund presste. Sie war viel zu schwach, um ihn abzuwehren. Insgesamt schien sie nicht sehr viel mehr zu wiegen als der fliederfarbene Seidenpyjama, in dem sie steckte.

»Ganz ruhig, ganz ruhig«, sagte Felis Retter und ging in die Knie, um auf Augenhöhe mit der alten Frau zu sein. »Wir tun Ihnen nichts, haben Sie verstanden? Wir sind keine Einbrecher, und wir wollen Ihnen nichts Böses.«

Die Augen der Frau weiteten sich, und sie hörte auf zu schreien.

»Was machst du hier?«, fragte Feli den jungen Mann. In der Aufregung war sie zum Du übergegangen.

»Das frag ich dich«, antwortete Livio und drehte sich kurz zu ihr um. »Ich wollte dir nur dein Portemonnaie wiederbringen, das du in meiner Karre verloren hast.«

Feli tastete nach ihrer Jackentasche, die tatsächlich leer war.

Mittlerweile hatte die Rollstuhlfahrerin aufgehört zu schreien, und Livio wagte es, seine Hand zu lösen. »Ein Glück, dass ich dich einholen konnte.«

Die alte Frau hustete und wischte sich einen Speichelfaden von der Unterlippe.

»Zum Teufel, wer sind Sie?«

Feli ging ebenfalls vor ihr auf die Knie. »Mein Name ist Dr. Felicitas Heilmann«, sagte sie in der Hoffnung, mit der Erwähnung ihres akademischen Titels etwas Respekt und damit Vertrauen zurückgewinnen zu können. Anscheinend mit Erfolg.

»Sie sind Ärztin?«, argwöhnte die alte Frau.

»Ja.«

»Und was machen Sie dann hier in meiner Wohnung? Was haben Sie in meinem Badezimmer verloren?«

»Wir suchen Franz Uhlandt, wohnt er hier?«

»Heißt der Typ so?«, hörte sie Livio fragen, der mittlerweile wieder hinter den Rollstuhl getreten war. Mit einem Bein stand er im Bad, mit dem anderen im Flur. Feli erinnerte sich, dass er bei der Unterredung mit Klopstock nicht mehr dabei gewesen war.

»Meinen Franz?«, fragte die Rollstuhlfahrerin.

Jetzt erst hatte Feli die Ruhe, sich ihr Gesicht etwas genauer anzusehen. Sie war dünn, wie man es nur infolge einer schweren Krankheit wurde. Kaum Fettgewebe unter der Haut, die so fest über den Schädelknochen spannte, dass Feli Angst hatte, sie könnte wie ein Luftballon platzen, wenn man sie mit einem Fingernagel ritzte. Die Haare waren ihr bis auf wenige aschefarbene Büschel ausgefallen. Sollte sie früher einmal attraktiv gewesen sein, wofür die symmetrischen Gesichtszüge, die hohe Stirn und die gleichmäßigen Wangenzüge sprachen, musste sie jetzt beim Blick in den Spiegel umso mehr leiden. Das, woran sie litt, hatte die alte Dame jeglicher Schönheit beraubt.

»Wir glauben, Franz steckt in Schwierigkeiten«, sagte Feli, auf einmal von Mitleid erfüllt.

Die Alte lachte hohl. »Für diese Prognose brauchen Sie keine Hellseherin zu sein. Schwierigkeiten ist unser zweiter Familienname.«

»Gehen Sie eigentlich immer auf Fremde mit einem Hackebeil los?«, fragte Livio hinter ihr.

»Brechen Sie immer bei behinderten Menschen ein?«

Beim Anblick, wie die alte Frau den faltigen Hals verdrehte, bis sie Livio im Blick hatte, musste Feli unweigerlich an eine Schildkröte denken.

»Sie können von Glück sagen, dass ich keine Schrotflinte im Haus habe. Wie sind Sie überhaupt reingekommen?«

»Ihr Nachbar hat mir aufgeschlossen«, erklärte ihr Feli. »Sie haben nicht geöffnet, und er hielt mich offenbar für Ihre Altenpflegerin.«

Die Rollstuhlfahrerin schlug sich gegen den Kopf. »Petereit, dieser demente Idiot. Die war doch gestern schon da. So ein Schwachkopf. Ich hab ihn gebeten aufzuschließen, weil ich wegen der Medikamente manchmal das Klingeln nicht höre. Aber doch nicht heute. Mein Sohn hat mir befohlen, heute nicht zur Tür zu gehen, was auch immer passiert. Er hat mich gewarnt, dass jemand einbrechen könnte.«

»Franz ist Ihr Sohn?«, fragte Livio.

»Ich bin erst fünfundfünfzig. Ja, ich weiß. Sehe aus wie das Doppelte. Verdammter Knochenschwund.« Uhlandts Mutter winkte resigniert ab. »Mein Franz sagt, es liegt an der Milch.«

»Wie bitte?«

Sie sah Feli aus trüben Augen an und zuckte kraftlos mit den Schultern. »Er ist Veganer, wissen Sie. Hat sich in die fixe Idee verrannt, dass tierische Produkte uns alle krank machen. Vor allen Dingen Milch. Himmel, ich darf hier keinen Käse, keinen Joghurt, nicht mal einen Schokoriegel im Haus haben, seitdem er bei mir wohnt. Sagt, der Mensch wäre das einzige Säugetier, das nach dem Abstillen immer noch Milch säuft, und dass das die Ursache für meine Krankheit wäre. Ich glaub ja eher, das sind schlechte Gene. Aber mein Franz will davon nichts hören.«

Sie griff in ihre Speichen, um aus dem Badezimmer herauszurollen, aber Livio hielt sie fest.

»Wieso sollten Sie heute nicht an die Tür gehen und mit Einbrechern rechnen?«, wollte er wissen.

»Ist doch eh egal. Was rede ich hier eigentlich mit Ihnen? Hauen Sie ab, sonst rufe ich die Polizei.«

»Sie reden mit uns, weil wir Ihrem Sohn helfen wollen«, sagte

Feli, die merkte, dass Livio ihr jetzt ebenso aufmerksam zuhörte wie Uhlandts Mutter. »Und Franz will unter Garantie nicht, dass Sie die Polizei einschalten. Eine Frau ist verschwunden. Eine schwangere Frau. Sie ist die Tochter eines Freundes, und ich habe die Befürchtung, Ihr Sohn könnte etwas damit zu tun haben.«

»So, könnte er?«

Uhlandts Mutter sackte spürbar in sich zusammen. Machte in ihrem Rollstuhl einen Buckel und sah auf ihre im Schoß gefalteten Hände. »Ein schwangeres Mädchen, sagten Sie?«

»Ja.«

Ihre Lippen bewegten sich, aber es dauerte eine Weile, bis Feli sie etwas sagen hörte; fast so, als hätte sie ihren Mund trainieren müssen, bevor sie es wagte, die Wörter auszusprechen.

»Ich hab keine Ahnung. Franz hat was ausgeheckt, so viel ist sicher. Ich meine, ich will nicht schlecht über ihn reden. Er ist ein lieber Kerl, und er kümmert sich gut um mich. Aber seitdem er seinen neuen Freund kennengelernt hat ...«

»Welchen Freund?«, fragte Feli.

»Ich hab ihn nie gesehen. Weiß nicht mal, ob es überhaupt ein Kerl ist, aber Franz hatte noch nie eine richtige Freundin. Er hat immer nur von einem Seelenverwandten gesprochen. ›Endlich jemand, der mich versteht, Mama‹, hat er gesagt. Und dass sie beide etwas planen, von dem die ganze Welt noch sprechen wird. Dafür hat er sogar Geld bekommen.«

»Wofür?«

»Was weiß ich? Ich glaube, es war für eine Videoausrüstung. Tag und Nacht hat er gearbeitet. Habe wirklich keine Ahnung, was er da ausbaldowert hat.«

Sie drehte sich zu Livio und sah an ihm vorbei zu der Tür, die dem Badezimmer gegenüber auf der anderen Seite des Flurs lag.

»Ich darf ja nie in sein Zimmer.«

44.

Reihe 7, Platz A.

Der gefährlichste Sitz im Flugzeug, wenn man den Ergebnissen des Crashtests in der Wüste New Mexicos Glauben schenken durfte. Der Sitz mit der hundertprozentigen Todeschance bei einem Frontalaufprall.

Und welches Flugzeug fliegt schon rückwärts gegen einen Berg?
Noch dazu war es ein Fensterplatz.

Der das Hautkrebsrisiko signifikant erhöht.

Mats, der sich Platz 7A näherte, wusste, wie albern es war, gerade jetzt an diese Statistik zu denken, noch dazu mitten in der Nacht; aber die Fakten über Flugrisiken, die er in den letzten Wochen recherchiert hatte, waren wie ein Ohrwurm. Sie summten ihm im Kopf herum, und es gab nichts, was er aktiv tun konnte, um sie abzuschalten.

Flugzeugfenster absorbieren kaum UVA-Strahlen, und mit steigender Flughöhe nimmt der Schutz der Atmosphäre ab, weswegen Piloten mehr als doppelt so häufig an schwarzem Hautkrebs erkranken wie der Rest der Bevölkerung.

Es hieß, ein Langstreckenflug sei schlimmer als ein zwanzigminütiger Solarium-Aufenthalt. Mats fühlte sich in diesem Moment, als ob er schon seit mehreren Stunden ungeschützt in der Sonne gebadet hätte. Fiebrig, überhitzt, ausgetrocknet, und ihm war übel, als hätte er einen Sonnenstich.

Alles Angst- und Stresssymptome. Ausdruck seiner Verzweiflung, weil er nicht die geringste Ahnung hatte, was er tun konnte, um die Katastrophe abzuwenden.

Als er sein Ziel erreicht hatte, sah er sich um.

Hier unten in der Businessclass waren zwei Drittel der Plätze belegt, und alle Passagiere schliefen. Das Licht war auf die

Notbeleuchtung heruntergefahren, und überall waren die Blenden heruntergezogen. Die Piktogramme für die Waschräume leuchteten grün, die Toiletten waren also unbesetzt. Keiner stand auf dem Gang, um sich die Beine zu vertreten. Niemand, der ihn dabei beobachtete, wie er bei Platz 7A haltmachte und unschlüssig auf jene rothaarige Frau hinabsah, der er seinen Platz zur Verfügung gestellt hatte.

Ich bin allein, dachte Mats. *So allein wie noch nie zuvor in meinem Leben.*

Die Businessclass hatte in den ungeraden Reihen eine sogenannte Eins-zwei-eins-Bestuhlung, also einen Fensterplatz, zwei Mittelplätze und einen weiteren Fensterplatz auf der anderen Seite.

7A war folglich ein Einzelsitz, was die gute Nachricht war, denn Mats musste über keinen Nachbarn klettern, um mit Salina Piehl in Kontakt zu treten.

Die schlechte Nachricht jedoch: Die Mutter schlief ebenso wie alle anderen. Tief und fest, so wie ihr Baby, das friedlich auf ihrem Bauch schlummerte. Nur noch das kleine, haarlose Köpfchen lugte unter der Decke hervor, die winzigen Äuglein fest geschlossen. Hin und wieder zuckte es unwillkürlich und saugte an einem rosafarbenen Schnuller.

Um so sorglos ruhen zu können, hatte Salina den Sessel zu einem flachen Bett ausgefahren.

Mats kniete sich neben dem Sitz in den Gang und hob die überhängende Wolldecke ein kleines Stück an, um unter die Liegefläche schauen zu können.

Wie erwartet war es zu dunkel, weswegen er nicht erkennen konnte, wo sich die Schwimmweste befand.

Er befürchtete sogar, dass er gar nicht an sie herankam, solange sich die Sitze nicht in einer aufrechten Position befanden, wie es in einer Notlage ja vorgeschrieben war.

Andererseits, was, wenn einen die Katastrophe im Schlaf ereilte?

Nein, das konnte nicht sein. Auch dann musste man an die Westen gelangen können, also versuchte Mats es noch einmal, diesmal mit dem Handy als Taschenlampe. Wieder ohne Erfolg.

Mit der schwachen Lichtfunktion seines Telefons konnte er unter dem Sitz nur heruntergefallene Zeitungen, einen Strohhalm und anderen Reiseabfall erkennen. Nirgends jedoch sah er eine Tasche oder einen Beutel, in dem eine Schwimmweste stecken könnte.

»Darf ich Ihnen helfen?«

Mats stieß sich den Kopf an der äußeren Armlehne, als er nach oben schnellte, alarmiert von der bekannten, unhöflichen Stimme über ihm.

Valentino!

Der Idiot hatte ihm gerade noch gefehlt. Der Kapitän hatte ihn nicht nur gebeten, sich von Kaja fernzuhalten, sondern auch für keine weiteren »Vorfälle« mehr zu sorgen. Und jetzt lag er ausgerechnet jenem Flugbegleiter zu Füßen, den er vor wenigen Stunden erst eines tätlichen Angriffs beschuldigt hatte.

»Nein, nein, alles in Ordnung«, flüsterte Mats und rappelte sich auf. Der Steward schien sich nicht entscheiden zu können, ob er ihn belustigt, spöttisch oder abfällig mustern sollte, weswegen er es in genau dieser Reihenfolge tat.

»Suchen Sie etwas?«

»Ja, ähm. Das war ja ursprünglich mein Platz.«

»Und?« Während Mats sich bemühte, die Mutter und ihr Kind nicht aufzuwecken, sprach der schnöselige Steward mit normaler Lautstärke.

»Ich fürchte, ich hab hier etwas vergessen.«

»Was denn?«

»Ich wüsste nicht, was Sie das angehen sollte«, schaltete Mats in den Konfrontationsgang, immer noch flüsternd.

»Und ich wüsste nicht, dass Sie hier jemals gesessen hätten.«

»Das nicht, aber …«

… mich hat ein Verrückter angerufen, der hier eine Waffe platziert haben will. Und wenn du nicht sofort abhaust, werde ich sie an dir als Erstem ausprobieren.

»Gibt es ein Problem?«

Neben ihm ging das Leselicht am Platz an, und Mats sah in die müden Augen Salinas. Sie blinzelte beunruhigt.

»Wollen Sie Ihren Platz doch wiederhaben?«

»Toll«, wandte sich Mats an Valentino. »Nun haben Sie den Salat.« Er beugte sich zu Salina hinunter. »Nein, nein. Es tut mir leid. Ich wollte Sie nicht stören.«

Er warf Valentino einen vernichtenden Blick zu, doch der verabschiedete sich nur grinsend und ließ Mats mit dem Schlamassel alleine.

»Verdammt, jetzt haben wir das Baby geweckt.«

Tatsächlich hatte die Kleine ihren Schnuller ausgespuckt und streckte sich auf Mamas Brust wie eine Katze, die gerade aus ihrem Mittagsschlaf erwacht. Mats musste unweigerlich an Nele denken, die als Säugling auch immer wie ein Engel geschlafen hatte und dann, nach einer kurzen Aufwachphase, regelmäßig in minutenlanges Schreien verfiel. Er hoffte, dass dieses Baby sich in dieser Hinsicht von Nele unterschied, auch wenn es, wie Salina ja gesagt hatte, an Koliken litt. Noch gluckste es nur.

»Es tut mir wahnsinnig leid«, wiederholte er sich.

»Kein Problem«, sagte Salina mit einem Gesichtsausdruck, der das Gegenteil besagte.

Sie drückte auf der Konsole ihrer Armlehne einen Knopf, und der Sitz fuhr automatisch in eine aufrechte Position. Dabei presste sie ihr Baby an die Brust und ruckelte es sanft auf und ab.

»Suza muss sowieso gestillt werden.«

Sie knöpfte die Brusttasche ihrer Bluse auf, und Mats sah respektvoll zur Seite. Sein Blick fiel auf ein kleines Schild direkt unter dem in der Rückenlehne des Vordersitzes eingelassenen Monitor.

LIVE VEST.

»Entschuldigung, dürfte ich mal?«

Jetzt, da der Sitz nicht mehr ausgefahren war, konnte Mats problemlos das Fach unter dem Monitor öffnen.

»Alles in Ordnung?«, fragte Salina erstaunt, als er eine rotgelbe Schwimmweste hervorzog und das Klettband löste, mit dem sie zu einem kleinen Paket zusammengeschnürt war.

»Ja, ja. Mir ist vorhin nur etwas in dieses Fach hier gefallen ...«, log Mats, und noch während er sprach, sah er, wie sich ein kleiner Gegenstand, nicht größer als ein Zippo-Feuerzeug, aus der Weste löste.

Mats stopfte die Schwimmweste zurück, schloss das Fach und tastete im Fußraum nach dem verlorenen Objekt.

»Zahnseide?«, fragte Salina erstaunt, und in dem Moment sah er selbst, was er da vom Teppich aufgehoben hatte.

Tatsache. Ein himmelblaues, durchsichtiges Plastikgehäuse mit der Aufschrift: *Super-Floss*.

»Ja, ähm. Das war unhöflich, Sie deswegen zu stören.«

Rasch steckte er die Packung in die Tasche und hatte das Gefühl, als ob seine Hose mit dem Gewicht mehrerer Kilo nach unten gezogen würde.

Zahnseide? Was für eine perverse Genialität!

Er konnte sich denken, aus welchem Material die reißfeste Schnur bestand, die in dem unscheinbaren Spender aufgewickelt war. Messerscharfe Plastikfasern, mit denen man einen Menschen erdrosseln konnte, die aber bei keiner Durchleuchtung auffielen. Wer wurde von den Sicherheitskontrolleuren schon gezwungen, sich vor deren Augen die Zahnzwischenräume zu reinigen?

»Bitte verzeihen Sie mir«, verabschiedete sich Mats von Salina, froh, dass das Baby noch immer nicht weinte. »Ich werde Sie nicht weiter stören.«

Nur umbringen vielleicht.

Salina deutete auf das Gepäckfach über ihrem Sitz. »Könnten Sie mir bitte meine Wickeltasche herausgeben?«, fragte sie, und Mats tat ihr natürlich den Gefallen.

Beim Herausnehmen fiel ihm ein silberner Metallkoffer auf, der direkt neben der mit Windeln, Feucht- und Öltüchern vollgestopften Leinentasche stand. Eine Idee formierte sich zunächst als loser Gedanke.

»Ist da eine Kamera drin?«, fragte er – viel aufgeregter, als er es wollte.

»Ja.«

»Sieht professionell aus.«

»Nun ja, ich bin Fotografin, wie gesagt.« Sie fingerte einen neuen Schnuller aus der Außentasche.

»Ist die digital?«

Die Idee nahm konkrete Gestalt an.

»Ja. Aber ich hab auch analoge Geräte, wenn Sie irgendwann mal in meinem Studio vorbeikommen wollen und darauf Wert legen.«

Mats schüttelte den Kopf.

»Nein, ich meine, ja, gerne. Ich wollte nur wissen, diese Digitalkamera …« Er zeigte auf den Metallkoffer im Handgepäckfach. »Hat die auch eine Zeitlupenfunktion?«

Salina sah ihn noch verwirrter an als zuvor, als er ihr seinen Platz angeboten hatte.

»Ja«, sagte sie zögernd, und Mats hätte vor Erregung beinahe in die Hände geklatscht. »Dürfte ich sie mir ausborgen?«

»Jetzt?« Sie lachte wie jemand, der erwartet, dass sein Gegenüber gleich den Scherz auflöst.

»Ja, jetzt. Ich brauche sie dringend.«

Mit der knappen Antwort hätte Mats nicht gerechnet.

»Nein«, sagte Salina und streichelte dabei das Köpfchen des Babys.

»Nein?«

Sein Puls zog an wie ein Sportwagen vor einem Autobahnschild, das die Geschwindigkeitsbegrenzung aufhob.

»Die Kamera ist mein Heiligtum«, erklärte sie ihm. »Aber ich mache Ihnen einen Vorschlag. Sie sagen mir, was Sie damit vorhaben, und ich helfe Ihnen dabei, okay?«

45.

Wow.«

Salina drehte sich einmal um die eigene Achse und hauchte leise ihre Bewunderung, wahrscheinlich, um das gerade erst wieder eingeschlafene Baby auf ihrem Arm nicht aufzuwecken. Vielleicht auch, weil es ihr bei diesem Anblick tatsächlich die Stimme verschlagen hatte.

Er hatte kurz Sorge gehabt, dass sich ihm ein Crewmitglied in den Weg stellen würde, weil es ihm nicht erlaubt wäre, andere Gäste mit nach oben zu nehmen, aber sie waren auf ihrem kurzen Weg über die Treppe niemandem begegnet.

»Das ist ja unglaublich!«

Mats sah sich mit ihr gemeinsam in der Sky-Suite um. Für ihn war dieser Luxus einfach nur obszön, gerade in Anbetracht der Tatsache, dass er diese fliegende Hotelsuite in eine Kommandozentrale des Albtraums verwandelt hatte, von der aus er die psychologische Kriegführung gegen Kaja und alle Passagiere plante. Ahnungslose wie Salina Piehl hingegen musste der Anblick von schwenkbaren Ledersesseln, einem eigenen Duschbad und einem Schlafzimmer mit Doppelbett schier erschlagen.

»Jetzt verstehe ich, weshalb Sie mir 7A abgetreten haben. Hier würde ich auch lieber mitfliegen«, flüsterte sie staunend und schüttelte sofort den Kopf. »Tut mir leid, das sollte jetzt nicht anmaßend klingen. Ich bin sehr froh, dass Sie so großzügig sind.«

»Keine Sorge«, beruhigte sie Mats. »Ich bin es, der sich hier bedanken muss.«

Er rollte den weiterhin unbenutzten Servierwagen beiseite und brachte einen der beiden Sessel in eine 180-Grad-Liegeposition. Salina verstand die Maßnahme und bettete ihr Baby mitsamt der Kuscheldecke auf den Sitz. Das Flugzeug glitt ruhig durch die Nacht, doch sie entschloss sich, ihr schlafendes Kind anzuschnallen, indem sie den Gurt sanft über dessen Brust spannte, bevor sie zu Mats trat, der gerade den Monitor anschaltete.

»Worum geht es denn?«

»Um einen Notfall, wenn ich so sagen darf«, begann Mats und rekapitulierte die Geschichte, die er sich auf dem Weg in die obere Etage ausgedacht hatte und ihr nun auftischen wollte.

»Ich bin Psychiater und wegen eines hochkomplizierten Falles auf dem Weg nach Berlin. Ich habe das Behandlungsvideo eines Patienten erhalten, das ich hier oben nicht so genau studieren kann, wie ich möchte.«

»Verstehe«, sagte Salina, sah aber nicht so aus.

»Es ist kompliziert, und ich darf Ihnen wegen des Arztgeheimnisses das Video selbstverständlich nicht zeigen.« Hier wurde Mats bewusst vage und schwammig. »Es ist für mich von größter Wichtigkeit, dass ich mir einen Teil des Videos genauer ansehe. Eine Mikroexpression des Patienten.«

»In Zeitlupe?«, fragte Salina.

»Ganz genau. Die Technik hier an Bord erlaubt das leider nicht. Aber mithilfe Ihrer Kamera …«

Salina nickte verstehend. »Sie wollen den Monitor abfilmen und sich das Ergebnis hinterher in Slow Motion ansehen?«

»Besser noch in Einzelbildern.«

»Okay, kein Problem.«

Mats sah ihr fest in die Augen und bemerkte, dass Salinas Sommersprossen deutlicher auf der blassen Haut zu erkennen waren als noch vorhin. Das lag nicht nur daran, dass sie mittlerweile nicht mehr so gut geschminkt, sondern auch, dass sie aufgeregt war. Verständlich. Er hatte sie aus dem Schlaf gerissen, in das Luxus-Wunderland dieser fliegenden Zweizimmerwohnung entführt und bat sie um eine ungewöhnliche Mithilfe bei der Therapie eines ominösen Patienten. Es war ein Wunder, dass sie ihm die Funktionsweise der Kamera zeigte. Und nicht nur den Vogel.

Der Apparat, den sie samt Stativ dem Flight-Case entnahm, war nicht besonders schwer zu verstehen, dennoch schrieb sich Mats die wichtigsten Schritte Punkt für Punkt auf. Nachdem er sicher war, alles verstanden zu haben, bat er sie, das Wohnzimmer zu verlassen.

»Sie machen Scherze?«

»Es tut mir leid. Ich muss wegen des Arztgeheimnisses darauf bestehen.«

Salina rieb sich nervös die Hände, als ob ihr kalt wäre. Offenbar war es ihr überhaupt nicht recht, ihn mit ihrer Kamera alleine zu lassen.

»Sie steht sicher auf dem Dreifuß. Ich bewege sie nicht vom Fleck«, versprach Mats.

»Na gut«, sagte Salina nach weiterem Zögern, schien jedoch gar nicht glücklich darüber, mit dem Baby ins Schlafzimmer umzuziehen.

Er wartete ab, bis sie die Tür geschlossen hatte, und sprang auf Kanal 13/10 sofort in die neunte Minute. Zu dem Moment kurz bevor Kaja zurückgekommen war, um den Attentäter zu küssen.

Ab Sekunde 552 ließ er das Bild laufen und startete die Digitalkamera, die bereits auf den Wandmonitor ausgerichtet war. Jetzt, beim zweiten Mal, war er sich der Brisanz seiner Entdeckung noch sicherer.

Er stoppte erst die Wiedergabe, dann die Aufzeichnung und ließ die eben angefertigte Aufnahme noch einmal auf dem bierdeckelgroßen Klappdisplay der Kamera ablaufen. Er wartete etwa eine halbe Minute ab, bevor er auf Pause drückte. Von da ab skippte er in Sekundenschritten vorwärts, und wenig später hatte er den Ausschnitt erreicht, den er sehen wollte.

Er musste noch nicht einmal in den Einzelbildmodus schalten. Das Standbild auf dem Display war perfekt.

Und tragisch.

Das gibt es doch nicht.

Mats fühlte ein Trommeln in seiner Brust, als würde in ihm kein Herz, sondern ein wilder Troll wohnen, der dringend aus seinem Körper wollte.

Salina hatte ihm gezeigt, wie er mithilfe eines HDMI-Kabels aus ihrem Koffer die Digicam mit dem Monitor verbinden konnte. Das funktionierte problemlos, weswegen das verstörende Bild jetzt in unerwartet guter Auflösung auf dem 55-Zoll-Monitor prangte.

Mit schweißnassen Händen zog er sein Telefon heraus und fotografierte das eingefrorene Standbild im Monitor.

Die Füße.

Auf der verwaschenen Fliese.

Auf der der Kameramann stand, der Kajas Vergewaltigung bis zum bitteren Ende gefilmt hatte.

Und der nicht Johannes Faber hieß und auch kein Mann war.

Sondern eine Frau mit camouflagefarbenem, grünem Tarnnagellack an den Füßen.

So wie ihn an jenem Tag alle drei Freundinnen als Erkennungszeichen ihrer Clique getragen hatten.

Ausgerechnet!

»Kann ich endlich wieder rauskommen?«, hörte er Salina hinter der Schlafzimmertür rufen.

Mats schluckte, aber der bittere Geschmack in seinem Mund wurde nur noch stärker. Alle seine Wahrheiten, all das, was er bislang über Kaja und ihre Therapie geglaubt zu haben meinte, waren mit diesem Bild auf den Kopf gestellt.

Noch schlimmer: Das Foto, das er jetzt auf seinem Handy bei sich trug, diese einzelne Aufnahme war womöglich die tödlichste Waffe an Bord dieses Flugzeugs.

»Ja, natürlich«, antwortete er der Mutter, löschte das Video auf ihrer Kamera und schaltete den Monitor aus, gerade in dem Moment, als er hinter sich einen sanften Lufthauch spürte.

Er fuhr herum und sah nur noch, wie die Tür zur Sky-Suite mit einem sanften Klick ins Schloss fiel.

Mats verharrte einen Moment in Schockstarre, viel zu lang, denn als er sich wieder gefangen hatte, als er zum Ausgang gerannt war und die Tür aufgerissen hatte und den Gang entlang zur Sky-Bar spähte, um zu sehen, wer ihn eben beobachtet, wer ihm über die Schulter geschaut hatte – da war dort längst niemand mehr in Sicht.

46.

Wohin fahren wir denn?«, wollte Livio von Feli wissen, die gerade das Navigationsgerät programmierte. Es sah noch älter aus als sein innen wie außen völlig verdreckter Renault.

»Funktioniert das Schrottding überhaupt noch?«, fragte sie ihn und setzte nun schon zum dritten Mal mit der Adresseingabe an.

»Nicht mit Wurstfingern«, raunzte Livio zurück und ordnete sich in die äußerste Spur des Kreisverkehrs am Ernst-Reuter-Platz ein.

»Du musst mich nicht fahren«, sagte Feli. Das Display zeigte nun an, dass das Navi nach einem Satelliten suchte.

»Hm, klar. Weil du ja so gut auf dich alleine aufpassen kannst. Hier raus?«

Sie nickte, und es ging weiter Richtung Siegessäule auf der Straße des 17. Juni.

»Hör mal, ich hab genug eigenen Dreck am Stecken. Aber ich bin kein Idiot. Ich merke, wenn jemand in Schwierigkeiten ist.«

Feli lachte auf. »Du wärst wirklich ein Idiot, wenn du das nicht mitbekommen hättest. Ich hab es der Frau eben wortwörtlich gesagt: Die Tochter eines Freundes ist verschwunden. Und ihr Sohn könnte sie entführt haben.«

»Entführt?«

Verdammt. Feli biss sich auf die Lippen. Jetzt hatte sie sich verquatscht.

Livio warf ihr einen argwöhnischen Blick aus den Augenwinkeln zu. »Und du meinst, die Pläne im Zimmer des Muttersöhnchens ...«

»Ganz genau.«

Das Navi hatte den Satelliten gefunden und die Route berechnet. Noch dreiundzwanzig Minuten bis Weißensee.

Noch zweieinhalb Stunden bis zur Hochzeit.

Großer Gott, wie soll ich das Janek erklären?

Immerhin fuhr sie mit Livio schon mal in die richtige Richtung.

Sie fing an, ihrem Verlobten eine Antwort-SMS auf seine zahlreichen Nachrichten zu tippen, bekam aber keinen geraden Satz auf die Reihe.

Feli war viel zu aufgeregt über all das, was sie gerade in Uhlandts Wohnung herausgefunden hatte, und Mats anzurufen war erst mal wichtiger.

»Hallo?«

Es klingelte und rauschte, aber er nahm nicht ab. Als die Mailbox ansprang, legte sie wieder auf.

Verdammt.

Wieso ging er nicht ran? Sie brauchte dringend eine Entscheidung. Alles – oder zumindest überwältigend viel – sprach dafür, spätestens jetzt die Polizei zu informieren.

Feli hatte sich vor zehn Minuten Zugang zum Schlaf- und Arbeitszimmer von Franz Uhlandt verschafft, gegen den Willen der Mutter und mit einem Schraubenzieher, den Livio in einer Küchenschublade gefunden hatte. Das Schloss war mit einem Ruck geöffnet, ohne dass sie es beschädigen mussten. So leicht ging es, dass Feli sich sicher gewesen war, Franz würde hier nichts Aufschlussreiches einfach ungesichert zurücklassen.

Sie hatte sich geirrt.

Im Gegensatz zum Rest der Wohnung herrschte in Franz' Zimmer ein heilloses Durcheinander. Das Bett war nicht gemacht, Wäsche lag auf dem Boden verstreut zwischen medizinischen Fachzeitschriften und zusammengeknüllten Taschentüchern. Vor einem mit Plastikfolie abgeklebten Fenster stand ein Schülerschreibtisch mit einem »Atomkraft? Nein danke!«-

Aufkleber auf der Arbeitsfläche und Panini-Sammelbildern von der Fußballnationalmannschaft 2006.

Es gab keinen Computer, keine Kamera, nichts Elektronisches im Raum, nicht mal einen Fernseher. An den raufaserverkleideten Wänden gab es keine Bilder oder Fotos, doch Feli erkannte deutlich die Löcher von Reißzwecken und Nägeln sowie Tesafilmreste. Dazu Schmutzränder auf der Tapete, die darauf hindeuteten, dass hier vor Kurzem erst etwas abgehängt worden war.

Unter dem Protest der keifenden Mutter hatte sie erst jede Schublade im Schreibtisch und Schrank geöffnet und wurde schließlich ganz klassisch unter der Matratze fündig.

Satellitenaufnahmen, Ausdrucke von einem Gebäude aus der Vogelperspektive. Stadtpläne in immer denselben Ausschnitten. Eine Adresse rot eingekreist.

Und schließlich die Innenaufnahmen. Fotos. Eindeutig eine Melkanlage.

Was hat ein Veganer dort zu suchen?, hatte sich Feli noch gedacht. Und dann, als ihr die Antwort einfiel, hatte sie sich die Ausdrucke gegriffen, die jetzt auf der Rückbank von Livios Wagen lagen, und war wie elektrisiert aus der Wohnung gerannt. Ohne ein Wort des Abschieds, Livio ihr hinterher.

Die Frage war nicht länger: Wohin hatte Franz Nele verschleppt? Die Frage war: Sollte sie jetzt nicht endlich die Polizei einschalten?

Und Mats, der auch beim zweiten Versuch nicht drangin, wollte ihr die Entscheidung nicht abnehmen.

Was, wenn Nele dort in den alten Kuhställen gefangen gehalten und gefoltert wurde? Dann kam es auf jede Sekunde an.

Aber was, wenn Feli sich irrte und die Polizei auf eine falsche Fährte schickte?

Im ersten Fall konnte Nele vielleicht durch einen schnellen Polizeieinsatz gerettet werden.

Im letzteren Fall, daran hatte Mats keinen Zweifel gelassen, wäre Nele tot. Denn sie war als Druckmittel nutzlos, sobald die Erpresser keinen Kontakt mehr zu Mats hatten. Und den verloren sie in dem Moment, in dem die Behörden von der Erpressung erfuhren. Dann nämlich würden Mats und Kaja sofort an Bord des Flugzeugs festgesetzt werden, um einen möglichen Absturzversuch zu vereiteln und das Leben der Passagiere zu schützen.

Feli machte erneut den Fehler, wütend die verletzten Finger zur Faust zu ballen.

»Scheiße«, schrie sie ihren Frust hinaus.

Livio, der auf das Brandenburger Tor zuhielt, fragte sie, ob er ihr helfen könne.

»Was ist mit dir los?«, ließ Feli ihren Ärger an ihm aus. »Du siehst mir nicht aus wie ein barmherziger Samariter. Was willst du als Gegenleistung?«

»Ein Hunni wäre nicht schlecht«, gestand er offen, und seine Chuzpe nahm ihr etwas die Wut.

»Hundert Euro?«

»Das ist der Livio-Taxi-Tarif.« Er grinste, und obwohl dieser verwegene Möchtegern so gar nicht Felis Typ war, konnte sie begreifen, weshalb manche Frauen seinem Haudegen-Charme verfielen. Meistens wohl Opfertypen, die sich wieder und wieder den falschen Macho aussuchten, wie sie es schon oft in ihren Therapiesitzungen erfahren hatte.

»Fährst du mich dann noch zu meinem Mann?«, fragte sie, nicht ganz ernst gemeint.

»Du meinst, zu eurer Hochzeit?«

Sie riss erstaunt den Kopf zu ihm herum. »Woher weißt du das?«, fragte sie misstrauisch.

»Ich bin dein Portemonnaie durchgegangen auf der Suche nach einem Ausweis, einer Adresse. Da hab ich die Einladung gefunden. Wieso bist du nicht längst daheim?«

»Wieso hast du mir die Brieftasche nicht nach Hause gebracht, sondern bist mir gefolgt?«

»Sorry, dass ich zufällig gesehen habe, wie du bei Klopstock aus der Praxis gekommen bist. Himmel, du bist fast gerannt, und ich hab dich aus den Augen verloren. Sei froh, dass ich dich dann doch in der Kantstraße wiedergesehen habe. Du bist doch total paranoid!«

»Und du bist …«

Sie kam nicht mehr dazu, ihre Beleidigung auszusprechen.

Felis Handy klingelte.

»Mats, Gott sei Dank!«

47.

Jeder Mensch hat einen Punkt, an dem er zerbricht. An dem er unter Folter alles gesteht, an dem er selbst zum Mörder wird, nur damit die Schmerzen endlich aufhören.

Nele hatte diesen Punkt erreicht. Dachte sie zumindest.

Ihr Murkel drohte sie innerlich zu zerreißen. Sie schrie, bettelte nach einer Hand, die sie drücken, zerquetschen konnte, aber die gab es in diesem vermüllten, nach Blut, Schweiß und süßem Abfall stinkenden Schacht am Ende des Lichts natürlich nicht.

Sie war sogar so weit, dass sie sich die Rückkehr ihres Entführers wünschte.

Aber wie hieß es doch? Am Ende stirbt jeder für sich allein.

Wobei, in ihrem Fall war das eine Lüge.

Sie starb gemeinsam. Mit dem Baby, das aus ihr herauswollte und nicht konnte. Aus einem Grund, den sie vermutlich niemals erfahren würde, es sei denn, es gab eine Auskunftsstelle im Jenseits.

»Schaaaaaaaa!«, schrie Nele. Sie ahnte, sie würde nichts mehr sehen können. Selbst wenn auf einmal von irgendwoher ein Lichtstrahl fiel, sie hatte so stark gepresst und dabei vergessen, die Augen zu schließen, dass unter Garantie alle Adern geplatzt waren. Sie kannte die Bilder von Frauen, die nach der Entbindung so aussahen, als hätten sie sich Chlor in die Augen gesprüht.

»Schaaaaaaahahaaaa!«

Sie erstickte an ihrem eigenen Schlachtruf, der keine Linderung mehr brachte, nur noch ein Schrei war, der ihre trockene Kehle durchschnitt.

Von einer weiteren Welle gepackt, krallte sie die Finger in den

Dreck unter sich. Fühlte nicht, wie sich der Splitter unter ihre Fingernägel grub, spürte jedoch die kalte, glatte Oberfläche.

Ein Spiegel?

Auf dem Scheitelpunkt des Schmerzes ebbte die Wehe wieder ab, und Nele war für einen Moment in der Lage, das Bruchstück mit beiden Händen zu ertasten.

Tatsächlich. Es fühlte sich so an, und es reflektierte sogar das wenige Restlicht, das sich hier unten im Schacht sammelte.

Eine Spiegelscherbe.

Spitz, scharf und handlich, fast so wie die Rasierklinge vorhin zwischen den Sofapolstern.

Vor ihrem geistigen Auge sah sie, wie die Scherbe über die Haut über ihren Pulsadern glitt.

Und das war der erste glückliche Gedanke seit Langem.

48.

Feli? Wo bist du?«

Die monotonen Nebengeräusche des Flugzeugs übertönten alle anderen akustischen Hintergrundinformationen, die man bei einem Telefonat üblicherweise heraushören konnte.

Er hatte keine Ahnung, ob sie unterwegs war oder sich zu Hause für ihre Hochzeit umzog oder vielleicht schon auf dem Weg ins Standesamt war, was er nicht hoffte.

»Ich fahre zum ehemaligen VEB-Fleischkombinat.«

»Wohin?«

»Ein verlassener Industriekomplex, ganz in der Nähe von Neles Wohnort.«

Mats hörte den Akku-Warnsignalton und nahm kurz den Hörer vom Ohr.

Nur noch fünfzehn Prozent.

»Ist sie dort?«, fragte er aufgeregt.

»Das will ich herausfinden. Aber Mats, wäre es nicht besser, die Polizei anzurufen?«

Mats holte tief Luft und blieb in der mittleren Drehung der Wendeltreppe stehen, die nach unten in die First-Class-Lobby führte. »Nicht, bevor du dir nicht sicher bist, dass Nele auch wirklich dort ist«, beschwor er sie.

»Hör mal, das Gelände dort ist ein riesiges Areal. Da gibt es ein verfallenes Kinderkrankenhaus, Fleischfabriken, Stallruinen.«

Die perfekte Spielwiese für einen Psychopathen.

»Halte nach einem Taxi Ausschau«, sagte Mats und lief weiter.

»Okay, das ist eine Idee. Aber wenn ich da nichts finde …«

»Rufst du mich an, bevor du etwas anderes unternimmst. Wann bist du da?«

»In etwa zwanzig Minuten.«

Mats betete, dass er dann noch auf Empfang war, und beendete das Telefonat.

»Kaja!«

Egal, was der Kapitän vorhin von ihm verlangt hatte, er *musste* einfach mit ihr sprechen. Und was sollte Pereya schon tun? Er konnte ihn ja wohl schlecht auf Verdacht in Ketten legen.

Mats nickte einer schwarzhaarigen, extrem schlanken Stewardess zu, die sich glücklicherweise mit einer Auswahl von Zeitschriften auf einem Serviertrolley Richtung First Class aufmachte, vermutlich, um einen an Schlaflosigkeit leidenden Passagier mit neuer Lektüre zu beglücken. Als sie hinter dem Vorhang verschwunden war, trat er zu Kaja, die auf seinen Ruf eben nicht reagiert hatte.

Sie stand vor dem gläsernen Fahrstuhl neben der Bar und tat so, als hätte sie ihn nicht kommen hören.

»Ich muss Sie sprechen«, sagte Mats etwas brüsk; er hatte keine Sekunde zu verlieren. Kaja deutete auf den Fahrstuhl.

»Ich habe leider keine Zeit mehr für Sie. Ich muss zurück in die Crew-Cabin, Dr. Krüger.«

»Wohin?«

»Ein Bereich, der Passagieren nicht zugänglich ist. Unten bei den Fracträumen. Ein echter Fortschritt. Früher hatten wir nur einen Vorhang, den wir zuziehen konnten. Jetzt stehen uns kleine, aber abschließbare Kabinen zur Verfügung, mit Bett und Fernseher.«

Kaja bemühte sich, so normal wie möglich zu klingen, ihr Lächeln wirkte aber so echt wie das einer misshandelten Ehefrau, die Angst vor weiteren Schlägen ihres Mannes hat.

»Geht es Ihnen gut?«

»Nein, Dr. Krüger. Und das wissen Sie auch.«

Er hatte keinen Plan, hatte sich keine Worte zurechtgelegt und schoss gleich mit der drängendsten Frage heraus: »Waren Sie eben oben bei mir?«

Sie drückte noch einmal auf den Rufknopf, obwohl man hören konnte, dass der Lift sich schon bewegte.

»Bitte, ich mache jetzt Pause. Ich war nur noch mal kurz auf Toilette, ich würde mich jetzt gerne wieder hinlegen.«

Mats schüttelte den Kopf. So einfach konnte er sie nicht gehen lassen.

»Das Video, die letzten Szenen. Ich muss wissen, was es damit auf sich hat.«

»Warum?«

Gute Frage.

Die entscheidende Frage.

»Kann es sein, dass Sie erpresst wurden? Schon damals?«

Kajas Augen wurden kalt. »Sie haben nichts verstanden, Dr. Krüger«, sagte sie leise, kaum hörbar.

Er griff nach ihrer Schulter und fühlte, wie sie unter seiner Berührung zu Eis wurde.

»Deshalb will ich mit Ihnen reden. Schauen Sie, Johannes Faber wurde damals zu hundert Stunden Sozialdienst verurteilt. Er hat immer und immer wieder beteuert, das Video nicht gemacht zu haben. Und jetzt weiß ich, dass er die Wahrheit sagte.«

»Wieso?«

»Weil eine Frau die Kamera hielt.«

Er zeigte ihr das Bild auf seinem Handy, das er vorhin vom Fernseher abfotografiert hatte.

»Sehen Sie den Frauenfuß? Mit dem Camouflage-Nagellack? Die gleiche Sorte, die Sie an jenem Tag aufgetragen hatten, Kaja. So wie die beiden anderen Mädchen in Ihrer Clique. Tina ist tot. Es war also Amelie, die das Video aufnahm und veröffentlichte, hab ich recht?«

Der Lift öffnete sich.

»Nein«, sagte Kaja energisch, aber mit einem Blick, der keine Gewissheit ausdrückte, sondern eher den Wunsch, dass dies auf gar keinen Fall der Wahrheit entsprechen durfte.

»Dann sagen Sie mir, wer es war.«

Kaja trat ein, aber Mats hielt seine Hand gegen die Licht-schranke, damit die Türen sich nicht schließen konnten.

»Wieso?«

»Weil ich mir sicher bin, dass diese Person, wer immer es ist, Ihnen auch heute noch das Leben zur Hölle macht.«

Es in eine Hölle verwandeln will! Für dich, für mich und für alle hier an Bord.

»Wieso haben Sie den Attentäter geküsst? Und wer hat Sie damals gefilmt? Was hat das alles zu bedeuten?«

Mats stellte diese Frage in der quälenden Hoffnung, mit den Antworten dem Erpresser oder wenigstens seinem Motiv et-was näherzukommen.

»Wie ich schon sagte. Sie verstehen nicht das Geringste.«

Kaja hielt eine Chipkarte vor einen Sensor. »Schon damals nicht.«

Mats' Handy klingelte erneut, und er machte den Fehler, auf das Display zu schauen. Dabei löste er die Hand von der Tür, die sich sofort schloss.

»Sie haben mich schon früher nie verstanden«, hörte er Kaja noch sagen.

Und während sie mit starrem Blick durch ihn hindurchsah, als wäre er ebenfalls aus Glas, fragte ihn die Stimme am Telefon: »Haben Sie die Waffe gefunden?«

Mats tastete nach dem Zahnseidespender in seiner Anzug-tasche. »Ja.«

»Geben Sie sie ihr.«

Er blickte nach unten. Sah nur noch die graue, verstaubte Fahrstuhldecke und die Stahlseile, an denen die Kabine hing. Kaja war längst aus seinem Blickfeld verschwunden.

»Das funktioniert nicht mehr«, protestierte Mats. »Sie redet nicht länger mit mir. Sie hat sich krankgemeldet und verbringt den Rest des Fluges in einem Bereich, der Passagieren nicht zugänglich ist.«

»Gut, gut. Also ist sie wieder labil.«

»Ja. Aber verstehen Sie doch. Ich komme nicht länger an sie ran!«

Am liebsten hätte er sich vor Wut und Verzweiflung an den Kopf geschlagen.

»Das ist Ihr Problem. Überwinden Sie es. Sonst ist das hier ein Freudenschrei, verglichen mit dem, was Ihre Tochter noch alles zu ertragen hat.«

Im Hintergrund hörte Mats einen entsetzlichen Laut. Einen Schrei aus voller Kehle, lang gezogen und so laut und qualvoll und übersteuert, dass es schwerfiel zu unterscheiden, ob hier ein Mann oder eine Frau gefoltert wurde.

»Schaaaaahaaaaa!«, brüllte das Opfer, und der Schrei hallte noch lange in Mats' Ohren nach; lauter als das Dröhnen einer Kirchturmglocke begleitete es ihn den gesamten Rückweg, die Wendeltreppe hinauf zurück zu seiner Suite, wo er weinend die Tür hinter sich schloss.

49.

Im Internet rangierte das VEB-Fleischkombinat unter den »Top-Ten-Fotomotiv-Ruinen«, dicht hinter dem Beelitz-Heilstätten-Sanatorium und den verrotteten US-Abhöranlagen auf dem Teufelsberg.

Schon zu DDR-Zeiten verwahrlost, wurde das Gelände des Zentralvieh- und Schlachthofs vom Volksmund »Langer Jammer« genannt und machte auch heute noch in Teilen diesem Namen alle Ehre.

Einiges – darunter die Schlachthöfe – war abgerissen worden, anderes wie die Rinderauktionshalle renoviert, neue Wohngebäude wurden errichtet, ein S-Bahnhof, Fußgängertunnel und Kaufhallen angelegt. Doch weite Bereiche des Areals lagen brach und wurden noch immer gerne von Regisseuren für Endzeitfilme oder Großstadt-Slum-Produktionen genutzt.

Und auf diese Teile des Geländes konzentrierte sich Feli bei ihrer Suche.

Als Livios Auto über den vom Nieselregen schon schlammigen Boden der nördlichen Zufahrt auf das Ruinenland zuschaukelte, musste Feli unweigerlich an den Tod denken.

Sie konnte nicht verstehen, weshalb Menschen hier ihre Freizeit verbrachten, auf der Jagd nach morbiden Fotomotiven oder kaputten Andenken an eine längst vergangene Zeit, freiwillig zwischen Schrott und Müll. Erst letztes Jahr war ein jugendlicher Tourist bei einem Selfie von einem Schornstein gefallen und war seitdem querschnittsgelähmt. Von sanften Erziehungsmethoden schien Gott nicht besonders viel zu halten.

»Wonach suchen wir jetzt?«

»Nach einem Taxi«, sagte Feli. Sie fuhren an einem Schild mit der Aufschrift »Zu den Ställen« vorbei, was Felis Unbehagen verstärkte.

In weniger als zwei Stunden sollte sie mit einem Ring am Finger ganz in Weiß gekleidet das Standesamt verlassen.

Ein größeres Kontrastprogramm konnte sie sich kaum denken.

Gerade passierten sie aus roten Backsteinen gemauerte Fabrikhallen. Nicht der Zahn, sondern das gesamte Gebiss der Zeit hatte seine mächtigen Kiefer in die verlassenen Gebäude geschlagen; Putz samt Ziegel herausgerissen, Dachschindeln abgedeckt und Fenster zersplittern lassen.

Als hätten sich die Schlächter, die vor Jahrzehnten hier Tiere getötet, zerhackt und ausgeweidet hatten, mangels lebenden Nachschubs auf die tote Materie gestürzt.

»Wenn der Entführer klug ist, hat er sein Taxi hier irgendwo untergestellt.«

»Dann finden wir ihn nie«, kommentierte Feli Livios Bemerkung.

Sie hielten vor einer Weggabelung und tauschten unentschlossene Blicke aus.

»Rechts scheint es zu den Schlachthöfen zu gehen«, sagte Livio. Der Wegweiser war morsch und kaum noch lesbar.

»Was steht darunter? Mollerei?«

»Molkerei, nehme ich mal an. Da geht's zu den Milchhöfen.«

Bei dem Wort »Milch« zuckte Feli zusammen.

»Was hat Uhlandts Mutter vorhin gesagt?«

»Dass er Veganer ist. Er muss jeden einzelnen Zentimeter hier hassen.«

»Aber ganz besonders die Milchfabriken, oder? Sie hat doch gesagt, sie dürfe nicht einmal mehr einen Joghurt zu Hause essen, weil er diese Milch-Macke hat.«

Denkt sogar, das wäre schuld an ihrem Knochenschwund.

»Dann ist die Entscheidung wohl gefallen, wo wir uns als Erstes umsehen«, sagte Livio und legte den Gang ein.

Eine Minute und zwei Abzweigungen später trat er wieder auf die Bremse.

»Wieso halten wir hier? Hier ist kein Auto.«

»Aber hier war mal eins.«

Livio zeigte durch die Windschutzscheibe auf den Hof vor einer Spitzdachbaracke. Die Spuren im Schlamm rührten eindeutig von einem oder mehreren Fahrzeugen, die vor- und zurückgefahren waren und gewendet hatten. Die meisten Spuren mussten frisch sein, denn so lange regnete es noch nicht.

Er stoppte den Motor, und sie stiegen aus. Gemeinsam gingen sie zu der Tür in der Wellblechwand der Baracke und stellten überrascht fest, dass sie unverschlossen war.

»Was ist das hier?«, fragte Feli, nachdem sie einige Schritte in die muffig stinkende Halle vorgedrungen waren und sich umgesehen hatten.

»Sieht aus wie ein ehemaliger Milchstall. Hier wurden die Tiere angekettet und gemolken. Die elektrischen Anlagen sind längst abgebaut. Nur noch die Boxen sind da.«

Feli sah auf die Uhr, dann auf ihre weißen Turnschuhe, die bereits mit Schlamm überzogen waren.

Das ist jetzt eh egal.

»Gut. Die Zeit rennt uns davon. Wir teilen uns auf. Du suchst die Halle da hinten ab. Ich schau mal hier vorne.«

»Wie du meinst, aber hey …« Livio lächelte sein Musketier-Lächeln. »Pass auf dich auf, ich will dich nicht schon wieder retten müssen.«

Sie erwiderte sein Lächeln und war überrascht über ihr Selbstbewusstsein. Natürlich hatte sie Angst und ein schlechtes Gewissen Janek gegenüber, aber bei ihrer Arbeit am Telefon hatte sie selten solche Herausforderungen zu meistern. Und selten ein unmittelbares Ergebnis, und sie merkte, dass es ihr trotz der gefährlichen, tragischen Situation doch irgendwie guttat, einmal etwas Handfestes, etwas Reales zu tun. Und nicht nur zu reden.

»Ich bin ein großes Mädchen«, sagte sie.

Sie drehte sich um und machte sich auf den Weg zu den Stufen.

Wenn sie sich nicht irrte, hatte sie in zwanzig Meter Entfernung etwas wie eine Treppe gesehen, die womöglich zu einem Untergeschoss führte.

50.

Erst ihren Verstand, nun auch noch die Stimme. Hier unten im Schacht hatte sie beides verloren, nicht unbedingt in dieser Reihenfolge. Eher gleichzeitig.

Die im Moment leicht abgeflauten Schmerzen hatten sie auf ihren Wellenkämmen fortgetragen und an ein Ufer gespült, an dem sie nicht länger die Herrin ihrer Sinne war.

Nele hatte die Augen geöffnet, konnte aber nichts sehen. Ihr Mund bewegte sich, aber es kam kein Laut über ihre Lippen. Dennoch war sie erfüllt von akustischen Halluzinationen.

Sie meinte sogar zu hören, wie jemand ihren Namen rief, doch das war nur Wunschdenken. Eine Fata Morgana wie die eines Verdurstenden, der in der Wüste auf einmal glaubt, vor einem Wasserloch zu knien.

Allerdings war es für eine Einbildung erstaunlich laut.

»Nele?«, hörte sie wieder diese Stimme, die sie schon einmal gehört hatte, vor langer, langer Zeit, in einem anderen Leben, bevor sie vor zweihundert Jahren hierher verschleppt worden war (es konnte auch länger her sein, wenn Qualen und nicht Stunden der Maßstab waren).

Allein die Tatsache, dass sie die Stimme kannte, war ein weiterer Beweis dafür, wie nahe sie dem Tode bereits war. Hieß es nicht, dass man in den letzten Sekunden auf vertraute Menschen stoßen würde?

Nele schloss die Augen und fühlte, wie sie in einen gnädigen Schlaf trieb. Der bestimmt nur wenige Minuten bis zur nächsten Wehe anhielt, die noch gnadenloser und trotzdem weiterhin erfolglos sein würde. Ihr Murkel saß falsch, sie fühlte das, wie sie fühlte, dass sie ihn ohne fremde Hilfe nicht lebendig zur Welt bringen würde.

Vielleicht hat mein Baby sich beim Sturz verschoben?
Dann war sie schuld, dachte sie. Denn sie war ja weggelaufen und gesprungen und alleine gelassen worden, mit dem Müll und dem Splitter im Bein und der Scherbe in der Hand, die sie noch nicht benutzt hatte, und der Stimme, die nicht mehr ihren Namen rief, sondern sich jetzt so anhörte, als würde sie mit jemandem telefonieren.

51.

Was gibt es?«
Feli hatte die ganze Zeit Neles Namen gerufen, aber keine Antwort bekommen, hier unten in dem ekelhaften Kellergang, von dem rechts und links Räume abgingen, die wie mittelalterliche Kerkerverliese aussahen.

Zum Glück hatte ihr Handy eine starke Taschenlampenfunktion, doch jetzt, wo Livio sie angerufen hatte, konnte sie ihr Telefon nicht mehr als Lichtquelle nutzen.

»Hast du sie gefunden?«, fragte Feli aufgeregt.

»Nein«, hörte sie ihn sagen. »Aber hier stimmt was nicht.«

»Was?«

»Da steht ein Kamerastativ in einem Stall. Genau vor einem Krankenbett.«

»Wie bitte?«

»Wie ich es sage. Das Ganze sieht nach extrem perversen Dreharbeiten aus. Als ob hier ein Sodomie-Porno gedreht werden soll. Hier steht sogar eine vergitterte Tierbox.«

»Oh Gott.«

Sie hörte Livio husten, seine Stimme wurde dumpfer. Anscheinend bewegte er sich.

»Wo gehst du hin?«

»Ich schau mich hier mal weiter um.«

»Nein, warte lieber«, bat Feli. »Ich komme gleich zu dir hoch.«

»Okay, wir treffen uns bei den Ställen.«

Sie atmete tief ein und musste husten. Kein Wunder bei dem Staub hier unten.

»Alles klar. Zwei Minuten, ich will hier auch noch etwas überprüfen.«

Feli legte auf und richtete den Lichtstrahl ihrer Handykamera wieder auf den Boden.

Auf das runde Holzbrett, das sie kurz vor Livios Anruf entdeckt hatte.

Und das wie die Abdeckung eines Brunnens aussah.

52.

Es gab nur zwei Möglichkeiten. Entweder, die Wahnvorstellungen wurden schlimmer. Oder Franz war vom Baumarkt zurückgekommen, mit der Seilwinde und den Gurten, die er besorgt hatte, und schob in diesem Moment den Deckel wieder vom Eingang des Kadaverschachts weg. Auf jeden Fall wurde es hell. Viel zu hell für Neles an die Dunkelheit gewöhnte Augen.

Geblendet schloss sie die Lider, und trotzdem schien es ihr, als stäche ihr der Strahl durch die Haut in die Pupillen.

»Wer ist da?«, krächzte sie. Nicht sehr viel lauter als ein Fisch hinter dickem Aquariumglas. Dann hörte sie wieder die Stimme, die auf einmal viel zu deutlich und aufgeregt war, um nur ein Traum sein zu können.

»Nele, bist du das da unten?«, fragte sie.

Nele riss die Augen wieder auf. Blinzelte die Tränen weg und mit ihnen den Heiligenschein über der Person, die ihr zur Rettung erschienen war und mit der sie von allen Menschen auf dieser Welt am wenigsten gerechnet hätte.

»Gott sei Dank. Hilf mir, bitte, rette mich!«

Dass sie noch immer nicht klar denken konnte, zeigte sich daran, dass Nele der Name nicht einfallen wollte, aber es war ja auch schon viel zu lange her, dass sie etwas mit dieser Person zu tun gehabt hatte.

Zweihundert Jahre etwa, wenn nicht mehr.

Und nun tauchte sie gerade jetzt auf. Wie war das möglich?

»Hat mein Vater dich geschickt?«, fragte sie, denn er war der Einzige, der sich vermutlich gerade um sie Sorgen machte und hoffentlich Himmel und Hölle in Bewegung setzte, um sie zu finden.

Allerdings war sie sich nicht sicher, wie viel Zeit vergangen war und ob er überhaupt schon gelandet war.

»Hilf mir!«

Die Laute blieben am Sandpapier ihrer Kehle hängen. Dennoch versuchte sie es noch einmal, flüsterte »Bitte«, was ebenso hilflos wirkte wie ihr Versuch, die Hand nach oben zu strecken. Sie lächelte sogar, meinte es zumindest zu tun, jedenfalls bis zu dem Moment, in dem das Unmögliche geschah und das Grauen in ihr noch einmal eine neue Dimension erreichte.

Es war der Moment, da sie nur dieses eine, letzte Wort hörte:

»Verrecke!«

Dann war das Licht wieder weg, und die Abdeckung des Schachts schloss sich mit einem hörbaren Schaben über ihrem Kopf. Bewegt von jemandem, der ihre letzte Hoffnung gewesen war.

»Verrecke!«

Nie zuvor hatte sie so viel Wut und Hass in einem einzigen Wort gehört.

Nie zuvor eine Dunkelheit gespürt, die sie erdrückte wie die Wassermassen der Tiefsee.

Nie zuvor war Nele dem Tod so nahe gewesen.

53.

Was ist passiert?«
Livio wartete wie verabredet bei den Ställen, und sein Lächeln war verschwunden. Er sah sie misstrauisch oder besorgt an, ganz genau konnte sie es nicht deuten, dann zeigte er auf ihre dreckigen Hände, die Feli sich mehr schlecht als recht an ihrer Jeans abgewischt hatte.

»Ich war in einer Art Kellergang«, erklärte sie ihm. »Dachte, ich hätte eine Luke oder etwas entdeckt, aber es war nur ein Brett. Dabei habe ich mich schmutzig gemacht, und auf dem Rückweg bin ich auf der Treppe ausgerutscht.«

Sie trat an ihm vorbei und warf einen Blick auf seine Fundstücke. Das kameralose Stativ und die Krankenliege.

Sie war mit Blut und Kot verschmiert, und in Felis Magen zog sich etwas zusammen. »Sieht so aus, als hätte Nele hier in den Wehen gelegen.«

Livio stimmte ihr zu.

»Und ist dann von hier fortgebracht worden.« Er zeigte auf das Handy in ihrer Hand. »Wirst du jetzt die Polizei anrufen?«

Feli nickte, sagte aber: »Ich weiß es nicht. Wahrscheinlich. Ich werde erst Mats fragen müssen.«

»Okay, aber wenn du die Bullen rufst ...« Livio sprach den Satz nicht zu Ende, doch sie wusste, worum er sie bat.

»Na klar, hau ab!«

Livio schien sich weiter erklären zu wollen, denn er fügte hinzu: »Ich meine, wir beide können hier eh nichts mehr tun. Und du weißt ja, die Polizei und ich sind nicht gerade die besten Kumpel.«

»Klar. Geh nur!« Sie zeigte zum Ausgang.

»Wirklich?«

»Nur eins noch …«

»Was?«

Er hatte sich schon zum Gehen gewandt, drehte sich jetzt aber noch einmal um die eigene Achse.

»Mein Portemonnaie.«

»Was? Ach so, ja.«

Grinsend zog er es aus der Hosentasche und scherzte: »Versuchen kann man es ja mal.«

Er warf ihr eine Kusshand zu und trollte sich Richtung Ausgang.

Feli wartete, bis er hinter der Wellblechwand im Regen verschwunden war und sie das Geräusch des startenden Motors hörte, erst dann atmete sie tief durch und wählte mit wild klopfendem Herzen die Nummer von Mats.

54.

Scheiße, Scheiße, Scheiße.

Man sollte so nicht fluchen, das wusste er. Seine Mutter hatte es ihm wieder und wieder gesagt, aber die hörte auf ihn ja genauso wenig und trank noch immer heimlich ihre Milch, diesen Todessaft. Also konnte er auch heimlich das S-Wort benutzen, dazu hatte er ja wohl allen Grund.

Wo kommen die auf einmal her?

Er hatte Sorge gehabt, dass der Wachmann ihm zuvorkam. Dass er viel zu viel Zeit im Baumarkt vertrödelt hatte, weil er keinen Angestellten fragen wollte, sondern sich alles lieber selbst zusammensuchte. Aber was zum Teufel hatte dieser schwarzhaarige, halb verlotterte Schönling hier zu suchen?

Und wohin fuhr er jetzt?

Er hatte wohl Glück im Unglück, weil er sein Taxi diesmal in einer leeren Auktionshalle etwas weiter weg geparkt hatte und die letzten Meter zu Fuß gegangen war. Jetzt war er zwar durchnässt vom Regen, aber seine Vorsicht, erst einmal die Lage zu prüfen, hatte sich bezahlt gemacht.

So war er dem Renault nicht entgegengefahren, sondern hatte den Eindringling aus einiger Entfernung von einem ausgebrannten Bauwagen aus beobachten können.

Nun, der Schwarzhaarige war weg, aber so, wie es *verdammt noch mal* aussah, war er nicht alleine gekommen und hatte jemanden zurückgelassen.

Eine Frau.

Um sie zu sehen, hatte Franz den Schutz des Bauwagens aufgeben und zu dem offen stehenden Eingangstor pirschen müssen. Erst hatte er sie nur als Bewegung wahrgenommen, als einen Schatten am anderen Ende der Halle. Doch der Schatten sprach, schien mit jemandem zu telefonieren, und dabei bewegte er sich auf ihn zu.

»Hallo, Mats? Ich geh mal raus, da hab ich vielleicht besseren Empfang«, hörte er. Die Frau klang aufgeregt, als habe sie etwas entdeckt.

Franz sah sich um, überlegte, ob er zurück zu seinem Auto gehen und abhauen sollte.

Aber dann wäre alles vorbei und verloren. Die ganze, lange Vorbereitung.

»Nein, hier geht es um ein höheres Ziel«, flüsterte er sich selbst zu.

Und bückte sich.

Hob eine von den vielen rostigen Eisenstangen auf, die hier überall verstreut lagen.

Und freute sich, dass die, mit der er auf die Frau wartete, an einem Ende sogar einen Haken hatte.

55.

Das Risiko, in einem Auto zu sterben, ist 104-mal höher als in einem Flugzeug.

Und die Wahrscheinlichkeit, sich zu übergeben, nachdem man die Schreie seiner entführten Tochter am Telefon gehört hat, liegt bei hundert Prozent.

Statistik, dachte Mats, während er in die Aluminiumschüssel starrte, die in Flugzeugen, selbst hier in der obersten Luxusklasse, immer an eine Gefängnistoilette erinnerte.

Statistik dient nur so lange zur Beruhigung, wie man selbst nicht betroffen ist.

»Was soll das heißen, Nele ist nicht mehr da?«, fragte er auf dem Boden des Badezimmers kniend, das Handy neben das Klo gelegt und laut gestellt, da seine Hände so sehr zitterten, dass er es nicht länger am Ohr halten konnte.

»Hier in der Tierhalle stehen ein Kamerastativ und eine Krankenliege«, antwortete Feli aufgeregt. »Aber keine Spur von Nele. Wobei sie überall sein könnte. Der Stall hier ist viel zu groß. Der hat einen, wenn nicht mehrere Keller.«

Felis letzte Worte wurden von einem Piepton begleitet, da Mats' Akku mittlerweile nur noch auf zehn Prozent lief. Er wusste, er müsste jetzt aufstehen und sein Telefon an die Steckdose hängen, aber selbst das kam ihm im Moment wie eine unglaubliche Kraftanstrengung vor.

»Dann schau dich da weiter um«, sagte Mats, von einer bleiernen Übelkeit erfasst.

»Das Gelände ist riesig. Hörst du mir nicht zu? Das schaffe ich nicht.«

»Du meinst, du willst es nicht.«

Mats spürte, wie er ungerecht wurde, aber er hatte im Moment nichts als seine Ohnmacht und seine Wut, und Feli war der einzige Blitzableiter, der ihm zur Verfügung stand.

»Du willst mir gar nicht helfen.«

»Wie kannst du nur so etwas sagen?«, fragte sie empört.

Mats riss ein Bündel Kosmetiktücher aus einem Spender und wischte sich Reste des Erbrochenen aus dem Gesicht, dann schaffte er es endlich, sich an einem Haltegriff nach oben zu ziehen. »Du kannst Nele nicht leiden. Du siehst in ihr den Grund, dass ich dich verlassen habe. Du hasst sie.«

Und ich hasse mich.

»Mats«, protestierte Feli energisch, und am liebsten hätte Mats seinen jähzornigen Ausbruch zurückgespult oder seinen Zorn wenigstens in die richtige Richtung kanalisiert, aber er konnte nicht aufhören, die einzige Person zu beschimpfen, die ihm bislang geholfen hatte.

»Ich glaube, selbst wenn du sie finden würdest, würdest du Nele im Stich lassen.«

»Mats!« Feli rief erneut seinen Namen, aber es klang nicht länger wie ein Protest. Wenn Mats ehrlich war, hatte es das schon das erste Mal nicht getan. Es klang eher wie ein Schrei um …

… Hilfe?

»Was ist da los bei dir?«, keuchte er.

»Mats, ich glaube, hier ist jemand, hier …«

Er sollte es nie mehr von ihr erfahren. Das Letzte, was Mats von Feli hörte, war ein Schrei und dann ein Geräusch, als ob etwas sehr Empfindliches zersplitterte.

Danach war sein Display schwarz.

56.

Nein, nein, nein ...

Mats riss die Schiebetür des Badezimmers auf und stolperte in das Wohnzimmer der Sky-Suite. Mit einem Dröhnen im Ohr, als würde die Maschine gerade im Sturzflug nach unten jagen, klappte er seinen Aktenkoffer auf, zerrte das Aufladekabel hervor und steckte es in eine der Steckdosen, die in der Armlehne jedes Sessels installiert waren.

Das Symbol einer entladenen Batterie erschien auf dem Display, ein Blitz-Zeichen signalisierte den Ladevorgang, aber Mats wusste aus Erfahrung, dass es eine gefühlte Ewigkeit dauerte, bis er wieder telefonieren konnte. Und das war zu Hause, wo er ein stabiles Netz hatte. Wie lange würde es dauern, bis sich sein Handy in über zehntausend Metern Höhe wieder in das Netzwerk der Fluglinie eingewählt hätte?

Am Ende waren es nur sechzig Sekunden.

Eine Minute, in der Mats abwechselnd sein Telefon, die Tischlampe vor den Fenstern, das Schwarz dahinter, das rot blinkende Signallicht am Ende des gewaltigen Flügels und wieder sein Telefon fixierte.

Nunmehr mit dem Echo zweier Schreie in seinem Kopf. Dem seiner Tochter und dem der einzigen Person, die er auf ihre Rettung angesetzt hatte.

Das Telefon erwachte schnarrend zum Leben, und Mats vertippte sich bei der Pin-Eingabe, schließlich aber hatte er es geschafft und öffnete die Anzeige, die ihm drei Anrufe in Abwesenheit signalisierte.

»Feli?«, fragte er, als der vierte Anruf durchging. Er bemühte sich so sehr, nicht zu schreien, dass seine Stimme am Ende nur noch als Flüstern durchging.

»Wer ist Feli?«, wollte die Stimme wissen.

Mats schloss die Augen und versank in dem Ledersessel, von dem er bis zu dieser Sekunde gar nicht gewusst hatte, dass er in ihm saß. Vieles um ihn herum nahm er nur noch wie durch eine beschlagene Brille wahr. Seine Welt war geschrumpft, hatte sich auf einen winzigen Ausschnitt reduziert, in dem es nur noch um Nele, ihr Baby und diesen Menschen am anderen Ende des Apparats ging, für den ein Säurebad noch eine viel zu liebevolle Behandlung wäre.

»Ich will sofort Nele sprechen«, sagte Mats, nun schon etwas lauter.

»Haben Sie Kaja die Waffe gegeben?«

»Das tue ich, sobald Sie meine Tochter freigelassen haben.«

Die Stimme lachte amüsiert. »Halten Sie mich für schwachsinnig?«

Nein. Jemand, der sich so etwas ausdachte, war vielleicht ein Psychopath, aber garantiert kein Dummkopf, der sein Druckmittel aufgab.

»Ihnen geht es um einen Präzedenzfall, richtig?«, stellte Mats die Frage aller Fragen. »Sie arbeiten für Klopstock! Sie wollen, dass ich das Flugzeug zum Absturz bringe, damit das Gesetz durchkommt und er mit den Testreihen Millionen verdient.«

Wie zuvor bekam er auch jetzt keine Antwort, aber Mats konnte hören, dass sich etwas in dem Charakter der Stimme verändert hatte. Es war nicht mit Bestimmtheit zu sagen, denn sie klang noch immer mechanisch und teilweise abgehackt, aber die Atemgeräusche im Hintergrund waren intensiver, und dadurch wirkte der Erpresser angespannter, nervöser.

»Ich sitze hier nun schon seit über acht Stunden vor dem Flight-Radar im Internet, und bislang scheint auf Ihrem Flug alles nach Plan zu verlaufen«, sagte er. »Flughöhe, Route, Geschwindigkeit, alles perfekt. Das ist einerseits gut, denn es beweist mir, dass Sie die Behörden nicht eingeschaltet haben, sonst wären womöglich Abfangjäger aufgestiegen und würden Sie begleiten, und ganz sicher würde ich nicht mehr mit Ihnen telefonieren. Schlecht hingegen ist, dass Ihnen jetzt nur noch wenige Stunden bleiben, um das Flugzeug in den Ozean zu lenken. Oder wollen Sie riskieren, dass noch mehr Menschen zu Schaden kommen, sobald Sie den Kontinent erreicht haben und Kaja den Absturz in einem Wohngebiet herbeiführt?«

Mats nutzte eine kurze Pause der Stimme und flehte: »Bitte, lassen Sie mich mit Nele sprechen.«

»Sie sind schon lange nicht mehr in der Position, Forderungen zu stellen, Sie …«

Die Stimme an Mats' Ohr wurde plötzlich von einer Borddurchsage übertönt.

»Meine Damen und Herren, bitte beachten Sie, dass die Anschnallzeichen wieder erleuchtet sind. Wir nähern uns einer Schlechtwetterzone über dem Atlantik und …«

Der Kapitän schmückte seine spanischsprachige Warnung mit weiteren Details aus, und Mats hatte auf einmal das unwirkliche, fast beschwipste Gefühl, alles doppelt zu hören. Und zeitversetzt, als würden die gewölbten Wände der Maschine ein sanftes Echo erzeugen. Es dauerte eine Weile, bis er die Ursache dieses verstörenden Effekts verstand. Und noch etwas länger, bis ihm klar war, was das bedeutete.

Die Durchsage, jedenfalls die ersten Wörter des Kapitäns, war nicht nur aus dem Deckenlautsprecher gekommen. Sondern auch aus dem Handy, das er immer noch ans Ohr gedrückt hielt. Obwohl der Erpresser längst wieder aufgelegt hatte. Exakt in dem Moment, in dem auch ihm bewusst geworden sein musste, dass sein Telefon nicht länger nur die künstlich veränderte Stimme übertragen hatte, sondern auch die Durchsage des Kapitäns.

Und das wiederum hieß …

Die Wucht der Erkenntnis drückte Mats noch tiefer in seinen Sitz.

Er sah zur Seite, berührte das Fenster, spürte, wie die Kälte der Nacht durch die Scheibe hindurchkroch, durch seine Finger in den Unterarm bis direkt in sein Herz.

Es ist unmöglich, dachte er, und doch konnte es keine andere Erklärung geben:

Der Erpresser war ganz in seiner Nähe.

Hier an Bord dieses Flugzeugs.

57.

Denk nach!
Mats war schon auf dem Weg nach draußen, kehrte dann aber wieder um. Er wollte sich zwingen, methodisch vorzugehen, den Gedankensturm beruhigen, nicht kopflos durch das größte Flugzeug der Welt rennen und panisch nach einem Selbstmordattentäter Ausschau halten. Es gab nur einen einzigen Menschen, den er für fähig hielt, sich opfern zu wollen, aber ebendiese Person war die einzige, die er ausschließen konnte: Kaja.

Sie hatte eben im Lift gestanden, als ihn die Stimme anrief. Ohne die Lippen zu bewegen, ohne Handy am Ohr. Es konnte auch keine Aufzeichnung gewesen sein, denn er hatte einen Dialog mit dem Erpresser geführt.

Mit dem Selbstmörder?
Mats setzte sich hin, schrieb: »Was ich sicher weiß«, und wollte Punkte notieren wie:

- **Nele ist entführt und leidet.**
- **Das Video wurde nicht von Johannes Faber gefilmt.**
- **Klopstock verdient an einem Absturz wegen seiner psychologischen Tests.**

Aber zu so viel Selbstbeherrschung und Vernunft war er nicht in der Lage.

In seinem Kopf tobte nur eine einzige Gewissheit, und die lautete: »DIE STIMME IST AN BORD!«

Und ebendiese Erkenntnis trieb ihn letztlich doch aus der Suite, an der verwaisten Sky-Bar vorbei in den hinteren Bereich des Obergeschosses.

Zunächst in die obere Businessclass, dreißig Sitze, belegt mit schlafenden, lesenden oder Filme schauenden Passagieren. Wegen der zugezogenen Fenster war es überall so dunkel wie im Nachttier-Bereich eines Zoos. Im folgenden Bereich der Premium-Economy war es nur unbedeutend heller, denn auch hier war das Kabinenlicht ausgeschaltet, aber es gab mehr Sitze und damit mehr Monitore, die im Dunkeln fluoreszierten.

Wonach halte ich Ausschau?

Mats sah alte Männer, junge Frauen und schlafende Kinder. Doch woran erkannte man einen suizidwilligen Erpresser, dessen Motiv man nicht verstand?

Er hatte nicht die geringste Ahnung, wusste, dass es völlig sinnlos war, die fünfhundertfünfzig Quadratmeter großen öffentlichen Passagierbereiche abzusuchen, zumal der Täter ja auch im Cockpit oder Frachtraum sitzen konnte und ganz bestimmt nicht in der Öffentlichkeit mit einem Stimmwandler vor dem Mund telefonierte.

Und dennoch konnte er nicht tatenlos dasitzen und nichts tun.

Er war wie ein Torwart, der wusste, dass er kaum eine Chance hatte, einen Elfmeter zu halten, der sich aber dennoch für eine Seite entscheiden musste, weil es keine Option war, wie angewurzelt stehen zu bleiben.

Je weiter Mats nach hinten kam, die gesamten fünfundsiebzig Meter des Flugzeugs durchschritt, desto voller wurde es. Im hintersten Economy-Bereich waren auf einer Fläche, die ihm vorne in der Sky-Suite allein zur Verfügung stand, zwanzig Passagiere untergebracht. Insgesamt zweihundert Fluggäste, von denen die überwiegende Mehrheit in der Lage wäre, zum Waschraum zu gehen und von dort aus mit einem Vocoder vor dem Mund ein Telefonat zu führen. Männer, Frauen, Deutsche, Spanier, Araber, Amerikaner, Weiße, Schwarze, sogar Jugendliche kamen in Betracht.

- **Nervosität**
- **übermäßiges Schwitzen**
- **fahrige Bewegungen**
- **zitternde Hände**

Mats erinnerte sich an einige Standardsymptome, die Selbstmordattentäter hin und wieder zeigten, jedoch nicht immer. Wenn der- oder diejenige die Angst mit Drogen oder Hypnose ausgeschaltet hatte, konnte er ganz normal wirken, bis er den Zünder seines Sprengstoffgürtels auslöste.

Außerdem war es Quatsch, die Erkennungsmaßstäbe, die selbst bei politisch motivierten Attentätern nur eingeschränkt funktionierten, auf einen höchstwahrscheinlich geistesgestörten Menschen anwenden zu wollen.

Er hatte das Ende des Flugzeugs erreicht und wechselte bei den hinteren Toiletten auf die andere Gangseite. Nun marschierte er wieder Richtung Cockpit. Musterte Hinterköpfe, Oberschenkel, roch alte Socken, Blähungen und Erfrischungstücher und wusste: Das war alles völlig sinnlos.

So sinnlos wie das Verhalten seines Erpressers.

Wenn die Stimme wirklich an Bord war und tatsächlich ihren eigenen Tod in Kauf nahm, wozu brauchte sie dann dieses komplizierte Konstrukt? Weshalb nutzte sie ihre offensichtlich vorhandenen intellektuellen und planerischen Fähigkeiten nicht dazu, das Flugzeug selbst zum Absturz zu bringen?

Wieso Nele? Kaja?

Wieso ich?

»Weil sie keine Bombe oder ein Attentat braucht, sondern einen psychologischen Zwischenfall!«, gab er sich selbst die Antwort.

Ein »herkömmlicher« Absturz, nach einer Geiselnahme etwa, würde nur Auswirkungen auf die mechanischen Sicherheitsvorkehrungen beim Check-in haben.

Hier sollte mit Kaja ein psychologischer Sprengsatz gezündet werden, den kein Röntgenscanner der Welt entdecken würde. Und genau dafür brauchten sie ihn.

Das Einzige, was er noch nicht wusste, war, wie die Welt davon erfahren sollte, wie es ihm gelungen war, die psychologische Bombe zu aktivieren. Doch er befürchtete, dass ihm das sehr bald klar werden würde.

Mats hatte die Treppe erreicht, die in Höhe von Reihe 33 nach unten führte, etwa am Ende des vorderen Drittels.

Sie mündete unten bei der großen Bordküche zwischen der Premium-Economy und der Touristenklasse. Vor den Toiletten saßen zwei Flugbegleiter bei den Notausgangstüren und unterhielten sich leise. Sie nahmen von Mats keine Notiz.

Und auch sie kommen infrage.

Oder Valentino, an den Mats denken musste, als er sein unlogisches Verhalten fortsetzte und im Gang stehend den Blick über die Passagiere gleiten ließ.

Es dauerte nicht lange, und seine Augen schraubten sich fest. Und das, obwohl es zunächst nichts Ungewöhnliches zu sehen gab. Aber sein seelischer Seismograf hatte offenbar Schwingungen eines Bebens registriert, das noch ausstand und das weniger sensible Menschen vermutlich nicht spüren konnten.

Schwingungen, die ihr Epizentrum in Reihe 47 hatten.

Die gesamte Fensterreihe war jetzt leer, alle drei Sitze, inklusive 47F, den Mats für sich reserviert hatte und der beim Einstieg von dem Schlafenden blockiert gewesen war. Er war immer noch nicht wieder an seinem Platz, doch das war es nicht, was seine Aufmerksamkeit erregte.

Sondern die Mittelreihe, Platz 47J. Der erste Sitz am Gang.

Mats näherte sich langsam, pirschte sich an wie ein Raubtier, das seine schlafende Beute nicht aufscheuchen will, da passierte es: Der Passagier, der eben noch mit halb offenem Mund und geschlossenen Augen reglos das Kinn Richtung Kabinendecke gereckt hatte, zog unter seiner Wolldecke ein Telefon hervor, warf einen Blick auf das Display und steckte es zurück, bevor er wieder so tat, als würde er weiterschlafen.

Trautmann, schoss Mats der Name wie ein Schlachtruf durch den Kopf. Der Mann, der angeblich dank einer »Zwölftausend-Dollar-Tablette« den gesamten Flug verschlafen wollte, hatte erstaunlich luzide Wachphasen.

»Trautmann«, hörte Mats sich selbst schreien, nachdem er erst an ihm vorbeigelaufen war und sich ihm nun wieder von hinten näherte. Erschrocken nicht nur über die eigene Lautstärke, sondern auch über die bedingungslose Konsequenz seines Handelns. Sein ganzes Leben lang war er darauf konditioniert gewesen, Konflikte verbal zu lösen oder ihnen aus dem Weg zu gehen. Nun fühlte er, wie seine Hand ganz automatisch den Weg in seine Hosentasche fand. Wie sie die kleine Plastikbox herauszog, die »Zahnseide« herauslöste, und dann war es so, wie Patienten es häufig in ihren Nahtoderfahrungen beschrieben: dass er sich aus seinem eigenen Körper herauszulösen schien und sich selbst, über sich schwebend, dabei beobachtete, wie er die Schlinge von hinten um den Hals des vermeintlich Schlafenden zog. Und dabei schrie: »Wo ist Nele? Was hast du mit meiner Tochter gemacht?«

Nicht einmal eine Sekunde später lag Mats mit gebrochener Nase auf dem Boden des Gangs und hatte eine Pistole an der Schläfe. Dann wurde alles schwarz.

58.

Das Jucken kam nicht allein von den Nebenwirkungen.
Auch wenn Livio seine Tabletten schon sehr viel früher
hätte nehmen müssen, aber heute Morgen hatte er es verpennt,
und mit der weiteren Entwicklung des Tages hatte er ja nun
nicht rechnen können.

Er kratzte sich die Armbeuge und begutachtete seine Haut im
Spiegel der Tankstellentoilette.

Mit neunundzwanzig war er noch viel zu jung für Alters-
flecken und die Krankheit noch viel zu frisch, es war erst wenige Wochen her, dass das Testergebnis ihn überrollt hatte.

Dabei hätte er bei seinem Lebenswandel damit rechnen müssen, sich irgendwann einmal mit dem Virus anzustecken und
im Ärztehaus Wedding zu landen.

*Irgendwie erstaunlich, dass Feli mich gar nicht danach gefragt
hat, weswegen ich dort in Behandlung bin.*

Einen Moment lang überlegte Livio, ob er wütend war, dass
sich die Braut so gar nicht für sein Privatleben interessiert hatte. Aber in ihrer Lage hätte er das wohl auch nicht getan. Mit
der Entführung und einer bevorstehenden Hochzeit hatte sie
weiß Gott genug im Kopf.

Und dennoch.

Er drehte den Hahn auf, hielt den Kopf darunter und schluckte dann den Pillencocktail, den er zuvor in der hohlen Hand
sortiert hatte. Damit die Krankheit nicht ausbrach. Damit die
Symptome ausblieben.

*Etwas mehr Interesse wäre schon nett gewesen. Immerhin
habe ich ihr so sehr geholfen.*

»Hey, bist du in die Schüssel gefallen?«, hörte er einen alten
Mann von draußen rufen.

Nun machte Livio noch langsamer.

Er zog sein Handy aus der Gesäßtasche und scrollte durch die zuletzt gewählten Rufnummern.

Ganz oben stand die von Felicitas.

Wie hieß sie noch mal mit Nachnamen?

»Mann, dir müssen doch schon Fliegen um den Kopp schwirren!«, maulte der Alte von draußen. Dabei schlug er mit der Faust etwas kraftlos gegen die Tür.

Livio zuckte nicht einmal mit der Wimper. Drängler konnten ihn nicht aus der Ruhe bringen.

Der Einzige, der das immer wieder schaffte, war er selbst, und er hasste sich dafür.

Wieso musste er überhaupt an diese blöde Psychiaterin auch nur einen einzigen Gedanken verschwenden? Seitdem sie sich dort verabschiedet hatten, spürte er ein stetes dumpfes Dröhnen in seinem Hinterkopf.

Wie ein dunkler Warnton.

»Du hättest sie dort nicht alleine lassen sollen«, wiederholte er das Flüstern in seinem Kopf, etwas lauter als beabsichtigt.

»Führst du jetzt auch noch Selbstgespräche?«, wollte der Drängler vor dem Klo wissen. »Oder rufst du Mami an, um zu fragen, wo dein Puller hängt?«

Livio hörte Leute lachen, offensichtlich hatte der Drängler ein Publikum, aber das konnte er ausblenden.

Besser als das Summen in seinem Kopf; das Flüstern des Teufelchens in seinem Ohr, das ihm riet, noch einmal auf Wahlwiederholung zu drücken.

»*Mit der Tante ist alles okay*«, setzte Livio seinen inneren Dialog mit sich selbst fort.

Dann wiederholte er diesen Satz noch drei weitere Male laut.

Einmal beim Verlassen der Toilette (nachdem er zuvor alles Klopapier eingesteckt hatte, um den Drängler zu ärgern), dann beim Starten seines Wagens, den er gerade erst vollgetankt hatte.

Schließlich, als Feli zum zweiten Mal nicht abnahm und sein Anruf wieder auf eine Mailbox lief.

»Mach dir keinen Kopf. Lass es gut sein«, sagte er ein allerletztes Mal, da folgte er bereits den Anweisungen des Navigationssystems, das ihn zurück zu den Stallruinen führte.

59.

Mats
Noch eine Stunde und achtunddreißig Minuten
bis zur planmäßigen Landung in Berlin

*E*isen.
In den meisten Krimis war die Rede vom Kupferge-
schmack, den Blut haben soll, dabei war das Element in der
Körperflüssigkeit gar nicht enthalten. Klassisches Klugschei-
ßerwissen, das Mats, der langsam sein Bewusstsein wiederer-
langte, überhaupt nichts nützte.

Natürlich war es Eisen, das er schmeckte und roch und das in
ihm Übelkeit erzeugte. Der Mann, der dafür verantwortlich
schien, dass er mit kabelbinderartigen Handschellen gefesselt
wieder zu sich gekommen war, stand von seinem Platz ihm
gegenüber auf und leuchtete ihm mit einer Taschenlampe in
das linke Auge.

Mats sah tanzende Flammen und Lichtexplosionen.

Er fühlte sich wie ein Boxer, der nach dem letzten Schlag den
rettenden Gong nicht gehört hatte und sich nun in der Ring-
ecke wiederfand.

Nur dass Trautmann ihn sicher nicht für den weiteren Kampf-
verlauf wieder fit machen wollte.

»Ich hab doch geahnt, dass du Ärger machst, Junge.«

Er kratzte sich seinen Sean-Connery-Graubart, steckte die
Taschenlampe wieder weg und trat einen Schritt zurück.

»Wer sind Sie?«, lallte Mats und fragte sich, wie lange er ohn-
mächtig gewesen war.

Die blickdichten Jalousien waren zugezogen, er konnte nicht
sehen, ob es draußen schon hell war. Und er wusste auch
nicht, ob ihn ein Taser oder ein Betäubungsgeschoss außer
Gefecht gesetzt hatte.

Alles war so schnell gegangen, dass er keine Erinnerung daran hatte, wie er aus der Economyclass nach oben verschleppt worden war, zurück in die Sky-Suite, wo man ihn schlafend auf den Sessel bei der Sitzecke am Fenster platziert hatte, das Gesicht entgegen der Flugrichtung.

»Gehören Sie zu Klopstock?«, fragte Mats und konnte einen Blick auf Trautmanns Armbanduhr erhaschen.

Wenn er sie nicht umgestellt hatte, zeigte sie noch Buenos-Aires-Zeit an.

Er schluckte einen Mund voll Speichel mit Blutgeschmack herunter. Wegen seiner Kopfschmerzen und der noch immer starken Benommenheit hatte er große Probleme, die Restflugzeit zu berechnen, aber wenn er sich nicht irrte … *Großer Gott …*

Er hatte fast dreieinhalb Stunden verschlafen!

»Zu wem soll ich gehören?«

Trautmann rüttelte an Mats' Fesseln, die so straff um die Handgelenke und den Standfuß des Tisches gezogen waren, dass ein Aufstehen unmöglich war. Zusätzlich waren seine Beine auf Höhe der Knöchel aneinandergebunden, damit Mats nicht um sich treten konnte.

»Ihre Beteiligungsgesellschaft. Sie haben nicht in Selfie-Sticks investiert. Sie finanzieren Klopstocks Psychotest, richtig?«

Trautmann kniff die Augen zusammen und legte den Kopf schräg.

Mats durchzuckte der Gedanke, dass sich so eine sterbende Maus im Angesicht der über sie wachenden Katze fühlen musste.

Auch Trautmann schien gleichzeitig neugierig wie auch gnadenlos zu sein.

Sicher wollte er herausfinden, wie viel sein Gegner über ihn wusste, aber er würde ihn ganz ohne Zweifel entsorgen, sobald er des Spiels hier überdrüssig war.

Wie viel Flugzeit verbleibt uns noch? Anderthalb Stunden?

»Sie wollen das Flugzeug gar nicht zum Absturz bringen?«, fragte Mats, dessen Gehirn höchstens noch auf halber Kraft lief.

»Sie brauchen nur einen Zwischenfall. Eine verrückte Stewardess. Einen durchgedrehten Psychiater an Bord. Das Klischee, das seinen Zweck erfüllt, richtig?«

Dann würde es nämlich das Gesetz geben, das Klopstock so dringend brauchte. Die Verpflichtung aller Airlines, sämtliche Piloten, die gesamte Crew und vielleicht sogar die Passagiere einem psychopathologischen Früherkennungstest zu unterziehen. Ein weltweites Millionen-, wenn nicht gar Milliardengeschäft.

»Nach dem Germanwings-Absturz waren Psychotests schon mal im Gespräch. Doch das Gesetz steht auf der Kippe. Bei einem zweiten Zwischenfall führt kein Weg mehr daran vorbei, hab ich recht?«

Trautmann sah ihn an, als wäre er ein aus der Anstalt entlaufener Irrer. »Ich habe keine Ahnung, wovon Sie reden, Mann. Ich wusste, mit Ihnen stimmt was nicht. Kein normaler Mensch reserviert so viele Plätze. Hab gewartet, für welchen Sie sich entscheiden, und hab mich dann auf den nächsten freien Sitz in Ihrer Nähe gesetzt.«

Trautmann machte eine Pause und zeigte ihm die Zahnseidenpackung, die Mats im Schwimmwestenfach bei Platz 7A gefunden hatte.

»Zahnseide?«, fragte er. »Haben Sie im Ernst geglaubt, das funktioniert?«

»Das ist keine Zahnseide«, sagte Mats, »das ist eine Waffe.«

Trautmann klappte den Deckel der Verpackung um und zog ein großes Stück des Fadens hervor. Er riss es ab, roch daran und lächelte.

»Das *ist* Zahnseide, Kumpel. Ich glaub, unser Gespräch können wir uns schenken. Du bist nicht ganz dicht.«

Er wandte sich zum Gehen.

»Was wollen Sie?«, rief Mats ihm hinterher.

Trautmann blieb stehen, sah kurz über die Schulter. »Sicherheit.«

»Für wen?«

»Für uns alle hier an Bord.«

Trautmann zog sein Hemd aus der Hose und lüftete ein Waffenholster am Gürtel. Direkt daneben ein silberner Stern, wie das Abzeichen eines Sheriffs.

Mats schloss die Augen.

Natürlich.

»Sie sind der Sky Marshal?«, fragte er.

Als Trautmann nickte, wusste Mats, dass alles verloren war.

Nele war nicht gefunden.

Die Verbindung zu Feli abgerissen.

Kaja längst nicht ausreichend getriggert.

Und mit seinem lächerlichen Angriff auf Trautmann hatte er sich selbst außer Gefecht gesetzt.

»Mann, am liebsten hätte ich Sie die ganze Zeit im Auge behalten, aber ich bin für das gesamte Flugzeug zuständig und konnte mich ja schlecht zu Ihnen in die Sky-Suite setzen«, sagte der Marshal.

Mats schloss die Augen.

Unendlich müde und unendlich erschöpft, wünschte er sich an einen anderen Ort. Irgendwohin, wo die Gedanken verstummten und alle Empfindungen mit einem Schalter abgestellt werden konnten.

»Er ist endlich wach. Passen Sie auf, dass er keine Dummheiten macht«, hörte er Trautmann sagen, und Mats hatte auf einmal Angst, er würde Valentino als Wachhund bei ihm lassen, der ja noch eine Rechnung mit ihm offen hatte.

»Ich schau mir mal kurz sein Gepäck an und komme bald wieder.«

»Okay«, hörte Mats, und da wusste er, dass es nicht Valentino war, den Trautmann als Aufpasser organisiert hatte. Sondern die Person, die ihn schon die ganze Zeit unter Beobachtung gehabt hatte.

Mats riss die Augen auf und fand seinen Verdacht bestätigt, als Kaja sagte: »Sie können sich auf mich verlassen«, und die Tür hinter Trautmann schloss.

60.

Sie lächelte.

Von allen Emotionen, die ihr Gesicht in den letzten Stunden gespiegelt hatte – Verwirrung, Unsicherheit, Erregung bis hin zur nackten Verzweiflung –, war dieser Ausdruck der verstörendste.

Verstörender sogar als das Flackern in ihren Augen, das psychotische Hintergrundrauschen, das selbst in den Phasen stärkster seelischer Abschottung immer wieder den Weg in Kajas Blick gefunden hatte. Ein deutliches Zeichen ihrer Not und der Schmerzen, die an ihrem Verstand nagten. Auch eben war es vorhanden gewesen, als sie im Lift durch ihn hindurchgesehen hatte, doch nun?

Kaja näherte sich Mats mit diesem Lächeln um ihre Mundwinkel, und es war echt. Nicht vorgetäuscht, nicht geschauspielert, nicht aufgesetzt. Sie schien nicht sehr glücklich, wohl aber wie ein Mensch, der mit sich im Reinen war.

Hätte Mats es nicht besser gewusst, er hätte es als einen Ausdruck der seelischen Gesundung gedeutet.

So aber fröstelte ihn, als Kaja an den Tisch trat und mit ruhiger Stimme sagte: »Sie sind einfach zu gut, Dr. Krüger. Ich hätte es wissen müssen, aber ich hab es wohl verdrängt, wie sehr Sie Ihr Fach verstehen.«

»Ich begreife das nicht.«

»Nein, das tun Sie nicht, das sagte ich ja bereits. Sie haben noch nie etwas begriffen. Aber das ist jetzt egal.«

Kaja öffnete die Minibar und entnahm ihr ein stilles Wasser und ein temperiertes Glas. Sie goss es zur Hälfte voll und zog eine winzige Glasflasche aus der Innentasche ihres Kostümoberteils.

Das Fläschchen sah aus wie das mit den Nasentropfen, die Mats früher, wenn er erkältet war, von seiner Mutter immer mit der Pipette eingeträufelt bekommen hatte. Nur, dass dieses hier aus grünem, nicht aus braunem Glas war und die Pipette etwas filigraner wirkte.

»Was ist das?«

»Flüssiges Nikotin. Extrem giftig«, sagte Kaja freimütig. »Ich hab es aus E-Zigaretten extrahiert.«

Sie gab mehrere Tropfen in das Wasserglas und verrührte sie mit dem Zeigefinger. Dem einzigen Finger an ihrer Hand, an dem der Nagellack noch intakt war.

»Wussten Sie, dass ich vor einem Jahr umgestiegen bin?«, lächelte sie.

Mats schüttelte den Kopf, was sich aber nicht auf ihre Frage bezog. »Was haben Sie vor?«

Ihr Lächeln wurde breiter. »Aber E-Zigaretten schmecken nicht. Und können auch tödlich sein.« Kaja verschloss das Glasfläschchen und schüttelte es.

»Ich werde das nicht trinken«, sagte Mats, doch auch darauf ging sie nicht ein. Es war, als wäre er für sie nur ein Gegenstand, den sie sich als Ansprechpartner ausgesucht hatte, von dem sie aber keine Antworten und erst recht keine Fragen erwartete.

Kaja sah auf die Uhr, seufzte und zog aus derselben Tasche, aus der sie das Nikotin genommen hatte, eine echte Zigarette nebst Feuerzeug hervor.

»Die hatte ich mir eigentlich für Berlin reserviert, wenn das alles überstanden ist, aber das hat sich ja wohl erledigt.«

Sie steckte sich die Zigarette in den Mund, zündete sie an und nahm einen tiefen Lungenzug.

»Ahhh!«

Grauer, nebelartiger Qualm füllte die Sky-Suite, als sie wieder ausatmete. Wegen seiner blutverstopften Nase konnte Mats kaum etwas riechen, aber der Rauch reizte seine Augen.

»Das habe ich schon immer einmal machen wollen«, lachte Kaja und nahm gleich einen zweiten Zug. Ihr Blick wurde unruhig, als sie sagte: »Oh Mann. Ich hätte es wissen müssen. So war der Absturz nicht geplant.«

Mats ruckelte an seinen Fesseln. »Kaja, falls Sie ebenfalls erpresst werden, falls Sie hier irgendwie mit drinhängen, Sie müssen das nicht tun.«

Sie sah zum Fenster. Es schien, als rede sie weiterhin nur mit sich selbst. »Ich rede nicht vom Flugzeug. Ich rede von Ihnen, Dr. Krüger.«

»Ich verstehe nicht.«

Erstmals blickte sie ihm direkt in die Augen. »Das hatten wir schon.«

»Dann erklären Sie es mir, bitte.«

Kaja beugte sich ihm entgegen. »Nicht diese Maschine hier, *Sie* sollten abstürzen. Sie ganz allein.«

Mats hörte die Wahrheit aus dem Munde Kajas und reagierte mit allen Sinnen.

Das allgegenwärtige Rauschen der Triebwerke in den Ohren wurde lauter. Der Blutgeschmack im Mund intensiver. Er roch jetzt sogar den Rauch.

»Ich? Wieso ich?«

»Sie sind der Lösung schon recht nahe, Dr. Krüger. Ich hab gehört, was Sie den Sky Marshal gefragt haben.«

»Trautmann?«

Sie zuckte mit den Achseln. »Keine Ahnung, wie er heißt. Nur die Piloten kennen seine Identität, damit wir von der Crew nicht als Geiseln genommen werden, um ihn zu verraten. Ich wusste nur, dass auf diesem Flug ein Marshal an Bord ist und dass Sie auf der Liste verdächtiger Passagiere stehen, weil Sie so viele Plätze gebucht haben. Nach dem Vorfall mit Valentino hatte ich die Anweisung vom Kapitän, Sie in der Sky-Suite möglichst unauffällig zu isolieren. Mit dem Marshal selbst aber hatte ich nie Kontakt. Hätten Sie ihn nicht angegriffen, hätte ich nicht gewusst, wer er ist und wo er sich platziert hat.«

Mats glaubte zu fühlen, wie sein Kopf schwerer wurde. Als würden die Bruchstücke der Wahrheit seinen Verstand mit einem bleiernen Gewicht belasten.

»In jedem Fall ist Trautmann – oder wie Sie ihn nennen – ganz sicher nicht an Klopstocks Firma beteiligt.«

»Aber Sie?«

»Ich hole mir nur eine kleine Entschädigung für das zurück, was Sie mir gestohlen haben, Dr. Krüger.«

»Ich? Was zum …«

Mats war so fassungslos, dass er sich kaum artikulieren konnte. »Ich habe Sie therapiert, Kaja. Ich habe Ihnen geholfen, das Trauma zu verarbeiten. Sowohl das der Geiselnahme als auch das der späteren Veröffentlichung des Videos. Wie kommen Sie auf die Idee, ich hätte Ihnen irgendetwas gestohlen?«

Kaja lächelte weiter ihr verstörendes Lächeln. »Sie haben mich nicht therapiert. Damals nicht. Und heute auch nicht. Im Gegenteil. Sie haben den gesamten Flug lang versucht, mich zu zerstören.«

»Weil ich erpresst werde, es tut mir leid. Bitte, lösen Sie meine Fesseln.«

Er streckte ihr beide Hände entgegen. »Machen Sie mich los, wir können das alles regeln. Noch ist nichts zu spät.«

»Doch, das ist es längst. Sie haben es nicht verstanden, und Sie werden es niemals tun.«

»Bitte geben Sie mir die Chance dazu.«

»Nein. Dazu ist jetzt keine Zeit mehr. Schauen Sie. Der Plan war, dass Sie an Bord dieser Maschine verhaltensauffällig werden, und das sind Sie gleich mehrfach geworden. Sie haben Streit mit einem Flugbegleiter angezettelt. Sie haben sogar einen Sky Marshal tätlich angegriffen. Und die ganze Zeit über haben Sie versucht, eine Stewardess psychisch zu manipulieren, um das Flugzeug zum Absturz zu bringen.«

»Und wer sollte das bezeugen?«

»Ich natürlich.« Kajas Unterlippe zitterte. »Ich hab all unsere Gespräche aufgezeichnet.«

Sie zog ein winziges Handy aus einer Innentasche ihres Kostüms. »Damit sind Sie geliefert.«

Mats schluckte schwer. »Und Sie meinen, das reicht, um die Behörden davon zu überzeugen, flächendeckend psychologische Kontrollen der Besatzung und der Passagiere einzuführen?«

Mit denen Klopstock Millionen verdient.

Kaja nickte. »Sie haben es in Argentinien vielleicht nicht mitbekommen, aber in Europa wird in wenigen Wochen über ein Gesetz abgestimmt, das diese Kontrollen zwingend vorschreiben soll. Was glauben Sie, wie die Abgeordneten sich entscheiden, wenn sie hören, dass Hunderte Passagiere heute mit knapper Not dem Tod entgangen sind? Und dass ein solches Szenario in Zukunft nicht mehr möglich ist? Weil Routineuntersuchungen von vornherein verhindern, dass seelische Zeitbomben wie ich und selbstmordgefährdete Passagiere wie Sie überhaupt an Bord sind.«

Selbstmordgefährdet?

Mats zeigte auf das Glas mit dem flüssigen Nikotin. »Ich soll das trinken? Damit es wie ein Suizid aussieht?«

Als endgültiger Beweis meiner Psychose. Und um mich als Zeugen auszuschalten.

»Das war der Plan.«

»Das ist Wahnsinn. Wie habt ihr euch das gedacht? Dass ich das freiwillig mache?«

»Haben Sie heute schon irgendetwas freiwillig getan, Dr. Krüger?«

Nele.

Mats hatte wieder ihr Bild vor Augen, die weit aufgerissenen Augen, der Ausdruck der Qualen und Schmerzen. Sofort hörte er sie in seiner Erinnerung schreien.

»Wo ist meine Tochter? Was habt ihr mit ihr gemacht?«

»Ich weiß es nicht«, sagte Kaja, ohne zu blinzeln, ohne sich abzuwenden, ohne irgendein verräterisches Signal, das sie der Lüge überführte.

»Wer weiß es dann?«, fragte Mats. »Wer hat das alles geplant?«

»Das ist jetzt egal. Bald wird es niemanden mehr interessieren.«

Mats versuchte vergeblich, sich einen Reim auf Kajas kryptische Worte zu machen.

»Ihr denkt, ihr kommt damit durch? Nie im Leben. Jemand wird sich wundern, wieso ausgerechnet an dem Tag, an dem ich an Bord einer Maschine ausflippe, meine Tochter verschwindet.«

Kaja nahm einen weiteren Zug von ihrer zu einem Drittel abgebrannten Zigarette und blies Mats den Rauch direkt ins Gesicht. »Das mag sein. Aber dann wird die Polizei irgendwann ein Notebook in Ihrer Wohnung in Buenos Aires finden. Mit einem Flugsimulatorprogramm darauf, mit dem Sie ausschließlich diese Strecke nachgeflogen sind, Dr. Krüger. Außerdem stoßen die Behörden auf all die E-Mails zwischen Ihnen und Franz Uhlandt.«

Klopstocks Fahrer?, schoss es Mats durch den Kopf. Wenn er sich richtig erinnerte, war das der Name, den Feli vorhin herausgefunden hatte.

»Ein geistesgestörter Veganer, der davon fantasiert, schwangeren Frauen ihre Babys wegzunehmen, um damit ein Zeichen gegen die industrielle Milchproduktion zu setzen. Sie haben ihn ermuntert, diesen Plan mit Ihrer Tochter umzusetzen. Haben ihn mit Geld und Kameras versorgt.«

»Das ist nicht wahr.«

»Laut den Informationen auf Ihrem Computer schon. Sie sind ein gestörter Mann, Dr. Krüger. Den Tod Ihrer Frau haben Sie nie verwunden, sind deshalb sogar ausgewandert. Ihre Tochter hasst Sie, und Sie können es nicht ertragen, dass Nele bald eine Familie gründet, während Sie Ihre eigene verloren haben.«

»Irrsinn!«

»So wird es die Öffentlichkeit sehen, ja. Sie sind dem Irrsinn anheimgefallen. Sie waren schon seit Jahren depressiv und einsam, und Neles Schwangerschaft wurde der Auslöser für Ihren selbstmörderischen Plan, mit dem Sie möglichst viele Menschen in den Tod reißen wollten. Glückliche Passagiere, die zu ihren Familien wollten. Und Patienten wie mich, die bereits ein neues Leben angefangen haben, das Ihnen nicht vergönnt war, Mats.«

Es war das erste und letzte Mal, dass sie ihn beim Vornamen nannte.

»All das hätte man vielleicht mit simplen Bluttests und etwas aufwendigeren psychologischen Testreihen erkennen können. Auf jeden Fall wäre ich selbst als flugunfähig entlarvt worden. Doch jetzt ...«

Sie deutete auf das Glas mit dem Nervengift.

»Niemals!«, sagte Mats und rüttelte erneut erfolglos an seinen Fesseln. Das Plastik grub sich in seine Handgelenke.

Er zeigte auf das Glas, das ihm wie sein letztes Druckmittel erschien in einem Spiel, dessen Regeln er noch immer nicht begriff.

»Ich werde nicht einen Schluck davon nehmen, es sei denn, ihr lasst Nele frei, und ich kann sofort mit ihr sprechen. Sobald Nele in Sicherheit ist ...«

Kaja stand auf. »Vergessen Sie es. Es liegt nicht in meiner Hand, ob Ihre Tochter freikommt oder nicht. Das entscheidet einzig und allein der Veganer. Wir haben ihn nicht unter Kontrolle. Wir sind froh, dass er uns überhaupt mit einem Foto und einer Audioaufnahme versorgt hat, aber ansonsten handelt er völlig autark. Das war ja der Kern unseres Plans. Am Ende wird niemand zwischen uns und ihm einen Zusammenhang herstellen können. Sie sind das einzige Bindeglied, Dr. Krüger.«

»Keinen Zusammenhang?« Mats schrie beinahe. »Dieser Mann ist der Chauffeur von Klopstock!«

Kaja blinzelte. »Respekt, das haben Sie herausgefunden? Aber was beweist das am Ende? Nichts. Denn Klopstock ist in unseren Plan nicht involviert.«

»Schwachsinn.«

»Es ist die Wahrheit. André weiß von nichts«, sagte sie, und Mats wollte schon wieder protestieren, da fiel ihm ein, dass es hier an Bord neben Kaja noch mindestens einen weiteren Helfer geben musste, und das war mit Sicherheit nicht sein umstrittener Kollege, den Feli heute erst in seiner Praxis getroffen hatte.

»Mit wem habe ich die ganze Zeit am Telefon gesprochen?«, fragte er Kaja.

Wer ist die Stimme?

Hier an Bord.

»Genug der Fragen.«

Kaja drückte mit zitternden Fingern ihre Zigarette auf der Tischplatte aus und lächelte wieder so freundlich wie zu Beginn dieser hoffnungslosesten aller Unterhaltungen, die Mats jemals in seinem Leben geführt hatte.

Sie nahm das Glas mit der flüssigen Nikotinlösung in die Hand, schwenkte es wie einen teuren Rotwein.

»Ich trinke das nicht«, protestierte Mats.

»Das sagten Sie schon«, lächelte Kaja, setzte das Glas an die Lippen und leerte es mit einem Zug.

Mats wurde kreidebleich.

Als Nächstes klappte sie ihr Handy auf und tippte mehrmals auf dieselbe Taste, bis es einmal lange piepte.

»So. Unsere Gespräche sind gelöscht. Das war es dann wohl«, verabschiedete sie sich, und ihr Lächeln war verschwunden. Nur noch Traurigkeit in ihren müden Augen. Der unmissverständliche Ausdruck der Gewissheit, dass ihr Leben bald vorbei war.

»Wieso nur?«, fragte Mats.

Flüsternd. Wie betäubt. Wieder bekam er keine Antwort.

»Ich mach mich dann mal auf den Weg, das alles hier zu Ende zu bringen.«

Mats versuchte aufzustehen, wurde von den Fesseln aber wieder in den Sitz gerissen.

»Was meinen Sie damit? Hey, was meinen Sie mit ›zu Ende bringen‹?«, rief er ihr hinterher. »Das Flugzeug sollte doch nie zum Absturz gebracht werden, richtig?«

»Ja, das sagte ich«, antwortete Kaja, bereits in der Tür stehend. »Ich hätte es besser wissen müssen. Aber Sie waren einfach zu gut, Dr. Krüger. Sie haben mir die Augen geöffnet. Und damit hat sich der Plan leider verändert.«

61

Noch 48 Minuten bis zur
planmäßigen Landung in Berlin

Die Schlange war wieder da. Lange hatte sie sich versteckt gehalten, irgendwo in einer gut getarnten, dunklen Kammer seines Bewusstseins gelauert, sich dort an seiner Verzweiflung gewärmt und von seinen Albträumen ernährt. Doch jetzt war sie aus ihrem Hässlichkeitsschlaf erwacht und meldete sich mit neuer Stärke zurück.

Was hat sie vor? Will Kaja die Maschine zum Absturz bringen? Ist sie dazu überhaupt in der Lage?

Mats fühlte, wie der Python der Angst sich mit jeder Frage enger um seine Brust legte. Fester als die Fesseln um Handgelenke und Füße.

Was habe ich getan? Was habe ich nur in Gang gesetzt?

Wenn es stimmte, dass ein Absturz des Fliegers nie das wirkliche Ziel des Erpressers gewesen war, dann ergab es auch Sinn, dass der Täter sich selbst an Bord aufhielt. Und wenn Neles Schicksal völlig unabhängig von dem der vielen, vielen Menschen hier an Bord war, dann war es letzten Endes seine Schuld, sollte es jetzt doch zu einer Katastrophe kommen.

»Ich hätte es besser wissen müssen«, erinnerte sich Mats an Kajas letzte Worte, für die es nur eine Deutung geben konnte. Sie war eingeweiht, hatte gewusst, dass er versuchen würde, sie seelisch zu brechen. Eine Mittäterin, die gedacht hatte, sie könnte bei der Scharade als Schauspielerin mitwirken und seinen psychologischen Manipulationsversuchen standhalten.

»Aber Sie waren einfach zu gut, Dr. Krüger.«

Er hatte das Unvorhergesehene geschafft und sie gegen alle Erwartungen doch getriggert. Vermutlich mit dem Video, auf dem er etwas erkannt hatte, was allen Beteiligten bislang verborgen geblieben war. Und jetzt war Kaja tatsächlich eine lebende Handgranate, deren Zünder er gezogen hatte und die in diesem Moment irgendwo an Bord einen hochsensiblen Ort aufsuchte. Bereit, dort zu explodieren.

»Verdammt!«

Mats bekam kaum noch Luft. Die Panik schnürte ihm den Atem ab und ließ den Druck in seinem Kopf steigen, als würde er wie ein Taucher immer tiefer und tiefer in den Ozean seiner Angst sinken. Seine Ohren schmerzten, die Augen tränten, und Letzteres erinnerte ihn an das, was gerade seinen Blick gestreift hatte.

Die Zigarette!

Auf dem Tisch.

Kaja hatte sie achtlos ausgedrückt und einen schwarzen Brandfleck auf dem hellen Edelholz hinterlassen.

Hastig und mit zitternden Händen, ohne große Sorgfalt. Weswegen nun noch immer ein fast unsichtbarer Rauchfaden von der Spitze des zerknickten Stummels zur Kabinendecke stieg.

Sie brennt noch!

Wobei das Brennen eher ein mattes Glimmen war, eine Erinnerung an die einstige Glut, nicht viel mehr als ein sterbendes Echo.

Und dennoch ... Sie war seine einzige Chance. Seine vielleicht letzte Chance in diesem Leben.

Mats beugte sich über den Tisch, soweit es seine Fesseln erlaubten, doch es war aussichtslos. Er kam nicht heran.

Die Zigarette lag nur zwei Zentimeter von seinem Kinn entfernt, aber es hätten auch zwei Meter sein können, das Ergebnis wäre das gleiche: Mats konnte sie nicht greifen.

Er streckte die Zunge nach dem verglühenden Stummel aus, doch auch das war sinnlos. Außerdem lief er mit diesem Versuch Gefahr, die Zigarette endgültig zum Erlöschen zu bringen.

Mats sah sich um.

Das Glas, die Fernbedienung, die Wasserflasche – alles außer Reichweite.

Er fühlte sich wie ein Verdurstender vor einem Cola-Automaten. Frustriert ließ er den Kopf auf die Platte fallen und schrie laut auf. In seiner Verzweiflung hatte er seine gebrochene Nase vergessen. Nun fühlte es sich an, als hätte er sich mit Absicht einen Schraubenzieher durch die zerquetschte Nasenscheidewand gestoßen.

Er hatte Mühe, bei Sinnen zu bleiben, und fragte sich, als er vom glühenden Rand der schmerzerleuchteten Dunkelheit wieder auf die Seite des Bewusstseins zurückfiel, ob er nicht besser die Ohnmacht gewählt hätte.

Ob Nele gerade ähnlich empfand?

Nein, unter Garantie ging es ihr schlechter. Er konnte nur beten, dass es bei der Geburt keine Komplikationen gab. Dass sich jemand um sie und das Baby kümmerte. Aber er hatte diesbezüglich kaum Hoffnungen, wenn er an das Foto und ihren Schrei dachte.

Mats schüttelte den Kopf, als könnte er damit die grausamen Bilder in seinem Kopf verwischen. Dann blinzelte er und öffnete die Augen. Er brauchte eine Weile, um die Veränderung zu bemerken.

Die Zigarette.

Auf dem Tisch.

Sie hatte sich bewegt. Nur wenige Millimeter, aber in die richtige Richtung. Die Erschütterung der Tischplatte durch den Aufprall seines Kopfes hatte den notwendigen Ausschlag gegeben.

»Okay, okay, das ist gut«, sagte Mats, tatsächlich von einer schmerzbetäubenden Euphorie erfüllt.

Dann tat er es wieder. Ließ erneut den Kopf fallen, diesmal sorgte er aber dafür, dass nur seine Stirn auf die Platte traf. Das allein reichte aus, um ihm den Schmerz erneut von den Zähnen bis hinter die Augen zu jagen. Ihm wurde übel. Gleichzeitig war er glücklich, weil die Zigarette erneut in die rettende Richtung gehüpft war. Und sie glomm noch immer, weshalb Mats es wieder tat. Und wieder. Und wieder.

So lange, bis er das Gefühl hatte, eine Beule vom Umfang einer Pflaume auf der Stirn zu haben, die ihm wie ein zugeschwollenes drittes Auge gewachsen war.

Mit einer Geschicklichkeit, die er sich als Nichtraucher gar nicht zugetraut hätte, drehte er mit der Zunge den Stummel um etwa fünfzig Grad, bis er ihn mit den Lippen am Filterende aufnehmen konnte, und saugte daran.

Gierig, wie ein Süchtiger. Seine Augen tränten noch immer, jetzt vor Schmerz, und deshalb sah er nicht, ob sich die Glut neu entfachte, aber er schmeckte es. Neben dem Eisen und dem Schleim in seinem Mund schmeckte er auf einmal etwas Hölzernes, das an seiner Kehle kratzte. Im gleichen Atemzug roch er den Rauch. Und nun sah er, dass aus dem sanften Faden eine Säule geworden war, doch der innere Jubel darüber währte nicht lange.

Jetzt musste sich zeigen, ob seine in Todesangst gefasste Idee tatsächlich umsetzbar war.

Vieles sprach dagegen.

Zum einen, dass er weiterhin nur seinen Mund zur Verfügung hatte, wenn er die Glut in Position bringen wollte.

Und dass es äußerst wahrscheinlich war, dass Mats nicht nur das Plastik seiner Fesseln ansengte. Sondern auch die Haut darunter und daneben.

Aber er hatte keine Wahl, und er musste die Zeit – wie viel auch immer ihm noch blieb – nutzen. Gerade jetzt, da die Angstschlange sich wieder etwas gelockert hatte und vorerst wieder in Habtachtstellung zu lauern schien.

Also gut …

Mats hob die Handgelenke, krümmte sich und presste die Zigarette auf das Plastik direkt über der linken Pulsader. Er saugte die Luft ein, und wegen des ungewohnten Qualms in seiner Lunge musste er husten. Dabei verrutschte die Zigarette und traf die Haut, was im ersten Moment gar nicht schmerzte, dann aber so heftig, dass Mats beinahe die Zigarette aus dem Mund gefallen wäre.

Nicht schreien, du darfst die Lippen nicht bewegen!, ermahnte er sich und versuchte all sein Leid nur durch Stöhnen und Wimmern zum Ausdruck zu bringen. Irgendeinen Laut musste er von sich geben. Verbrennungen erzeugten die schlimmsten Qualen der Welt. Niemand ertrug sie stumm.

So wie keine Frau eine lautlose Geburt erträgt.

Wieder musste Mats an Nele und dieses lang gestreckte, leiderfüllte »Schaaaaahaaa« denken, und diesmal motivierte ihn die entsetzliche Erinnerung dazu, es gleich noch einmal zu tun.

Den Mund zu den Händen zu führen, einzusaugen, die Glut auf das Plastik zu drücken. Die Schmerzen zu unterdrücken, zu wimmern, das Zischen zu überhören und die Kippe noch länger und länger auf der Fessel zu lassen, obwohl er längst das Gefühl hatte, dass das Loch sich nicht nur durch das Plastik, sondern auch durch sein Handgelenk bis zum Knochen gefräst hatte.

»Jaaaaaa!«

Schreiend riss er den Kopf wieder nach oben, gleichzeitig die Arme auseinander, und der Schrei zersplitterte vor Entsetzen in seinem Mund, als er merkte, dass er noch immer nicht frei war; dass seine Hände noch immer aneinandergekettet waren, er aber die Kippe verloren hatte, die ihm aus dem Mund heraus über die Kante des Tisches zu Boden gefallen war. Einen halben Meter vor seinen Füßen und damit unendlich weit von ihm entfernt.

»Neeeein!«

Mats rüttelte wie ein Besessener an den Fesseln, zog die Hände auseinander, schlug sie gegen die Tischkante, zerrte die Arme mit aller Kraft auseinander und traf sich selbst mit der Faust am

Kinn, als das Plastik plötzlich nachgab. An der schwächsten, von der Glut beschädigten Stelle zerriss.

»Ja, ja, ja!«

Mats schrie noch immer, aber nun vor Freude und Erleichterung.

Die Hände waren befreit. Jetzt kam er an das Glas, das er zerschlagen konnte und mit den Scherben die restlichen Fesseln lösen.

Von einer Welle des Tatendrangs erfasst, war Mats zum ersten Mal zuversichtlich, diese Krise hier durch eigenes Handeln gestalten zu können.

Bis die Borddurchsage von Kaja Claussen diese Hoffnung jäh zerstörte:

»Achtung, das gilt für alle Passagiere, Piloten und Crew. Bleiben Sie ruhig. Machen Sie keine Dummheiten. Sollte jemand aufstehen, versuchen, mich zu überwältigen, oder sollte sich die Flughöhe, Geschwindigkeit oder sonst etwas ändern – werden wir alle sofort sterben!«

62

W ieso?«

Es war dieses eine Wort, das Kaja ihrem Opfer ins Gesicht brüllte. Wieder und wieder überlagerte die Frage die panischen Rufe, das Gejammer, das Gebrüll, das Weinen und die aufgeregten Diskussionen, die nach der Durchsage überall im Flugzeug ausgebrochen waren.

»WIESO?«

Kajas Schreie hatten Mats, nachdem er sich befreit und die Sky-Suite verlassen hatte, die Richtung gewiesen. Die Treppe hinunter in die Lobby, in der sich vier Menschen aufhielten.

Kaja stand vor der Eingangstür zum First-Class-Bereich, mit einer Pistole in der Hand, die sie auf eine Person richtete, die vor ihr auf dem Boden hockte, direkt unter dem in die Tür eingelassenen Fenster. So eng zusammengekauert und von Kajas Körper abgeschirmt, dass Mats aus seiner Position von der Hälfte der Treppe aus nicht erkennen konnte, wen die Purserin dort bedrohte.

Rechts von Kaja stand Valentino mit ernster, zusammengekniffener Miene. Er hielt den Vorhang zur Lounge geschlossen, vermutlich, damit aus den hinteren Bereichen keine Passagiere nach vorne drängen konnten, sei es aus Neugier oder um den Helden zu spielen.

Mats konnte ihm ansehen, dass er versuchte, die Angst zu überspielen, die er wie alle hier an Bord verspüren musste, aber es gelang ihm nicht besonders gut.

»Wieso nur hast du das getan?«, schrie Kaja die Person am Boden an. Sie hatte die Ankunft von Mats noch gar nicht registriert, obwohl sie sich immer wieder vergewisserte, dass keiner der Männer ihr in den Rücken fallen wollte. Dabei hätte das in dieser Situation niemand ernsthaft versucht, nicht einmal der dafür ausgebildete Sky Marshal, dem Kaja die Waffe abgenommen haben musste.

Trautmann saß auf dem Sofarondell in der Mitte der Lobby, und sein Gesicht sah aus – als wäre es *geschmolzen?*

Es war hochgradig verbrannt. Wo die Haut keine hässlich weißen Blasen warf, war sie feuerrot, wie mit einem groben Schmirgelpapier bearbeitet.

Oder mit Kaffee.

Mats trat eine weitere Stufe nach unten und sah die gläserne Kanne am Boden, mit der in der Businessclass nachgeschenkt wurde.

Wenn Kaja dem Sky Marshal die frisch aufgebrühte, siedend heiße Flüssigkeit ins Gesicht geschüttet hatte, erklärte das, wie sie den mindestens fünfzig Kilo schwereren Mann überwältigt und ihm die Waffe abgenommen haben konnte. Das wiederum konnte von den Passagieren kaum unbemerkt geblieben sein, weswegen Kaja die Durchsage gemacht hatte.

»Wasser«, flüsterte Trautmann und presste sich die Hände auf das verbrühte Gesicht. Offenbar waren bei dem Angriff auch seine Augen in Mitleidenschaft gezogen worden. Der Sky Marshal schien nichts und niemanden mehr zu sehen.

Mats' Blick wanderte wieder zu Kaja, die auf das ihr zu Füßen kniende Opfer einschrie: »Wir kennen uns, seitdem ich denken kann. Du kennst meine Geheimnisse, du weißt alles von mir. Ich dachte, ich kann dir vertrauen, aber es war alles nur eine Lüge?«

Kaja trat die Person zu ihren Füßen. Das Nikotin in ihrem Blut zeigte noch keine Symptome, was ganz normal war. Es konnte eine halbe Stunde dauern, bis die Krämpfe einsetzten.

Mats wagte es, eine weitere Treppenstufe zu nehmen.

»Du hast mich manipuliert. Du hast uns alle manipuliert.«

»Nein«, hörte Mats eine ihm vertraute Frauenstimme wimmern, die zu der Person gehörte, die sich am Boden liegend krümmte. Als würde sie etwas mit Armen und Oberkörper verdecken und somit beschützen wollen.

»Ihr haut alle ab!«, schrie Kaja und drehte sich kurz mit der Waffe des Sky Marshals im Kreis. Dabei entdeckte sie Mats, dem sie, wie ihm schien, kurz zunickte, so als habe sie damit gerechnet, dass er einen Weg fand, sich zu befreien.

Die Umstehenden setzten sich sofort in Bewegung. Valentino, der halb blinde Trautmann und auch Mats wollten hinter dem Vorhang verschwinden, doch Kaja hielt Mats zurück.

»Sie nicht. Sie bleiben hier und schauen zu.«

In diesem Moment fing das Baby, das die Frau am Boden zu schützen versuchte, an zu wimmern.

63

Salina!«, entfuhr es Mats.

Kaja schüttelte den Kopf. »Sie kennen sie nicht. Sie kennen nicht einmal ihren richtigen Namen. Sie heißt nicht Salina, sondern Amelie.«

Mats blinzelte.

Die Dritte in der Nagellack-Clique.

»Und ihr Nachname …« Kaja machte eine Pause, als wäre das alles hier ein Quiz und sie die Moderatorin, die für den nötigen Spannungsaufbau vor der Auflösung sorgen wollte. Dann trat sie der rothaarigen Frau am Boden mit dem Fuß in die Seite. Nicht sehr stark, aber doch so, dass sie zusammenzuckte.

»Sag ihm deinen Nachnamen«, befahl sie ihrem Opfer.

Die Mutter sah zum ersten Mal auf, schaute Mats mit zitterndem, angsterfülltem Blick direkt in die Augen.

»Klopstock«, nahm er ihre Antwort vorweg.

Kaja nickte. »Ganz genau. Die ehrenwerte Arztgattin Frau Amelie Klopstock!« Sie stieß sie erneut mit ihrer Schuhspitze. »Die Frau des Professors.«

»Bitte«, flehte Kajas Opfer. »Mein Baby.«

Mats hörte, wie das Wimmern lauter wurde. Sah ein winziges Ärmchen, das sich unter dem Oberkörper der Mutter freizukämpfen versuchte.

»Und damit soll ich Mitleid haben?«, fragte Kaja, die Waffe auf den Kopf von Amelie Klopstock gerichtet. »Mit deinem Baby?« Sie spuckte angewidert auf den Teppich der Lobby. »Du hast mein Leben zerstört! Du hast dieses Video aufgenommen. Hast es veröffentlicht. Seitdem hatte ich nie wieder Sex. Ich werde nie Kinder bekommen, verstehst du das?« Sie schrie jetzt. »Also hör bloß auf, von deinem Baby zu reden!«

Kaja brüllte noch weiter, doch Mats hörte gar nicht mehr zu.

Das Video!, dachte er nur.

Amelie war Kajas Freundin. Sie hatte das Video von ihr und Peer aufgenommen und es überall verbreitet.

Peer Unsell. Lispel-Unsell. Der Amokläufer, der Kaja verge-waltigt hatte.

»Sie waren das?«, fragte Mats fassungslos.

Kaja führte ihn mit weiteren Antworten zur Wahrheit.

»Ja. Sie hat mein Leben zerstört. Und Ihres, Dr. Krüger. Amelie liebt es, Menschen zu manipulieren. Sie ködert ihre Freunde mit Sex. So brachte sie auch Johannes Faber dazu, das Video hochzuladen und es an seine Freunde zu verschicken, war es nicht so?«

Sie drückte Amelie die Waffe in den Hinterkopf.

»Bitte, tu das nicht«, flehte die Mutter, und Mats dachte fie-berhaft darüber nach, welche Möglichkeiten er hatte, diese Situation zu entschärfen. Am liebsten hätte er gespürt, wie der Pilot in den Sinkflug überging, aber vermutlich waren sie noch zu weit von einem Flughafen entfernt. Also musste er auf Zeit spielen und versuchen, die beiden Frauen so lange wie mög-lich am Reden zu halten.

»Wieso haben Sie das getan?«, fragte Mats. Er kniete sich vor sie hin.

Wieder gab Kaja die Antwort, während Amelie vor Angst und Anspannung immer heftiger zitterte.

»Es ist einfach ihre Natur. Amelie liebt die Macht, die sie über andere hat. Und sie hasst es, wenn sie nicht im Mittelpunkt steht. Deshalb hat sie damals das Video veröffentlicht. Weil sie es nicht ertragen konnte, dass ich als Heldin der Schule gefei-ert wurde. Ist es so?«

»Ja, ja«, gestand Amelie und weinte nun sehr viel lauter als ihr Baby.

»Ich verstehe nur nicht, weshalb du es gekürzt hast«, schrie Kaja jetzt und trat noch einmal zu. »WIESO?«

»Wir waren jung. Wir haben nicht nachgedacht«, versuchte Amelie, sich herauszureden. Ihre Worte waren kaum zu verstehen.

»Blödsinn. Wolltest du mich scheibchenweise zerstören?«

Mats sah zum Vorhang, der sich nicht bewegte. Niemand in Reichweite, der ihm helfen konnte. Er war auf sich allein gestellt.

»Nein, ja. Ich weiß es nicht«, schluchzte Amelie, die es nicht wagte, zu Kaja nach oben zu sehen. Mats glaubte ihr sogar. Vermutlich hatte sie, ohne nachzudenken, mit den krankhaften Instinkten einer Narzisstin gehandelt und wollte Herrschaftswissen zurückhalten. Ganz sicher hatte sie damals noch nicht absehen können, wofür sie später dieses zusätzliche Druckmittel einmal brauchen könnte, um ihre labile »Freundin« zu steuern.

»Ich bin so eine dumme Kuh«, sagte Kaja mit einer plötzlichen Ruhe in der Stimme, die Mats' Angst noch vergrößerte. »Ich dachte wirklich, das wäre unser gemeinsamer Plan. Aber ich war nur deine Marionette.«

So wie ich, dachte Mats. Auch er hatte Amelie alias Salina seinen Sitz freiwillig angeboten. Getriggert durch die ältesten Schlüsselreize der Welt: eine verzweifelte Mutter mit einem hilflosen Baby auf dem Arm. Sie hatte die angebliche »Waffe« unter ihren eigenen Sitz gepackt. Und auch wenn sie ganz bestimmt nicht vorhergesehen hatte, dass er sie um eine Videoanalyse bitten würde und dadurch ihr Geheimnis enttarnte, so war sie doch die ganze Zeit die Drahtzieherin gewesen.

Die nächste Erkenntnis traf ihn wie ein Faustschlag, obwohl sie ihm unter weniger lebensbedrohlichen Umständen vermutlich sehr viel früher gekommen wäre: *Amelie ist die Stimme!*

Mit ihr hatte er die gesamte Zeit gesprochen, während sie sich vermutlich im Klo eingeschlossen hatte, wenn das Baby schlief, entweder angeschnallt auf dem Sitz oder kurz in der Obhut einer Stewardess. Vielleicht sogar in der von Kaja, wenn es zeitlich passte.

»Steh auf!«, herrschte sie Amelie jetzt an.

»Bitte, nein!«

»Was hast du denn?«, fragte Kaja zynisch. »Du wolltest doch, dass es echt aussieht. Deshalb hast du Krüger das vollständige Video gezeigt. Ich sollte *tatsächlich* einen Rückfall erleiden.«

Kaja sah kurz zu Mats. Eiseskälte lag in ihrem Blick.

»Nun, das hast du geschafft, Amelie. Nur Pech für dich, dass du nicht damit gerechnet hast, dass ich wirklich an eine Waffe komme.«

Kajas Opfer hob den Kopf. »Bitte, helfen Sie mir!« Amelie streckte eine Hand nach Mats aus. Hob den Oberkörper. In der Deckung, die sie ihrem Baby gab, klaffte plötzlich eine Lücke.

Mats reagierte instinktiv. Er packte das Baby an seinem dünnen Ärmchen. Riss es zu sich. Von der Mutter fort. In seine eigenen Arme.

»Schlampe«, hörte er Kaja noch sagen, dann war es auch schon vorbei. Der Rückstoß riss Kaja beinahe die Waffe aus der Hand, aber nur beinahe.

»Neeein!«, rief Mats, das Baby an seine Brust gedrückt, während er von dessen Mutter zurückwich, den Nachhall des Schusses im Ohr.

»Großer Gott«, stöhnte er und sah zu Boden.

Blut sickerte wie schwarzes Öl aus der Schusswunde zwischen Amelies Augen.

64.

Keinen Zentimeter weiter, du Arschloch«, brüllte Kaja als Nächstes, und Mats brauchte einen Moment, bis er begriff, dass nicht er, sondern Valentino gemeint war, der nach dem Schuss wieder im Übergang zur Businessclass aufgetaucht war.

»Hau ab, oder wir stürzen alle ab.«

Kaja drückte die Waffe direkt auf die Fensterscheibe in der Ausgangstür.

»Ruhig, ganz ruhig«, sagte Mats, der nicht wusste, was passierte, wenn Kaja abdrückte. In Filmen wurden in solch einem Fall alle Personen in unmittelbarer Nähe wegen des Druckunterschieds aus dem Fenster gesaugt. Er hatte keine Ahnung, ob das in der Realität auch so war, wollte es aber unter keinen Umständen herausfinden.

Er tastete sich zu Valentino vor, der wie gelähmt auf die erschossene Mutter auf dem Boden der Lobby starrte.

»Wo wollen Sie hin?«

»Bitte, ich will ihm nur das Kind geben.«

Mats reichte dem Flugbegleiter das Baby, das seit dem Knall aus voller Kehle brüllte.

»Bringen Sie es in Sicherheit«, sagte er zu Valentino, ohne zu wissen, wo es an Bord dieser Maschine noch einen sicheren Platz geben sollte. Dann zog er den Vorhang wieder zu und ging zu Kaja zurück.

Sie schwitzte, ihre Pupillen schienen verengt. Zeichen der psychologischen Ausnahmesituation, vielleicht auch der Vergiftung. So oder so. Die Lage hatte sich unwiderruflich verändert. Kaja hatte getötet. Die Beißhemmung war gefallen, sie würde es wieder tun, und zwar bald. Es sei denn, jemand stoppte sie. Und der Einzige, der hier an Bord dazu in der Lage war, war er. Ihr Psychiater, der ihre Seele und deren Verletzungen so gut kannte wie kein Zweiter auf dieser Welt.

Er kniete sich hin. Tastete völlig sinnloserweise nach Salinas Puls, aber irgendetwas musste er ja tun, um das Grauen zu begreifen. Ein entsetzlicher Gedanke flammte in ihm auf: *Wenn Salina die ›Stimme‹ war, dann ist die einzige Person, die über Neles Schicksal Bescheid weiß, jetzt tot!*

»Wo ist meine Tochter?«, fragte er, weil er diese Frage stellen musste, selbst wenn er sich sicher war, dass Kaja ihn vorhin nicht angelogen hatte.

»Ich weiß es wirklich nicht«, sagte sie, und wieder glaubte er ihr.

Mats schloss kurz die Augen und sammelte sich. Er stand auf.

»Es ist vorbei«, sagte er matt, sowohl zu sich selbst als auch zu Salinas Mörderin. Er deutete zu der Leiche am Boden. »Diese Person hat jetzt keine Macht mehr über Sie. Sie können die Waffe weglegen.«

»Nein.«

»Nein?«

Er suchte ihren Blick, doch sie wich ihm aus.

Kaja schwitzte stark, Hitzeflecken verunstalteten ihr bleiches Gesicht, Speichel rann ihr aus dem Mund. Die Vergiftung begann in ihr zu wüten, und Mats rechnete jeden Moment damit, einen zweiten Schuss zu hören.

»Sie verstehen es noch immer nicht, oder?«, fragte sie ihn. Das Spiel war aus, es gab keine Rettung mehr. Weder für ihn noch für Nele und erst recht nicht für Kaja, die sich selbst gerichtet hatte.

Das Einzige, was jetzt in seiner Macht stand, war, eine noch größere Katastrophe zu verhindern.

Und das war der einzige Grund, weshalb er sich überhaupt mit Kaja unterhielt und nicht heulend vor ihr zusammenbrach.

»Ich verstehe noch lange nicht alles, aber genug, um mir den Sachverhalt in etwa zusammenzureimen«, sagte er, so ruhig es ihm möglich war. Die Welt um ihn herum war geschrumpft. Das Flugzeug und alle Menschen in ihm existierten nicht mehr. Es gab nur noch Kaja und ihn und seine Worte, die wie von alleine ihren Weg aus seinem Mund fanden:

»Amelie ist die Frau von Klopstock und will das Geschäft mit psychologischen Tauglichkeitstests stimulieren, so wie sie nach dem Germanwings-Anschlag für Piloten schon mal im Gespräch waren. Ich vermute, es geht dabei um Klopstocks Labor und um sündhaft teure Psycho-, aber auch Bluttests, mit denen man herausfinden kann, ob Passagiere oder Crew Psychopharmaka nehmen. Dafür braucht es ein Gesetz, und um das auf den Weg zu bringen, brauchte es einen Zwischenfall an Bord eines Flugzeugs, den Sie hier und heute gemeinsam provoziert haben. Amelie Klopstock versprach Ihnen eine gewaltige Summe, wenn Sie mitspielen, und Sie fühlten sich doch ohnehin von der ganzen Welt betrogen, weswegen Sie sich wenigstens etwas von dem Geld als Entschädigung sichern wollten. Doch jetzt haben Sie gesehen, wer das Video gefilmt hat, und gemerkt, dass Amelie Sie nie als gleichberechtigten Partner betrachtet, sondern Sie von Anfang an wie eine Marionette gesteuert hat.«

»Bravo!« Kaja imitierte eine Applausbewegung. »Sie haben es erfasst. Und dennoch frage ich mich: Wie kann man nur gleichzeitig so klug und so dumm sein? Amelie war manipulativ. Aber ich bin, und das haben Sie nie verstanden, Dr. Krüger, noch tausendfach schlimmer. Ich *wollte* es.«

»Was?«

»Den Amoklauf.«

Mats nickte. »Ja, darüber haben wir geredet. Sie wollten Rache für das Video nehmen und alle töten, die über Sie lästerten.«

»Nein. Ich rede nicht vom zweiten Versuch. Sondern vom ersten.«

»Wie bitte?«

»Ich hatte ihn mit Peer gemeinsam geplant.«

Mats hielt den Atem an.

Was hatte Kaja da gerade offenbart?

»Ich war seine Freundin. Deshalb wollte ich nichts von anderen Jungs, egal, was die Mädchen in meiner Clique sagten. Er war mein Ein und Alles. Ich wollte ihm helfen, es den Arschlöchern zu zeigen, die ihn mobbten.«

Natürlich.

Am liebsten hätte er sich vor den Kopf geschlagen.

Wie habe ich das in all den Gesprächen nur übersehen können?

Sie waren ein Paar, ein Team. Mittäter.

Deshalb also hat Peer Kaja damals als Geisel genommen.

Nicht zufällig. Sondern ganz bewusst.

»Aber ich hab es nicht geschafft. Ich war nicht mutig genug. Ich wollte auch nicht, dass er die Mädchen in der Dusche tötet. Ich wollte, dass er aufhört. In der Umkleide hatten wir dann ein letztes Mal Sex. Dann wollten wir uns gemeinsam erschießen, doch ich war zu feige. Also schickte er mich weg.«

»Aber Sie kamen noch einmal zurück.«

Für einen letzten, intimen Abschiedskuss.

Kaja nickte.

»Und dann wurde das Video meiner angeblichen Vergewaltigung veröffentlicht, die in Wahrheit freiwillig war. Und die Kommentare meiner Mitschüler rissen keine Wunden auf, sondern erinnerten mich an meinen feigen Verrat. Dass ich Angst bekommen und Peer im Stich gelassen hatte.«

»Also machten Sie sich noch einmal auf den Weg, um sein Werk mit einem zweiten Amoklauf zu vollenden?«

»Um meinen Fehler wiedergutzumachen. Meine Schuld zu begleichen. Peer war mein Freund, aber ich hatte nie zu ihm gestanden. Wenn die anderen ihn nachäfften, sich über ihn lustig machten, seine Fahrradreifen durchstachen. Ich hab ihn immer nur heimlich getroffen, vor meiner Clique verschwiegen. Dabei war er so wie ich. Wir waren Seelenverwandte. Wenn wir uns unbemerkt trafen, dieselbe Musik hörten, Gras rauchten und über den Tod redeten, dann merkte ich, wie sehr wir miteinander verbunden waren.«

Mats griff sich unbewusst an die Nase, wie er es oft tat, wenn er sich konzentrierte, und wurde mit einem stechenden Schmerz bestraft.

Im Grunde genommen ist die Diagnose so einfach.

Zwei schüchterne Teenager, kommunikationsgestört, fühlten sich nicht verstanden. Der eine gemobbt, die andere innerlich zerrissen, hatten sie, wie so viele Jugendliche, kein Ventil für ihre Emotionen gefunden und planten, ein gemeinsames, lautstarkes Zeichen zu setzen. Einen Vulkanausbruch, der niemandem verborgen bleiben konnte.

Mats begriff, dass er damals in Kajas Therapie tatsächlich nichts verstanden hatte. Die ganze Zeit hatte er geglaubt, die ungerechte Hetze, der beißende Spott und die infamen Schmähungen ihrer Mitschüler wegen des vermeintlichen Vergewaltigungsvideos hätten bei ihr eine posttraumatische Verbitterungsstörung ausgelöst. Dabei war es die verquere, verheimlichte Beziehung zu Peer Unsell, die sie beschädigt hatte. Die Scham, ihm trotz gegenseitiger Beteuerungen am Ende nicht zur Seite gestanden zu haben. Eine Schuld, die einen innerlich wie Säure zerfressen konnte. Das wusste Mats aus eigener Erfahrung, quälte sie ihn doch auch, seit er vor Jahren feige vom Totenbett seiner Frau aufgestanden war.

Mats schluckte schwer, versuchte, die lähmende Verzweiflung zu unterdrücken, die mit der ohnmächtigen Gewissheit einherging, dass er nicht mehr wusste, wie er seiner Tochter noch helfen sollte. Aber er wusste, Nele hätte nicht gewollt, dass ihretwegen weitere Menschen starben. Deshalb versuchte er immer weiter, zu Kaja durchzudringen.

»Also gingen Sie ein Jahr später noch einmal mit einer geladenen Waffe in die Schule, um Peers Tat zu vollenden.«

Kaja seufzte traurig. »Ich wollte mich sammeln. Die Ruhe vor dem Sturm. Ich ging aufs Klo. Dort hab ich diesen Aufkleber gesehen. Psychologische Notfallhilfe. Diese bescheuerten Dinger hingen seit dem ersten Mal überall in der Schule, und verdammt, schon wieder bekam ich kalte Füße.«

»Weil Sie keine Killerin sind«, betonte Mats, und Kaja lachte zynisch mit Blick auf die Leiche zu ihren Füßen.

»Ach nein?«

»Sie töten keine Unschuldigen.«

»Niemand ist unschuldig. Sie erst recht nicht, Dr. Krüger. Sie haben alles versaut.«

»Mit meiner Therapie?«

»Indem Sie es mir ausgeredet haben. Sie mit Ihren klugen, einfühlsamen Worten haben mir meinen sehnlichsten Wunsch genommen. Von dieser Welt zu gehen mit einem großen, lauten Knall. Davon träume ich, seit ich denken kann.«

»Nein, das tun Sie nicht. Sonst hätten Sie sich nicht von mir davon abbringen lassen.«

»Nur vorübergehend. Selbst Sie können aus einem Wolf kein Kätzchen machen. Sie können mich nicht umpolen oder umerziehen. Los, gehen wir.«

»Wohin?«

»Na, wohin wohl, ins Cockpit. Wie sonst soll ich das Ding denn hier abstürzen lassen?«

»Da kommen Sie nicht rein«, sagte Mats und erinnerte sich an ein weiteres Informationsdetail seines Flugangst-Seminars. »Die Piloten sind eingeschlossen. Die Tür ist kugelsicher. Sie lässt sich auch nicht mit Ihrer Waffe öffnen.«

Kaja fragte Mats mit einem höhnischen Lächeln: »Wissen Sie, was sich nach dem Selbstmordanschlag des Germanwings-Piloten als Erstes verändert hat? Es gibt einen Sicherheitscode, mit dem man von außen die Sperre entriegeln kann. Damit sich nie, nie wieder ein Pilot allein von innen einschließen kann. Und dreimal dürfen Sie raten, wer diesen Code kennt ...«

65.

Bitte, Kaja …«

»Lassen Sie es gut sein. Sie haben mich damals aufgehalten, als ich heulend auf dem Schulklo saß. Noch mal schaffen Sie das nicht.«

Sie drängte ihn mit der Waffe Richtung Cockpit.

»Sie haben recht. Ich bin schuld«, sagte Mats. »Und wissen Sie, warum? Weil ich mich einen Dreck für Sie interessiert habe.«

Sie blieb vor der verschlossenen Cockpittür stehen, die Pistole im Anschlag, genau auf seine Brust gerichtet. Mats sah das Tastaturfeld neben dem Spion, mit dem Kaja behauptete, die Tür öffnen zu können.

»Mir ging es nur um die Reputation«, log er weiter. »Die Publicity. ›Starpsychiater rettet Schulkinder!‹. Das war die Schlagzeile, die ich wollte.«

Kaja nickte. Sie kniff die Augen zusammen, möglicherweise litt sie an Sehstörungen, typische Folge einer Nikotinvergiftung. Als Nächstes könnte sich ihr Puls verlangsamen und womöglich sogar eine Atemlähmung eintreten.

»Genau das hat Amelie auch gesagt.«

Natürlich hat sie das. Mit diesen Lügen hat sie dich ja auch geködert.

»Und sie hatte recht.« Mats wechselte mit Absicht zu einer respektloseren Anrede. »Ich hab dich mit Pillen vollgestopft, aber die Wahrheit in deinem Kopf war mir egal. Du willst dein Leben beenden. Und es muss spektakulär sein, weil du vielen Menschen die Augen öffnen musst, dass dieses Leben hier einfach nicht lebenswert ist, richtig?«

»Ganz genau.«

Ich habe es übersehen.

Die typischen düsteren Teenagervisionen, unter denen sie gelitten hatte. Normalerweise harmlos, weil temporär. Eine dunkle Phase, die meist mit der Pubertät kam und wieder verging. Aber manchmal verfestigten sich die morbiden Fantasien, nach einem traumatischen Ereignis etwa, wie dem Tod eines nahen Angehörigen. Oder dem Selbstmord eines Freundes. Bei Kaja war es so gewesen, und Mats war es entgangen.

»Indem ich dir deinen Todeswunsch ausgeredet habe, handelte ich nicht besser als ein Priester, der einen Homo zu einem Hetero umerziehen will.«

»Wieso erzählen Sie mir das?« Kaja hielt die Waffe fester, ihre Hand zitterte. »Sie machen mich nur noch wütender.«

Umso besser.

»Es gibt nur eine einzige Person an Bord, die den Tod verdient. Und das bin ich.«

Er senkte seine Stimme. Beschwor sie regelrecht: »Ich hab dich benutzt, Kaja. Hab dir nicht zugehört, wenn du mir erzählen wolltest, wie schlecht die Welt ist. Hab dir Medikamente verabreicht, die dein wahres Ich unterdrückt haben.«

Er fixierte Kaja. Bereit, seine größte Angst endgültig zu überwinden.

»Hör auf«, beschwor er sie.

Mats trat näher, hätte seinen Zeigefinger in den Lauf stecken können, während sie die Waffe höher nahm und direkt auf seinen Kopf ausrichtete.

Fünfzig Zentimeter Abstand. Von dieser Position aus war er unmöglich zu verfehlen.

Gut so.

Sie sagte noch: »Geh mir aus dem Weg«, da warf Mats sich auf sie und spürte keinen Schmerz. Nur ein heftiges Brennen, als habe Kaja auch ihn mit Kaffee verbrüht. In seinen Ohren schnarrte ein kaputter Lautsprecher, der Nachhall des Schusses klang wie eine verzerrte Kirchturmglocke, deren Pendel in seinem Kopf gegen die Schädeldecke schlug.

Kupfer, dachte Mats und fand, dass die Klugscheißer ihn alle mal konnten. Selbst wenn es nur Eisen enthielt, schmeckte Blut verdammt noch mal so, als ob man an einer Fünfcentmünze lutschte, weswegen dieser Vergleich vollkommen korrekt war.

Nur das mit dem endlosen Schwarz stimmte nicht.

Es war eher ein Grau, mit winzigen, hellen Flecken. Stecknadelgroß, durch die von hinten ein flüssiger Nebel sickerte.

Und mit dem Nebel kam die Kälte.

Und mit der Kälte das Nichts.

66.

18 Stunden später

Als er klein war, ängstigte ihn sein großer Bruder einmal mit einem Gedankenspiel, das Mats sein Leben lang nicht mehr loslassen sollte.

»Stell dir einmal das Nichts vor«, hatte Nils gesagt, während sie auf der Wiese des Teufelssees lagen, den sie in jenen Sommerferien täglich aufsuchten.

»Wie soll das gehen?«

»Fang damit an, dir diesen See hier, die Wiese und den kleinen Strand wegzudenken.«

»Okay.«

»Dann stell dir vor, es gibt auch uns nicht mehr, wir sind fort.«

Als Nächstes sollte Mats Berlin von der Landkarte seiner Vorstellungen radieren, dann Deutschland, Europa, schließlich die gesamte Erde. Am Ende waren das Sonnensystem, die Planeten, das Universum und schließlich alle Galaxien aus seiner Vorstellungswelt getilgt.

»Was siehst du jetzt?«, hatte ihn sein Bruder scheinheilig gefragt.

»Ein tiefes, schwarzes Nichts.«

»Schön. Und nun denk dir auch das weg.«

»Wie soll das gehen?«

»Lass dieses Nichts schrumpfen, auf einen einzigen, winzigen Punkt. Und den lässt du verschwinden.«

Mats hatte mit geschlossenen Augen auf der Wiese gelegen und sich vergeblich damit abgemüht, den so einfach klingenden Anweisungen seines großen Bruders zu folgen.

»Ich kann es nicht«, sagte er. Wann immer der Punkt verschwunden war, blieb noch diese schwarze, endlose Leere, die er unmöglich verschwinden lassen konnte.

Denn er konnte das Nichts durch nichts ersetzen.

»Siehst du«, hatte er seinen Bruder triumphierend sagen hören. »Wir können uns nicht nichts vorstellen. Denn das Nichts ist keine endlose Leere, sondern das Nichtvorhandensein derselben. Das Nichts«, schloss er, »ist ein verschwundenes Loch.«

Mats hatte damals am Teufelssee nicht alles verstanden, was sein älterer, klügerer Bruder ihm verdeutlichen wollte. Jetzt aber war er sich sicher, dass er genau diesen Ort gefunden hatte, von dem sein Bruder meinte, er wäre unvorstellbar.

Er befand sich exakt in seinem Zentrum, in jenem verschwundenen Loch. Umgeben von nichts außer dem Nichtvorhandensein jeglichen Lebens.

Mats konnte nichts sehen. Sosehr er sich auch bemühte, die Augen zu öffnen, er hatte den Kontakt zu seinen Lidern verloren, so wie er den Kontakt zu allen Muskeln, Gliedmaßen, zu seinem gesamten Körper verloren hatte. Sprechen, schlucken, würgen, nichts funktionierte mehr.

Auch sein Tastsinn war wie abgeschaltet. Normalerweise spürte ein Mensch die Kleidung auf seiner Haut nur dann, wenn er es wollte, aber er konnte sie spüren, wenn er sich darauf konzentrierte. Mats fühlte überhaupt nichts. Kein Jucken, kein Kratzen, keine Berührung, nirgendwo. Es war, als schwebe er nackt in einem Vakuum, unfähig, sich selbst zu berühren.

Mit dem Verlust seines Augenlichts und des Tastsinns war er zugleich stumm und taub geworden. Alles, was er hörte, waren seine Gedanken, nicht einmal die körpereigenen Geräusche waren mehr da, das zirkulierende Blut, die Darmperistaltik, die Atmung, nichts. In ihm war es schmerzhaft still.

Beraubte man einen gesunden Menschen eines seiner Sinne, so hieß es in der Theorie, würden andere Sinne dessen Funktion überkompensieren. Blinde hörten besser, taube Menschen konnten mit den Augen winzige Gefühlsveränderungen im Gesicht ihrer Mitmenschen wahrnehmen.

Bei Mats, dem nichts mehr außer seinen Gedanken zur Verfügung stand, schien das Angstempfinden die dominierende, treibende Kraft seines Bewusstseins geworden zu sein. Er hörte nicht, wie er gierig atmete, er spürte nicht, wie das Adrenalin ihn erregte, aber er fühlte, wie die Panik seinen Verstand zersetzte.

Wo bin ich? Was ist mit mir geschehen?

Die Gedanken schrien in seinem Kopf, unhörbar laut, ohrenbetäubend stumm.

Plötzlich änderte sich alles.

Mats konnte noch immer nichts sehen, nichts sagen, nichts spüren, aber er hörte etwas.

Zuerst ein Summen, ähnlich dem einer Ultraschallzahnbürste. Ein elektrisches Knistern, es wurde lauter und erinnerte nun an eine synthetische Grille, und es war der schönste Klang, den er sich vorstellen konnte, denn es *war* ein Klang.

Der Beweis, dass er nicht länger durch das verschwundene Loch fiel, sondern in Kontakt stand. In Kontakt mit einer angenehmen, ernsten Stimme, die sich aus dem Summen entwickelte.

»Herr Dr. Krüger? Können Sie mich hören?«, sagte die Stimme, und Mats versuchte zu antworten. Versuchte zu schreien, die Augen aufzureißen, mit den Armen zu rudern, aber er hatte bereits vergessen, wie das ging.

»Es tut mir sehr leid, aber Sie haben eine schwere Hirnstammschädigung erlitten«, hörte Mats die Stimme. Die schrecklichste aller Wahrheiten.

Locked-in. Als Arzt kannte er natürlich die Diagnose, auch wenn die Stimme sie nicht offen aussprach. Einmal, weil diese grausamen Worte keinem Mediziner leichtfertig über die Lippen kamen. Und auch, weil der Befund normalerweise das Ergebnis tage-, wenn nicht wochenlanger Untersuchungen war. Aber Mats war Spezialist. Er konnte sich selbst analysieren und begriff, dass sein Gehirn beinahe jegliche Verbindung zu dem Rest seines Daseins verloren hatte. Der Stecker war gezogen. Er war lebendig begraben in seinem eigenen, nutzlosen Körper.

»Mein Name ist Dr. Martin Roth, ich bin der Leiter des Park-Klinikums. Wir sind uns einmal auf einem Symposium begegnet, Dr. Krüger. Ich kümmere mich mit einem Team von Neuroradiologen und Chirurgen um Sie. Aktuell werden Sie beatmet, und wir haben als unterstützende Maßnahme mit EEG-Elektroden ein Human-Brain-Interface hergestellt.«

Mats nickte, ohne zu nicken. Im Geiste *sah* er die kleinen Plättchen auf den ausrasierten Stellen seines Schädels, die Kabel, die vom Kopf zu den Computern führten. Viel zu oft hatte er Patienten in seiner klinischen Praxis mit diesen schwersten Schädigungen erlebt, nach einem Stammhirninfarkt etwa. Die Brücke war beschädigt, der Pons, jener Bereich zwischen dem Mittel- und Markhirn, der den Hirnstamm des Zentralnervensystems bildete. Bei einigen Patienten konnte nur noch über die Messung von Hirnströmen eine Basiskommunikation aufrechterhalten werden. Atypisch war, dass er offenbar alles um sich herum hören konnte. Die meisten Locked-in-Patienten konnten zwar sehen, jedoch nichts hören. Bei ihm war es anscheinend umgekehrt, und das war eine weitere Hiobsbotschaft. Es bedeutete, dass zusätzlich zum Stamm-auch das Okzipitalhirn beschädigt sein musste.

»Sie tragen einen Kopfhörer, über den Sie meine Stimme hören. Er filtert störende Außengeräusche«, hörte er Dr. Roth sagen. »Sie sind sich dessen vielleicht nicht bewusst, aber Sie können noch Ihre Lidmuskeln kontrahieren, also ein Blinzeln imitieren. Versuchen Sie es bitte einmal.«

Mats folgte den Anweisungen von Dr. Roth, der sich hörbar freute. »Sehr gut. Lassen Sie uns eine einfache Verabredung treffen. Ich stelle Ihnen ausschließlich Ja/Nein-Fragen. Bitte blinzeln Sie einmal für Ja. Zweimal für Nein. Haben Sie das verstanden?«

Mats blinzelte dreimal und hörte Roth lachen.

»Sie haben Ihren Humor nicht verloren, das ist hervorragend.« Mats hörte eine männliche Stimme im Hintergrund, die ihm vage bekannt vorkam, die er aber nicht wiedererkannte.

»Wir haben Besuch, den ich Ihnen gleich vorstellen werde«, erklärte Dr. Roth, der vermutlich über ein Mikrofon mit ihm kommunizierte. »Zuvor aber wollen Sie sicherlich wissen, was Ihnen passiert ist.«

Mats blinzelte.

»Auf Sie wurde geschossen. In einem Flugzeug. Sie haben die Kugel direkt in den Kopf bekommen, sie zerstörte die Verbindung von Ihrem Stammhirn zum Rückenmark.«

Normalerweise hätte Mats bei dieser Diagnose die Augen geschlossen, versucht, seine Tränen zu unterdrücken, vielleicht geschrien, mindestens aber schwer geschluckt. Doch nicht einmal das war ihm möglich, da er seine Zunge nicht mehr fühlte.

»Die Polizei hielt Sie zuerst für einen Amokläufer, aber das hat sich mittlerweile geklärt.« Dr. Roth räusperte sich. »Sie sind ein Held. Sie haben sich auf die Attentäterin gestürzt und damit Schlimmeres verhindert. Nur weil Sie die Stewardess unter sich begraben haben, konnten die Piloten die Cockpittür öffnen und die Frau entwaffnen. Die Maschine ist sicher in Berlin gelandet. Alle Menschen an Bord haben überlebt.«

Die Grille zirpte wieder, vermutlich ein Störgeräusch bei der Übertragung vom Mikro zum Kopfhörer, doch bevor es lauter wurde, fuhr der Chefarzt des Park-Klinikums fort: »Alle Passagiere mit Ausnahme der Frau, die von der Täterin erschossen wurde.«

Amelie Klopstock, dachte Mats. Die Erinnerungen an das Geschehen im Flugzeug waren so klar und präsent, als hätte er vor einer Minute noch in dem Flieger gesessen. Tatsächlich aber musste er schon Stunden, wenn nicht Tage auf der Intensivstation liegen.

»Sie sind vor zwei Stunden schon einmal aufgewacht«, hörte er Roth sagen, als hätte der seine Gedanken gelesen. Und vielleicht tat er das ja auch. Die moderne Medizin wusste noch viel zu wenig über das Syndrom, hatte aber große Fortschritte erzielt. Immerhin war es mittlerweile sogar möglich, mit Locked-in-Patienten zu kommunizieren, die nicht einmal mehr blinzeln konnten. Dazu brauchte es allerdings Wochen und Monate der Übung, bis man die Scans richtig deuten konnte, die entstanden, wenn man die Schwerstverletzten ellenlangen Interviews unterzog, während diese in einer MRT-Röhre lagen.

»Stunden nach Ihrer Einlieferung bemerkten wir, dass wir über den Lidschlag mit Ihnen kommunizieren können. Jedoch erinnerten Sie sich an nichts. Die Verletzung hatte zu einer völligen Amnesie geführt. Aus diesem Grund entschieden wir uns zu einer neuartigen, noch nie zuvor erprobten Diagnosemethode. Ich bat meinen Kollegen Professor Haberland um Hilfe. Wie Sie vielleicht wissen, ist er auf Hypnoseanwendungen spezialisiert. Da Ihr Geist absolut funktionsfähig ist und Sie im klinischen Sinne wach sind, Dr. Krüger, haben wir Sie hypnotisiert. Vielleicht können Sie sich an die Einleitung des Verfahrens nicht mehr erinnern, aber wir hoffen, dass es im Ergebnis funktioniert hat. Damit Sie den Flug in Ihrer Erinnerung noch einmal erleben, haben wir Sie über das Interface mit verschiedenen Sinneseindrücken konfrontiert. So spielten wir über die Ohrhörer die typischen Triebwerkgeräusche vom Start und während des Fluges ab. Ihr Bett ist hydraulisch und bewegt sich mit den sanften Vibrationen, die eine Flugzeugbewegung simulieren. Um Ihren Geruchssinn zu stimulieren, haben wir Ihnen ein mit Raumspray getränktes Stäbchen direkt in die Nase eingeführt.«

Mats erinnerte sich an den Duft der Klimaanlage, an den Geruch des Blutes – *und an das Parfum.*

Katharinas Parfum!

»Die alles entscheidende Frage, Dr. Krüger, ist jetzt: Hat es funktioniert? Konnten wir Sie mithilfe der Hypnose noch einmal in die letzten Stunden an Bord des Flugzeugs zurückversetzen? Können Sie sich jetzt erinnern?«

Mats blinzelte einmal.

»Gut, sehr gut. Das ist fantastisch. Sie fragen sich sicher, weshalb wir dieses aufwendige Verfahren gewählt haben.«

Das verschwundene Loch wurde von einem Blitz erhellt, als hätte jemand ein Foto in seinem Gehirn geschossen. Eine elektrochemische Reaktion als Folge einer kleinen Mikrofonrückkopplung, als Dr. Roth sagte: »Professor Klopstock wird Ihnen alles erklären.«

67

Kann er mich hören?«, fragte André Klopstock. Dann, lauter: »Hallo, Mats? Mein lieber Kollege.«
Er blinzelte.

»Gut, das ist gut. Sehr gut. Oh Mann, es tut mir leid. So leid.«
Zu Mats' Erstaunen klang Klopstock überhaupt nicht anbiedernd, sondern ehrlich erschüttert. In seinen Worten schwang nicht ein Hauch jener Großspurigkeit mit, die er von ihm gewohnt war und die man von einem Psychiater, der sich selbst gerne in den Klatschspalten der Gesellschaftsmagazine sah, auch irgendwie erwartete.

»Ich bin untröstlich, und es gibt nichts, was das hier wiedergutmachen kann. Auch wenn ich darin nicht direkt involviert war. Deshalb rede ich auch mit ... äh ... zu Ihnen. Doch es geht jetzt nicht allein darum, meine Unschuld zu beweisen. Ich zeige mich voll und ganz kooperationswillig mit Dr. Roth und den Behörden, um ... wie bitte? Ach ja, gut. Tut mir leid.«
Mats erklärte sich die letzten Halbsätze durch eine Intervention Dr. Roths. Offenbar hatte der Chefarzt mit Handbewegungen zur Eile gemahnt.

»Aber etwas müssen Sie wissen, bevor wir mit der Befragung beginnen können.«

Befragung?

»Ich habe eine Testreihe zur Früherkennung psychopathologischer Verhaltensmuster entwickelt. Ich bin von ihrer Notwendigkeit felsenfest überzeugt. Was nützt es, Flüssigkeiten im Handgepäck zu untersuchen, nicht aber den Geisteszustand der Passagiere und Piloten? Doch lassen wir das. Es geht um Amelie, meine Ex-Frau.

Sie war von der fixen Idee besessen, das Zulassungsverfahren zu beschleunigen. Amelie war meine Praxisleiterin, müssen Sie wissen. Sie hatte Zugang zu allen Forschungsergebnissen, Investitionsplänen und natürlich Patientenakten. Eigentlich war sie Fotografin und als Arzthelferin gar nicht ausgebildet. Aber ich hab sie wegen ihres angeborenen Organisationstalents eingestellt. Erst sehr viel später, in unserer Ehe, wurde mir klar, dass sie krankhaft detailversessen war. Und ebenso genial wie gefährlich in ihrer Art, andere zu manipulieren. So wollte ich zum Beispiel immer kinderlos bleiben, doch auf einmal wurde sie schwanger, trotz Pille.«

Klopstock räusperte sich verlegen.

»Amelie wusste immer, was sie tun oder in diesem Fall unterlassen sollte, um ihren Willen zu bekommen. Sie hatte mich in der Hand. Dass ihr Kontrollzwang schon seit ihrer Jugend krankhaft war, habe ich lange verdrängt. Die Augen öffneten sich mir erst, als sie mir eines Tages einen ›Businessplan‹ unterbreitete.«

Mats hörte die Gänsefüßchen in der Art und Weise, wie Klopstock das englische Wort betonte.

»Sie hatte von meinem Pro-bono-Fall erfahren, Franz Uhlandt, einem ursprünglich harmlosen, aber ernsthaft verhaltensgestörten Veganer, dessen kranke Fantasie es war, der Menschheit zu zeigen, wie tierquälerisch die industrielle Milchproduktion ist. Und Amelie wusste auch, dass ich Ihre schwangere Tochter Nele behandele.«

Nele, durchzuckte es Mats. So viele Eindrücke hatten verarbeitet werden müssen, seitdem er in diesem verschwundenen Loch aufgewacht war. So viele Informationen, dass er bis zu diesem Zeitpunkt noch gar nicht an Nele gedacht hatte.

»Wo ist sie?«, schrie er innerlich. *»Geht es ihr gut?«*

»Ich dachte, es wäre ein Scherz, als sie mich fragte, ob wir dem Schicksal meines neuen Patents etwas auf die Sprünge helfen sollten. ›Alles, was wir brauchen, ist ein Zwischenfall‹, hatte sie gesagt, doch ich habe es nicht ernst genommen. Ich dachte, es liegt an den Hormonen, schließlich war sie schwanger, und spätestens die Geburt unseres Babys würde sie doch wieder zur Vernunft bringen, oder? Doch ihre irren Fantasien hörten auch nach Suzas Geburt nicht auf, und ich habe mich schließlich von Amelie getrennt. Wahrscheinlich war das der größte Fehler, denn nun sah sie in der Umsetzung des Plans eine Möglichkeit, mich zurückzugewinnen.«

Wieder räusperte sich Klopstock, doch seine Stimme klang auch danach noch belegt.

»Um die Kontrolle zu behalten, wollte sie selbst an Bord sein. Herrgott, sie hat sogar Suza mitgenommen. Natürlich tat Amelie das nur, um niemals selbst verdächtigt zu werden. Um ihr Umfeld zu manipulieren. Wer denkt schon etwas Böses, wenn er eine stillende Mama sieht? Und nun hat sie ihren wahnwitzigen Plan mit dem Leben bezahlt. Zum Glück nur sie allein, Suza geht es gut.«

»Herr Kollege …«, hörte Mats die mahnende Stimme des Chefarztes im Hintergrund.

»Ja, ja, Dr. Roth. Ich komme zum Punkt. Aber es ist wichtig, dass Dr. Krüger die Hintergründe kennt. Wie soll er sonst die relevanten Informationen von den unwichtigen trennen?« Klopstocks Stimme wurde lauter.

»Zu Ihrem Verständnis, und das benötigen Sie, damit wir noch Schlimmeres verhindern …«

NOCH Schlimmeres?

»Meine Frau ging mit Kaja zur Schule und hielt mit ihr über die Jahre losen Kontakt. In ihrer manipulativen Art gelang es Amelie, Kaja einzureden, dass sie von Ihnen falsch behandelt wurde, Mats. Dass sie wenigstens einen Anspruch auf Entschädigung hätte. Geld. Sehr viel Geld. Sie machte Kaja klar, dass ihr Leben verpfuscht war, aber Menschen wie wir sich an dem psychischen Leid ihrer Patienten eine goldene Nase verdienten.

Mit diesem Argument schaffte sie es, Kaja für ihre Tat zu gewinnen. Und mit Uhlandt hatte sie leichtes Spiel, da der schon lange davon geträumt hatte, den Menschen am lebenden Objekt zu demonstrieren, was es bedeutete, wenn man einer Schwangeren das Baby wegnimmt. Ihn versorgte sie mit Geld und einer Kamera.«

Mats hatte auf einmal das schreckliche Gefühl, sich innerlich kratzen zu müssen. Klopstocks Worte waren wie Juckpulver in seinem Verstand.

»Das sind nicht alles Fakten, vieles davon vermute ich nur oder reime es mir zusammen aus all den Informationen, die ich besitze. Leider kann Frau Claussen dazu nicht mehr befragt werden. Sie starb kurz nach der Landung an den Folgen einer Nikotinvergiftung. Und da ist noch etwas, das mir auf dem Herzen liegt und das Sie wissen müssen, bevor …

Bevor was???

»Juristisch gesehen bin ich unschuldig, aber moralisch nicht. Das alles wäre nicht ohne meine Mitwirkung passiert. Denn ich war es, der Nele während ihrer Behandlung dazu überredete, wieder mit Ihnen in Kontakt zu treten, Mats. Um die Familienbande wiederherzustellen.

Meine Frau muss in meinen Gesprächsnotizen davon gelesen haben. Ich hatte sogar den Flugtermin notiert, den mir Ihre Tochter mitteilte. Amelie hat ihn dann wohl an Kaja Claussen weitergegeben.«

Der Juckreiz wurde stärker. Mats hätte Klopstock am liebsten angeschrien, endlich zum Punkt zu kommen.

»So schlimm es ist, ich kann nicht umhin, meiner toten Frau in ihrem Wahnsinn etwas Respekt zu zollen. Sie selbst musste keine körperliche Gewalt anwenden. Es galt nur, Timingprobleme zu überwinden und Menschen zu manipulieren. Ihre Spezialität. Wenn man so will, hat sie einen genialen psychologischen und damit im Kern weiblichen Plan gefasst. Sie hat Kaja und Sie nur durch Worte gesteuert, Mats. Und mit Franz Uhlandt brachte sie einen Fremden dazu, sich die Hände schmutzig zu machen, der ein völlig anderes Motiv hatte als sie selbst. Weswegen ein Zusammenhang dieser Taten kaum beweisbar gewesen wäre, zumal Sie, Mats, ja am Ende mit dem Leben bezahlen sollten.«

Bevor Mats sich darüber klar werden konnte, ob er Klopstock wirklich weinen gehört hatte, vernahm er nun wieder die Stimme Dr. Roths, der viel sachlicher, aber auch drängender sagte: »Gut, nachdem Sie jetzt die Hintergründe kennen, kommen wir zur Kernfrage, Dr. Krüger: Wo ist Ihre Tochter?«

Nein!

Mats hatte gewusst, dass diese Frage kommen würde, und dennoch gebetet, sie nicht hören zu müssen. Nun war sie draußen, und die Dunkelheit um ihn herum öffnete ihr hässliches Maul, das ihn noch einmal zu verschlingen drohte.

Oh Gott, sie haben sie also nicht gefunden?

Mats' Verstand drehte sich, das verschwundene Loch in ihm wurde zu einem Strudel. Dann dachte er: *Himmel, das Baby!* Nach so langer Zeit musste es längst geboren sein.

Oder … tot!

Dieses eine Wort dröhnte so laut in Mats' Gedanken, dass Dr. Roth mit seiner Frage kaum mehr zu ihm durchkam: »Haben Sie an Bord dieses Flugzeugs irgendetwas erfahren, gehört, gesehen oder sonst herausgefunden, was uns Neles derzeitigen Aufenthaltsort verraten könnte?«

68.

War das ein Blinzeln?«
Roth nickte Klopstock zu. Natürlich war es das, un-übersehbar. Die Elektroden an Krügers Wimpern hatten es ge-messen. Der Ausschlag an dem Monitor über dem Bett zeugte davon.

Roth stand neben dem Bett auf der Intensivstation, ein silber-graues Stabmikrofon in der Hand, und beobachtete, wie sich die Augäpfel unter den geschlossenen Lidern des Patienten wie orientierungslose Käfer bewegten.

Krügers Gesicht war bis auf die ausgesparte Augen- und Mundpartie vollständig bandagiert. Mit den schwarzen Ohr-hörern, dem Beatmungstubus im Mund und den verdrahteten Plättchen am Schädel sah er aus wie ein mumifizierter Alien.

Eine Drainage sorgte an den Stellen, wo Kajas Kugel ein- und wieder ausgetreten war, für den notwendigen Druckausgleich, doch lange würde sich die Schwellung nicht mehr aufhalten lassen und der Patient endgültig das Bewusstsein verlieren. Glücklicherweise spürte er keine Schmerzen.

Hoffentlich.

Die Forschung über Patienten mit Locked-in-Syndrom steck-te noch in den Kinderschuhen, man wusste viel zu wenig über diese schweren Hirnschädigungen. Immerhin hatte man er-kannt, dass die Betroffenen sehr wohl bei vollem Bewusstsein waren und daher auch mittels akustischer Signale in Trance versetzt werden konnten. Seines Wissens war Dr. Krüger al-lerdings der erste Patient, bei dem man die Hypnoregression zur Wiederherstellung von Erinnerungen angewandt hatte.

Ob erfolgreich, würde sich gleich zeigen.

Dr. Roth griff zu seinem Handy, drückte die Kurzwahltaste

für sein Sekretariat und erkundigte sich, wo die Polizei bliebe. Er hatte Kommissar Hirsch schon vor zwanzig Minuten informiert, dass Krüger aus der Trance »erwacht« war.

Der Kommissar hatte sich gestern bei Krügers Einlieferung lächerlich gemacht, als er darauf bestand, den »Täter« vernehmen zu wollen.

»Er ist am anderen Ende der Stadt«, ließ ihn seine Assistentin wissen. »Kann wohl noch dauern.«

Roth bedankte sich, legte auf und beschloss, nicht zu warten, sondern alleine mit der »Befragung« seines Patienten weiterzumachen.

»Ich kann mir vorstellen, was Sie jetzt denken, Dr. Krüger. Es ist viel Zeit vergangen, und die Chancen, das Opfer lebend zu finden, sinken bei Entführungsfällen mit jeder Stunde.«

Roth nahm absichtlich kein Blatt vor den Mund. Es war wichtig, dass sein Patient sich nicht mit dem eigenen schrecklichen Schicksal befasste, sondern ausschließlich mit dem seiner Tochter.

»Wir haben auf Ihrem Handy das Folter-Foto gefunden, das die Entführer von Ihrer Tochter gemacht haben. Die offizielle Suche nach Nele läuft bislang ergebnislos.

Bis vor Kurzem kannten wir auch nicht den Zusammenhang zwischen den Vorfällen an Bord und einer möglichen Entführung. Das wurde uns erst durch die Aussagen von Professor Klopstock bewusst, der sich nach der Identifizierung seiner Frau freiwillig meldete. Er hat uns alles gesagt, was er weiß. Jetzt sind Sie unser einziger Zeuge, für dessen Befragung wir keinen Aufwand, keine Kosten und Mühen scheuen, weil wir Ihre Tochter retten wollen, haben Sie das verstanden?«

Roth registrierte zufrieden ein Blinzeln.

»Gut. Ich versuche, mich jetzt mit Ja / Nein-Fragen an das heranzutasten, was Sie erlebt haben und was uns womöglich bei der Suche nach Ihrer Tochter weiterhilft. Okay?«

Mats signalisierte mit einem weiteren Blinzeln seine Zustimmung, und Roth drückte die Hand des Patienten, obwohl der das nicht mehr spüren konnte. Diese emotionale Form des Kontakts war beim Chefarzt des Park-Klinikums mittlerweile eine unbewusste Angewohnheit. Er verstand sich nicht nur als ein Mann der Worte und Pillen, sondern auch der menschlichen Zuneigung.

»Wissen Sie, wo Ihre Tochter ist?«, stellte Roth die direkteste und wichtigste Frage zuerst.

Mats blinzelte. Zu Roths Verwunderung tat er das jedoch nicht nur ein- oder zwei-, sondern gleich sechsmal hintereinander.

»Was macht er da?«, wollte Klopstock wissen.

Roth hatte keine Ahnung und wartete erst einmal ab, ob Krüger sein Blinzeln nach langer Pause wiederaufnahm.

Als nichts geschah, fragte er seinen Patienten so laut und deutlich wie möglich: »Haben Sie eben mit Absicht sechsmal geblinzelt?«

Mats blinzelte einmal.

Also ja.

Dann blinzelte er fünfmal und machte erneut eine Pause, bis seine Lider zwölfmal zuckten.

»Moment, geben Sie uns bitte etwas Zeit«, bat Roth und griff nach einem Klemmbrett am Fußende des Bettes.

»Morst er?«, wollte Klopstock wissen.

»Nein, dazu ist sein Blinzeln nicht rhythmisch genug.«

Roth machte sich eilige Notizen, überprüfte seinen Verdacht, indem er zum Abzählen die Finger zu Hilfe nahm, und hatte schließlich das Gefühl, das Rätsel gelöst zu haben.

»Sind es Buchstaben?«

Er fixierte Krügers Augen.

»Das Alphabet. Geben Sie mir das Alphabet durch?«

Ein schwaches, aber sichtbares Zucken.

»Ja!«, sagte Klopstock hinter ihm aufgeregt.

Roth, nicht minder aufgewühlt, bat Mats, noch einmal von vorne anzufangen.

Wieder blinzelte er sechsmal.

F

Dann einmal weniger.

E

»Zwölf«, zählte Klopstock laut, und Roth notierte:

L

Schließlich endete Krügers Blinzeln mit einer neunmaligen Wiederholung.

I

»Wer ist Feli?«, wollte Dr. Roth von Klopstock wissen.

»Felicitas Heilmann. Eine Kollegin.«

Roth schaltete das Mikrofon ab. »Sie meinen eine Freundin von Dr. Krüger?«

Klopstock nickte. »Sie kam gestern zu mir in die Praxis und erzählte, dass Nele in Schwierigkeiten sei. Und dass Mats in einem Flugzeug von Buenos Aires nach Berlin säße. Das war der Moment, wo ich zum ersten Mal eins und eins zusammenzählte. Ich wusste, dass Amelie mit Suza in diesem Flieger war, angeblich auf der Rückreise aus dem Urlaub. Als Feli dann zu mir in die Ku'damm-Klinik kam, hatte ich die schlimme Vorahnung, dass Amelie ihren Plan in die Tat umgesetzt haben könnte.«

Roth ließ mit fassungslosem Gesicht das Klemmbrett sinken.

»Und Sie haben nichts gesagt?«, empörte er sich. »Wieso sind

Sie mit diesen Informationen nicht umgehend zur Polizei gegangen, sondern haben sich erst gemeldet, als es an Bord bereits zur Tragödie gekommen war?«

Klopstock, durch den verbalen Angriff wieder etwas belebter, startete zum Gegenangriff: »Was sollte ich der Polizei denn sagen? ›*Hören Sie, da wurde vielleicht eine meiner Patientinnen entführt? Vielleicht soll ihr Vater für eine Katastrophe sorgen? Vielleicht ist meine Frau als Drahtzieherin an Bord?*‹«

Er schüttelte den Kopf.

»Ich hatte doch nichts als Vermutungen. Und die Tatsache, dass Dr. Krüger lieber auf eigene Faust ermittelte, anstatt die Behörden zu informieren, zeigte mir, dass ich erst recht nichts auf Verdacht unternehmen sollte, was das Leben von Nele gefährden könnte.«

Roth machte eine abfällige Handbewegung, unfähig, seinen Zorn zu unterdrücken. »Ich glaube Ihnen kein Wort. Sie wollten den Zwischenfall, Dr. Klopstock«, sagte er freiheraus.

»Nein.«

»Oder Sie wollten zumindest Ihre Haut retten. Möglichst nicht damit in Verbindung gebracht werden. Wäre Ihre Frau nicht gestorben, hätten Sie sich vermutlich niemals bei uns gemeldet und Ihre Hilfe angeboten. Das tun Sie doch jetzt nur, um Ihre Weste reinzuwaschen.«

Jetzt wurde Klopstock wütend. »Das ist nicht wahr«, empörte er sich. »Ich gab Felicitas Heilmann sogar einen Hinweis, als sie zu mir kam. Ich veranlasste meine Assistentin, für sie den Kontakt zu Uhlandt herzustellen, der, wie Sie wissen, bislang nicht gefunden werden konnte.«

»Dann verstehe ich nicht, weshalb Sie mir nicht von Frau Dr. Heilmann erzählt haben.«

»Wieso sollte ich? Schön, sie hat nach Nele gesucht, aber das tun wir doch alle, wenn ich mich nicht irre.«

Roth hatte ihm bei seinen letzten Ausflüchten nicht mehr zugehört und war mit seinem Handy am Ohr an das zum Park führende Fenster der Intensivstation getreten.

Es war ein sonniger Herbsttag, Besucher und Patienten spazierten entlang der laubgesäumten Allee oder unterhielten sich auf einer der Parkbänke. Niemand da draußen schien auch nur eine entfernte Vorstellung von dem Leid und dem Elend zu haben, das nur wenige Meter entfernt hinter den Klinikmauern wohnte.

»Hirsch?«, hörte Roth die Stimme des Polizisten, den er nun direkt angerufen hatte. Im Hintergrund Fahrgeräusche.

»Hier ist Dr. Roth, Park-Klinikum.«

»Ich bin gleich bei Ihnen.«

»Gut. Zuvor eine Frage: Ist Ihnen bei Ihren Ermittlungen der Name Felicitas Heilmann untergekommen?«

»Nein, sollte er?«

»Der Patient hat uns gerade einen Hinweis gegeben.«

»Okay. Warten Sie.«

Roth hörte, wie die Leitung stumm geschaltet wurde, dann, nach einer Weile, meldete sich der Polizist zurück. Entweder er hatte eine Anfrage gestartet oder selbst über sein Handy Zugriff auf die Ermittlungsakten.

»Felicitas Heilmann, zweiundvierzig Jahre, niedergelassene Psychiaterin aus dem Prenzlauer Berg?«, fragte er.

»Das muss sie sein.«

»Merkwürdig.«

Roth wechselte das Handy von einem Ohr zum anderen.

»Weshalb?«

»Bislang haben wir keinen Zusammenhang gesehen. Aber ihr Lebensgefährte hat sie als vermisst gemeldet.«

»Wie bitte?«

Der Chefarzt tauschte einen Blick mit Klopstock, der keinen Hehl daraus machte, dass er versuchte, jedes Wort des Gesprächs aufzuschnappen.

»Sie sollten gestern heiraten, aber sie hat ihn sitzen gelassen.«

»Das kann doch kein Zufall sein.«

Hirsch schien in irgendetwas hineinzubeißen und sprach jetzt mit vollem Mund: »Seh ich auch so. Ich meine, vorm Altar sitzen gelassen zu werden, das hat bei uns keine Priorität in der Bearbeitung. Aber das hier, verdammt.«

»Was?«

»Heilmanns Verlobter hat uns die letzten Handydaten seiner Braut übermittelt. Das glauben Sie nicht.«

Die Fahrgeräusche wurden lauter, Hirsch schien zu beschleunigen.

»Wo?«, fragte Roth und spürte eine Kälte, als würde er innerlich erfrieren, kaum dass der Kommissar ihm Felis letzten Standort verraten hatte: »VEB-Fleischkombinat. In der Nähe der alten Milchhöfe.«

69

Bald nehm ich Eintritt«, maulte der asthmatisch keuchende Wachmann, der kaum in seine blaugraue Uniform passte. Geschweige denn in das Fahrzeug der Firma M&V Security, aus dem er sich vorhin mit gequältem Gesichtsausdruck geschält hatte.

Er zählte an einem absurd großen Schlüsselring den passenden Schlüssel für das Vorhängeschloss ab und öffnete es für Polizeihauptkommissar Hirsch und die zwei uniformierten Beamten, die ihn bei der Suche nach Felicitas Heilmann unterstützten. Ein Mann mit dem Gesicht eines Chorknaben und eine noch jünger aussehende Frau, alle frisch von der Polizeischule. Was man halt so zugeteilt bekam, wenn man von null auf plötzlich in Berlin eine Vermisstensuche anleierte. In Filmen knallte immer gleich ein schwarz vermummtes und bis an die Zähne bewaffnetes SEK-Team mit einem Rammbock durch die Tür. In der Realität zog man mit einem schnaufenden Obelix-Double und zwei Grünschnäbeln im Schlepptau durch muffige Kuhställe.

»Das ist jetzt schon das dritte Mal in vierundzwanzig Stunden, dass sich jemand für das Elend hier interessiert«, schimpfte der Wachmann, der sich als Helmuth Müller vorgestellt hatte. Im Augenblick hatte er große Mühe, mit dem Polizeihauptkommissar Schritt zu halten.

Mann, ich bring ja schon die Waage zum Quietschen, aber der kann einen Hula-Hoop-Reifen als Gürtel tragen, dachte Hirsch, als er sich zu dem Wachmann umdrehte.

»Wer war noch alles hier?«

Müller watschelte ihm wie ein Pinguin hinterher.

»Erst die Studenten gestern, die hier unerlaubt einen Porno

drehen wollten. Dann der Bräutigam, der seine ausgebüxte Frau gesucht hat, und nun Sie.«

Hirsch gab den beiden uniformierten Begleitern ein Zeichen, sich aufzuteilen. Das Mädchen sollte vorne, der Jüngling im hinteren Teil der Halle suchen, während er das Gatter im letzten Drittel inspizierte, zu dem der Wachmann ihn jetzt geführt hatte.

»Ein Porno?«, fragte er mit Blick auf das Kamerastativ und die sekretverschmierte Krankenliege.

»Haben sie jedenfalls behauptet. Ich hab sie natürlich sofort rausgeschmissen.«

Natürlich.

»Und Sie haben das Zeug hier einfach so stehen lassen?« Hirsch zeigte auf Stativ und Liege.

Der Wachmann kratzte sich sein Doppelkinn und schnaufte: »Wieso nicht? Ich meine, hier liegt so viel Müll herum, und irgendwann machen sie das Kombinat doch eh platt. Frag mich ohnehin, weshalb ich hier den Wachonkel spielen soll.«

Hirsch begutachtete die verschmierte Plastikoberfläche der Liege und wunderte sich über einen Abdruck auf dem staubigen Spaltboden direkt daneben. Es sah aus, als ob hier vor Kurzem eine Kiste gestanden hätte.

»Was war mit Janek Strauss?«, fragte Hirsch.

»Mit wem?«

»Dem Verlobten, der seine Braut suchte.«

»Ach so, der!« Der Wachmann kratzte sich wieder. »Wusste nicht, dass der so heißt. Mann, der hat gestern Abend vielleicht einen Terz gemacht. Hab ihn aber nicht reingelassen. Ich meine, das ist verboten. Er hat ja keinen Durchsuchungsbefehl oder so was gehabt.«

»Beschluss«, korrigierte ihn Hirsch.

»Wie?«

»Das heißt Durchsuchungsbeschluss. Und als Zivilist hatte er den sicher nicht. Sie sind sich sicher, dass er Sie nicht mit einem anderen Dokument aus der Bundesdruckerei überzeugen konnte?« Hirsch rieb Daumen und Zeigefinger in eindeutiger Geste aneinander.

»Hey, ich bin ein ehrlicher Bürger.«

»Hm«, murmelte Hirsch zu sich selbst. »Und Trump ein Feminist.«

»Was war das?«

Hirsch winkte ab, gleichzeitig hörte er den jungen Polizisten aus einiger Entfernung durch die Halle rufen: »Herr Kommissar, das sollten Sie sich vielleicht mal ansehen.«

Hirsch trat aus dem Stallbereich in den Gang, durch den früher die Tiere und Futterwagen getrieben worden waren, und machte sich auf den Weg zu seinem Kollegen.

Er stand im äußersten Bereich der Baracke, etwa fünfzig Meter vom Eingang entfernt, und deutete auf eine Treppe, die nach unten führte.

»Was gefunden?«

»Ich fürchte, ja. Aber es wird Ihnen nicht gefallen.«

Hirsch borgte sich vom Wachmann eine Taschenlampe und stieg hinter seinem Kollegen die Gitterstufen nach unten, dem modrigen Geruch entgegen.

»An der anderen Seite, am Eingang, da, wo die Tuss…, also, wo Ihre Kollegin sucht, da gibt es noch einen anderen Kellerzugang«, hörte Hirsch den Wachmann hinter sich sagen, doch dafür interessierte sich der Kommissar vorerst nicht.

»Hier«, sagte der junge Polizist unnötigerweise.

Hirsch hatte auch so erkannt, was seine Aufmerksamkeit erregte.

»Ich bin ja nicht blind«, murmelte er und leuchtete auf die hölzerne Abdeckung, die unter Garantie den Abgrund im Boden verschlossen halten sollte, der nun vor ihnen gähnte.

Hirsch trat an die Kante und leuchtete in eine Art Schacht hinein.

Großer Gott …

Er hielt sich die Hand vor den Mund. Auch der junge Polizist keuchte, obwohl man im Grunde gar nicht so viel erkennen konnte. Nur erahnen.

Der Lichtkegel ihrer beider Lampen streifte erst ein rot durchtränktes Stück Stoff, dann den blutigen Rest des reglosen Körpers.

»Scheiße, verdammt«, dachte Hirsch, dann sagte er es laut, und schließlich sprach der Kommissar die Wahrheit aus, an der es keinen Zweifel mehr geben konnte: »Wir kommen zu spät.«

70.

Sie konnten es einfach an- und ausschalten.

Das verschwundene Loch. Es wurde größer und dunkler und kälter, wenn sie Mats auch noch seines letzten Sinnes beraubten. Sobald das Mikrofon aus war und die Ohrhörer nichts mehr übertrugen, war es, als befände er sich in einem niemals endenden Fall, in einem Albtraum, der sich stets von Neuem selbst übertraf.

Als Kind hatte er eine Szene eines gruseligen Märchens nicht mehr aus seinem fünfjährigen Kopf bekommen, in der ein Prinz lebendig eingemauert worden war. Er hatte sich dunkle, grobe Klinkersteine vorgestellt, die eine undurchdringliche Wand bildeten, hinter der er zu ewiger Finsternis verdammt war. Niemals hätte er sich vorstellen können, dass die unsichtbaren, nicht greifbaren Wände des eigenen Körpers ein noch viel grauenhafteres Verlies formten.

»Hallo, Dr. Krüger?«

Die Stimme des Chefarztes war das schönste Geräusch, das er sich vorstellen konnte. Jeder Laut, der die Dunkelheit durchbrach und das Fallen ausbremste, war ein Geschenk.

»Sie hören mich?«

Er blinzelte, und Roth bedankte sich bei ihm. Seine Stimme klang etwas anders als zuvor. Angespannter. Wie jemand, der etwas anderes sagt, als er eigentlich auf dem Herzen hat.

»*Was ist mit Nele?*«, rief Mats unhörbar laut in die Unendlichkeit seines Gefängnisses. Natürlich bekam er keine Antwort.

»Wir haben noch keine Nachricht von der Polizei«, sagte Dr. Roth, und es klang wie eine Lüge.

Sollte er geschont werden?

»Aktuell sind wir zum Abwarten verdammt ...« Mats hörte

Roth schwer atmen, dann ergänzte er: »Aber vielleicht können wir die Zeit nutzen, und Ihnen fällt noch etwas ein, was den Ermittlern bei der Suche hilft.«

Von welcher Suche sprechen Sie? Der nach Nele – oder nach ihrem Mörder?

Mats wollte um sich schlagen, beißen, treten und so vieles mehr, was ihm jetzt wohl nie wieder möglich sein würde. Er wusste, dass Roth ihm etwas verheimlichte. Dazu brauchte er nicht dessen schuldbewusstes Gesicht zu sehen, mit dem er unter Garantie vor seinem Bett stand.

»Bitte, Dr. Krüger, ich weiß, wie grauenhaft die gesamte Situation für Sie ist. Aber wir klammern uns hier an jeden Strohhalm, und die Polizei bittet mich, Sie noch einmal zu befragen.«

Mats taumelte, drehte sich seitwärts und rotierte wie ein trudelnder Komet in seinem eigenen Universum. Er war sich sicher, dass Roth ihm etwas vorenthielt, damit er sich nicht vollends und auf ewig in sich selbst zurückzog. Und da er noch immer die stille Hoffnung hegte, dass Nele am Leben sein konnte – solange Roth die schrecklichste aller Wahrheiten nicht offen aussprach –, beschloss er, das Spiel weiter mitzuspielen und die letzte Frage zu beantworten, die der Chefarzt ihm gerade gestellt hatte: »Dr. Krüger, denken Sie bitte nach. Ist Ihnen noch irgendetwas Verdächtiges im Flugzeug aufgefallen, das uns bei der Suche nach Ihrer Tochter helfen könnte?«

Mats dachte nach. Dann blinzelte er.

Einmal.

71.

Er wusste nicht, welcher Teufel ihn hier ritt, aber er konnte nicht einfach zu Hause vor dem Fernseher sitzen bleiben und so tun, als hätte er nichts gesehen.

Wobei Livio sich nicht einmal sicher war, ob er überhaupt *etwas* gesehen hatte. Gestern. Als er noch einmal zum VEB-Fleischkombinat zurückgefahren war, um nach Feli zu sehen. Schön, ein elfenbeinfarbenes Taxi, das mit abgeschraubtem Schild ein aufgegebenes Industriegelände verlässt, war schon etwas merkwürdig.

Aber vielleicht hatte der Fahrer dort nur eine Lieferung abzugeben oder hatte Drogen kaufen oder Müll entsorgen wollen, da gab es Hunderte Möglichkeiten. Allerdings hatte Feli gesagt, dass der Typ, nach dem sie suchten, den Chauffeur für Klopstock spielte und sie deshalb nach einem Taxi auf dem Gelände der ehemaligen Fleischfabrik hatten Ausschau halten sollen. Auch die Tatsache, dass er jetzt ohne Fahrgast über vierzig Kilometer Richtung Norden in die brandenburgische Walachei gegurkt war, um hier am Arsch der Welt bei einer weiteren Industriebrache zu halten, machte die Sache nicht weniger mysteriös.

Allerdings hatte Livio hier sonst nichts Verdächtiges sehen können, nachdem er ihm im gebührenden Abstand gefolgt war. Weder hatte der Taxifahrer seinen Kofferraum geöffnet und eine Leiche oder sonst was herausgeholt, noch hatte er Schreie gehört oder gar Kampfhandlungen beobachtet. Er war im Gegenteil noch nicht einmal ausgestiegen.

Der Fahrer war einfach eine Stunde sitzen geblieben, hatte stur in die Gegend gestarrt, und irgendwann war es Livio dann doch zu dumm geworden.

Wird schon alles gut gehen, hatte er sich gedacht, den Rückwärtsgang eingelegt und war wieder nach Hause gefahren.

Das war gestern.

Und heute bin ich noch bekloppter.

Der Gedanke an Feli und einen möglicherweise geisteskranken, unberechenbaren Taxifahrer hatte ihn nicht mehr losgelassen, zumal die Ärztin noch immer nicht an ihr Handy ging. Es war ausgeschaltet.

Am Tag der Hochzeit und danach?

Nein, Livio konnte es sich noch so sehr einreden, dass sie ihre Flitterwochen-Ruhe haben wollte, sein Bauchgefühl war mit dieser Selbsthypnose nicht zu beruhigen.

Was, wenn der Fahrer ihn gestern bemerkt hatte? Er war ja nicht gerade darin ausgebildet, Menschen zu beschatten, und vielleicht war der Sicherheitsabstand doch nicht groß genug und er insgesamt zu auffällig gewesen?

Einen kurzen Moment hatte er wirklich mit dem Gedanken gespielt, die Polizei anzurufen, doch das war nicht die schlaueste Idee für jemanden, den die Bullen wegen seines Vorstrafenregisters auf dem Kieker hatten. Feli selbst hatte es ihm zudem mehrfach verboten, *und wer weiß, vielleicht sehe ich ja nur Gespenster, und es ist alles bestens?*

Wobei, *nein.* Danach fühlte es sich nicht an.

Als die innere Stimme mit ihren »Da ist was faul«-Rufen keine Ruhe geben wollte, hatte er sich heute Nachmittag noch einmal auf den Weg hier raus gemacht, den ganzen langen Weg ins Oberhavelland, und sich letztlich kaum darüber gewundert, dass das Taxi noch immer vor der Scheune stand.

Im Grunde war er sich dessen sogar sicher gewesen. Sein Bauchgefühl hatte ihn noch nie im Stich gelassen.

Hier lief gerade etwas entsetzlich schief.

Der Fahrer des Taxis, das seit gestern keinen Millimeter mehr gefahren war, saß selbstverständlich nicht mehr am Steuer.

Er bewegte sich. Langsam, aber zielstrebig.

Von seinem Versteck hinter den alten Wassertanks beobachtete Livio, wie der langhaarige, schlaksige Studentenverschnitt
aus einem Bauwagen stieg und über den matschigen Hof der
Anlage schlurfte, bis er in einem grau verwitterten Klinkerbau
verschwand. Mit einem gelben Plastikkoffer in der einen und
einer Kamera in der anderen Hand.

Verdammt, was hat der vor?

Sosehr sich Livio auch anstrengte, hier von seinem Platz aus
konnte er keinen Blick ins Innere des Gebäudes werfen, als
der Taxifahrer die Tür öffnete.

Er sah weder Felicitas noch Nele.

Aber wenn er sich nicht irrte, dann hörte er eine von beiden
gerade um ihr Leben schreien.

72.

Mats blinzelte.

»Ja? Sie haben etwas bemerkt?«

Er blinzelte erneut.

»Okay, okay.« Das Mikrofon raschelte, aber Roth blieb stumm. Offenbar suchte der Arzt nach dem besten Weg, um sich mit Ja/Nein-Fragen zur Antwort vorzutasten. Mats versuchte es ihm etwas einfacher zu machen und fing an, ununterbrochen zu blinzeln.

Roth erkundigte sich anfänglich, was los sei, er verstehe nicht, was Mats ihm sagen wolle, und so fragte er endlich konkret: »Wollen Sie, dass ich mitzähle?«

Mats signalisierte ihm ein Ja.

»Okay, verstehe. Dann bitte noch einmal von vorne.«

Mats blinzelte 47-mal in Folge.

Wieder dauerte es eine Weile, bis Roth die passende Frage gefunden hatte, mit der er sich an die Wahrheit herantastete: »47 kann kein Buchstabe sein, also eine Nummer?«

Mats blinzelte einmal.

»Eine Nummer in einem Dokument, das Sie bei sich führten?« Diese Frage verneinte Mats ebenso mit einem zweimaligen Blinzler wie die, ob es sich um eine Haus- oder den Teil einer Telefonnummer handelte.

»Meinen Sie einen Sitzplatz? Reihe 47?«

Er konnte Roth beinahe lachen hören, als er ihm die Richtigkeit dieser Vermutung bestätigte.

»Okay, in Reihe 47 gab es etwas Verdächtiges. Ein Passagier?«

Mats blinzelte einmal.

»Welcher Platz genau. Bitte blinzeln Sie einmal für A, zweimal für B und so weiter.«

Mats blinzelte sechsmal.

»47F? Der Fenstersitz. Warten Sie einen Augenblick.«

Es knackte, und Mats fiel wieder ins empfindungslose Nichts seiner Gedankenwelt. Die Tatsache, dass man ihn in diesem verschwundenen Loch einfach zu- und wieder wegschalten konnte, verstärkte sein Grauen noch einmal.

Nach einer gefühlten Stunde, die auch ein Jahr oder nur zehn Sekunden gedauert haben konnte, hörte er wieder die Grille zirpen, dann sagte Roth etwas verwirrt: »Ich habe gerade mit einem der Ermittler gesprochen. Er sagt, Sie hätten vier Plätze für diesen Flug gebucht. Einer davon war 47F.«

Mangels einer Ja / Nein-Frage war Mats zur Reglosigkeit verdammt.

»Okay, was ich fragen will: Saßen Sie auf Platz 47F?«

Mats blinzelte zweimal und signalisierte damit ein Nein.

»Jemand anders hatte Ihren Platz eingenommen?«

Mats blinzelte einmal.

»Ein Mann?«

Mats bejahte auch diese Frage, so wie die nächste: »Könnten Sie ihn beschreiben, wenn Sie die Möglichkeit dazu hätten? Hat er ein besonderes Merkmal?«

In weiterer Folge stellte Roth ausschließlich Fragen, die Mats verneinen musste.

Nein, er kannte keinen Namen, und es war nicht das Gesicht, das er erkennen würde, keine besonderen Merkmale wie Tätowierungen, Piercings, Narben, Muttermale. Auch an der Stimme, Körperhaltung, Haarfarbe oder Kleidung würde er ihn nicht identifizieren können.

Endlich stellte Roth die alles entscheidende Frage:

»Ist es sein Geruch?«

Mats blinzelte einmal.

»Der Mann hatte einen unverkennbaren Geruch?«

Er bestätigte erneut.

Wieder gab es eine Pause, wieder wurde das Mikrofon kurz

abgeschaltet, und wieder fiel er durch den unendlichen Schacht des verschwundenen Lochs, bis er Roth sagen hörte: »Wir haben Sie nur mit wenigen olfaktorischen Reizen getriggert, Dr. Krüger. Wie ich schon sagte, war das die Klimaanlage, also Raumspray, und etwas Frauenparfum.«

Mats blinzelte einmal.

»Das Parfum? Der Mann auf Platz 47, auf den Sie uns aufmerksam machen wollen, roch nach dem Parfum Ihrer Tochter?«

Mats blinzelte zweimal.

»Also doch nicht?«

Oh verdammt. Mats fühlte sich wie bei einem perversen Blindekuhspiel, bei dem nicht der Suchende, sondern der Eingeweihte die Augenbinde tragen musste. Und zwar bis zum Ende seines jetzt nur noch sehr kurzen Lebens.

»Ich versuche es noch mal. Der Mann roch nach Parfum?«

Einmaliges Blinzeln.

»Aber nicht nach Neles Parfum?«

Wieder bejahte Mats, und Roth begann anscheinend laut nachzudenken.

»Aber wir haben Sie nur mit diesem einen Duft versorgt. Mit keinem anderen. Wenn Sie aber nun sagen, Sie haben einen anderen Frauenduft gerochen, dann …«

… haben Sie sich geirrt und mir aus Versehen den falschen unter die Nase gehalten, richtig, Sherlock.

Mats fühlte sich auf einmal unendlich müde, aber es war eine andere Müdigkeit als die, die er zuvor gekannt hatte. Sie war allumfassender, tiefer, verbunden mit einer unsagbaren Traurigkeit. Die Erkenntnis, dass es eine ganz logische Erklärung dafür gab, dass er während seiner Trance so reale, fast halluzinatorische Wahrnehmungen von seiner Frau gehabt hatte, zerstörte den letzten Überlebenswillen in ihm.

Sie hatten ihn einfach mit dem falschen Duft getriggert. Er hatte keine weiteren Informationen, die Nele helfen könnten, deren Tod ihm Roth höchstwahrscheinlich verheimlichte. Wieso also hörte Dr. Roth nicht auf, ihn weiter mit sinnlosen Fragen zu foltern?

»War es das Parfum einer Person, die Sie kennen?«

Ja doch.

»Einer Person, die in Ihrem Leben eine wichtige Rolle spielt?«

Wieder blinzelte Mats einmal.

»Kaja Claussen?«

Nein.

»Felicitas Heilmann?«

»Ihre Frau?«

Mats verstand, dass die Polizei den Täter finden wollte, aber für ihn war das nicht mehr von Bedeutung. Ihm war alles im Leben genommen worden, seine Frau, seine Tochter, sein eigenes Leben. Nichts würde ihm auch nur irgendetwas davon jemals zurückbringen.

»War es das Parfum Ihrer Frau?«

Er tat Roth diesen letzten Gefallen, der außer sich vor Erregung schien, nachdem Mats einmal geblinzelt hatte.

Ja. Der Lieblingsduft von Katharina.

Mats hörte Roth noch jemandem im Raum eine Frage stellen, einem Arzt oder einer Schwester vielleicht: »Von wem haben wir das Parfum bekommen? Wer hat es uns gegeben?«

Dann war da wieder nichts und niemand außer ihm allein; verloren in der schreienden Stille seiner Gedanken.

73.

Er hatte schon weinen müssen, als er sich die Satellitenaufnahmen des Geländes auf Google Maps nur ansah. Jetzt direkt vor Ort zu sein war noch einmal eine ganz andere, todtraurige Erfahrung. Wenn Franz nur daran dachte, wie viel Leid und Elend dieses Gelände gesehen und erfahren hatte, wurde ihm übel.

Er war davon überzeugt, dass jedes schwere Unrecht einen Gravitationsabdruck in der Umgebung hinterließ, in der es geschehen war. Hier, in der stillgelegten Kälbermastanlage in Liebenwalde, drohte Franz unter der Last dieses Abdrucks förmlich zu zerbrechen.

Eine Fabrik des Horrors, gebaut, um kleine Kälber zur Schlachtreife zu mästen, während ihren Müttern Tag für Tag die Milch, die eigentlich für ihre Kinder bestimmt war, mit elektrischen Saugpumpen aus den entzündeten Eutern geraubt wurde.

Dieses Leid, auch wenn es hier längst vergangen war, lähmte ihn, wusste er doch, dass es überall in Deutschland noch hunderttausendfach produziert wurde.

Franz schlurfte über den einsamen Hof Richtung Kühlhaus. Hier in Liebenwalde ging alles nur noch langsam und schleppend voran.

Kurz nach seiner Ankunft schon hatte er sich gestern auf einmal so fertig gefühlt, dass er eine Stunde lang nur im Auto gesessen und gar nichts getan hatte. Er war so erschöpft gewesen und für einige Minuten sogar eingeschlafen, bis ihn das Geräusch eines wegfahrenden Autos geweckt hatte.

Zum Glück hatte er sein Schild abgeschraubt. Hier draußen, am Rande der Ortschaft, verirrte sich kaum jemand hin, und ein Taxi direkt vor der Scheune hätte vielleicht die Aufmerksamkeit des Fahrers geweckt, der gestern arglos vorbeigefahren war.

Verdammt, er wäre sofort hier rausgefahren, wenn er geahnt hätte, was es in Berlin für Ärger mit Neugierigen geben würde. Erst der Wachmann, dann die Ärztin. Aber egal, immerhin hatte er ja einen Plan B in petto gehabt, und der schien endlich zu funktionieren.

Franz öffnete die nachträglich eingebaute, provisorische Aluminiumtür des ehemaligen Kühlgebäudes und hörte die Schreie schon von Weitem.

»Hilfe! Hilfe …«

Gut, dass hier weit und breit keine Menschenseele war. Die Schreie verstummten, als er in den Kühlraum trat, einen gewaltigen, begehbaren Stahlkühlschrank, von dem es hier im Gebäude zwei Stück gab. Größer als eine Doppelgarage und natürlich nicht mehr funktionsfähig, bis auf das Innenlicht, das er dauerhaft brennen lassen musste, weil er Angst hatte, dass die alten Neonröhren nie wieder anspringen würden, wenn er sie einmal ausschaltete. Er hatte vorsichtshalber die wuchtige Tür angelehnt gelassen, mit einem Ziegelstein gesichert, aus Sorge, sie könnte nach so langer Zeit noch immer luftdicht schließen.

Franz setzte den gelben Plastikkoffer ab und schaltete die Kamera an. Sofort versuchte Nele, sich von ihren Fesseln loszureißen.

»Wo ist sie? Wo hast du sie hingebracht?«

Sie war außer sich vor Wut und voller Energie. Ganz anders als gestern, als er sie halb bewusstlos mit der Baumarktwinde aus dem Schacht gezogen und hierher verschleppt hatte.

Franz hatte den Kühlraum mit Stroh ausgelegt und ein Metallbett samt Matratze reingeschleppt, auf dem sein Demonstrationsobjekt nun mit Handschellen angekettet war. Nur mit dem linken Arm, alles andere konnte sie frei bewegen. Weitere

Einschränkungen hielt Franz nicht für nötig, solange er nur genügend Abstand zu ihr hielt.

»Mein Baby! Wo ist es?«

Nele versuchte aufzustehen und das Bett an ihrem Arm mitzureißen, aber sie bewegte es nicht einmal einen Zentimeter, bevor sie auf die Knie fiel. In dem weißen Nachthemd, das er ihr übergestreift hatte, barfuß und mit dreckverklumpten Haaren sah sie aus wie eine hysterische Geisteskranke.

»Das ist gut. Das ist sehr gut«, sagte Franz und hielt weinend die Kamera auf die kämpfende Mutter. »Genau darum geht es hier. Spüren Sie jetzt, wie es sich anfühlt, Nele?«

»Wo ist sie? Wo ist mein Kind?«, schrie sie ihn an.

»Genau diese Frage stellt sich jedes Säugetier, dem man sein Baby nach der Geburt entreißt. Jede Kuh, die von ihrem Kalb getrennt wird, nur damit wir Käse, Schokolade, Joghurt und alles andere in uns reinstopfen können, was uns fett und krank macht.«

»DU bist der Einzige, der hier krank ist«, brüllte sie so heftig, dass ihn ihre Spucke traf.

Er nickte. »Das ist der Schmerz, den ich brauche. Jeder, der das hier sieht, wird die Augen nicht mehr verschließen können. Hier.«

Franz schob ihr mit dem Fuß den gelben Plastikkoffer zu.

»Was ist dadrin?«

»Eine Milchpumpe.« Franz deutete auf ihre Brüste. »Es ist leider keine elektrische, aber sie wird ihren Zweck erfüllen«, sagte er und wischte sich mit dem Hemdsärmel neue Tränen ab. *Oh ja,* er verstand ihre Angst und ihr Leid und ihre Sorge, aber manchmal musste man etwas Falsches tun, um das Richtige zu bewirken. Welche Revolution war schon ohne Kampf erfolgreich gewesen? Welcher Krieg ohne Gewalt beendet worden?

»Du weißt, was mit dir passiert, wenn sie dich finden«, sagte Nele, nun ebenfalls weinend.

»Sie finden mich erst, wenn ich es will«, antwortete Franz und setzte die Kamera wieder an.

Dabei spürte er einen leisen Windhauch in seinem verschwitzten Nacken. Er drehte sich um und hörte die Stimme nur noch sagen: »Da wär ich mir nicht so sicher!«

Dann sauste ein Ziegelstein auf ihn herab, rammte mit der Kante in seine Stirn und spaltete ihm den Schädel.

74.

Nele sah, wie Franz zuerst die Kamera fallen ließ und dann neben ihr blutüberströmt zusammensackte. Er gab keinen Laut von sich, nicht einmal ein ersticktes Stöhnen, als er mit dem Gesicht ohne jegliche Abwehrbewegung frontal auf den Stahlboden schlug.

Das splitternde Geräusch der brechenden Nase und die aufknackende Schädeldecke erinnerten sie an den grauenhaftesten Moment im Schacht. Als sie sich der Rettung schon einmal sicher gewesen war und das Dunkel über ihr sich ein wenig lichtete, weil jemand die hölzerne Abdeckung entfernt hatte.

Jemand, der all ihre Hoffnungen mit nur einem einzigen Wort zerstörte, indem er »Verrecke« rief und dann das Verlies wieder schloss.

Ebendieser Jemand, der jetzt zurückgekommen war, um sie noch einmal zu verraten.

»David«, wollte Nele den Namen ihres Ex-Freundes brüllen, aber ihrem Mund entrang sich nicht sehr viel mehr als ein zerbrochenes Flüstern, so sehr schnürte ihr die Angst die Luft ab.

»Livio«, korrigierte er sie lächelnd. »Ich nenne mich jetzt wieder bei meinem richtigen Namen. Ich hab keine Lust mehr auf billige Zaubertricks. David Kupfer hat ausgedient.«

Er schmiss den Ziegelstein neben dem toten Franz zu Boden, wischte sich den Staub von seinen Handschuhen an der Jeans ab und sah sich im Kühlraum um.

»Wieso?«, schrie sie ihn an.

»Das fragst du noch? Du hast mich angesteckt, du Schlampe.« Er zitterte vor Wut, Adern pochten an beiden Schläfen. »Nicht nur, dass du mir ein Balg andrehen wolltest. Ich muss jetzt auch ein Leben lang in die Wedding-Klinik, wie du. HIV-positiv. Das ist deine Schuld.«

In einem weiteren Anfall des Jähzorns packte er den toten Franz beim Kragen, riss seinen Körper nach oben und zerrte ihn in Neles Richtung.

»Dann war das hier alles dein Plan?«, sagte sie fassungslos.

Sie fragte sich, wie es sein konnte, dass er sich in kürzester Zeit von einem gewaltbereiten Stalker in einen aktiven Mörder verwandelt hatte.

»All das, weil ich dich angesteckt habe? Und weil du für dein Baby nicht zahlen willst?«

»Spinnst du?« Er riss Franz einen halben Meter weiter. »Ich hab mit dem Irren nichts zu schaffen. Aber er ist ein Gottesgeschenk. Deine gerechte Strafe.«

Spucke sammelte sich beim Sprechen in seinen Mundwinkeln. »Als du mich rausgeschmissen hast, wollte ich dich nur ärgern und hab ›Geschenke‹ in deiner Wohnung verteilt.«

Nele erinnerte sich an die Rasierklinge zwischen den Polstern.

»Doch als ich dann meine Diagnose bekam, wollte ich dich so platt sehen wie die Reifen, die ich zerstochen habe.«

Und so tot wie die Ratte, die du mir im Körbchen vor die Tür gestellt hast.

»Aber ich hatte keinen Plan. Im Unterschied zu dem Spinner hier. Mann, du hast es anscheinend echt drauf, uns Männern auf den Sack zu gehen. Keine Ahnung, wieso er so sauer auf dich war, aber was er hier mit dir anstellt, gefällt mir gut.«

»Wieso bist du zurückgekommen?«

»Weil ich Sorge hatte, dass der Psycho das hier nicht bis zum Ende durchzieht. Und siehe da, es ist so, wie ich es befürchtet habe: Du bist tatsächlich noch am Leben. Apropos, wo ist Feli?«

»Wer?«

Er ließ die Leiche fallen, etwa einen halben Meter von dem Bett entfernt, an das Nele gefesselt war.

»Felicitas Heilmann. Die Ärztin, die dich gesucht hat.«

»Die lässt du in Ruhe!«

»Sagt wer? Du vielleicht?« Livio winkte ab. »Mach dir keine Sorgen. Ich hab zwar mein Standardprogramm abgezogen, damit sie mir auf den Leim geht. Die ›Charmanter Gauner weckt Beschützerinstinkt‹-Nummer läuft doch immer wieder bei euch Hühnern.« Er grinste dreckig. »Aber ich wollte ihr nicht an die Wäsche. Nur, dass sie mich zu dir führt. Und jetzt will ich, dass sie die Schnauze hält. Also, wo steckt sie?«

Neles Magen zog sich zusammen. Auf einmal spürte sie eine heftige Traurigkeit in sich. Die Tatsache, dass sie allein und verlassen und verloren war, hatte sich ihr noch nie so deutlich offenbart.

»Mach mit mir, was du willst, Livio. Schlag mich, wie du mich früher geschlagen hast, du jähzorniges Stück Scheiße. Ich werde nicht die einzige Person verraten, die mir geholfen hat.«

»Wie denn geholfen?«

Livio griff sich den Stein vom Boden, mit dem er Franz erschlagen hatte, und Nele redete schneller in der entsetzlichen Erwartung, in wenigen Sekunden das Schicksal ihres Entführers zu teilen.

»Franz hat sie übel mit einer Eisenstange verletzt, aber sie war noch in der Lage, mir bei der Entbindung zu helfen. Es gab Probleme mit der Nabelschnur. Ohne sie wäre ich draufgegangen. Feli hat mich versorgt.«

Livio blieb zwei Armlängen von ihr entfernt stehen. Der Stein wechselte von einem Handschuh in den anderen.

»Hast du ihr von mir erzählt? Weiß sie, wer ich bin?«

Nein, verdammt. Glaubst du, wir hatten Zeit für lange Unterhaltungen?, dachte Nele wütend, aber sie wusste natürlich, was Livio mit dieser Frage eigentlich herauszufinden versuchte. Er wollte wissen, ob es mit Feli eine Mitwisserin gab, die bezeugen konnte, dass er Nele im Loch gefunden und im Stich gelassen hatte.

Dass er ein Mörder war, der die Taten eines anderen für seine Zwecke ausnutzte.

»Ja«, log Nele daher. »Ich habe Feli alles von dir erzählt. Sie weiß, wer du bist. Wenn du mich jetzt tötest, weiß die Polizei, wer es war, und du sitzt ein Leben lang hinter Gittern.«

Livio stutzte kurz, dann lachte er schallend. »Du lügst. Ich kenne dich zu gut.«

Immer noch kichernd, zog er Franz erneut nach oben, diesmal packte er ihn an den langen Haaren, griff ihn dann unter den Armen und stieß ihn Nele entgegen, die unter dem Gewicht ihres toten Entführers auf dem Metallbett begraben wurde.

Angeekelt wand sie sich unter ihm, schob den reglosen Körper von der Liege.

»Du willst es so aussehen lassen, als ob es Franz war?«, schrie sie, als sie sich befreit hatte, vom Blut des Entführers besudelt. Sie wischte sich wie besessen mit der einen freien Hand über das Gesicht, verschmierte damit aber alles. »Glaubst du im Ernst, damit kommst du durch? Den Kindsvater verdächtigen sie als Ersten.«

Livio schüttelte den Kopf und zeigte auf die Kamera am Boden. »Es gibt ein Video, wie der Typ dich quält. Und es existiert keine einzige Verbindung zwischen mir und dem Irren.« Er lachte wieder zynisch. »Ja, ich glaube, damit komme ich durch.«

Livio warf den Stein neben Franz' Leiche zu Boden. So weit entfernt von Nele, dass sie nicht an ihn rankam. Aber nah genug, um den Ermittlern zu suggerieren, dass sie ihren Entführer aus Notwehr getötet hatte, während der sich ihr unvorsichtig näherte.

Die Frage ist nur, was Livio mit mir vorhat?, dachte Nele panisch. *Will er mich auch erschlagen? Oder einfach noch einmal zurücklassen?*

Sie sah zur Tür und musste gegen ihren Willen lächeln.

»Außerdem war ich extrem kooperativ«, sagte Livio, doch sie

hörte ihm kaum noch zu. »Du hast mich noch vor unserer Trennung bei deinem Frauenarzt als Kindsvater angegeben. Ich bekam heute einen Anruf von einer Schwester aus dem Park-Klinikum. Dein Vater liegt dort im Koma.«

»Was?« Jetzt hatte er wieder ihre volle Aufmerksamkeit. »Was hast du da gerade gesagt?«

»Sie wollen irgendwie den Kontakt zu ihm herstellen und haben mich nach deinem Parfum gefragt.«

Mein Vater liegt im Koma?

»Was ist passiert?«

Livio gab ihr keine Antwort, oder er hatte ihre Frage falsch verstanden, jedenfalls sagte er nur: »Er liegt wohl im Sterben. Ich dachte mir, dein alter Herr will ganz bestimmt nicht mit der Erinnerung an seine aidskranke Nuttentochter den Löffel abgeben. Hab ihnen gesagt, es wäre Shangril, der Ekel-Duft, den du als Andenken an deine Mutter in deinem Bad aufbewahrt hast. Erinnerst du dich daran, wie du mich mal gezwungen hast, daran zu riechen? Als ob mich interessiert hätte, wonach deine Mutter gestunken hat, als sie noch lebte. Na ja, am Ende war es ja doch zu etwas gut. Shangril wird nicht mehr hergestellt, aber ich war sogar so zuvorkommend und hab denen die Adresse eines Restposten-Ladens in Friedrichshain verraten.«

Nele schloss die Augen. Nach all den Schmerzen, die sie in den letzten Stunden hatte erleiden müssen, körperlichen wie seelischen, nach all dem, was ohnehin schon an ihrem Verstand gezerrt und gerissen hatte, war sie mit der Vorstellung, dass nun auch ihr Vater im Sterben lag, an die Grenze ihrer Leidensfähigkeit gestoßen.

»Du hast einen großen Fehler gemacht«, war alles, was sie noch sagen konnte. Leise, ruhig, wie in einer problembehafteten, aber völlig gesitteten Unterhaltung.

»Mit dem Parfum?«, fragte Livio.

»Nein, mit dem Stein.«

»Ich trage Handschuhe, da sind keine Fingerabdrücke drauf.«

»Das meine ich nicht. Franz hatte ihn als Türstopper benutzt.«

Sie beobachtete, wie Livio zum Ausgang blickte. Sah, wie seine Augen sich weiteten, wie sie ihm fast aus den Höhlen zu fallen drohten, während er registrierte, was ihr schon vor einer Weile aufgefallen war: Die Tür der Kühlkammer war ins Schloss gefallen. Und damit verriegelt.

Rasch drehte Livio sich um, war mit zwei schnellen Schritten am Ausgang und tastete das Aluminiumblatt ab.

»Die Mühe kannst du dir sparen«, flüsterte Nele und beugte sich mit allerletzter Kraft nach unten. Streckte ihren freien Arm nach der Leiche aus.

Livio suchte derweil vergeblich nach einem Griff oder einem anderen Öffnungsmechanismus. Aber da war nur ein in die Tür eingelassenes Loch für einen Sicherheitsschlüssel.

»Wir sind gefangen. Und zwar in einem luftdicht versiegelten Gefängnis«, sagte Nele, obwohl sie sich dessen nicht sicher war. Aber nach all der Angst, die sie hatte ausstehen müssen, fühlte es sich gut an, den Spieß umzudrehen und bei Livio Panik auszulösen.

»Nein. Neeeeein. Nein, das kann nicht sein«, brüllte er und schlug und trat wie ein Besessener gegen die Tür.

Nele hatte unterdessen gefunden, was sie wollte, und zog ihre Hand aus der Tasche von Franz' Anorak zurück.

In diesem Moment drehte Livio sich zu ihr um, und sie erstarrte in der Bewegung.

»Was hast du da?«, wollte er von ihr wissen.

Sie krampfte die Finger ihrer gefesselten Hand zusammen.

»Ist das ein Schlüssel?«, mutmaßte ihr Ex, und sie schüttelte wenig überzeugend den Kopf.

»Na klar. Der Psycho hat einen Schlüssel bei sich.«

Mit irrem Lachen kam Livio ihr entgegen, und Nele rutschte, so gut es ging, auf dem Bett von ihm ab.

»Gib ihn mir.«

Livio schlug ihr in den Magen und beugte sich zu ihr herab. Sie stöhnte auf, gab aber nicht nach. Er bog ihre Finger auf, die sie geschlossen hielt, aber gegen seine Kraft kam sie nicht lange an.

»Was ist das?«, fragte er verblüfft, als sie ihm endlich den Inhalt ihrer Handfläche präsentierte.

»Kaugummis«, sagte sie wahrheitsgemäß.

Die hatte Franz in seiner Jackentasche gehabt. Nele hatte sie mit der rechten, freien Hand gegriffen und in ihre linke getan.

»Kein Schlüssel?«, fragte Livio, blass vor Enttäuschung.

»Nein«, sagte Nele, erschöpft, aber zu allem bereit.

»Kein Schlüssel. Wir werden hier gemeinsam sterben.«

Dann zerschnitt sie ihm den halben Augapfel, die Wangenpartie und zerfetzte Livios Halsschlagader mit dem Teppichmesser, das sie ebenfalls in der Tasche ihres Entführers gefunden hatte.

75.

Es war sein erstes Mal, und er hatte große Sorge, dass es in einer Katastrophe endete.

Obwohl er schon an der Lösung so vieler Kriminalfälle beteiligt gewesen war, hatte Roth noch nie einen Tatort aufgesucht. Einmal war er mit den Beamten sogar bis an die Côte d'Azur geflogen, um bei der Lösung eines Falles behilflich zu sein, doch dort hatte er keinen Ort des Verbrechens besichtigt, sondern die Polizei zu einer vermissten Person geführt. Und nicht zu einer Leiche, wie er heute befürchtete.

»Beide Autos identifiziert«, sagte Kommissar Hirsch neben ihm. »Das Taxi vor der Scheune ist auf Franz Uhlandt zugelassen, unseren Tatverdächtigen. Der Renault hinter den Wassertanks gehört Livio Kress.«

Sie standen am Rand eines bereits gesicherten und überprüften Bauwagens, auf dem schlammigen Hof einer ehemaligen Kälbermastanlage in Liebenwalde, und warteten auf weitere Ergebnisse, die das Einsatzkommando ihnen per Funk durchgeben würde.

Gerade waren drei schwarz uniformierte und schwer bewaffnete Beamte in einem verwitterten Klinkerbau verschwunden.

»Soyus?«, fragte Hirsch in sein Funkgerät nach dem Einsatzleiter.

»Haus ist gesichert«, antwortete der prompt. »Öffnen jetzt die Kühlkammern.«

»Hut ab. Hätte ich nicht gedacht«, gab Hirsch offen zu. »Scheint so, als ob Ihr Hokuspokus uns was gebracht hat.«

Er gab Roth ein Zeichen, ihm zu folgen, und sie gingen auf den Klinkerbau zu.

»Hypnotherapie ist kein Hokuspokus«, widersprach ihm Roth. »Ohne die Regression hätte sich der Patient an nichts mehr erinnern können, was ihm auf dem Flug widerfahren ist.«

»Ja, ja. Weiß ich ja, und ich hab großen Respekt vor Ihrer Leistung, Doktor. Nur mal unter uns, ich find es ja schon befremdlich, wenn Leute auf einmal anfangen zu bellen oder Zahlen vergessen, wie ich das in so einer Hypnoseshow mal gesehen hab. Aber dass man so was auch mit einem Komapatienten machen kann?«

Roth verdrehte die Augen und seufzte. Sie standen jetzt vor dem Eingang des Hauses mit den Kühlkammern.

»Medizinische Hypnose hat nichts mit solcher Zirkuscharlatanerie gemein. Und Dr. Krüger lag nicht im Koma, er ist locked-in, also wach und mittels Klängen und Stimmen sehr gut in Trance zu versetzen gewesen.«

Hirsch lachte. »Und dabei fiel ihm ein, dass wir hier am Arsch der Welt nach seiner Tochter suchen sollen?«

Roth folgte ihm in einen gefliesten Vorraum. Aus einiger Entfernung hörte er das Geräusch eines Schneidbrenners.

»Er hat uns zu verstehen gegeben, dass wir ihn mit einem Parfum zu triggern versucht haben, das uns fälschlicherweise als der Lieblingsduft seiner Tochter genannt wurde. Und zwar von Nele Krügers Ex-Freund, dem mutmaßlichen Kindsvater …«

»… von dem wir nicht wissen, weshalb er uns ein falsches Parfum nannte, und dessen Handy wir bis hierhin zu seinem Auto getrackt haben, weil er sich nicht zurückgemeldet hat, ja, ja.«

Hirsch packte ihn fest, aber nicht unfreundlich am Arm und hinderte ihn für einen Moment am Weitergehen. »Weiß ich doch, weiß ich doch. Lassen Sie sich durch mich nicht foppen. Ich bin nervös, so wie Sie, Doktor. Ich hasse die Einsätze, bei denen die Chancen so schlecht stehen, dass …«

Das Funkgerät von Hirsch knackte. Der Schneidbrenner war verstummt.

»Kommissar?«

Sie waren so nah, dass man den Einsatzleiter sowohl über den Lautsprecher als auch in natura hören konnte.

»Was?«, rief Hirsch und lief aus dem Vorraum um die Ecke. Roth folgte ihm und sah, wie die drei Beamten mit gesenkten Waffen vor der aufgeschweißten Stahltür eines gewaltigen Kühlraums standen.

»Großer Gott«, sagte Hirsch, der den Fundort als Erstes erreicht hatte.

»Wie lange hat man da drinnen überhaupt Luft?«, fragte einer der drei SEK-Männer, doch seine Frage blieb unbeantwortet.

»Nichts anrühren«, hörte Roth eine Stimme, als er selbst versuchte, einen Blick an den Männern vorbei ins Innere der Kammer zu werfen.

Alles, was er sah, war rot und Blut. Und rot. Und noch mehr Blut.

Am furchtbarsten war ihr Gesicht, so glänzend verschmiert, als hätte Nele den Kopf in eine blutgefüllte Badewanne getaucht und sich dann mit geschlossenen Augen zur letzten Ruhe gebettet. Gemeinsam mit den beiden anderen Leichen, eine mit eingeschlagenem Schädel, die andere mit aufgeschlitzter Kehle, bildeten die drei ein Stillleben des Horrors.

Roth würgte, hatte keine Kontrolle mehr über seinen Magen und hätte sich fast übergeben, wäre da nicht dieses Blitzen gewesen. Das weiße Blitzen, das ihn so sehr ablenkte, dass er darüber sogar seinen Brechreiz vergaß.

Das weiße Blitzen ... in Neles Augen.

»Sie lebt«, hörte er jemanden sagen, und erst sehr viel später, als er bereits in der Kühlkammer war, als er längst neben Nele kniete und nach ihrem flatterhaften Puls tastete, während mehrere Männer ihn anschrien, dass er einen Tatort kontaminiere, wurde ihm bewusst, dass er selbst es war, der diese beiden Worte ständig wiederholte.

»Sie lebt.«

Immer und immer wieder, so lange, bis Nele auch den Mund öffnete, unfähig zu schreien, kraftlos und halb erstickt nach den vielen Stunden, in denen sie den Sauerstoff in der Kammer fast verbraucht hatte. Doch Roth musste gar nicht hören, was sie sagte. Er konnte es an ihren Lippen ablesen, und selbst wenn sie diese nicht bewegt hätte, hätte er ihre Gedanken lesen können. Eine Mutter konnte in dieser Situation nur einen einzigen Gedanken haben.

»Wo ist mein Baby?«, fragte sie ihn, und irgendwo, weit, weit entfernt, in einer anderen Welt außerhalb der Kammer des Grauens, rief ein Beamter nach Kommissar Hirsch und sagte: »Oh Gott. Kommen Sie nach hier hinten. Das müssen Sie sich ansehen!«

76

Der Winter kam. Daran konnte es keinen Zweifel geben. Hier oben, im ehemaligen Raucherraum im Hauptgebäude des Park-Klinikums, der jetzt als Aufenthaltszimmer für die Patienten genutzt wurde, konnte man die Vorboten bereits erkennen. Die bodentiefen Panoramafenster erlaubten einen Blick aus dem fünften Stock weit über die Parkanlage des Sanatoriums, das vor zehn Jahren noch eine reine Nervenheilanstalt gewesen war, unter der Führung ihres unkonventionellen Chefarztes aber zu einem vollumfänglichen, höchst renommierten Privatkrankenhaus gewachsen war.

Die laubarmen Äste der Eichen und Linden bogen sich im Wind; der Rasen auf der Liegewiese, der noch letzte Woche von Patienten und deren Angehörigen für ein letztes Bad in der Herbstsonne genutzt worden war, wirkte bereits grau und hart. Man konnte sich gut den Schnee darauf vorstellen, der sehr bald aus der schmutzig grauen Wolkendecke fallen und den unaufhörlichen Nieselregen ablösen würde.

Nele fröstelte, wenn sie daran dachte, was es bedeutet hätte, wenn sie bei diesem nasskalten Schmuddelwetter entführt worden wäre. Dann fröstelte sie bei dem Gedanken an alles, was ihr erspart geblieben war. Dank der Frau, die ihr im Rollstuhl gegenübersaß und die Hände an einem Kaffee wärmte. Mit zwei Löffeln Zucker, aber ohne Milch.

Milch würden sie beide so schnell nicht mehr trinken können.

»Geht es wirklich?«, fragte Nele, und Feli nickte. Ihr Kopf war noch bandagiert, kein Wunder angesichts der Verletzungen, die sie Franz zu verdanken hatte. Der Schlag mit dem Eisenrohr war laut den Ärzten nicht besonders heftig ausgefallen, vermutlich nicht in Tötungsabsicht, aber er hatte dennoch zu einer gewaltigen Gehirnerschütterung und einem Riss in der Schädeldecke geführt. Als die Polizeibeamten die Ärztin in dem Schacht im stillgelegten Fleischkombinat fanden, dachten sie erst, sie wäre tot.

Und Feli wäre dort unten, wo Franz sie zurückgelassen hatte, vermutlich auch gestorben, wäre sie nicht von Hirsch und seinen Leuten gerade noch rechtzeitig entdeckt worden.

»Alle sagen, du bist ein Phänomen«, lächelte Nele und griff nach Felis Hand. »Keine normale Hebamme hätte mit diesen Verletzungen ein solches Wunder zustande gebracht.«

Feli lächelte, und ihr Blick wanderte wie der von Nele zu der Maxi-Cosi-Schale, in der das kleine Baby friedlich vor sich hin mümmelte. Mit großen Augen, die einen winzigen Spalt geöffnet waren, und einem seligen Engelslächeln auf dem schlafenden Gesicht.

»Ohne dich wären wir dort unten gestorben.«

»Ohne deinen Vater«, korrigierte Feli sanft.

Tatsächlich gebührte beiden die Ehre. Franz hatte Feli durchsucht und einen Arztausweis in ihrer Tasche gefunden. Als sie seine Frage bejahte, ob sie Nele Geburtshilfe leisten könne, hatte er sie trotz ihrer schweren Kopfverletzungen mit der Seilwinde in den Schacht gelassen. Dort unten, in dem Dreck, dem Gestank und der Enge hatte die Ärztin Übermenschliches geleistet.

»Ich hab mich nur an mein Krankenpflegepraktikum auf der Gynäkologie zu erinnern versucht«, wollte Feli ihre Hilfe kleinreden.

Hätte sie nicht mit mutigen Griffen das Problem mit der Nabelschnur gelöst, wären vermutlich Mutter und Kind gemeinsam und unter qualvollen Schmerzen gestorben. Und hätte ihr Vater nicht das Rätsel um Livio gelöst, hätten sie niemals dessen Standort mithilfe seiner Handysignale geortet. Und niemals die Kälbermastanlage in Liebenwalde gefunden.

»Hast du dich für einen Namen entschieden?«, wollte Feli wissen und löste die Augen von dem Säugling.

»Viktoria«, sagte Nele, und sie mussten beide lächeln.

»Die Siegreiche. Das passt«, sagte Feli.

»Ich weiß.«

Sie hatten Viktoria zwei Kühlkammern weiter in einer Kälberbox gefunden. Etwas unterkühlt und durstig, aber quicklebendig und ansonsten unversehrt. Tatsächlich hatte Franz, der Logik seines Wahns folgend, das Baby nicht töten, sondern nur von der Mutter getrennt halten wollen. Ob Viktoria langfristige Schäden davongetragen hatte, insbesondere ob sie sich während der nun doch dramatischen und blutigen Geburt bei Nele angesteckt hatte, war zum jetzigen Zeitpunkt nicht zu sagen und konnte frühestens in sechs Wochen geklärt werden. Aber das war angesichts der Tatsache, dass sie unter Garantie bereits die schlimmste Prüfung in ihrem Leben überstanden hatte, nebensächlich. HIV war kein Todesurteil mehr. Dass Viktoria lebte, war alles, was für Nele zählte.

»Du bist meine Heldin«, bedankte sie sich noch einmal bei Feli.

»Ich bin eine Idiotin«, antwortete die Ärztin, lächelte aber. »Als Psychiaterin hätte ich ja wohl erkennen müssen, dass mit Livio etwas nicht stimmt.«

Nele rümpfte die Nase. »Glaub mir, ich bin die Erste, die zugibt, dass man auf seinen Charme hereinfällt. Ich hatte mich sogar in seine draufgängerische, wilde Art *verliebt.*«

»Aber du bist nicht darin trainiert, den Narziss hinter der Fassade zu erkennen. Mein Versagen hat mir keine Ruhe gelassen.«

Feli zog ihr Handy aus dem Morgenmantel, der obligatorischen Patientenkleidung hier in der Klinik, und legte es auf den Tisch.

»Ich hab gestern, als ich zum ersten Mal wieder klar denken konnte, die Apotheke in deinem Haus angerufen. Sie haben auf mein Bitten hin noch mal alle Überwachungsvideos ausgewertet.«

»Und?«

»An dem Tag deiner Entführung, als dein Vater mich zu dir nach Hause schickte, war er in deiner Wohnung.«

»Livio?« Nele war verwirrt.

»Ja. Du hattest in der Eile nach dem Blasensprung die Tür offen gelassen, so kam ja auch ich rein. Er hat sich umgesehen, und ich hab ihn wohl überrascht.«

Feli zeigte ihr die linke Hand, und erst wusste Nele nicht, was sie meinte, dann erklärte die Ärztin: »Er hat gehört, wie ich am Telefon mit Mats über deine Entführung sprach. Als ich im Badezimmer war, hat er das Licht ausgemacht und mir die Finger in der Tür gequetscht, damit er abhauen konnte. Auf den Bändern sieht man, wie er kurz vor mir aus dem Haus rennt.«

»Aber was wollte er bei mir?«

Feli beugte sich nach vorne und legte auch ihren anderen Arm auf den Tisch. Nun hielten sie sich an beiden Händen.

»Ein Narzisst kann eine Zurückweisung nicht überwinden. Nach eurer Trennung hat er dich gestalkt, Nele. Später wollte er dann vermutlich Rache für die Ansteckung und das Baby ausüben, das er als Zumutung betrachtete. Die Polizei geht davon aus, dass er auch für die aufgeschlitzten Reifen in eurer Straße verantwortlich ist. Die anderen hat er nur zerstochen, damit es nicht so verdächtig war.«

Bei diesen Worten musste Nele an die Rasierklinge zwischen ihren Polstern denken. *Dein Blut tötet!* Vermutlich hatte Livio sie dort platziert, noch bevor sie nach dem Schreck mit dem Rattenkorb die Schlösser hatte austauschen lassen.

Viel zu spät!

Ratte, Reifen, Rasierklinge, Rache.

Das klang alles logisch, nur eine Sache konnte Nele sich nicht erklären.

»Wie kam es dazu, dass du gemeinsam mit ihm nach mir gesucht hast?«

Feli nickte. »Er hat mich geschickt manipuliert, das macht mich ja so wütend. Ich hätte es erkennen müssen.«

Die Psychiaterin lehnte sich wieder etwas zurück, ohne Neles Hände loszulassen. »Zuerst hört Livio in deiner Wohnung, dass du entführt wurdest. Er will mehr darüber wissen. Er folgt mir zu Klopstock und schafft es, dass ich ihm mit einem Taschenspielertrick auf den Leim gehe.«

»Er hat dein Handy geklaut.«

»Ganz genau. Und sich dann dabei erwischen lassen, wie er es verkaufen will.«

Nele entzog Feli sanft ihre Finger und stand auf. »Oh Mann, ich kann mir ganz genau vorstellen, wie er es angestellt hat. Ich bin ihm anfangs auch wie ein liebestoller Teenager hinterhergerannt. Und mit Taschenspielertricks verdiente er sich sein Geld.«

Felis Blick blieb traurig. »Spätestens als wir bei der Ruine waren und uns aufteilten, hätte ich misstrauisch werden müssen. Ich hab den vorderen Keller untersucht, er den hinteren. Als wir uns oben verabschiedeten, sah er mich schon so komisch an, dabei war ich nur bei meiner Suche ausgerutscht und hatte mich dreckig gemacht. Ich konnte das Misstrauen in seinem Blick nicht deuten. Jetzt weiß ich, dass er Sorge hatte, ich hätte mitbekommen, dass er dich entdeckt hatte. Und dann hatte er es so wahnsinnig eilig, mich alleine zu lassen. Verdammt, ich hätte nicht Mats, sondern gleich die Polizei anrufen sollen.«

»Nein, du hast alles richtig gemacht.«

Nele setzte sich wieder und griff erneut nach Felis Hand. Dabei berührte sie den Verlobungsring der Ärztin. Filigran aus Silber gearbeitet mit einem Halbkaräter auf der Spitze.

»Habt ihr einen neuen Termin?«, fragte Nele vorsichtig.

Feli blinzelte und sah zum Fenster hinaus. Es war erst sechzehn Uhr, aber schon sehr viel trüber geworden, und die Stablampen im Park schalteten sich nach und nach an.

»Janek ist das Gegenteil von dem, was ich suche«, sagte sie leise. »Er ist nicht wild, nicht chaotisch, nicht unberechenbar.«

Sie drehte den Kopf wieder zu Nele. »Aber das, wonach ich mein Leben lang gesucht habe, hat mich immer zu zerstören versucht.«

Nele schluckte und rieb sich mit dem Zeigefinger eine noch nicht existierende Träne aus dem Augenwinkel.

»Wem sagst du das?«, lächelte sie traurig. Auch sie war ein Leben lang das Opfer ihres eigenen Beuteschemas geworden. Livio war nicht der Erste, der sie geschlagen hatte und dominieren wollte. Wenn auch der Erste, der ihr den Tod gewünscht hatte und dafür sogar als Trittbrettfahrer die Angriffe eines fanatischen Tierschützers hatte nutzen wollen.

Eine Zeit lang sprachen die beiden Frauen kein Wort, hielten sich nur an den Händen und lauschten dem Knacken des Patientenkühlschranks und dem Gluckern des Kaffeeautomaten neben der Tür.

Endlich fasste Nele sich ein Herz und sagte: »Weißt du, mein Vater hat mir immer gesagt, verlieben geschieht automatisch. Gegen dieses plötzliche, alles ausfüllende Gefühl, das einen wie ein Blitz ereilt, ist man machtlos. ›Verlieben ist Zufall‹, sagte er immer. Aber Liebe …« Nele machte eine kurze Pause, in der die letzte Leuchte im Park ansprang und die Natur in ein schwefelgelbes Licht tauchte. »Liebe ist eine Entscheidung.«

Feli nickte, doch Nele war sich nicht sicher, ob sie ihr folgte.

»Es gibt keinen Partner, der zu hundert Prozent zu einem passt. Vielleicht nur zu siebzig – oder zu achtzig. Und es wird immer Menschen geben, die die anderen zwanzig bis dreißig Prozent erfüllen. Die Frage ist nur: Hält man dennoch an seiner Entscheidung fest, oder kündigt man sie bei jeder neuen Herausforderung auf und sucht weiter?«

»Du hast einen klugen Vater«, sagte Feli, und Nele glaubte einen Schatten über ihr Gesicht huschen zu sehen; vielleicht erinnerte sie sich an den Tag, an dem Mats fortgegangen war.

»Und?«, fragte Nele und streichelte wieder den Verlobungsring. »Was ist mit Janek? Hast du dich entschieden?«

Feli atmete schwer. »Er hat es getan. Janek will mich noch immer heiraten, trotz allem. Aber ich ...« Sie zog ihre Hand zurück. »Ich denke darüber nach. Ich bin mir noch nicht sicher.«

Feli griff wieder nach ihrem Kaffee, der inzwischen sicher kalt geworden war, und machte eine Handbewegung, als wolle sie eine Fliege verscheuchen. »Aber jetzt bist erst einmal du dran.«

Nele spürte einen Kloß in ihrem Hals wachsen und stand auf. Noch etwas unsicher auf den Beinen. Sie hatte zu lange gelegen, die Muskeln waren erschlafft.

»Du hast recht. Ich muss mich beeilen.«

Sie griff sich die Maxi-Cosi-Schale mit der schlafenden Viktoria, dankte Feli noch einmal für alles, dann verließ sie den Aufenthaltsraum und machte sich auf den schwersten Weg ihres Lebens.

Epilog

Während Mats durch das verschwundene Loch in das ewige Nichts fiel, in dem Schwarz die hellste aller Farben war, gab es nur einen Gedanken, an dem er sich festhielt. Eine Überlegung, die zwar den Sturz nicht bremsen, aber seine schwindelerregende Rotation aufhalten konnte. Und dieser Gedanke war der an eine Ein-Euro-Münze, die immer und immer wieder auf ein und dieselbe Seite fiel. Immer auf die mit dem Adler, auf die Mats gewettet hatte. Und das zehn Quintillionen Mal in Folge. Zehntausend Quadrilliarden.

Eine Eins mit einunddreißig Nullen.

So schlecht standen die Chancen, dass es Gott nicht gab.

Gott. Immer die letzte Hoffnung sterbender Atheisten, dachte Mats.

Aber es waren Mathematiker und Naturwissenschaftler – und nicht gläubige Theologen –, die folgende Berechnung aufgestellt hatten: Die Tatsache, dass das Universum überhaupt existiert, sei mathematisch so wahrscheinlich wie der angenommene Fall, dass ein Mensch zehn Quintillionen Mal eine nicht präparierte, völlig normale Münze in die Luft warf und diese ausnahmslos immer auf dieselbe Seite fiel. Nur eine winzige Abweichung, eine Hunderttausendstelsekunde nach dem Urknall, und die Welt würde nicht existieren. Nicht einmal das Nichts, durch das Mats gerade fiel.

Womit die Vorstellung, dass es einen Gott gab, der hinter alldem steckte, wissenschaftlich sehr viel plausibler war, als auf den Quintillionen-Zufall zu setzen.

Während Mats vergeblich versuchte, die Zahl mit 31 Nullen zu visualisieren, hörte er aus weiter, weiter Ferne eine sehr leise, vertraute Stimme. Er konnte nicht verstehen, was sie sagte. Aber er konnte die Worte *sehen*. Sie bildeten eine lange, violett schimmernde Kette; ein Polarleuchten, nach dem er seinen Geist ausstrecken konnte. Mit der Kraft seiner Gedanken hielt er sich an der Kette fest und stoppte seinen Fall. Gleichzeitig wurde die Stimme lauter, und jetzt glaubte Mats, endlich Erlösung gefunden zu haben. Er meinte, gestorben zu sein. Anders konnte er es sich nicht erklären, dass er Nele hörte. Ihre sanfte, schöne Stimme, völlig ohne Hass und Vorwurf. So sanft und liebevoll.

»Hörst du mich, Papa?«, fragte sie.

Und er blinzelte, so wie er es von Dr. Roth gelernt hatte.

»Ich habe dir etwas mitgebracht«, sagte Nele, und dann machte sie ihm ein Geschenk, das die Dunkelheit in seinem Innersten wie ein Scheinwerfer ausleuchtete. Es war ein Geruch, der all das vertrieb, was die letzten Tage und Stunden sein Dasein bestimmt hatte: Angst, Seelenschmerz, Finsternis. Nun war er noch immer in dem verschwundenen Loch, aber der Geruch erhellte es mit vergessen geglaubten Gefühlen: Hoffnung, Zuversicht, Liebe.

»Das ist Viktoria«, sagte Nele, und er sog gierig den Babyduft des kleinen Bündels Leben auf, das sie ihm auf die Brust gelegt haben musste.

»Ich liebe dich, Papa«, hörte er sie sagen. »Danke, dass du mich gerettet hast.«

Sie weinte, so wie er innerlich weinte, und er blinzelte, ohne zu wissen, wie er ihr zu verstehen geben könnte, dass er ein Idiot gewesen war; dass er alles falsch gemacht hatte und sie niemals hätte verlassen dürfen, dass nun aber alles gut war, da sie und das Baby am Leben waren.

Das ist alles, was zählt!

»Ich hab noch etwas für dich«, hörte er Nele sagen, immer noch weinend. Noch eine Oktave trauriger.

Und dann wurde es wirklich hell.

Als hätte jemand einen mentalen Vorhang zur Seite gezogen und das Licht angeknipst.

Mats fühlte, wie ihm Tränen in die Augen schossen, geblendet von dem Licht, das er nicht nur sah, sondern auch fühlte.

Er blinzelte, aber nicht so, wie er es bisher getan hatte, wenn er versuchte, seine Lider mit seinen Gedanken zu steuern, ohne dass es eine Auswirkung auf seine Sehfähigkeit hatte. Er blinzelte wirklich. Und er *konnte* sehen!

Das verschwundene Loch war nicht mehr existent. Dafür hatte er seinen Körper zurück.

Mats, der sich langsam an das Licht gewöhnte, sah sich um. Die sonoren, einschläfernden Geräusche hatten es ihm schon verraten, nun konnte er sich mit eigenen Augen davon überzeugen: Er war wieder an Bord des Flugzeugs. Zurück in der Sky-Suite.

Er sah die cremefarbenen Ledersessel, die geöffneten Jalousien vor den Fenstern, ein Tagflug bei strahlend schönem Wetter weit oberhalb einer Kumulus-Wolkenschicht.

Er nahm den Strohhut ab, den er auf dem Kopf trug, und drehte ihn in den Händen. Bei dem Gedanken, dass er selbst der schlafende Mann gewesen war, den er in seiner Trance auf Platz 47F gesehen hatte, musste er lächeln.

Der Geist geht seltsame Wege.

Langsam schritt er über den dicken Teppich, fühlte die edlen Hölzer, mit denen die Kabinenwände verkleidet waren.

Er lief am Bad vorbei zum Schlafzimmer, dessen Tür halb angelehnt war. Warmes, weiches Licht fiel durch den Spalt in den Flur.

Der Geruch, der ihn hierher zurück an Bord katapultiert hatte, wurde intensiver.

Er öffnete die Tür.

»Da bist du ja«, sagte die schönste Frau der Welt, die auf dem Bett lag und ihn anlächelte, als sei die größte Liebe ihres Lebens viel zu lange fort gewesen.

»Katharina?«, fragte Mats, ängstlich, sie könnte wieder verschwinden.

Sie nickte und klopfte mit der Hand auf die Decke neben sich. »Komm her.«

Er sog die Luft durch die Nase ein. Roch das Parfum seiner Frau, das Nele ihm mitgebracht haben musste, und legte sich zu ihr.

»Es tut mir leid«, sagte er und begann zu weinen.

Katharina griff nach seiner Hand, bettete ihren Kopf an seinen und lächelte. »Ich weiß«, sagte sie.

Dann sah sie zu ihm hoch, er näherte sich ihr, vorsichtig, wie damals bei dem allerersten Kuss, den sie sich in der schummrigen Steglitzer Kneipe gegeben hatten und wussten, dass sie füreinander bestimmt waren. Und das Licht wurde heller, und das Flugzeug, die Kabinenwände, das Bett und alles um sie herum löste sich auf, bis da nur noch die Luft war und die Wolkendecke unter ihnen, bis auch diese verschwand und nur noch das blieb, was wirklich zählte.

Für immer.

Anmerkungen und
Danksagung

Lassen Sie mich eines gleich klarstellen, bevor ich böse Post bekomme: Ich habe nichts gegen Veganer. Im Gegenteil. Ich bewundere Menschen, die das schaffen, was ich selbst bislang nur an einem Tag der Woche durchhalte. Auch ich würde gerne komplett auf tierische Produkte verzichten, allein mir fehlt die Willenskraft. Tatsächlich kann ich sogar Franz' Motive nachvollziehen, dessen Schilderungen der Abläufe in der modernen Milchproduktion leider nicht aus der Luft gegriffen sind. Nur habe ich natürlich kein Verständnis für die Methoden, mit denen er diese Zustände ändern will.

Und um eine weitere Frage vorwegzunehmen, die mir während meiner Recherche sehr oft gestellt wurde: Nein, ich leide nicht unter Flugangst. *Flugsorge* wäre der passendere Begriff. Ich habe keine Schweißausbrüche beim Start, kann mir aber etwas sehr viel Vernünftigeres vorstellen, als mich Zehntausende Meter über dem Boden mit einer Geschwindigkeit von tausend Kilometern pro Stunde in einer Röhre durch eiskalte Luftmassen schießen zu lassen. Ähnlich wie Mats Krüger denke ich, dass der Mensch dafür einfach nicht geschaffen ist. Und oft würde ich mich nach der Landung am liebsten wie ein Indianer im Schneidersitz auf das Rollfeld setzen und auf meine Seele warten, die – anders als mein Körper – so schnell gar nicht hinterherkonnte.

Natürlich weiß ich, dass jährlich mehr Menschen an verschluckten Kugelschreiberteilchen sterben als bei Flugzeugabstürzen in einem ganzen Jahrzehnt. Doch nüchterne Statistiken konnten mich noch nie so recht beruhigen; zumal ich mich frage, wie viele der unglücklichen Kugelschreiberopfer während einer Flug-Turbulenz auf dem Schreibgerät herumgekaut haben, aber egal.

Auch wenn ich selbst also nicht mit Panikattacken zu kämpfen habe, kann ich doch sehr gut mit den vielen Menschen mitfühlen, die schon auf dem Rollfeld Herzrasen bekommen. So wie die junge Frau, die kurz vor dem Start des Fluges München–Berlin die Hand ihres Sitznachbarn ergriff und zu dem Fremden sagte: »Ich kenne Sie nicht, aber würden Sie mich bitte festhalten? Sonst fange ich an zu schreien.«

Ich bekam diese Unterhaltung mit, weil ich in der Dreierreihe direkt neben jenem Mann saß, den die Frau als emotionale Stütze auserkoren hatte. Nun war der arme Kerl allerdings etwas überfordert und versuchte die Situation mit einem Witz aufzulockern. Der begann mit den Worten: »Sitzen ein Bayer, ein Schwabe und ein Berliner in einem Flugzeug.« (Ich schwöre, es hat sich wirklich so zugetragen!)

Ich sollte nie erfahren, wie der Witz weitergeht, denn die Dame fing an zu weinen; und in dieser Sekunde wurde dem Händchenhalter wohl klar, dass es keine so clevere Idee ist, jemandem mit Aviophobie ausgerechnet einen Flugzeugwitz erzählen zu wollen.

Nein, das war nicht die Geburtsstunde von *Flugangst 7A*. Anders als sonst kann ich diesmal keinen konkreten Anlass benennen, mich mit diesem Thema zu beschäftigen. Auf Lesungen werde ich regelmäßig gefragt, wie ich meine Ideen finde. Wieder und wieder versuche ich es zu erklären, aber die einzige, unumstößliche Wahrheit ist: Die Ideen finden mich, und das meist erst beim Schreiben. Im realen Leben entdecke ich vielleicht die Inspiration für ein Thema. Doch meine Figuren werden erst lebendig, wenn ich vor dem Rechner sitze. Und oftmals fühle ich mich weniger wie der Gestalter ihrer Erlebnisse als vielmehr wie ein Beobachter, der häufig selbst davon überrascht ist, wie sich die Handlung entwickelt. Deshalb habe ich auch nicht die Wahl, welche Geschichte ich erzählen will.

Manchmal erreichen mich E-Mails mit der Frage: »Fitzek, willst du nicht auch mal was anderes schreiben als Thriller?« Ich kann es mir leider nicht aussuchen.

Als mein erstes Manuskript von allen Verlagen mit der Begründung abgelehnt wurde, ein Psychothriller aus Deutschland habe keine Marktchancen, dachte ich: »Schau mal an. Du hast also einen Psychothriller geschrieben.«

Das fand ich wirklich merkwürdig, da psychologische Thriller damals gar nicht zu meiner Hauptlektüre zählten. Ich habe mir nie Gedanken über das Genre gemacht, sondern immer nur eine Geschichte geschrieben, die ich selbst gerne lesen würde. In der Hoffnung, dass ich am Ende nicht der Einzige bin.

Oft werde ich in letzter Zeit gefragt, wie lange ich für ein Buch brauche und wie ich es schaffe, »so viel« zu schreiben.

Am 21. Juni 2017 habe ich dazu etwas auf Facebook veröffentlicht:

»Jedes meiner Bücher ist anders. Ich schreibe keine Serien oder Reihen, mit immer wiederkehrenden Hauptfiguren, sondern in der Regel einzelne, immer in sich abgeschlossene Geschichten. Das vergrößert die Chancen, mich nicht zu wiederholen und in ein Schema F zu verfallen. Birgt aber auch die Gefahr, diejenigen zu enttäuschen, die sich gerne eine ›Fortsetzung im Stile von XY‹ wünschen.

Auch ich bin ein Leser, und wenn mir früher mal ein Buch meines Lieblingsautors nicht gefiel, habe ich immer gedacht, es läge daran, dass der Mann zu viel schreibt. Dass er sich keine Zeit lässt. Bis ich dann selbst Autor wurde und etwas über mich lernen musste: Ich hatte eine völlig falsche Vorstellung vom Beruf des Schriftstellers und seiner täglichen Arbeit.

Ich dachte, ein Thriller bräuchte jahrelange gedankliche Vorarbeit, während deren ich mich am besten auf eine einsame Insel zurückziehen und viel, viel überlegen würde, bis ich schließlich alle Ideen zusammenhätte, um die Figuren und die Handlung zum Leben zu erwecken. Das mag für andere Kolleginnen und Kollegen ein gutes Rezept sein. Tatsächlich aber entsteht bei mir die Geschichte nicht allein beim Nachdenken. Die Ideen, Wendungen und Aha-Momente kommen mir fast ausschließlich beim Schreiben. Ich muss also schreiben, um kreativ zu sein.

Das war schon immer so, nur ist es zu Beginn meiner Karriere kaum jemandem aufgefallen, dass ich mit *Die Therapie, Das Amokspiel, Das Kind* und *Der Seelenbrecher* vier Thriller in knapp zwei Jahren veröffentlicht habe.

Heute höre ich manchmal, ich solle mich auf meine Anfänge zurückbesinnen und mir »mehr Zeit lassen«. Tatsächlich habe ich damals noch viel, viel besessener schreiben müssen, denn zu diesem Zeitpunkt hatte ich ja noch einen festen täglichen Job beim Radio; konnte also nur an den Wochenenden, im Urlaub und nach Feierabend an meinen Ideen arbeiten.

Heute habe ich dank Ihnen, den Leserinnen und Lesern, viel mehr Zeit und kann mich monatelang ausschließlich aufs Schreiben konzentrieren. Anders als viele Kolleginnen und Kollegen, die zum Teil auch jährlich etwas veröffentlichen, obwohl sie hauptberuflich als Übersetzer, Lehrerin oder in einer Bank arbeiten. Diese Schaffenskraft und Disziplin oft über viele Jahre hinweg bewundere ich sehr.

Ich musste auch lernen, dass Autor zu sein keine herkömmliche Arbeit ist, bei der ich mir selbst meine Arbeitszeiten festlegen kann. So wie ich mir nicht vornehmen kann: »Fitzek, heute schreibst du mal eine Komödie.« Die Idee findet den Autor und bestimmt das Tempo der Umsetzung, nicht umgekehrt.

Klingt esoterisch, aber mir haben es schon viele Kollegen bestätigt. Wir Autoren haben oft keine Ahnung, woher genau wir unsere Einfälle nehmen. Wir wissen nur, dass da etwas in in uns steckt, ein Drang, der uns an die Werkbank treibt.

Bücherschreiben ist keine Auftragsproduktion, sondern Selbstverwirklichung. So wie ein Musiker täglich musizieren und ein Sportler täglich auf dem Platz stehen muss, habe ich das große Glück, mich täglich an den Schreibtisch setzen zu dürfen. Und ja, ich gebe es zu. Hier bin ich etwas manisch. Wenn ich »drin bin«, schreibe ich jeden Tag, auch an meinem Geburtstag und an Weihnachten.

Die Formel »Mehr Zeit = besseres Buch« ist sicher nicht falsch, wenn es um die notwendige Sorgfalt geht, mit der die Recherche betrieben und der erste Entwurf überarbeitet wird. Aber abgesehen davon, dass ich im Vergleich zu dem bewundernswerten Output und den Werkumfängen anderer Autoren eher an einer Schreibhemmung leide (Markus Heitz, Martin Walser, Stephen King), gibt es auch Gegenbeispiele. Ich habe kürzlich über fünf Jahre auf ein neues Buch eines meiner Lieblings-Thrillerautoren warten müssen, der bis dahin jährlich veröffentlicht hatte – und war dann etwas enttäuscht.

Übrigens: Nicht der Verlag, sondern ich selbst muss mir Deadlines setzen, weil ich sonst niemals abgeben würde. Ich bin mit keinem meiner Bücher hundertprozentig zufrieden und würde noch heute an meinem Erstling *Die Therapie* sitzen und ihn fleißig überarbeiten, wenn ich 2006 keinen Abgabetermin gehabt hätte.

Roland Emmerich hat einmal gesagt, eine Geschichte wäre nie fertig. Man könne sie nur loslassen. In diesem Sinne hoffe ich, noch viele Bücher zu Ihnen auf Reisen schicken zu dürfen, auch wenn zwei Bücher pro Jahr in Zukunft wohl die absolute Ausnahme bleiben werden.

Dabei kann ich nicht versprechen, dass diese Thriller Ihren Geschmack treffen oder gar mit Ihrer bisherigen Lieblingsgeschichte vergleichbar sind. Wenn, dann ist es eher Zufall, denn eigentlich bemühe ich mich, mich nicht zu wiederholen. (Was gerade eine Wiederholung ist, siehe oben;).)

Das Einzige, was ich Ihnen aber hoch und heilig versprechen kann, ist, dass jede meiner Geschichten von Herzen kommt, immer in der guten Hoffnung, auch Ihres zu erreichen.«

Und so schreibe ich weiter, so lange, bis irgendwann jemand die Kulisse abbaut, in die Hände klatscht und sagt: »Lieber Herr Fitzek, das Experiment ist vorbei. Wir haben Sie in den letzten elf Jahren glauben lassen, ein Schriftsteller zu sein. Wie fühlen Sie sich jetzt, wo Ihnen klar wird, dass Sie in Wahrheit nur ein Patient des Park-Klinikums sind?«

Bis dahin freue ich mich über Ihre Nachrichten in meine Zelle unter der Adresse: fitzek@sebastianfitzek.de

***

So, nachdem ich Ihnen und damit den wichtigsten Menschen im Leben eines Autors gedankt habe, arbeite ich jetzt noch mal schnell den Rest ab, bevor die wieder stinkig werden. Als da wären: Vom Droemer Knaur Verlag zunächst der Ex-Chef vons Janze, Hans-Peter Übleis, seine Nachfolgerin Doris Janhsen und ihr wunderbares Team – Josef Röckl, Bernhard Fetsch, Steffen Haselbach, Katharina Ilgen, Monika Neudeck, Bettina Halstrick, Beate Riedel, Hanna Pfaffenwimmer, Sibylle Dietzel, Ellen Heidenreich, Daniela Meyer, Greta Frank und Helmut Henkensiefken. Beate, Ellen, Daniela und Helmut muss ich besonders herausheben, haben sich doch Marketing, Herstellung und das Coverdesign (wie ich finde) mal wieder selbst übertroffen.

Meiner Lektorin Regine Weisbrod müsste für die Arbeit an diesem Manuskript eigentlich eine Stress-Zulage zustehen, denn sie leidet tatsächlich unter Flugangst. Was sie nicht davon abhielt, jeden Satz akribisch wie einen Airbus bei der Wartung auseinanderzunehmen. Ebenso wie Carolin Graehl, meine zweite Unverzichtbare. Ihr beide schafft es immer wieder, mich auf Kurs zu halten, zu Höhenflügen zu animieren und vor Bruchlandungen zu bewahren.

Marc Haberland (ein guter Freund von mir, dessen Nachnamen ich erstmals im *Seelenbrecher* verwenden durfte) hat wegen seiner Flugangst eines jener Aviophobie-Seminare besucht, von denen in diesem Buch die Rede ist. Er hat mich mit so vielen interessanten und nützlichen Informationen versorgt, dass ich sie gar nicht alle verarbeiten konnte. Wie zum Beispiel die Tatsache, dass für viele der klaustrophobische Horror schon beim Einsteigen beginnt, wenn man durch diese engen Greifarmschleusen vom Gate ins Flugzeug laufen muss. (In denen es sich grundsätzlich immer staut und man sich fragt, wie viele Leute eigentlich in so einem Schnuller stehen können, bevor er in die Knie geht.) Das ist übrigens der Grund, weshalb manche dieser »Finger« mittlerweile Fenster haben oder vollständig aus Plexiglas sind.
Marc gab mir auch den Tipp, dass man kurz vor dem Start alle Muskeln anspannen soll. Ein bewusst und kontrolliert hervorgerufener Ganzkörperkrampf trickst angeblich das Gehirn aus, das sich nicht auf mehrere Ausnahmesituationen gleichzeitig konzentrieren kann. Eine ausgefeiltere Version dieses Tricks, die sogenannte »progressive Muskelentspannung nach Jacobson«, wird übrigens generell bei Angststörungen empfohlen. Können Sie bei Bedarf ja mal ausprobieren, soll auf jeden Fall besser funktionieren als Absturz-Witze vom Sitznachbarn.
Marcs Seminar endete übrigens mit einem Vorfall, der wieder einmal der beste Beweis dafür ist, dass das Leben die unglaublichsten und unwahrscheinlichsten Geschichten schreibt. Auf dem Abschlussflug geriet das Flugzeug in so starke Turbulen-

zen, dass nicht nur die Seminarteilnehmer, sondern selbst hart-gesottene Passagiere anfingen, um die Wette zu schreien. Der Pilot gestand danach, er habe so etwas Heftiges in seiner Lauf-bahn selten erlebt. Marc meinte, dieses »Schlimmer geht's nimmer«-Erlebnis habe ihn davon abgehalten, die Geld-zu-rück-Garantie in Anspruch zu nehmen. Aber da war er wohl die Ausnahme unter den Seminarteilnehmern.

Wie immer wollte ich kein Sachbuch schreiben, doch die Fak-ten, die es in den Roman geschafft haben, stimmen. Über die Frage nach dem sichersten oder unsichersten Platz im Flug-zeug herrscht Uneinigkeit und wird viel geforscht, wobei die überwiegende Meinung den hinteren Plätzen die höchsten Überlebenschancen einräumt. Und ja, es gab tatsächlich einen Crashtest, bei dem die ersten sieben Reihen komplett zerstört und Platz 7A aus dem Flugzeug gerissen wurde. Sogar der unglaubliche Fall der Juliane Koepcke hat sich tatsächlich zu-getragen. Smartphone-Zwangsgesteuerte wie ich sind über die Meldung, dass man bei einigen Fluglinien mit seinem Handy im Netz surfen und telefonieren kann, nicht besonders be-geistert. Eine letzte Oase der Ruhe ist dahin. Und natürlich sind psychologische und noch weitergehende Tests für Crew und Piloten mehr als nur im Gespräch.
Aber wie die Hauptpersonen in diesem Buch tatsächlich ein Flugzeug hätten zum Absturz bringen können, habe ich selbstverständlich nicht hundertprozentig korrekt geschil-dert, so wie ich mich grundsätzlich auch bei Suizid-Methoden bewusst vage ausdrücke. Ich will unterhalten, keine Anleitun-gen schreiben.

Apropos Recherche: Anders als bei *Passagier 23,* wo ich mo-natelang nach einem Kapitän suchen musste, der keine Angst hatte, als Nestbeschmutzer der Kreuzfahrtindustrie aufzutre-ten, hatte ich bei *Flugangst 7A* keine Probleme, einen sachkundigen Berater zu finden. Mein alter Schulfreund Marc Peus hat mich an seinen Erfahrungen als Pilot umfassend teilhaben lassen und alle flugrelevanten Passagen gegengelesen. Wenn Sie also demnächst in Europa eine Maschine besteigen und Kapitän Peus Sie begrüßt, dann können Sie entspannt den Flug genießen, denn der Typ ist der Beste! (Oder Sie gehen nach vorne und hauen ihm das Buch um die Ohren, wenn es Ihnen nicht gefallen hat. Dann werden Sie verhaftet, und ich habe einen Kritiker weniger!)

Ebenso danke ich Captain Frank Hellberg, dem Geschäftsführer und Eigentümer von Air Service Berlin, der mich schon bei *Amokspiel*, *Abgeschnitten* und anderen Büchern beraten hat und den ich zum Dank vergaß, auf die *Noah*-Premiere einzuladen. Leider habe ich mich dafür entschuldigt, und er hat es dadurch erst gemerkt. Kommt nie wieder vor. Also die Entschuldigung.

Den Dank an meine Managerin Manuela Raschke verbinde ich mit einer dringenden Bitte: Mach mal wieder Urlaub! Alle sagen, du arbeitest viel zu viel, Manu. Und ich kann wirklich für eine gewisse Zeit auf deine hervorragende, unermüdliche und superprofessionelle Unterstützung verzichten. Ein, zwei Tage. An Weihnachten und Silvester. Da kann ja dann deine Mutter Barbara einsteigen, die ich hier genauso wenig vergessen darf wie deinen Mann Kalle. Dir danke ich nicht nur für deine Hilfe, sondern auch für das Verständnis, dass die Zusammenarbeit mit einem Psychothriller-Autor einige Merkwürdigkeiten mit sich bringt, über die zu reden mir meine wunderbare PR-Agentin Sabrina Rabow leider verboten hat. Im Ernst: Sabrina, dir gebührt mein tiefer Dank für deinen Rat, deine Unterstützung und jahrelange Treue.

Die Liste der Unentbehrlichen setzt sich fort mit meiner Lieblingsschwiegermutter Petra, die sich ebenso wie Jörn »Stolli«

Stollmann, Markus Meier und Thomas Zorbach um so hoffnungslos veraltete Medien wie das Internet kümmert, während ich als fortschrittlicher First-Mover das Faxgerät bediene.

Ich danke meinem Lieblingsbayern Franz Xaver Riebel, der sich mal wieder als literarischer Vorkoster betätigt hat. Und meinen Freunden Arno Müller, Thomas Koschwitz, Jochen Trus, Stephan Schmitter, Michael Treutler, Simon Jäger und Ender Thiele.

Indem ich *seinen* Namen hier erwähne, mache ich sein Leben schwerer, denn statistisch gesehen trägt sich jeder zweite Deutsche mit einer Romanidee. Und Roman Hocke ist der beste Mann, um dafür einen Verlag zu finden. (Hey, wer sogar mich vermitteln kann …) Unterstützt wird er in seiner Literaturagentur AVA International von Claudia von Hornstein, Gudrun Strutzenberger, Cornelia Petersen-Laux, Lisa Blenninger und Markus Michalek.

Hin und wieder werde ich um ein Foto auf einer Lesung gebeten. Meistens steht im Hintergrund ein Mann und guckt, als hätte man ihm gerade sein Schnitzel geklaut: Das ist mein treuer Freund und Tourmanager Christian Meyer von C&M Sicherheit, mit dem ich jetzt schon so lange unterwegs bin, dass viele uns für ein altes Ehepaar halten. Wir uns selbst übrigens auch.

Liebe Sabine, ich hoffe, ich konnte alle deine medizinischen Anmerkungen berücksichtigen. Meine Schwägerin zählt neben meinem Bruder Clemens zu meinem festen medizinischen Beraterteam. Ich wollte mich bei beiden schon einmal mit einer gemeinsamen Kreuzfahrt bedanken. Rechtzeitig bevor sie das Geschenk annehmen konnten, schrieb ich dann *Passagier 23*.

Natürlich danke ich wie immer allen Buchhändlerinnen und Buchhändlern, Bibliotheksmitarbeiterinnen und -mitarbeitern.

Der Erfolg von Internet-Versandhändlern wird sich nicht mehr zurückdrehen lassen. Und es wäre höchst zynisch von mir, ihn zu verdammen, bin ich doch wie viele andere Autoren selbst ein Nutznießer davon. Tatsächlich wäre meine Karriere ohne das Internet so gar nicht möglich gewesen, denn im Jahre 2006 war mein Erstling im stationären Buchhandel anfangs kaum erhältlich. Und dennoch bitte ich Sie dringend, den lokalen Buchhandel zu unterstützen. Dafür gibt es unzählige Gründe, etwa dass niemandem mit verödeten Innenstädten gedient ist. Lassen Sie mich nur einen weiteren nennen:

Wenn Sie eine Autorin oder einen Autor so sehr mögen, dass Sie ihn oder sie gerne mal auf einer Lesung persönlich treffen wollen, wo wird das wohl passieren? Im Internet oder in der Buchhandlung?

Bitte verstehen Sie mich nicht falsch, ich halte nichts von einer Dämonisierung großer Online-Händler. Sie müssen Ihr Einkaufsverhalten auch nicht gleich radikal ändern. Es ist schon viel getan, wenn Sie hin und wieder den Ort aufsuchen, an dem sich Bücher am wohlsten fühlen: in einem gut sortierten Regal neben anderen Artgenossen in einer beratungsstarken Buchhandlung Ihres Vertrauens. Aber nicht erschrecken, ich könnte zufällig auch vor Ort sein.

Ich danke Ihnen wie immer für Ihre Zeit!

Alles Liebe und auf Wiederlesen

Ihr
Sebastian Fitzek
Berlin, wettergefühlt im April, tatsächlich
aber am 6. Juli 2017

PS: Das Beste und Liebste kommt zum Schluss:
Eine Leserin wollte letztens von mir wissen, ob meine Frau denn ruhig neben »so jemandem wie mir« schlafen könne. Dabei ist sie es doch, die zur Entspannung *Hostel* oder *Saw* schaut und mit ihrem Samstag-Abend-K17-Club-Outfit den 1. Preis beim Bloody-Halloween-Kostüm-Contest gewinnen würde. Danke, Sandra, dass du gleichzeitig so unkonventionell und voller Liebe bist, dass du es mit mir aushältst, ohne zur Waffe zu greifen. Meistens jedenfalls.

I.

Das Sonnenlicht fiel aus einem kinderbuchblauen Himmel auf die Ziegeldächer der Spandauer Neubausiedlung und ließ die Tragödie, die sich im Inneren des Einfamilienhauses abspielte, noch schrecklicher erscheinen.

Bei Regen, mitten in der Nacht und in Eiseskälte wäre es leichter zu ertragen, dachte Matthias Hegel beklommen, während er das Einsatzfahrzeug bestieg.

Man erwartete das Böse nicht am ersten warmen Tag des Jahres in Berlin, der an diesem Morgen wie ein wolkenloses Versprechen auf einen langen, glücklichen Sommer angebrochen war. Die kastaniengesäumte Einbahnstraße war für sorglos abgestellte Kinderfahrräder geschaffen, für verschiedenfarbige Tonnen der mülltrennenden Nachbarn, für Flugblätter an der Baumrinde, die den nächsten Gemeindeflohmarkt ankündigten. Nicht für einen Tross von Polizisten, Rettungssanitätern und Fotografen, die in Wartestellung hinter einem Absperrband der weiteren Ereignisse harrten. All das wirkte auf Hegel ebenso fehl am Platz wie das Foto eines lachenden kleinen Mädchens unter der Schlagzeile *Sie wurde nur sieben Jahre alt.*

Als Professor Hegel den Einsatzwagen betrat, hob die verhandlungsführende Psychologin ihren Blick von dem Laptop, auf dem sie alle relevanten Informationen aus ihrem kurz zuvor geführten Gespräch mit dem Geiselnehmer festgehalten hatte. Hegel erkannte, dass er irgendwann schon einmal mit ihr gearbeitet hatte, viel Eindruck konnte sie dabei jedoch nicht auf ihn gemacht haben. Immerhin konnte er sich nicht einmal mehr an ihren Namen erinnern. Verlegen griff er sich an die Stirn, wobei er feststellte, dass sein zweiwöchentlicher Fünfzig-Euro-Haarschnitt wieder einmal fällig war. Viele

Kollegen belächelten Hegel wegen seines modebewussten Äußeren, während der überwiegenden Mehrheit der weiblichen Polizisten sein südländischer Typ durchaus zu gefallen schien. Ebenso wie den Schwulen, die ihm regelmäßig im Gym Komplimente machten.

»Also gut, was haben wir?«

Die Polizeipsychologin setzte ihr Headset ab und lächelte müde. Der Einsatz dauerte zwar erst zwei Stunden, doch wenn Kinder im Spiel waren, empfanden selbst hartgesottene Profis jede Minute wie eine Ewigkeit.

»Also, der Verdächtige ist männlich, Identität noch unbekannt. Er hat sich Zugang zum Haus verschafft und im hinteren Bereich des Wohnzimmers zwei Kinder als Geiseln in seine Gewalt gebracht. Lana ist acht, Jonas sechs Jahre alt.«

Der Spezialistin perlte Schweiß von der Stirn, obwohl die Klimaanlage den Einsatzwagen auf optimale Arbeitstemperatur gekühlt hatte.

»Die Kinder sind mit dem Geiselnehmer allein?«

»Ja!«

Hegel deutete auf einen der drei Überwachungsmonitore, die in dem fensterlosen Kastenwagen montiert waren. Er zeigte die rechte Zufahrt zu dem schmucklosen Fertigbau, den seine Eigentümer vermutlich noch zwanzig Jahre lang würden abbezahlen müssen. Als Hegel an der Limousine der Kriminalpolizei vorbeigekommen war, hatte er darin einen Mann auf der Rückbank gesehen, der mit starrem Blick eine weinende Frau im Arm hielt.

»Sind das die Eltern?«

»Ja, die Mutter war nur ganz kurz einkaufen. Brötchen und Saft fürs Frühstück. Sie hat die Kinder nicht mitgenommen, weil der Laden gleich um die Ecke liegt. Der Vater ist sofort nach unserem Anruf von der Arbeit gekommen. Die beiden können sich nicht erklären, wie der Mann ins Haus eingedrungen ist.«

»Stellt der Geiselnehmer Forderungen?«

Die Psychologin zuckte mit den Achseln.

»Bisher nicht, aber er ist bewaffnet.« Sie vergrößerte den Bildausschnitt auf dem mittleren Monitor. Der Vorgarten verschwand dabei aus dem Blickfeld, stattdessen rückten die gläsernen Schiebetüren näher ins Bild, die das Wohnzimmer von einer kleinen Terrasse trennten. »Wie Sie sehen, sind die Lamellenvorhänge zugezogen. Aber vor vierundzwanzig Minuten hat der Mann sich kurz mit einem Messer in der Hand gezeigt, als er nach draußen geguckt hat.«

»Interessant.« Hegel schloss für einen Moment die Augen. »Können Sie eine Telefonverbindung zu ihm herstellen?«

»Leider nicht, aber wir haben eine Aufzeichnung.«

»Das ist gut. Sehr gut!«

Matthias Hegel war forensischer Phonetiker. Einer von gerade mal einer Handvoll Experten in ganz Deutschland, die sich auf akustische Beweisführung spezialisiert hatten. Die meisten seiner Kollegen bei der Kriminalpolizei versuchten, anhand von Fingerabdrücken, Speichelproben, Zeugenaussagen und am Tatort zurückgelassenen Stoff- oder Haarresten das Puzzle einer Tat zusammenzusetzen. Hegel hingegen hatte sich auf die akustische Spurensicherung spezialisiert. Auf die phonetische DNA, die jeden Täter unverwechselbar machte: Dialekte, Klangfarben, Stimmfrequenzen, Sprachfehler. Hegels nahezu fledermausartiges absolutes Gehör hatte ihm unter seinen Kollegen den Spitznamen *Auris* eingebracht, was von dem lateinischen Wort für *Ohr* abgeleitet war. Wobei es keiner von ihnen wagte, ihn in seiner Gegenwart so zu nennen. Immerhin, die Spaßvögel in der Personalabteilung des BKA hatten ihm tatsächlich einen *Toyota Auris* als Dienstwagen gestellt!

Doch das war Hegel egal. Denn er wusste, wenn dieser Einsatz hier erledigt war, würde er ihn ohnehin nie wieder fahren dürfen.

»Spielen Sie mir die Aufzeichnung bitte vor.«

Die Psychologin griff eilig nach der Maus, und nach einigem Scrollen und Klicken erklang schließlich eine Aufzeichnung. »Hallo, hallo?«

Ein Junge, vermutlich Jonas, flüsterte in das Telefon. Er hatte den Notruf gewählt, nachdem er offenbar unbemerkt an den Hausapparat gekommen war. Falls er nicht sogar schon ein eigenes Handy besaß.

Zu Hegels Erleichterung hatte die Psychologin den Teilnehmer der Notrufzentrale bereits aus der Aufzeichnung herausgeschnitten. Seine Kollegen wussten, dass dessen Stimme für seine Analyse nicht relevant war. »Sie müssen kommen. Bitte. Er, er … ich weiß nicht. Er ist böse.«

Schluchzen, schleimgefüllte Nasenlöcher, die die Mitten wegdrücken, eine Frequenzverengung aufgrund der Panik. Die pure Angst. Nichts Ungewöhnliches für einen Sechsjährigen in so einer Situation.

Doch das eigentlich Interessante, das, weswegen die Kollegen Hegel überhaupt erst zu diesem Einsatz gerufen hatten, erklang erst fünf Sekunden später. Wenn auch leider nur entfernt aus dem Hintergrund.

»Wooooo?«

Es war nur ein einziges Wort, mehr gegrölt als gelallt. Der erwachsene Mann klang betrunken und verängstigt. Mehr konnte Hegel zu diesem Zeitpunkt noch nicht sagen, doch schon bald darauf vernahm er weitere, höchst interessante phonetische Informationen. Der Geiselnehmer trat näher und schien dem Jungen das Telefon aus der Hand zu winden. Es kratzte und zerrte in der Leitung, dann sagte er:

»Wo hasscht du disch verschteckt?« Das Weinen des Jungen klang jetzt nur noch im Hintergrund. Der Unbekannte hingegen nuschelte weiterhin mit stark belegter Stimme: »Wie schafft ihr dasch … ihr Monschter?«

Dann knackste es in der Leitung, und das Gespräch riss ab. Hegel sah die Psychologin an.

»Das ist alles?«

»Ja, das ist alles!«, erklang eine feste Männerstimme.

Hegel wandte sich um. Hans Struck, der Leiter des Einsatzes, hatte sich in voller Montur in die Verhandlungszentrale gezwängt. Er war es auch gewesen, der Hegel zum Tatort bestellt hatte. Hegel hatte zwar gehört, dass Struck die Tür hinter ihm geöffnet hatte, diese unbrauchbare akustische Information aber sogleich ausgeblendet, um sich nur auf die Stimme des Täters konzentrieren zu können. Er würdigte den Einsatzleiter keines Wortes. Stattdessen wandte er sich an die Psychologin:

»Können Sie die Aufnahme bitte noch einmal abspielen?«

Jetzt setzte Hegel sich Kopfhörer auf und schloss die Augen.

»Und, was denken Sie?« Die Kollegin sah ihn mit großen Augen an, nachdem er sich das Audiofile ein zweites Mal angehört hatte.

»Wir sollten stürmen!« Struck hatte Hegel keine Gelegenheit gelassen, die Frage zu beantworten. Er legte seine rechte Hand auf den Gürtel mit den Blendgranaten daran.

Ohne die Aufschrift POLIZEI auf dem Rücken würden er und seine Leute in ihrer pechschwarzen Einsatzkleidung auch als Bankräuber durchgehen, dachte Hegel.

»Das kann ich mir vorstellen«, murmelte er eher zu sich selbst, während er die Kopfhörer wieder abnahm. »Wie heißt es so schön? Wenn man als einziges Werkzeug einen Hammer besitzt, wird jedes Problem zu einem Nagel.«

»Bitte?« Struck stemmte die Hände in die Hüfte, während er Hegel mit festem Blick ansah.

Seine Leute waren auf Einsätze wie diesen jahrelang trainiert worden, und sie gierten geradezu danach, ihre hart erarbeiteten Fähigkeiten und ihre körperliche Überlegenheit endlich einmal im Einsatz demonstrieren zu können. Im Grunde war daran auch nichts auszusetzen, schließlich ging es hier darum, zwei Kinder aus der Gewalt eines bewaffneten Geiselnehmers zu befreien. Doch Hegel hatte bereits einen besseren Plan gefasst.

»Erwarten die Eltern einen Handwerker?«

Die Psychologin sah Hegel verwundert an und presste dabei die Lippen aufeinander. Sie griff zu ihrem Handy, tätigte einen kurzen Anruf und schüttelte dann den Kopf.

»Nein. Keinen Handwerker, keinen Besuch. Warum fragen Sie?«

»Es ist die Lunge des Täters.« Hegel erntete ratlose Blicke. »Sie ist angegriffen. Haben Sie das Rasseln nicht gehört?«

»Wen interessiert seine verdammte Lunge?« Struck atmete schneller. Er war nicht daran gewöhnt, ignoriert zu werden. »Dieser Nuschelheini ist komplett irre. Quatscht von Monstern. Der ist nicht berechenbar! Jede Sekunde, die wir abwarten, könnte er den Kindern etwas antun.«

»Schon möglich.« Hegel griff zu seinem Handy und startete eine Google-Anfrage. Dazu gab er die Adresse und das aktuelle Datum in das Suchfeld ein. »Unser Täter ist etwa einen Meter siebzig groß, maximal eins fünfundsiebzig«, sagte er, ohne von seinem Smartphone aufzublicken. »Seine Stimme hört sich an wie die eines großen Kerls, aber er ist stark depressiv. Das dehnt die Stimmbänder, und die Bassfrequenzen lassen sich deutlicher wahrnehmen. Ich schätze ihn auf maximal vierzig Jahre, vom Brustumfang eher übergewichtig. Ein großer, gepolsterter Resonanzkörper. Und er hat sein Leben lang mit den Händen gearbeitet.«

»Woher wollen Sie das denn wissen?« Struck sah auf die Uhr, während er dabei von einem Fuß auf den anderen trat.

»Also, die äußere Beschreibung stimmt schon mal!« Die Psychologin hatte auf dem Rechner das Foto geöffnet, das zu dem Zeitpunkt aufgenommen worden war, als der Geiselnehmer sich mit dem Küchenmesser in der Hand für einige Sekunden am Fenster gezeigt hatte. Das Bild war unscharf, und das Gesicht des Mannes war nicht zu erkennen. Dennoch war deut-

lich zu sehen, dass er tatsächlich eher klein, gedrungen, stark
übergewichtig und etwa Ende dreißig war.

»Das Rasseln lässt auf eine chronische Bronchitis schließen,
aber es ist kein Raucherhusten. Der wäre trockener. Unser
Mann hat oft in feuchten Räumen gearbeitet, auf Baustellen
oder in Kellern. Daher meine Frage, ob er Handwerker ist.
Aber das hat sich erledigt.« Hegel steckte sein Handy mit einem leisen Lächeln wieder ein.

»Warum?«

»Weil ich jetzt weiß, mit wem wir es zu tun haben. Schicken
Sie der GASAG ein Foto des Mannes und fragen Sie, ob sie
uns einen Kontakt zu dem Hausarzt ihres Mitarbeiters herstellen können.«

»Die GASAG?« Strucks Stimme überschlug sich fast. »Was
soll ausgerechnet der Berliner Gasversorger mit diesem Einsatz zu tun haben?«

Hegel wandte sich zum Einsatzleiter um.

»Ich verwette mein Wochenendhaus, dass der Kerl heute in
dieser Gegend den Zählerstand ablesen sollte. Das würde auch
erklären, wie er reingekommen ist. Die Kinder haben ihm vermutlich einfach die Tür geöffnet, er kommt ja jährlich vorbei.
Vielleicht kennen die beiden ihn sogar.«

Struck griff zu seinem Funkgerät und gab die Information mit
steinernem Gesicht weiter.

»Also gut, Auri..., äh, Hegel. Nehmen wir mal an, Sie liegen
richtig. Dann haben wir trotzdem keine Zeit, so lange zu
warten, bis uns der Psychiater dieses Irren erklärt, dass sein
Patient heute früh nur vergessen hat, seine Schizo-Pillen zu
nehmen.«

»Er ist nicht schizophren. Und Sie müssen auch nicht stürmen.«

Struck lachte grimmig auf.

»Sondern?«

»Verschieben Sie Ihre Einsatzkräfte.«

»Verschieben? Haben Sie den Verstand verloren? Wir sollen abziehen oder was?«

»Nein, nicht abziehen. Es reicht, wenn Sie alle Männer und Einsatzfahrzeuge zwanzig Meter nach rechts verlegen.«

Struck blieb das Lachen im Halse stecken.

»Zwanzig Meter nach rechts? Sind Sie betrunken?«

»Machen Sie einfach, worum ich Sie bitte. Sie stehen auf der falschen Seite.«

Struck hätte ihn vermutlich ebenso fassungslos angestarrt, wenn Hegel ihm vorgeschlagen hätte, das Haus im Tutu zu stürmen.

»Haben Sie mal rausgeschaut, Hegel? Die Ecke hier ist offen einsichtig. Wegen der weitläufigen Rasenfläche im Vorgarten hat der Kerl aus dem Wohnzimmer raus Sichtachsen bis zum Fernsehturm. Wir können uns nicht verstecken. Und überhaupt, warum sollten wir das machen?«

»Sie haben selbst gesagt, dass wir keine Zeit zu verlieren haben.« Hegel blieb ruhig, und seine Stimme klang aufmunternd. »Also, vertrauen Sie mir bitte und verlegen Sie alle Ihre taktischen Einheiten – inklusive dieses Wagens hier – von uns aus gesehen so weit wie möglich nach rechts. Ich erkläre Ihnen den Grund danach.«

»Wonach?«

Hegel schloss seine Jacke und trat an die Tür des Einsatzwagens.

»Nachdem ich die Kinder da rausgeholt habe.«

2.

Es zählte zu Hegels Privilegien, dass seine Vorgesetzten ihn für solche Einsätze mit besonderen Befugnissen ausgestattet hatten. Seine bahnbrechenden Erfolge, gerade bei Suizid- und Geiselinterventionen, hatten die anfängliche Skepsis seiner Kollegen gegenüber dem *Stimmendeuter* vielleicht nicht gerade in Bewunderung, aber doch wenigstens in professionelle Anerkennung umschlagen lassen. Selbst bei Struck, auch wenn er sich gerade in einem mentalen und hormonellen Ausnahmezustand befand, der es ihm im Ernstfall ermöglichte, sofort und unter Eingehung sämtlicher Lebensrisiken das Haus zu stürmen. Doch Struck war kein verblendeter Cowboy. Auch wenn ihm die Methoden, mit denen Hegel seine Fälle zu lösen pflegte, mehr als suspekt waren, stellte er sich ihm am Ende dennoch nicht in den Weg.

Nach Rücksprache mit der Einsatzkoordination in der Schaltzentrale wurde Hegels Bitte schließlich entsprochen, und nachdem sämtliche Fahrzeuge um wenige Meter zur Seite verlegt worden waren, näherte sich der Forensiker dem Einfamilienhaus von der Straßenseite her. Der Eingang lag etwas abseits auf der rechten Seite.

Zum Glück!

Zur Verwunderung der Einsatzkräfte, die ihn aus hinreichender Entfernung beobachteten, gab sich Hegel keine Mühe, unentdeckt zu bleiben. Weder beschleunigte er seinen Schritt, noch duckte er sich oder zwängte sich gar durch die Büsche des Nachbarzaunes. Im Gegenteil, er schritt hocherhobenen Hauptes auf die halb gläserne Haustür zu.

Familie Herzog, stand auf einem tönernen Schild neben der Klingel. Der Mädchenhandschrift nach hatte es die kleine

Lana offenbar irgendwann einmal in der Kita gebastelt. Wie Hegel es erwartet hatte, war die Tür zugezogen. Doch dies war kein Problem, hatte er sich doch von den Eltern der Geiseln den Haustürschlüssel geben lassen.

Bedacht darauf, keine Geräusche zu verursachen, steckte er den Sicherheitsschlüssel ins Schloss. Es bedurfte nur einer Vierteldrehung, dann sprang die Tür auf. Auch damit hatte Hegel gerechnet.

Der Kerl steht unter einer enormen mentalen Anspannung. Er ist verwirrt. Verängstigt. Denkt nicht rational und hat daher auch die Tür nicht vollständig verriegelt.

Hegel betrat die Diele, in der es nach Leder und Fußspray roch. Er passierte einen halb offenen Schuhschrank, trat in den Flur und warf einen kurzen Blick auf die nach oben führende Treppe. Ikea-Kunstdrucke hingen an den Wänden, Spielzeug lag auf den Stufen, ein überquellender Wäschekorb stand auf der Kommode im Obergeschoss.

Das normale Chaos einer vierköpfigen Familie, die nicht auf Besuch eingestellt ist.

Hegel vergewisserte sich, dass in der offenen Küche niemand zu sehen war, dann tastete er sich nach links zum Wohnzimmereingang vor. Der Boden war durchgängig mit gräulichen Fliesen ausgelegt, die für Hegels Geschmack zwar etwas zu dunkel waren, sich aber als ein Gottesgeschenk entpuppten, da seine Sneakersohlen darauf so gut wie keinen Laut erzeugten. Er hielt den Atem an und lugte in das Wohnzimmer, das gleichzeitig als Esszimmer genutzt wurde. Trotz seines eingeschränkten Sichtfeldes hatte er mit einem Blick die Situation erfasst: Die Kinder saßen eng umschlungen und zitternd auf einem Kunstledersofa, die Köpfe fest aneinandergepresst. Sie hatten offenbar lange geweint und waren völlig erschöpft. Seitlich von ihnen stand der Geiselnehmer, das Messer in der herabhängenden Hand, den Blick starr auf die zugezogene Fensterfront gerichtet. Er trug einen Blaumann mit der Aufschrift *GASAG*, und die Haare standen ihm wie elektrisiert vom Kopf weg.

Hegel konnte das Wohnzimmer betreten, ohne dass einer der Anwesenden ihn bemerkte. Erst als er nur noch zwei Schritte von dem Gasableser entfernt war, hob das Mädchen den Blick. Die Lippen des Kindes formten ein erstauntes *O*, doch glücklicherweise reagierte die Kleine auf Hegels Zeichen, keinen Mucks von sich zu geben.

Mit dem Finger auf den Lippen ging er noch einen Schritt weiter, wobei er sich dem Täter von schräg rechts näherte. Als er schließlich in Reichweite war, streckte er so bedächtig, wie es ihm möglich war, seinen Arm aus und tippte dem Geiselnehmer auf die linke Schulter. Wie beabsichtigt schnellte dieser zu der entsprechenden Seite und drehte sich gegen den Uhrzeigersinn zu Hegel herum. Wie ein Schüler, der seinem Klassenkameraden einen Streich spielen will, bewegte sich auch Hegel, indem er einen Schritt nach rechts auswich.

»Wasschhh …?«

Hegel spürte Gänsehaut am ganzen Körper, als er zum ersten Mal in das Gesicht des Geiselnehmers blickte. Obwohl er mit keinem anderen Anblick gerechnet hatte, war es dennoch selbst für den erfahrenen Forensiker eindrucksvoll, in diese zweigeteilte Fratze zu blicken. Der Geiselnehmer sah aus, als hätte ihm Dr. Frankenstein persönlich die halbe Gesichtshälfte betäubt. Nur eines seiner Augen bewegte sich, das andere hing schlaff in seiner Höhle. Und während einer der Mundwinkel angespannt war, tropfte aus dem anderen unkontrolliert Speichel auf den Boden.

»Wo scheid ihr?!«, brüllte der Mann.

Hegel trat noch einen Schritt weiter nach rechts. Er gab den Kindern ein energisches Handzeichen, dass sie vom Sofa aufstehen sollten. Gerade als die beiden mit angstgeweiteten Augen der Anweisung Folge leisten wollten, wandte der GASAG-Mann sich in ihre Richtung um. Geistesgegenwärtig löste Hegel seine Uhr und warf sie mit lautem Scheppern in die von ihm aus gesehen linke Ecke des Wohnzimmers. Der Täter schnellte nach rechts, erst der Kopf, dann der gesamte Körper.

Jetzt oder nie!

Hegel stürmte zu den Kindern, griff deren kleine Hände und zog sie hinter sich her, bis sie den Hinterausgang des Hauses erreicht hatten.

»Ihr Monschter …« Das Brüllen des Geiselnehmers klang nur noch aus der Ferne.

Blitzschnell waren die Kinder in den kleinen Garten gerannt, wo Struck mit seinen Männern bereits wartete. Einsatzbereit hielten sie die Waffen auf die Tür gerichtet, vor der sich aber niemand zeigte.

Der Kerl läuft keinem mehr hinterher!

»Alles okay mit Ihnen?« Struck fasste Hegel an die Schulter und sah ihm in die Augen.

Die völlig verstörten Kinder wurden sofort von einer Polizistin in Sicherheit gebracht. Zurück zu ihren Eltern, die sie voll überschwänglicher Freude in die Arme nehmen würden.

»Es ist alles in Ordnung. Gut, dass ich noch einmal Menschen retten konnte.« Hegel sah den Kindern nach.

»Was können Sie mir über den Täter sagen?« Struck hielt seinen Blick noch immer auf die Hintertür gerichtet.

»Er ist bewaffnet, aber ungefährlich.«

»Wie kommen Sie darauf?«

Hegel seufzte.

»Ich habe jetzt nicht die Zeit, es Ihnen zu erklären. Gehen Sie einfach rein, entwaffnen Sie ihn und halten Sie den Notarzt bereit.«

»Den Notarzt? Ich denke, er ist ungefährlich?«

»Wir müssen das Vivantes-Klinikum vorbereiten, dass wir gleich den Schockraum brauchen. Sonst gibt es heute doch noch einen Toten!«

3.

Und das haben Sie alles aus seiner Stimme rausgehört?«
Hegel und Struck saßen auf Klappstühlen vor dem Kommunikationswagen. Die Psychologin hatte sich zur Familie der Kinder begeben, um dort ersten seelischen Beistand leisten zu können.

»An seinem Nuscheln. Eindeutig ein rechtsseitiger ischämischer Apoplex.«
Hegel lehnte sich erschöpft zurück.

Er schloss die Augen und genoss die warmen Sonnenstrahlen auf seiner Haut. Er wusste, er würde lange warten müssen, bis er sie wieder spüren durfte. *Ein kühles Bier,* dachte er, *würde diesen letzten Moment des Glücks noch vervollständigen.* Doch er musste sich mit stillem Wasser aus einer PET-Flasche begnügen.

»Der Kerl hatte einen Schlaganfall?«, fragte Struck.

»Ganz genau. Der Hirninfarkt muss ganz plötzlich aufgetreten sein. Kurz nachdem die Kinder ihn reingelassen hatten. Der Stroke hat zu einer halbseitigen Gesichtslähmung geführt, die dann wiederum für die charakteristischen Sprachausfälle verantwortlich war. Kein Wunder, dass der Mann so außer sich und verängstigt war. Für ihn muss es sich angefühlt haben, als ob auf einmal eine fremde Macht von ihm Besitz ergriffen hat.«

Struck schüttelte den Kopf. »Und ich dachte, der wäre einfach ein Geistesgestörter. Was sagten Sie, weswegen er Sie nicht sehen konnte?«

Hegel nahm noch einen Schluck aus der Flasche.

»Das war ein *Neglect,* eine Leugnung. Der Schlaganfall im rechten Vorderhirn hat dazu geführt, dass er alles, was links von ihm in seinem Gesichtsfeld war, nicht mehr sehen konnte. Sobald die Kinder links standen, waren sie für ihn verschwunden. Daher hat er sie als Monster bezeichnet. Der arme Kerl hielt das für eine übersinnliche Erfahrung!«

»Also deswegen sollten wir die Autos wegfahren.«

Hegel nickte.

»Der Anblick der Polizei hat ihn verstört. Zwanzig Meter zur Seite, und die Bedrohung war plötzlich unsichtbar für ihn. So wie ich, als ich im Haus immer darauf geachtet habe, nicht in seine rechte Hemisphäre zu treten.«

»Spooky!« Struck reichte Hegel die Hand. »Aber wirklich gute Arbeit.«

Hegel stellte die Flasche beiseite, drehte sich aus dem Klappstuhl heraus zu ihm herum und ergriff Strucks Hand.

»Sie haben mal wieder was gut bei mir, schätze ich.«

Hegel lächelte, doch Struck entging der niedergeschlagene Ausdruck in seinen Augen nicht.

»Was haben Sie eigentlich gerade gemeint, als Sie sagten: *Gut, dass ich noch einmal Menschen retten konnte?*«

Hegel senkte seinen Blick und atmete tief aus, bevor er antwortete. »Also, wenn ich wirklich etwas guthabe ...« Er ließ den Satz in der warmen Sommerluft stehen.

»Was dann?«

»Könnten Sie mir einen Gefallen tun?«

»Worum geht es denn?«

Hegel räusperte sich, bevor er Struck seine Handgelenke entgegenstreckte. »Bitte verhaften Sie mich!«

»Was?«

Der Einsatzleiter lachte auf, doch das Lachen erstarb sofort, als Hegel hinzufügte: »Wissen Sie, als ich vorhin Ihren Anruf bekommen habe, da wollte ich gerade die Kollegen verständigen.«

Strucks Wimpern begannen zu zucken. »Ich verstehe nicht. Warum denn das?«

Hegel richtete seinen Blick ein letztes Mal in den Himmel. Dieser war noch immer strahlend blau, und keine Wolke schien ihn trüben zu wollen.

»Ich habe gestern eine Obdachlose mit einem Aschenbecher niedergeschlagen und danach dreiundzwanzig Mal auf sie eingestochen. Die Leiche liegt bei mir zu Hause. Im Keller.«

Neugierig, wie es weitergeht?

AURIS

erscheint am 2. Mai 2019

**Wann haben Sie das letzte Mal
eine Leiche geöffnet?**

Sebastian Fitzek
Michael Tsokos

Abgeschnitten

Thriller

Rechtsmediziner Paul Herzfeld findet im Kopf einer
monströs zugerichteten Leiche die Telefonnummer
seiner Tochter. Hannah wurde verschleppt – und für
Herzfeld beginnt eine perverse Schnitzeljagd. Denn
der psychopathische Entführer hat eine weitere Leiche
auf Helgoland mit Hinweisen präpariert …

»Hier geht es richtig zur Sache.«
Stern

Sebastian Fitzek

Worauf es im Leben wirklich ankommt

Fische, die auf Bäume klettern

Ein Kompass für das große Abenteuer namens Leben

Bestsellerautor Sebastian Fitzek stellt sich in diesem Buch den existenziellen Fragen: Was zählt im Leben? Wie findet man sein Glück? Welche Lebensziele sind richtig? Was lernt man aus Niederlagen? Und wie geht man mit seinen Mitmenschen um? In spannenden persönlichen Episoden erzählt er, was im Leben wichtig ist und wie ein glücklicher Lebensweg gelingen kann.

Inspiriert wurde er zu diesem Buch durch seine Rolle als Vater – und die Frage, was er seinen Kindern für das Leben mitgeben würde, wenn ihm nicht mehr viel Zeit bliebe. Und so ist »Fische, die auf Bäume klettern« vordergründig ein sehr persönliches Vermächtnis eines Vaters an seine noch jungen Kinder, zugleich aber ein Buch für alle, die Halt suchen und sich der Werte, die ihnen wichtig sind, vergewissern möchten.

DROEMER ✦